Die List der roten Katze

Die Autorin

Catherine Ashley Morgan wurde in Seattle geboren und übersiedelte der Liebe wegen mit 24 nach Großbritannien. Sie arbeitete zunächst als Telefonistin und verfasste in ihrer Freizeit Kurzgeschichten und Gedichte. Unter verschiedenen Pseudonymen hat sie mehrere Romane veröffentlicht. *Die Nacht der roten Katze*, das erste Abenteuer von Christine und Isabelle erschien 2009 bei Weltbild.
Catherine Ashley Morgan lebt in der Nähe von Glasgow, ist glücklich verheiratet, hat zwei Kinder sowie ein Schwein, einen Hund und eine Katze.

Catherine Ashley Morgan

Die List der roten Katze

Roman

Aus dem Englischen
von Ralph Sander

Weltbild

Besuchen Sie uns im Internet:
www.weltbild.de

Übersetzung: Ralph Sander
Projektleitung: librisco consult, München
Redaktion: Carmen Dollhäubl, Augsburg
Umschlaggestaltung: Zeichenpool, München
Umschlagmotiv: Getty Images, München (© Dave King); Shutterstock
Satz: Dirk Risch, Berlin
Druck und Bindung: CPI Moravia Books s.r.o., Pohorelice
Printed in the EU
ISBN 978-3-86800-609-4

2014 2013 2012 2011
Die letzte Jahreszahl gibt die aktuelle Lizenzausgabe an.

Für alle unsere »Geflügelten« –
Ihr wisst, dass Ihr gemeint seid

1

Bringen Sie sie herein«, forderte der Chief Inspector den uniformierten Polizisten auf und zündete seine Pfeife an.

»Jawohl«, erwiderte der Mann, entfernte sich vom Schreibtisch und öffnete die Tür. »Wenn ich bitten darf.«

Mehrere Personen kamen aus dem Vorzimmer ins Büro des Chief Inspectors. Das leise Stimmengewirr der Eintretenden verebbte, Ruhe kehrte ein.

Der Chief Inspector blies den Pfeifenrauch aus, summte leise vor sich hin, während er in seinen Unterlagen blätterte, und wandte sich schließlich an seine Besucher. »Sie werden sich vermutlich fragen, meine Damen, warum ich Sie herbestellt habe; immerhin herrscht bei Ihnen allen ja die Meinung vor, dass der junge Lord Henderson durch einen Unfall zu Tode kam.«

Zustimmendes Gemurmel machte sich breit, nahm aber schnell einen besorgten Unterton an, da den Anwesenden deutlich wurde, worauf der Chief Inspector hinauswollte.

»Sie meinen …«, begann Juliette Pavernier, eine Galeristin aus Marseille.

»Ganz genau«, bestätigte der Chief Inspector. »Was für den Laien aussehen mag wie ein tragischer Unfall, entpuppt sich oft als raffiniertes Täuschungsmanöver, das den wahren Sachverhalt verschleiern soll …«

»Von welchem wahren Sachverhalt sprechen Sie, Inspector?«, warf Tilly Henderson-Macomber ein, Lord Hendersons zweite Ehefrau, eine blonde Schönheit, die abgesehen von ihrem Aussehen keine erkennbaren Qualitäten besaß.

Der Chief Inspector räusperte sich, zog an seiner Pfeife und legte sie zur Seite. »Von … Mord.«

Ein Raunen ging durch das Büro.

»Aber wer …?« ... »Unmöglich …« ... »Wie können Sie nur …?«, redeten sie alle so laut und erregt durcheinander, dass lediglich ein paar Wortfetzen zu verstehen waren.

»Ich bitte Sie, meine Damen!«, rief der Chief Inspector. »Ich werde Ihnen erklären, was unsere Untersuchungen ergeben haben, aber ich erwarte, dass Sie mir in Ruhe zuhören.« Er griff wieder nach seiner Pfeife und zog daran. »Miss Pavernier, Sie haben behauptet, Sie seien am fraglichen Abend in einer Galerie in der Newberry Road gewesen.«

»Das ist richtig.«

»Es ist richtig, dass Sie das behauptet haben«, präzisierte der Chief Inspector. »Tatsache jedoch ist, dass Sie für etwa eine halbe Stunde verschwunden waren, und zwar mit dem Ehemann von Alyssa Mumford, deren Bilder dort ausgestellt werden. Peter Mumford hat Ihnen ein Alibi gegeben, indem er beteuerte, er habe Sie den ganzen Abend in der Galerie gesehen. Das ist zwar inhaltlich richtig, aber er hat uns verschwiegen, dass Sie beide sich für eine halbe Stunde in einen Lagerraum zurückgezogen hatten, der so gesehen auch ein Teil der Galerie ist. Allerdings haben wir Zeugen ausfindig machen können, die bestätigen konnten, dass Sie beide in der fraglichen Zeit nicht im Ausstellungsraum waren. Eine halbe Stunde war mehr als genug, um Lord Henderson aufzusuchen und ihn aus dem Fenster zu stoßen.«

»Aber ich …«, warf die Angesprochene ein.

»Lassen Sie mich erst sagen, was ich zu sagen habe«, unterbrach sie der Chief Inspector. »Henderson hatte eine Reihe wertvolle Bilder ersteigert, die Sie unbedingt haben wollten. Da er sie noch nicht bezahlt hatte, würden Sie den Zuschlag bekommen, wenn Henderson nicht mehr als Käufer zur Verfügung stand.«

Der Chief Inspector legte das oberste Blatt zur Seite und wandte sich der zweiten Anwesenden zu. »Miss Winters, Sie haben für die fragliche Zeit kein brauchbares Alibi beibringen können, und Sie …«

»Fangen Sie jetzt schon wieder damit an?«, fauchte sie ihn an. »Ich habe Ihnen bereits gesagt, dass ich diesen … Henderson überhaupt nicht kenne. Woher der meine Telefonnummer hat, ist mir noch immer ein Rätsel. Ich habe überhaupt kein Motiv.«

»Bis auf die Tatsache, dass Henderson und Sie eigentlich alte Bekannte sind.«

»Wie bitte?«

Der Chief Inspector gab einen ungehaltenen Laut von sich. »Hören Sie auf mit Ihrem Theater. Henderson kannte Sie aus Ihrer Zeit als Stripperin im Le Fouquet, als Sie sich noch Melody Mountains nannten. Sie hatten Angst, er könnte Ihre wahre Identität preisgeben, weil Sie wussten, dass das Ihrer Karriere als Kinderbuchautorin den Todesstoß versetzt hätte.«

»Und was werfen Sie mir vor?«, fragte Tilly Henderson-Macomber. »Ich war schließlich mit ihm verheiratet, mir gehörte damit die Hälfte seines Vermögens. Was sollte ich noch mehr wollen?«

»Macht, Mrs Henderson-Macomber. Und zwar durch seinen Sitz im Aufsichtsrat der Henderson Anglia Company. Ihr findiger Anwalt hatte im Ehevertrag eine Klausel eingebaut, die Ihrem Mann – und das entsprach durchaus Ihren Absichten – offenbar nicht aufgefallen war. Demnach rücken Sie in den Aufsichtsrat nach, sobald Ihr Mann verstirbt. Da Ihr Vater selbst im Importhandel tätig ist, können Sie jetzt gegen Geschäfte der Henderson Anglia Company stimmen, um auf diese Weise die Marktposition Ihres Vaters zu stärken.«

»Das ist doch abs…«, begann sie.

»Es ist absolut ausreichend als Motiv für den Mord an Ihrem Mann«, schnitt der Chief Inspector ihr das Wort ab. »Sie sehen also, dass vieles für einen Mord als Todesursache spricht, aber sehr wenig für einen banalen Unfall.« Er klopfte seine Pfeife aus. »Natürlich ist nichts von dem, was ich soeben gesagt habe, als handfester Beweis zu gebrauchen. Aber … auch wenn das in der Öffentlichkeit oft nicht so wahrgenommen wird, so sind wir Polizisten doch fleißige und vor allem neugierige Menschen, die erst Ruhe geben, wenn sie alles wissen. Und bei der Durchsuchung des Zimmers, aus dem Lord Henderson in den Tod gestürzt ist, stießen wir auf etwas, das sich dort nicht hätte befinden dürfen, wenn Henderson tatsächlich allein gewesen wäre.« Er zog ein Foto aus einer Mappe und hielt es hoch. »Was Sie auf diesem Foto sehen, ist ein Splitter, der zu einem künstlichen Fingernagel gehört. Wir haben den Kunststoff und den Nagellack analysieren lassen, und das Ergebnis führte uns zu einem Nagelstudio in der Heather Street. Nur eine von Ihnen ist dort Kundin, nicht wahr, M…«

»… hier ist Seaside FM mit einer dringenden Verkehrsdurchsage für die M20 in Fahrtrichtung London: Zwischen den Anschlussstellen Ashford und Folkestone kommt Ihnen ein Falschfahrer entgegen. Fahren Sie bitte äußerst links, überholen Sie nicht und warnen Sie den Falschfahrer mit Lichthupe. Ich wiederhole: ein Falschfahrer auf der M20 in Fahrtrichtung London zwischen den Anschlussstellen Ashford und Folkestone. Wir melden es, wenn die Gefahr vorüber ist.«

»… führen Sie sie ab«, befahl der Chief Inspector. »Der Mord ist geklärt.«

Leise Jazzmusik setzte ein, und ein Sprecher begann: »Das war unser Hörspiel *Inspector Branson und der Fenstersturz* nach einem Roman von Ra…«

»So ein Mist«, murmelte Christine und drehte das Radio leiser. »Konnte dieser verdammte Geisterfahrer nicht noch zwei Minuten warten?«

Von der Rückbank war ein leises Miauen zu hören, in dem Zustimmung mitzuschwingen schien. Christine schaute in den Rückspiegel zu Isabelle, die in ihrem neuen Transportkorb saß und versuchte, etwas von der vorüberziehenden Landschaft zu sehen.

»Du hättest wohl auch gern gewusst, wer von den drei Grazien den armen Kerl umgebracht hat, wie?« Christine schüttelte den Kopf und konzentrierte sich wieder auf die Straße. Sie war durch Zufall auf dieses Hörspiel gestoßen, als sich der

Sendersuchlauf auf einmal selbstständig gemacht hatte, und dann war sie dabei geblieben. Dass ihr jetzt die Auflösung vorenthalten worden war, fand sie ausgesprochen ärgerlich. Vielleicht sollte sie beim Sender anrufen und fragen, wer denn nun die Mörderin war? Aber vermutlich würde man ihr dann anbieten, das Hörspiel im Shop des Senders als CD oder als Download zu kaufen. Die Story war nicht schlecht gewesen, doch so gut nun auch wieder nicht …

Soeben tauchte am Straßenrand das Ortsschild von Beechwood auf. Christine ging vom Gas, da kurz nach dem Schild eine scharfe Linkskurve folgte. Kaum hatte sie sie durchfahren, fiel die Straße in Richtung Küste leicht ab, und es bot sich ihr ein Anblick, der mit zahllosen schönen Erinnerungen verbunden war. Über die Dächer der Reihenhäuser hinweg, die sich bis dicht an die Strandpromenade erstreckten, war das Meer zu sehen. Unzählige Schaumkronen sprenkelten das Wasser, das bis zum Horizont reichte. In der Ferne waren die grauen Konturen großer Frachtschiffe zu sehen, näher an der Küste konnte sie vereinzelte Segelboote erkennen, und über dem Strand, der Christines Blicken durch die Häuser verborgen war, standen ein paar bunte Drachen in der Luft.

Die Straße schlängelte sich zwischen den Reihenhäusern hindurch, die auch schon bessere Zeiten gesehen hatten, ab und zu kamen ihr Fahrzeuge entgegen. Im März war es den meisten Touristen noch zu kalt und zu stürmisch, um ihren Urlaub am Meer zu verbringen, aber zum Sommer hin würde es hier wesentlich belebter werden. Das galt für Beechwood ebenso wie für das benachbarte Brighton im Westen und Eastbourne im Osten. Die Strandpromenade war hier jedoch nur einige hundert Meter lang, was dadurch bedingt war, dass der Strand im Westen und Osten in hohe Kreidefelsen überging, die der Flaniermeile ein natürliches Ende setzten. Dazwischen lag Beechwood selbst wie in einer Senke, die von etlichen Erhebungen durchzogen wurde, sodass viele Straßen ein Gefälle beziehungsweise eine Steigung aufwiesen.

Es war für Christine das erste Mal seit ihrer Jugend, dass sie herkam, und als sie jetzt diese Straße entlangfuhr, fühlte sie sich wieder wie zehn oder zwölf. Damals hatte sie auf dem Rücksitz eines alten, klapprigen Morris gesessen, der einen solchen Höllenlärm machte, dass man meinen konnte, während der Fahrt würden sich regelmäßig irgendwelche Teile des Motors verabschieden. Es war ihr stets wie ein Wunder erschienen, wenn sie Beechwood und das Haus von Tante Betty und Onkel Cyril erreichten, nachdem sie unterwegs immer wieder mit einem anderen Defekt liegengeblieben waren.

Irgendwann war ihr Vater schließlich zu der Einsicht gekommen, dass es an der Zeit wäre, sich doch mal einen neuen Wagen zuzulegen. Mit großem Widerwillen hatte er sich für einen Ford entschieden, die einzige Marke, die in seinen Augen nach dem Konkurs der anderen Autohersteller oder deren Übernahme durch japanische Konkurrenten für einen Briten noch akzeptabel war. Im gleichen Jahr kam es zu einem heftigen Streit zwischen ihrem Vater und seiner Schwester, der fast zehn Jahre eisiges Schweigen nach sich zog, sodass Christine nicht in den Genuss kam, auf dem Rücksitz des neuen Wagens nach Beechwood zu fahren. Als die beiden sich schließlich wieder zusammenrauften, war Christine längst zu Hause ausgezogen.

Nach dem Tod von Onkel Cyril war Tante Betty ein paar Mal nach London gekommen, um ihren Bruder und ihre Schwägerin zu besuchen, doch eine Fahrt nach Beechwood hatte seit rund zwanzig Jahren keiner von ihnen mehr unternommen.

Sie fuhr durch die Slaughterhouse Road und bog in die letzte Straße links – die Road by the Sea – ein. Nach gut zweihundert Metern hob sich auf der rechten Seite eines der Häuser von den anderen deutlich ab, da es nicht weiß, sondern in einem kräftigen Gelb gestrichen war.

Das war Tante Bettys Haus.

Christine ließ den Wagen ausrollen und hielt vor dem Gebäude an, einem Backsteinbau aus den Fünfzigerjahren. Als sie den Motor abgestellt und die Tür geöffnet hatte, konnte sie das Meeresrauschen hören, das sie automatisch in Urlaubsstimmung versetzte. Einen Moment lang blieb sie neben dem Wagen stehen und schloss die Augen, um die Geräuschkulisse zu genießen, die etwas Beruhigendes, fast Einschläferndes hatte.

Ein energisches Miauen holte sie aus ihrer Träumerei, und sie schlug die Augen auf. Isabelle saß in ihrer Box, die Nase gegen die Gittertür gedrückt und musterte sie vorwurfsvoll.

»Ja, ja, schon gut«, murmelte sie, ging um den Wagen herum und öffnete die Schiebetür, um an die hintere Sitzbank zu gelangen.

Mit Isabelles Transportbox ging sie zum Gartentor, öffnete es und stellte die Box dahinter auf die Steinplatten, die zur Haustür führten. Dann kehrte sie zum Wagen zurück und holte ihr Gepäck aus dem Kofferraum.

Aus dem Haus gegenüber kam eine dunkelhaarige Frau, warf einen Abfallbeutel in die Mülltonne und nickte Christine grüßend zu. Nachdem sie sich bereits wieder umgedreht hatte, stutzte sie plötzlich. Dann wandte sie sich noch einmal zu Christine um, die sich ein Grinsen verkneifen musste, während sie abwartend neben dem Wagen stand.

»Chrissy?«, rief sie. »Bist du das wirklich?«

»Wenn du noch immer Polly Hagan bist«, erwiderte sie. Polly war die Nachbarstochter gewesen, mit der Christine einen Teil des Sommers verbracht hatte, wenn Pollys Eltern nicht gerade zur gleichen Zeit in Spanien Urlaub machten. Da Polly drei oder vier Jahre älter war, hatte sich zwischen ihnen nie eine engere Freundschaft entwickelt, dafür waren ihre Interessen damals zu verschieden gewesen. Nicht einmal bei der Musik hatten sie beide auf der gleichen Wellenlänge gelegen, und so war es bei einer losen Bekanntschaft geblieben, die schließlich einschlief, als Christines Familie nicht mehr in den Ferien nach Beechwood kam.

»Sorry, aber mit Polly Hagan kann ich nicht dienen«, sagte

die andere Frau. »Ich bin ihre Nachfolgerin. Wenn ich mich vorstellen darf: Polly Curtis, geborene Hagan.«

Christine musste lachen, und dabei wurde ihr zum ersten Mal klar, dass Pollys seinerzeit reiferer Sinn für Humor ein weiterer Grund gewesen war, warum sie keine Freundinnen geworden waren.

Polly legte den Kopf schräg und musterte sie. »Du hattest doch immer so schöne lange Haare.«

»Oh, vorgestern hatte ich die sogar noch. Allerdings hat es mich früher schon wahnsinnig gemacht, wenn wir in den Ferien hier waren und mir der Wind drei Wochen lang die Haare ins Gesicht wehte.« Bei der Erinnerung daran verzog sie den Mund. »Na ja, und da ganz kurze Frisuren momentan sowieso angesagt sind, dachte ich mir, ich verbinde das Modische mit dem Nützlichen.«

»Steht dir gut. Eigentlich ist es auch das Einzige, was an dir anders ist. Du hast dich gut gehalten.«

»Danke. Du hast dich aber auch nicht sehr verändert«, entgegnete Christine.

Polly lächelte wehmütig. »Du musst mir nichts vormachen, Chrissy. Ich lebe nicht in einem Haus, in dem alle Spiegel verhüllt sind. Drei Kinder haben ihre Spuren hinterlassen. Für jede schlaflose Nacht ein graues Haar und im Gesicht eine Falte mehr. Irgendwann habe ich mit dem Zählen aufgehört. Meine Haare kann ich wenigstens noch färben.«

»Du Ärmste«, sagte sie bedauernd, doch gegen ihren Willen nahm ihre Stimme diesen hässlichen ›Das ist doch deine eigene Schuld‹-Tonfall an. »Ich …«

»Nein, nein, erzähl mir jetzt nicht«, fiel Polly ihr mit einem verbitterten Lachen ins Wort, »dass du dir das vorstellen kannst. Wenn ich dich so ansehe, dann kann ich nur sagen, dass jemand mit deiner Figur noch nie schwanger gewesen sein kann. Stimmt's?«

»Stimmt.«

»Siehst du? Ich wusste es doch.« Schulterzuckend wechselte

sie das Thema: »Aber verrat mir lieber, was dich nach so vielen Jahren in dieses Kaff zurücktreibt.«

»Als ›Kaff‹ würde ich Beechwood nicht gerade bezeichnen«, wandte Christine ein. »Ich meine, wir haben erst März, da war hier doch noch nie viel los, oder?«

»Warst du schon unten auf der Promenade? Und hast du den Pier gesehen? Oder die Oxford Street?«

»Nein, ich bin über die Slaughterhouse Road hergekommen und dann abgebogen, um direkt zu Tante Betty zu fahren.«

»Na, da hast du was verpasst. Da unten ...« Polly hielt inne und legte die Stirn in Falten. »Ach, was rede ich groß, das solltest du dir besser selbst ansehen. Doch zurück zu meiner eigentlichen Frage: Was machst du hier?«

»Tante Betty hat sich das Bein gebrochen«, sagte Christine.

»Oh ja, ich weiß. Wir haben für sie mit eingekauft, weil sie momentan allein gar nicht aus dem Haus kommt.«

»Tatsächlich? Oh, das ist wirklich lieb von euch. Aber ihr habt sicher auch so schon genug um die Ohren, und weil Tante Betty nicht ständig die ganze Nachbarschaft bemühen möchte, habe ich angeboten, mich für ein paar Wochen bei ihr einzuquartieren.«

»Ach, weißt du«, gab Polly zurück. »Jeder hier macht das gerne. Deine Tante ist so eine nette Frau, da würde sich keiner beschweren, wenn es mal etwas für sie zu erledigen gibt.«

Christine nickte. »Das glaube ich dir, aber ich entwickele momentan ein neues Reihenkonzept, da bin ich nicht rund um die Uhr eingebunden, und als Mom vor ein paar Jahren für einige Wochen zur Kur weg war, da kam Tante Betty nach London und half Dad, womit sie mir und meiner Schwester eine Menge Arbeit abnahm. Da finde ich es nur richtig, wenn ich mich jetzt revanchiere.«

»Ach, stimmt ja. Du schreibst Romane. Deine Tante hatte mir irgendwann mal einen zum Lesen gegeben. Beeindruckend, so was.«

»Welcher war es?«

Polly schüttelte den Kopf. »Weiß ich nicht mehr. Ich bin eigentlich keine Leseratte. Aber ich find's toll, wenn jemand Hunderte von Seiten schreiben kann und am Ende noch weiß, auf was er am Anfang hinauswollte. Ich könnte das nicht. Dem einen ist es halt gegeben, dem anderen nicht.«

»Genau. Viele fühlen sich berufen, nur wenige sind auserwählt«, scherzte Christine, doch das kam bei Polly offenbar nicht an.

»Wie?«, fragte die und sah sie verständnislos an.

»Ach.« Sie machte eine wegwerfende Handbewegung. »Das ist nur so ein Spruch, den ich mal irgendwo gelesen habe.«

Polly nickte, obwohl sie genauso ratlos war wie noch vor ein paar Sekunden. »Und wie lange bleibst du?«

»Bis sie Tante Betty den Gips abnehmen. Vielleicht auch noch ein paar Tage länger, aber das kommt darauf an, wie schnell sie danach wieder richtig gehen kann.«

»Und danach geht's zurück nach London?«

»Richtig.«

»Ich glaube, ich würde auch lieber in London wohnen als hier«, seufzte Polly.

»Warum ziehst du nicht weg, wenn es hier so schlimm ist?«

»Wenn ich das könnte! Meine Eltern haben sich auf Mallorca niedergelassen und meinem Mann und mir das Haus zur Verfügung gestellt, aber offiziell gehört es uns nicht. Wir können es also nicht verkaufen, und meine Eltern wollen sich nicht davon trennen. Das hat irgendwelche steuerlichen Gründe, aber frag mich nicht nach den Einzelheiten. Steuern sind für mich ein rotes Tuch.« Plötzlich sah Polly auf ihre Armbanduhr. »Oh, ich muss wieder ins Haus. Der Kleine braucht etwas zu essen.« Sie drückte Christines Schultern. »Wir sehen uns bestimmt noch.«

»Das wird sich wohl kaum vermeiden lassen«, meinte Christine mit einem Augenzwinkern. Als Polly ihr daraufhin einen rätselnden Blick zuwarf, wusste sie, dass ihr eigener Humor inzwischen den von Polly überholt hatte.

Sie zog den Koffer hinter sich her, schloss das Gartentor, nahm den Katzenkorb und folgte dem gepflasterten Weg zur Haustür. Wie mit ihrer Tante verabredet, lag der Schlüssel hinter dem Blumenkasten, damit sie ins Haus gelangen konnte, sobald sie angekommen war.

»Huhuu, Tante Betty«, rief sie, als sie eintrat. »Ich bin's, Christine!«

»Ich bin im Wohnzimmer«, kam die prompte Antwort.

Den Koffer ließ sie vor der Kellertreppe stehen, mit dem Transportkorb ging sie durch den schmalen Flur am Badezimmer vorbei zur nächsten Tür, die ins Wohnzimmer führte.

Tante Betty saß in einem für den Raum viel zu wuchtigen weinroten Ledersessel – wahrscheinlicher war, dass es sich um einen Kunstledersessel handelte – und hatte das eingegipste Bein auf einen dazu passenden Lederhocker gelegt.

Das Zimmer war noch immer so vollgestellt, wie Christine es in Erinnerung hatte, mit dem Unterschied, dass die Sachen von damals neuem Kitsch gewichen und von Onkel Cyrils umfangreicher Fußballsammlung nichts mehr zu sehen war. Er war ein leidenschaftlicher Fan von Tottenham gewesen, und eine Ecke des Wohnzimmers war früher mit allen nur erdenklichen Fanartikeln dekoriert. Dort stand nun eine Sammlung Hummel-Figuren, von denen Christine zwar wusste, dass sie recht teuer waren, an denen sie dennoch persönlich keinen Gefallen fand.

Das erinnerte sie an das Päckchen in ihrer Jackentasche. Sie zog es heraus und gab es ihrer Tante, nachdem sie die Katzenbox zur Seite gestellt und Betty auf die Wange geküsst hatte. »Das ist für dich.«

Betty strahlte sie an. »Was ist es?«

»Wenn ich dir das verraten wollte, hätte ich es ja gar nicht erst eingepackt.«

Während Betty das Präsent auspackte, beobachtete Christine ihre Tante. Sie machte einen guten Eindruck, wenn man das Gipsbein einmal außer Acht ließ, und dass sie Mitte sechzig war, sah man ihr nicht einmal an, wenn man es wusste. Ihr Haar trug sie recht modisch frisiert, und ihre himmelblaue Lesebrille ließ sie noch ein bisschen jünger wirken. Ohne gehässig sein zu wollen, musste Christine feststellen, dass ihre Tante besser aussah als Polly von gegenüber, und das, obwohl sie es im Leben auch nicht immer leicht gehabt hatte.

»Oh, wie reizend!«, rief Betty und betrachtete die Figur eines Mädchens, das in einer Hand einen geöffneten Schirm hielt, während auf der anderen Hand zwei Vögel saßen, die Zuflucht vor dem Regen gesucht haben mussten.

»Ich dachte, es könnte dir gefallen«, sagte Christine, zufrieden darüber, dass sie für ihre Tante genau das richtige Mitbringsel gefunden hatte, und kümmerte sich erst einmal um Isabelle, die in ihrer Box saß, als sei es für eine Katze das Natürlichste auf der Welt, in einem solchen tragbaren Gefängnis verharren zu müssen.

In aller Gemütsruhe verließ sie ihre Transportbox, inspizierte die bereits von einer Nachbarin im Badezimmer bereitgestellte Katzentoilette und sah sich dann ausgiebig im Wohnzimmer um.

»Das ist also die berühmte Isabelle, von der du mir geschrieben hast«, sagte Betty und fügte erstaunt an: »Ihr Fell hat ja einen ausgesprochen intensiven Orangeton. So was habe ich noch nie gesehen.«

»Ja, mein Tierarzt in London meinte sogar zuerst, jemand könnte ihr Fell gefärbt haben«, stimmte Christine ihr zu. »Aber diese roten Tigerstreifen sind echt.«

Isabelle ging zu Betty, schnupperte ausgiebig am Gips, ehe sie auf die Sessellehne sprang und sich auf ihrem Schoß niederließ, um sich kraulen zu lassen.

»Jetzt erzähl mir erst mal, wie es dir geht«, wandte sich Christine an ihre Tante. »Kann ich dir irgendwas bringen? Brauchst du etwas?«

»Ganz ruhig, mein Schatz«, beschwichtigte Betty sie, während sich Isabelle gegen ihre Hand drückte und die Streicheleinheiten sichtlich genoss. »Ich habe dir gesagt, dass ich gut zurechtkomme. Hier im Haus gibt es fast nichts, was ich nicht auch mit einem gebrochenen Bein erledigen kann, außer dass ich mich nicht in den ersten Stock traue, weil die Treppe zu schmal ist. Ansonsten brauche ich eigentlich nur Hilfe bei Besorgungen, und ab und zu muss hier Staub gesaugt oder gespült werden. Glaub mir, du hättest wirklich nicht herkommen brauchen. Meine Nachbarn …«

»Ja, ich weiß«, unterbrach Christine sie. »Aber ich möchte mich gern um dich kümmern, okay?«

»Okay, mein Schatz.« Betty lächelte sie an. »Ich will dir nur sagen, dass es wahrscheinlich nicht so viel zu tun gibt, wie du vielleicht glaubst.«

»Aber zum Arzt fahren darf ich dich hoffentlich«, wandte Christine ein. »Oder hast du dafür schon einen Chauffeur engagiert?«

»Nein, du kannst …« Mitten im Satz stutzte sie, da Isabelle aufgehört hatte zu schnurren und sich auf ihrem Schoß hinsetzte und einen langen Hals machte. »Was hast du denn, Kleine?«

Christine sah in die Richtung, in die Isabelle schaute, konnte jedoch nichts Ungewöhnliches erkennen. »Bestimmt hat sie im Garten einen Vogel gesehen.« Sie drehte sich zu der Katze um. »Du weißt, ich habe dir verboten, Vögel zu jagen. Wenn du Hunger hast, bekommst du von mir etwas zu essen. Ist das klar?«

Isabelle verdrehte den Hals, um an ihr vorbei aus dem Fenster zu sehen, wobei sie nach wie vor auf Bettys Schoß sitzen blieb. »Eigenartig«, murmelte die. »Wenn sie etwas gesehen hätte, wäre sie doch längst zum Fenster gelaufen.«

»Ja, aber … vielleicht hat sie was gehört«, überlegte Christine. »Hattest du schon mal ungebetene Besucher im Garten?«

»Menschliche oder tierische?«

»Beide Arten.«

»Tierische ja, wenn die Katzen aus der Nachbarschaft sich

gegenseitig jagen, aber von den Nachbarn schleicht da keiner herum. Hinter der Hecke verläuft ein verwahrloster Streifen Land, auf den gar niemand gelangen kann. Du weißt schon, das sollte mal eine Straße werden, aber gegen die haben wir uns erfolgreich zur Wehr gesetzt. Dahinter wiederum liegt das Hotelgrundstück. An sich sollte eigentlich niemand dort drüben unterwegs sein.«

Christine nickte. »Es sei denn, es ist jemand, der da nichts zu suchen hat.« Sie ging zum Fenster und warf einen Blick nach draußen. »Vielleicht hat Isabelle irgendwen bemerkt, der da hinten herumschleicht und herausfinden will, wie er unbemerkt in die Häuser einsteigen kann. Weißt du was? Ich sehe mich mal ein bisschen um. Halt Isabelle fest, während ich rausgehe. Sie kennt sich hier noch nicht aus, und ich möchte, dass sie sich erst mal mit deinem Haus vertraut macht, ehe ich sie in den Garten lasse.«

»Kein Problem, ich hatte in meinem Leben genügend Stubentiger, um zu wissen, wie man sie halten muss, damit sie einem nicht entwischen.«

Isabelle spürte nichts von dem Griff, in den Betty sie nahm, da sie unverändert auf das konzentriert war, was sie irgendwo dort draußen bemerkt hatte.

Christine öffnete die Terrassentür, die Katze saß noch immer wie erstarrt da. Doch als Christine die Tür hinter sich zuziehen wollte und die sich plötzlich verhakte, machte Isabelle einen so unerwarteten und mächtigen Satz, dass Betty nur noch erschreckt aufschreien konnte, und dann schoss das Tier auch schon quer durchs Wohnzimmer.

Christine versperrte mit einem Bein den Türspalt, der sich nicht schließen ließ, doch der auf sie einstürmenden Gewalt war sie nicht gewachsen. Mit der Schulter warf sich Isabelle gegen ihr Schienbein und brachte sie lange genug aus der Balance, um an ihrem Bein vorbei in den Garten zu huschen.

»Ach, verdammt«, rief Christine, während ihre Tante entschuldigend die Hände hob.

»Tut mir leid, Schatz, aber so ein Energiebündel habe ich noch nicht erlebt!«

»Ich weiß, Tante Betty«, gab sie über die Schulter zurück und lief in den Garten. »Damit hat sie mich auch schon überrumpelt.«

Wie ein roter Blitz schoss Isabelle durch den Garten und war durch die Hecke verschwunden, lange bevor Christine überhaupt eine Chance hatte, sie einzuholen.

»Isabelle, komm zurück!«, rief sie, obwohl sie wusste, dass sie keinen wohlerzogenen Hund vor sich hatte, der seinem Frauchen aufs Wort gehorchte. Stattdessen hatte sie es mit einer eigensinnigen Katze zu tun, die in ihr wenig mehr sah als eine Dosenöffnerin und eine Streicheleinheiten-Spenderin.

An der Hecke angekommen, versuchte sie, durch das dichte Blattwerk etwas zu erkennen. Tatsächlich konnte sie für einen Augenblick einen rötlichen Schemen ausmachen, der dann aber gleich wieder verschwunden war. Isabelle lief also weiter. Sie musste irgendetwas gehört oder gewittert haben, und Christine wollte wissen, um was es sich handelte. Vielleicht schlich tatsächlich jemand über das verwilderte Grundstück und versuchte die Häuser auszuspionieren, um herauszufinden, wo ein Einbruch die meiste Beute versprach.

Sie suchte nach einem Durchlass in der Hecke, fand aber keinen; damit blieb ihr nur der Weg, den Isabelle genommen hatte: unter der Hecke hindurch. Sie legte sich ins Gras und zwängte sich durch den recht schmalen und ziemlich flachen Freiraum, bis sie auf dem einige Meter breiten Streifen angelangt war, der hinter den Gärten der Häuser in der Road by the Sea verlief. Gräser waren hier hüfthoch gewachsen, und etliche Hecken waren wild drauflos gewuchert, sodass ein stellenweise undurchdringliches Dickicht entstanden war. Zahlreiche kleine Bäume und ausladende Büsche hatten sich über viele Jahre hinweg ausgebreitet, nachdem nach der ersten Rodung des Geländes die Bürgerinitiative den Bau einer Straße verhindert hatte.

Christine war froh, dass sie Jeans, Sweatshirt und geschlossene Schuhe trug, sonst hätte sie sich an den Ästen und Zweigen wahrscheinlich die Arme und Beine aufgekratzt. Sie sah sich um, konnte aber keinen Hinweis darauf entdecken, dass sich hier jemand aufhielt. Auch Isabelle war unauffindbar. Erst als sie die Augen schloss und intensiv lauschte, vernahm sie ein leises Rascheln, das von der Katze stammen musste. Sie konnte die Richtung einigermaßen genau bestimmen, doch half ihr das nicht dabei, einen Weg durch das Dickicht zu finden. Bei jedem Schritt musste sie nicht nur aufpassen, wohin sie trat, damit sie nicht über eine Wurzel stolperte, sondern sich darüber hinaus die Arme vors Gesicht halten. Nur so konnte sie verhindern, dass sie gegen einen Ast lief, während sie den Boden im Auge behielt.

Plötzlich fand sie sich vor einem Bretterzaun wieder und stutzte. Hatte sie sich auf der kurzen Strecke verlaufen? Wieso stand hier ein Bretterzaun mitten in der Landschaft? Sie spähte durch eine Ritze zwischen zwei Brettern und erkannte, dass sie sich genau hinter dem Hotel The Golden West befand, einem vierzehn Stockwerke hohen Gebäude, das Mitte der 70er errichtet worden war.

Der Name des Hotels war blanker Hohn, denn bei dem Bauwerk handelte es sich um einen geschmacklosen grauen Klotz, eine der typischen Bausünden aus jener Zeit, als möglichst viel Beton in möglichst klobiger Form zum Maß aller Dinge erklärt wurde, ehe die Architekten eine Kehrtwende machten – und stattdessen erst zu viel Stahl und dann zu viel Glas einsetzten, sodass den Betonklötzen stählerne und wenig später gläserne Kästen folgten.

Durch die Ritze entdeckte sie dann auch Isabelle. Die hatte ihren Erkundungsgang offenbar beendet und sich stattdessen hingesetzt, um auf irgendetwas zu warten. Was genau das war, konnte Christine nicht erkennen.

»Isabelle!«, rief sie. »Komm her.«

Tatsächlich drehte die Katze den Kopf in ihre Richtung,

doch sie rührte sich nicht von der Stelle. Allem Anschein nach wartete Isabelle auf sie.

»Was soll denn das jetzt?«, murmelte sie genervt und ging am Bretterzaun entlang, um nach einer Lücke zu suchen, doch es fand sich keine, die breit genug für sie war. Isabelle musste einen Weg unter dem Zaun hindurch entdeckt haben, vermutlich war irgendwo ein Stück eines Bretts herausgebrochen.

Nein, hier gab es für sie kein Durchkommen. Sie konnte nur ins Haus zurückkehren und dann um den Block herum zum Hotel fahren. Eben drehte sie sich um, da kam ihr ein Gedanke, der sie innehalten ließ. Warum sollte sie einen solchen Umweg machen, wenn es wahrscheinlich doch viel einfacher ging? Wenn der Zaun zu der Zeit gebaut worden war, als man mit den Vorbereitungen für die Straße begonnen hatte, dann musste er inzwischen morsch geworden sein. Es gab nur eine Methode, das herauszufinden: die harte Tour.

Sie stellte sich mit dem Rücken gegen den Zaun und trat mit aller Kraft nach hinten aus. Wie erhofft bot das verwitterte Holz keinen Widerstand, und das Brett wurde beim ersten Treffer herausgerissen. Das Gleiche wiederholte sie beim nächsten Brett, womit ein ausreichend breiter Durchgang entstanden war. Es bestand zwar die Gefahr, dass die Hoteldirektion ihr Ärger machen würde wegen des angerichteten Schadens, aber das Holz hatte so leicht nachgegeben, dass sie vermutlich mit der Behauptung durchkommen könnte, sie sei über eine Wurzel gestolpert und gegen den Zaun gefallen.

Darauf bedacht, nicht mit den rostigen Nägeln in Berührung zu kommen, die aus den herausgetretenen Brettern ragten, stieg sie durch die Lücke und stellte fest, dass Isabelle noch an der gleichen Stelle saß wie zuvor. Da Christine nun freie Sicht hatte, bemerkte sie, dass das Tier am Rand des Swimmingpools saß. Ein Gitterzaun gleich hinter dem Gebäude machte deutlich, dass der Pool derzeit für die Gäste gesperrt war, wohl weil er renoviert werden musste.

Beim Näherkommen wurde jedoch erkennbar, dass das gesamte Gelände hinter dem Hotel nicht nur vorübergehend geschlossen war, sondern bereits seit einer ganzen Weile. Zwischen den Steinplatten rings um das Becken quoll das Moos, die Sträucher und Büsche waren seit Jahren nicht mehr geschnitten worden, und die Liegewiese auf der anderen Seite des Pools befand sich in einem ähnlichen Zustand wie der Streifen Land, durch den sie sich soeben gekämpft hatte.

Von den Steinplatten, die unmittelbar um den Pool verlegt waren, saßen etliche locker, einige waren im Lauf der Zeit herausgebrochen. Irgendjemand war wohl seinerzeit sehr optimistisch gewesen, was die Renovierungsdauer betraf, und hatte die Liegen in einer Ecke aufeinandergestapelt, wo ihre Metallrahmen mittlerweile komplett verrostet waren.

Von ihrer Position ein paar Meter vom Beckenrand entfernt aus konnte Christine sehen, dass die Wände und wohl auch der Boden des Pools hellblau gekachelt waren, ein simpler Trick, der das Wasser sauberer erscheinen ließ, als es in Wahrheit vermutlich gewesen war. Zahlreiche Kacheln waren mit der Zeit herausgebrochen, hier und da hatten sich Wurzeln durch den Boden vorgearbeitet und Schäden verursacht.

Das Ganze sah aus wie eine Szene aus einem Film, der in der Zeit nach einer Apokalypse spielte, die die Menschheit gezwungen hatte, sich aus der Zivilisation in die Wildnis zurückzuziehen, sodass nach und nach alles marode wurde und die Natur sich das ihr abgenommene Land zurückeroberte.

Ein Schauer lief Christine über den Rücken, und fast rechnete sie damit, dass jeden Moment hinter dem nächsten Busch ein verstrahlter Zombie hervorkam, um sich auf sie zu stürzen.

Sie schüttelte sich und hockte sich neben Isabelle hin. »Was ist los, meine Süße?«, fragte sie. »Was willst du mir hier zeigen?«

»Mau«, lautete ihre knappe Antwort, dann stand sie auf und ging zielstrebig zum Beckenrand, wo sie auf einmal zu knurren begann und einen Buckel machte.

Christine richtete sich auf und folgte ihr zum Pool. Vielleicht war eine andere Katze in das Becken gesprungen und kam ohne fremde Hilfe nicht wieder heraus.

Was sie in dem trockengelegten Schwimmbecken dann allerdings erblickte, als sie keine zwei Meter mehr entfernt war, das konnte eindeutig nicht ohne fremde Hilfe den Pool verlassen – allerdings aus einem anderen Grund.

Mitten im Becken lag ein Mann in einer großen Blutlache, die sich um seinen zerschmetterten Kopf herum ausgebreitet hatte. Er trug ein Superman-Kostüm: blauer Ganzkörperanzug, dazu Stiefel, Hose und Cape in Rot, auf seiner Brust prangte ein rotes S auf gelbem Grund.

Was die Verkleidung sollte, konnte sich Christine nicht erklären. Sie wusste nur eines:

Superman war tot.

2

Und Sie haben also den Toten entdeckt?« Der Mann im dunklen Nadelstreifenanzug, der in Begleitung von zwei uniformierten Polizisten eingetroffen war, hatte im Becken die Leiche in Augenschein genommen und war eben wieder herausgekommen.

Christine nickte. »Ja, richtig. Ich hatte meine Katze gesucht und sie hier auf dem Grundstück entdeckt.«

»Sie hätten das Gelände gar nicht betreten dürfen«, raunte Billings sie an. Der Hotelmanager war wutentbrannt mit den drei Polizisten durch den Hintereingang zum Pool geeilt, nachdem Christine von dort aus per Mobiltelefon die Polizei von ihrem Fund in Kenntnis gesetzt hatte. »Das Gelände ist als Baustelle ausgewiesen, und deren Betreten ist strikt verboten.«

»Dann sollten Sie auch dafür sorgen, dass der Bretterzaun da hinten mal erneuert wird«, hielt sie ihm entgegen. »Da muss man sich von der anderen Seite nur dagegenlehnen, dann bricht er schon zusammen. Außerdem können Sie doch froh sein, dass ich hergekommen bin. Oder wäre es Ihnen lieber gewesen, einer Ihrer Gäste hätte den Toten entdeckt?«

»Es geht mir um …«

»Halten Sie bitte beide den Mund«, knurrte der Polizist ungehalten und fuhr sich über sein kurz geschnittenes rötliches Haar, das ihn sehr irisch aussehen ließ. Er wirkte bereits gereizt, als sie ihn aus dem Hotel hatte kommen sehen – so als hätte sie ihn bei etwas so Wichtigem wie dem Mittagessen gestört. »Der Dame ist ja nichts passiert«, wandte er sich an den Hotelmanager. »Ich schlage vor, Sie …«, er deutete auf Christine, »… nehmen Ihre Katze und gehen nach Hause, und Sie vergessen den Zwischenfall einfach, Mr Billings. Reparieren Sie den Zaun, und wenn wir den Toten weggebracht haben, rate ich Ihnen, den Pool mit einer Plane abzudecken, damit wir morgen nicht den Nächsten vom Beckenboden kratzen müssen. Das ist nämlich eine ziemliche Sauerei.«

Billings nickte stumm, dann wandte er sich ab und kehrte zurück ins Gebäude.

»Und was ist mit mir, Inspector?«, fragte Christine, als der Mann sich wegdrehte und offenbar ebenfalls den abgesperrten Bereich verlassen wollte.

»Detective Chief Inspector Hatfield, um ganz genau zu sein«, erwiderte er und sah sie über die Schulter hinweg an. »Sie können ruhig Chief Hatfield sagen, das macht hier jeder.« Er wartete, ob sie etwas darauf entgegnen würde, aber sie stand nur abwartend da. »Was soll mit Ihnen sein?«

»Na, wollen Sie denn meine Personalien nicht aufnehmen? Und benötigen Sie von mir keine Aussage?«

»Eine Aussage? Wofür das denn?«, rätselte er. »Sie haben den Toten entdeckt, uns informiert, und das war es dann. Es ist ja schließlich nicht so, als hätte ihn jemand umgebracht.«

Christine legte verwundert den Kopf schräg. »Woher wollen Sie das wissen? Wenn Sie sich nicht im Hotel umgesehen haben, können Sie doch gar nichts dazu sagen, was sich zugetragen hat.«

»Wer von uns beiden ist Polizist?«, fragte er schnaubend. Es war nicht zu übersehen, wie lästig ihm diese Diskussion war.

»Na, Sie.« Sie verkniff sich eine spöttische Bemerkung, die ihr sicherlich eine Anzeige wegen Beamtenbeleidigung eingebracht hätte. Stattdessen fügte sie hinzu: »Und deshalb ist es Ihre Pflicht, alle Möglichkeiten in Erwägung zu ziehen.«

Hatfield drehte sich zu ihr um und zwirbelte die Enden seines Schnauzers zwischen Daumen und Zeigefinger. Eine Weile musterte er sie, dann nickte er bedächtig. »Sie sind nicht von hier, richtig?«

»Ja, das stimmt. Ich bin momentan zu Besuch in Beechwood«, bestätigte sie.

»Momentan? Wann waren Sie denn das letzte Mal hier?«

»Das ist ungefähr fünfzehn bis zwanzig Jahre her«, antwortete sie ausweichend. Bei Polizisten konnte man nie wissen, welche Details sie sich einprägten, um sie später gegen einen zu verwenden.

»Aha.« Wieder nickte er. »Dann möchte ich Ihnen mal etwas erklären: Seit zehn oder elf Jahren kommen jeden März ein paar Tausend Fans von all diesen eigenartigen Zukunftsserien und so weiter nach Beechwood und veranstalten eine *Convention.*«

»Und so weiter?«, hakte sie nach. »Was meinen Sie damit?«

»Na, Zeug wie dieses *Herr der Ringe* und *Star Wars* und das alles.«

»Dann meinen Sie eine Science-Fiction- und Fantasy-Convention«, korrigierte Christine ihn.

»Ja, ja, sag ich doch«, fuhr er hastig fort. »Da wimmelt es in ganz Beechwood von Verrückten, die in Uniformen herumrennen, die sie in irgendwelchen Filmen gesehen haben. Die meisten sind ganz harmlose Spinner, aber erstens finde ich, sind das zu viele Spinner auf einem Haufen, und zweitens gibt es in der Zeit mehr Diebstähle und Gewaltdelikte als im ganzen übrigen Jahr. Sobald sie eine Maske vor dem Gesicht haben, glauben diese Verrückten …«

»Nur weil diese Leute Kostüme tragen, müssen Sie sie nun wirklich nicht ständig als Verrückte bezeichnen«, fiel sie ihm ins Wort. »Das sind ganz normale Leute, die in ihrer Freizeit einem Hobby nachgehen. Die werden nicht zu Gewalttätern, nur weil sie auf einmal ein paar spitze Ohren aufsetzen oder eine Rüstung tragen.«

»Ach ja? Und wie erklären Sie sich dann den Anstieg der Straftaten, sobald diese Horde hier auftaucht?«

»Vielleicht nutzen Kriminelle die Situation aus und rauben in irgendeiner wirren Verkleidung Leute aus, weil sie wissen, dass der Verdacht automatisch auf die Convention-Besucher fällt.«

»Sie scheinen sich ja gut auszukennen. Gehören Sie etwa auch zu denen? Verkleiden Sie sich auch?«, fragte er argwöhnisch.

Sie schüttelte den Kopf. »Nein, aber ich habe viele von diesen Leuten kennengelernt, und wenn Sie es genau wissen wollen: Ich finde, es sollte mehr Menschen von deren Schlag geben, die auf eine harmlose Weise ihre Träume ausleben.«

Hatfield zuckte mit den Schultern. »Sie haben zu dem Thema Ihre Meinung, ich habe meine.« Wieder wandte er sich zum Gehen.

»Einen Augenblick bitte«, rief Christine ihm nach. »Wollen Sie wirklich keine Nachforschungen anstellen?«

»Finden Sie, das sollte ich tun?« Er blieb erneut stehen und deutete auf den Swimmingpool. »Was meinen Sie denn, wie der da hingeraten ist?«

»Ich würde sagen, es ist denkbar, dass ihn jemand in den Tod gestoßen hat.«

»Sehen Sie sich den Kerl doch mal genauer an«, forderte Hatfield sie auf und zog sie mit sich zum Beckenrand. »Ich habe für diesen Kram nun wirklich nichts übrig, aber selbst ich erkenne, dass das da ein Superman-Kostüm ist. Superman. Der Typ, der unter anderem fliegen kann. Die Hefte hab ich früher auch gelesen, als ich noch klein war. Mein bester Freund wollte immer Superman sein, wenn wir gespielt haben. Er band sich eine rote Tischdecke um den Hals und tat so, als könnte er fliegen, wie Superman. Dreimal brach er sich die Schulter, bis er endlich einsah, dass das nur eine erfundene Figur ist und in Wirklichkeit niemand fliegen kann.«

»Und Sie meinen, weil er dieses Kostüm trägt …«, begann Christine.

»Ganz genau. Der da hat auch gedacht, er könnte fliegen. Bloß ist er nicht wie mein bester Freund von einem Baum heruntergesprungen, sondern vom Dach eines vierzehnstöckigen Gebäudes. Selbst wenn der Pool gefüllt gewesen wäre, hätte das Wasser den Sprung wohl nicht wesentlich gebremst. Aber das Wasser war abgepumpt, und als Superman merkte, dass das mit dem Fliegen nicht so richtig klappt, da schlug er auch schon mit dem Kopf voran auf dem Beckenboden auf.« Sein Schulterzucken wirkte so, als sei ihm der Tote ziemlich egal. »Dumm gelaufen«, ergänzte er dann noch.

»Dumm gelaufen?«, entrüstete sich Christine. »Haben Sie denn überhaupt kein Mitgefühl mit dem jungen Mann?«

»Wenn ich mit jedem Trottel Mitgefühl hätte, der ums Leben kommt, nur weil er vorübergehend oder auf Dauer den gesunden Menschenverstand abgeschaltet hat, dann käme ich gar nicht mehr zum Arbeiten.« Er strich sein kurzes rotes Haar nach hinten. »Mag sein, dass sich das in Ihren Ohren herzlos anhört, aber wenn Sie das schon so lange mitmachen würden wie ich, wüssten Sie, wann Mitgefühl angebracht ist. Wenn ein Kind auf dem Schulweg von einem Betrunkenen angefahren wird, wenn eine alte Frau auf dem Weg von der Bank überfallen und ausgeraubt wird, können Sie sicher sein, dass mein Mitgefühl keine Grenzen kennt. Wenn allerdings jemand vom Dach springt, weil er meint, er könnte fliegen … sorry, da muss ich passen.«

Christine atmete seufzend aus. »Also werden Sie nicht untersuchen, ob es vielleicht doch kein Unfall war?«

»Miss …«

»Bell, Christine Bell.«

»Miss Bell, wenn mir oder meinen Kollegen etwas eigenartig vorgekommen wäre, dann hätten wir längst die Spurensicherung angefordert. Aber das ist so eindeutig, daran gibt es nichts zu rütteln. Außerdem erwarten wir in den nächsten Tagen hohen Besuch in Beechwood, und meine Leute haben alle Hände voll zu tun, um die Sicherheit unseres Gastes zu gewährleisten.«

Mit diesen Worten wandte er sich endgültig ab und ließ sie stehen. Den beiden uniformierten Polizisten rief er im Vorbeigehen noch etwas zu, dann schob er das Absperrgitter zur Seite und kehrte ins Hotel zurück.

Christine stand da und schaute ihm ungläubig nach, doch als sie zu den beiden Polizisten sah, die wohl nur noch da waren, um auf die Ankunft des Leichenwagens zu warten, wusste sie, dass von ihnen keine Unterstützung zu erwarten war. Die wollten den ›Verrückten‹ genauso schnell loswerden wie ihr Vorgesetzter. Alles andere hätte weitaus mehr Arbeit gemacht, und das war offensichtlich nicht in ihrem Sinne.

Sie drehte sich um und suchte nach Isabelle, die eben noch neben ihr gesessen hatte, während sich Chief Hatfield zur angeblich eindeutigen Todesursache äußerte. Doch als sie sie nun auf den Arm nehmen und mit ihr querfeldein zum Haus ihrer Tante zurückkehren wollte, da war sie abermals verschwunden.

»Isabelle?«, rief sie und lauschte, aber sie erhielt keine Antwort. »Isabelle! Wo bist du?«

Plötzlich ertönte ein leises Miau, doch die Katze kam nicht zum Vorschein.

Erneut rief Christine nach ihr, erneut war ein Miauen zu hören, mehr geschah nicht. Sie folgte den verhaltenen Lauten, bis sie Isabelle hinter den verrosteten Sonnenliegen entdeckte. »Was suchst du denn hier? Jetzt komm schon, wir wollen nach Hause gehen.«

Die Katze rührte sich nicht von der Stelle, sodass Christine gezwungen war, über die Liegen zu steigen, um das Tier hochnehmen zu können. Darüber beschwerte sich Isabelle so lautstark, als hätte man ihr den ersten Futternapf nach drei Tagen Nulldiät gleich wieder weggenommen.

»Was ist denn los mit dir?«

Isabelle wand sich in ihren Armen, sprang zurück auf den Boden an die Stelle, an der sie noch vor wenigen Augenblicken gesessen hatte.

Kopfschüttelnd unternahm Christine einen weiteren Versuch, wobei ihr auffiel, dass die Katze sich auf ein Blatt Papier gesetzt hatte. Wieder hob sie Isabelle auf ihre Arme, die diesmal keinen Mucks von sich gab. Dann bückte sie sich nach dem Blatt, das mehrfach gefaltet war. Im Gegensatz zu allem anderen, was sich auf dem abgesperrten Bereich befand, war das Papier nicht über einen längeren Zeitraum Wind und Wetter ausgesetzt gewesen. Tatsächlich sah es sogar so aus, als habe es maximal ein paar Stunden dort gelegen.

Sie drehte es um und stutzte, da die Rückseite mehrere Blutspritzer aufwies, die zwar getrocknet, aber dennoch nicht alt waren. Vorsichtig faltete sie das Papier ein Stück weit auseinander und kam zu dem Schluss, dass es sich um eine Art Bauplan oder Grundriss handeln musste. Ihr Blick wanderte zum Swimmingpool, dann zum Dach des Hotels. Wenn der junge Mann mit dem Plan in der Hand vom Dach gesprungen war und ihn im Fallen losgelassen hatte, konnte es durchaus sein, dass er vom Wind bis hinter den Stapel aus Sonnenliegen geweht worden war. Der gefaltete Plan war für ihr Gefühl nicht leicht genug, um vom Wind aus dem Poolbecken herausgetragen zu werden. Aber woher sollten dann die Blutspritzer kommen? Es sei denn …

Die beiden Polizisten unterhielten sich angeregt und nahmen keine Notiz von ihr. Sie war fast sicher, wenn sie den beiden ihren Fund zeigen würde, würden sie sich irgendeine fadenscheinige Erklärung dafür aus den Fingern saugen. Hauptsache, sie mussten keine Ermittlungen aufnehmen. Nein, sie würde erst handfeste Beweise vorlegen müssen, bevor der Chief Inspector auch nur in Erwägung zog, es könne doch etwas anderes als ein tödlicher Unfall gewesen sein.

Sie nahm den Plan an sich und verließ mit Isabelle auf dem Arm das Grundstück auf dem Weg, auf dem sie auch hergekommen war. Die Uniformierten sahen ihr nicht einmal nach.

»Vielleicht war es ja Selbstmord«, gab ihr Tante Betty zu bedenken, als sie eine halbe Stunde später bei einer Tasse Kaffee und einem Stück Kuchen, das Christine von einer Autobahnraststätte mitgebracht hatte, beisammensaßen. Isabelle lag auf der Fensterbank, wo sie darüber eingeschlafen war, die Vögel im Garten zu beobachten. »So was kommt bei jungen

Leuten schließlich auch vor. Leider viel zu oft, möchte ich sagen.«

Christine trank einen Schluck Kaffee, dann schüttelte sie den Kopf. »Das passt einfach nicht. Warum soll er mit diesem Plan in der Hand vom Dach springen? Das ergibt so oder so keinen Sinn, egal, ob er nun tatsächlich dachte, er könnte fliegen, oder ob er sich in den Tod stürzen wollte.«

»Und wenn ihm der Plan aus der Hand geglitten ist, und er wollte nach ihm greifen und ist dabei vom Dach gefallen?«

Sie dachte darüber nach, musste aber verneinen. »Das würde bedeuten, dass das Blut bereits auf das Papier spritzte, als er noch auf dem Dach stand. Wie soll das möglich sein?«

»Wenn ihm jemand den Schädel einschlug und ihn anschließend vom Dach warf«, sprach Betty das aus, was Christine dachte.

»Ganz genau, Tante Betty.«

»Sag nicht immer ›Tante‹ zu mir«, unterbrach Betty sie sanft. »Da komme ich mir genauso alt vor, als würde mich jemand ›Oma‹ nennen. Ich sage schließlich zu dir auch nicht ständig ›Nichte Christine‹.«

»Okay.« Christine nickte lächelnd. »Dann sage ich eben nur Betty, wenn dir das lieber ist.«

»Somit hätten wir das ja geklärt. Aber zurück zu unserem eigentlichen Thema.« Betty goss ihnen beiden noch etwas Kaffee ein. »Was ist denn das eigentlich für ein Plan, den du da gefunden hast?«

»Den Isabelle gefunden hat«, berichtigte sie ihre Tante augenzwinkernd. Als sie ihren Namen hörte, hob die Katze den Kopf, blinzelte zum Wohnzimmertisch und döste dann weiter. »Das ist so etwas wie ein Grundriss.«

Sie griff nach dem Papier und faltete es auseinander, bis es viermal so groß war wie ein normales Blatt. Darauf war ein großer Kreis eingezeichnet, der fast die ganze Fläche in Anspruch nahm.

»Mit den vielen Linien sieht das eher aus wie ein Labyrinth

in der Rätselrubrik meiner Fernsehzeitung. Du weißt schon, diese Dinger, bei denen man den Weg von einer Seite zur anderen finden muss.«

»M-hm«, stimmte Christine zu. »Und wenn du genau hinsiehst, kannst du sogar erkennen, dass da ein Weg eingezeichnet worden ist. Hier.« Sie zeigte auf eine Stelle und folgte mit dem Finger der Linie, die sich durch die Gänge zog – oder was immer das darstellen sollte.

»Ist denn da gar nichts beschriftet?«, fragte Betty und griff nach ihrer Lesebrille.

»Doch, doch.« Wieder deutete sie auf verschiedene Stellen auf dem Plan. »Aber das sieht nach einer Fantasieschrift aus. Entziffern kann ich davon jedenfalls nichts.« Sie drehte den Plan hin und her. »Nicht mal, wenn ich es auf dem Kopf oder seitenverkehrt zu lesen versuche.«

»Wenn sich jemand die Mühe macht, das alles in einer Fantasieschrift zu beschriften, damit das niemand sonst entschlüsseln kann, dann muss es ja etwas streng Geheimes sein«, urteilte Betty. »Möglicherweise war der junge Mann ein Spion von Bin Laden.«

»Oder der Plan stammt von Außerirdischen.«

»Christine!«, rief Betty erschrocken. »Komm mir nicht mit sowas! Wir hatten hier in der Gegend genug merkwürdige Ereignisse!«

»Was für Ereignisse?«, fragte Christine verwundert.

Ihre Tante winkte ab. »Ach, du weißt schon. Die üblichen seltsamen Lichter am Himmel und so weiter.«

»Du meinst … UFOs?«

»Na ja, jedenfalls behaupten das manche. Ich persönlich glaube nicht daran, aber als du jetzt gerade von Außerirdischen gesprochen hast …«

»Nein, nein, Betty«, beschwichtigte Christine sie. »Ich dachte dabei an diese Science-Fiction-Convention, die Ende der Woche im Saal auf dem Pier stattfinden wird. In all den Serien und Filmen haben die Außerirdischen auch immer eine eigene Schrift und eine eigene Sprache, die natürlich komplett erfunden ist. Wenn das hier etwas mit einer von den Serien zu tun hat, dann sind das vermutlich ganz willkürliche Zeichenfolgen, die überhaupt nichts zu bedeuten haben.«

»Ach ja, du hast recht, hier findet jedes Jahr so etwas statt«, fiel es Betty ein. »Da wimmelt es in der Stadt von Kostümierten. Ich finde das ganz amüsant, muss ich sagen.« Sie stutzte. »Besuchst du eigentlich nicht solche Veranstaltungen? Du schreibst doch Fantasy, nicht wahr?«

Christine nickte. »Im Prinzip wäre das sicher was für mich, aber vermutlich haben sie wichtigere Leute eingeladen, und solange die nicht absagen, rücke ich auf der ellenlangen Liste nicht weiter nach oben.«

»Warum fragst du nicht einfach nach? Du bist schließlich auch wichtig, und bestimmt bist du wichtiger als einige von den anderen, die da hingehen.«

»Danke, Betty«, sagte sie lachend. »Aber du musst nicht mein Ego aufbauen. Mir macht das nichts aus, wenn ich nicht eingeladen werde. Die Veranstalter müssen beurteilen, wen sie haben wollen, und je nachdem, welchen Schwerpunkt so ein Event hat, kommen bestimmte Autoren von vornherein nicht infrage. Und man fragt da als Autor nicht nach, weil das so erbärmlich ist, als würde man sich selbst zu einer Geburtstagsparty einladen, nur weil keine Einladung in der Post war. Mein Agent weiß aber, dass er mich auf solche Conventions grundsätzlich aufmerksam machen soll, auch wenn es sich um kleinere Veranstaltungen handelt. Er hat mich nicht angerufen, also ist auch niemand an mir interessiert.«

»Aha, ich verstehe.«

»Außerdem bin ich hergekommen, um mich um dich zu kümmern«, ergänzte sie. »Da werde ich dich doch nicht gleich wieder im Stich lassen!«

»Du weißt, dass es nicht so viel gibt, was du für mich tun musst.«

»Trotzdem werde ich nicht hingehen«, beharrte Christine.

»Ich bin nicht eingeladen worden, und ich werde mich nun mal niemandem aufdrängen.«

»Aber vielleicht bringt dich das in diesem Fall weiter«, gab Betty zu bedenken. »Wenn der junge Mann auch zu diesem Treffen gehen wollte, kannst du vielleicht dort etwas mehr über ihn erfahren und dem Täter auf die Spur kommen.«

Unschlüssig saß Christine da und starrte in ihre Kaffeetasse.

»Wenn ich dich recht verstanden habe, will dieser Inspector doch auf keinen Fall Ermittlungen einleiten, nicht wahr?«

»Er ist überzeugt, dass es ein Unfall war«, bekräftigte sie.

»Na bitte. Wenn es aber kein Unfall war, dann kommt der Mörder ungestraft davon.«

»Eben, und der Gedanke gefällt mir überhaupt nicht.«

»Ich weiß«, meinte Betty leicht amüsiert. »Deine Mom hat mir erzählt, dass nach deinem Abenteuer mit diesem mörderischen Milchproduzenten bei dir ein kriminalistischer Spürsinn erwacht ist, was du wohl ganz allein deiner Katze zu verdanken hast.«

»Tja, ohne Isabelle wäre ich nie in die Sache verstrickt worden. Zu schade nur, dass ihr vorheriger Besitzer tot ist und ich nichts weiter über sie in Erfahrung bringen kann.« Eine Zeit lang saßen sie schweigend da, dann sagte Christine: »Also gut, ich werde darüber nachdenken, ob ich mich bei den anderen Besuchern der Convention ein bisschen umhöre, um etwas über den Toten herauszufinden. Aber wirklich nur, wenn du mich entbehren kannst.«

»Das hört sich besser an«, gab Betty zurück. »Wenn du mir jetzt ins Schlafzimmer hilfst, werde ich mich ein bisschen hinlegen, bis *Coronation Street* anfängt. Bis dahin kann ich dich entbehren.«

»Okay.« Christine überlegte kurz, bis ihr eine Idee kam. »Dann kann ich mich in der Zwischenzeit schon mal ein bisschen gründlicher umsehen.«

***

Das Golden West war ein Hotel von der Sorte, die man niemandem guten Gewissens empfehlen konnte, und doch existierte es bereits seit über dreißig Jahren, auch wenn die Eigentümer wohl fast so häufig wechselten wie die Gäste. Das Gebäude mit seinen vierzehn Stockwerken überragte jedes andere Bauwerk in Beechwood, und auch wenn es weit weg war von der Promenade mit dem Pier, störte es die Skyline des Küstenorts durchaus. Es wirkte, als hätte ein Riese ein langes Betonstück ungespitzt in den Boden gerammt und es dann einfach dort zurückgelassen. Gelindert wurde dieser Eindruck nur durch die Tatsache, dass gleich daneben in Richtung Eastbourne die Kreideklippen in den Himmel wuchsen und das Bauwerk um viele Meter überragten. Auf diesen Klippen stand auch der alte Leuchtturm von Beechwood.

Ursprünglich war geplant gewesen, ein neues, futuristisches Stadtzentrum entstehen zu lassen, um dem altehrwürdigen benachbarten Brighton Konkurrenz zu machen und eine ganz neue Zielgruppe unter den Touristen anzusprechen. Nach deren Fertigstellung hätte man das alte Beechwood abgerissen, um dort weitere Hochhäuser zu errichten, in denen sich betuchte Interessenten Ferienwohnungen kaufen sollten.

Auf dem Zeichenbrett war das Projekt weit gediehen, der Zeitplan stand bereits fest, und man hatte auch schon die ersten Bauunternehmen beauftragt, die in den Startlöchern saßen. Dann auf einmal war der Projektleiter spurlos verschwunden – und mit ihm ein zweistelliger Millionenbetrag, mit dem die erste Phase finanziert werden sollte. Da weder der Projektleiter noch das Geld je wieder auftauchte, war es nicht möglich, die Umgestaltung von Beechwood voranzutreiben. Doch es war nicht nur dieses Geld, das den Stadtvätern fehlte; es mussten Kredite in Millionenhöhe aufgenommen werden, um die Schadenersatzforderungen der Bauunternehmen zu erfüllen. Die Gelder standen ihnen vertraglich zu, daran war nichts zu rütteln. Die Stadt steckte tief in den roten Zahlen, und daran sollte sich auf Jahre hinaus nichts ändern.

Wenn man das Golden West betrachtete, dann war es für Beechwood vielleicht gar nicht so schlecht, dass es so gekommen war. Der Bau präsentierte sich als hässlicher Betonklotz, dessen Stil bereits bei Baubeginn längst nicht mehr zeitgemäß gewesen war, und auch die Einrichtung war so gestaltet, dass das Hotel bereits bei seiner Eröffnung wirkte, als sei es seit zehn Jahren nicht mehr renoviert worden. Das Mobiliar sah seinerzeit zwar neu aus, aber die gesamte Einrichtung ließ vermuten, dass sie mehrere Jahre in irgendeinem Möbellager gestanden hatte und dann zu einem Schleuderpreis verkauft worden war, um endlich Platz zu schaffen.

Offenbar war nicht nur der Projektleiter eine zwielichtige Gestalt gewesen, auch der Innenarchitekt des Hotels hatte sich vermutlich einen Teil des Budgets in die eigene Tasche gesteckt und die Möbel preisgünstig erstanden. Wären die anderen Projekte auf die gleiche Weise umgesetzt und das alte Beechwood abgerissen worden, dann hätte die Stadt wohl über kurz oder lang den Bankrott erklären müssen, weil sich kein Tourist eine solche Zumutung antun wollte.

So war zumindest das alte Beechwood erhalten geblieben, und dieser Schandfleck stand weit genug abseits, um von den meisten Einwohnern und den Touristen ignoriert zu werden.

Christine blieb in einiger Entfernung stehen und musterte das Hochhaus. Die zum Land weisende Seite befand sich in einem erbärmlichen Zustand, sämtliche Farbe war abgeblättert, alles war so verdreckt, dass der Regen den Schmutz nicht abwaschen, sondern nur in großflächigen Schlieren auf dem hellgrauen Beton verteilen konnte. Die seitliche Fassade sah fast genauso schlimm aus, lediglich die Front war vor nicht allzu langer Zeit frisch gestrichen worden, als ob niemand das Haus aus einer anderen Richtung sehen könnte.

Bei dieser Fassadenkosmetik wiederum hatte man gespart, wo man nur konnte, und offenbar war der Eigentümer dabei auch auf die Idee gekommen, auf ein Gerüst zu verzichten und die Außenwände stattdessen von den Balkonen und den Fenstern aus mit Farbrollen zu streichen. Dementsprechend unansehnlich war das Ergebnis.

Aber letztlich tat das Beechwood keinen Abbruch. Der Ort lockte genug Touristen an, und etliche von ihnen begnügten sich mit einer vergleichsweise schlichten Unterkunft, wenn sie dafür ein paar Tage am Meer verbringen konnten.

Christine riss sich vom Anblick der fleckigen Fassade los und betrat das Foyer, dessen Flair in etwa dem eines Parkhauses entsprach. Der dunkelbraune Noppenfußboden ließ deutlich erkennen, wo in den letzten Jahrzehnten die meisten Gäste gegangen waren. An den Wänden klebten Poster, die den sonnigen Süden zeigten, allerdings den in Spanien. Die Sitzgruppe in einer Ecke hatte zweifellos auch schon den Tag der Eröffnung Mitte der 70er mitgemacht, und die Empfangstheke zur Rechten war auch nicht mehr die Jüngste. Ein Mann mittleren Alters saß hinter der Theke und starrte auf einen Monitor, von Christine nahm er gar keine Notiz.

Kopfschüttelnd, aber auch erfreut begab sie sich zu den Aufzügen. Wenn sich niemand für sie interessierte, musste sie auch niemandem erklären, was sie hier wollte. Also würde man ihr auch keine Fragen stellen, und niemand käme auf die Idee, die Polizei zu verständigen.

Als die Aufzugtür sich öffnete, erschrak Christine. Die Liftkabine war innen über und über mit Graffiti beschmiert, von den vier Glühbirnen an der Decke brannte nur noch eine, und noch bevor sie den Rückzug antreten und die Treppe benutzen konnte, versetzte ihr die sich schließende Tür einen Stoß in den Rücken.

Dann ratterte der Aufzug nach oben, obwohl sie noch gar keine Taste gedrückt hatte. Vermutlich hatte irgendwer den Lift angefordert, aber bevor er halten konnte und sie erst noch mit nach unten fahren musste, drückte sie auf die 14 und kniff die Augen zu. Sie war auf alles gefasst. Insgeheim fürchtete sie, der Aufzug könnte es sich jeden Moment anders überlegen und mit ihr an Bord in die Tiefe stürzen. Nach einer endlos scheinenden Minute kam die Kabine mit einem heftigen Ruck zum Stehen, und die Tür ging auf. So schnell wie jetzt und hier hatte Christine noch nie einen Aufzug verlassen.

Der Flur im vierzehnten Stockwerk wirkte genauso schäbig wie das Foyer, aber immerhin war auch hier alles sauber. Christine ging den Korridor entlang und stieß auf das Treppenhaus; sie ging nach oben und fand die Metalltür zum Dach unverschlossen vor. Als sie sie öffnete, wurde sie ihr von einer kräftigen Böe aus der Hand gerissen. »Hoppla«, murmelte sie und spähte zunächst einmal vorsichtig um die Ecke. Der Wind blies ihr ins Gesicht, jedoch nicht so stark, dass er sie an den Dachrand oder sogar darüber hinaus hätte wehen können.

Sie betrat das Flachdach und stellte fest, dass ringsum in einem Abstand von bestimmt einem Meter zur Dachkante ein Geländer verlief, das mindestens eins zwanzig hoch sein musste. Vermutlich war das hier mal als Sonnendeck gedacht gewesen, doch der Wind hatte diesem Plan sicher den Garaus gemacht. Zwar konnten die Sonnenhungrigen nicht buchstäblich weggeweht werden, dafür aber alles, was sie mitbrachten – Handtücher, Kleidung, Sandwiches.

Ihr Blick fiel auf die See, die sie aus dieser Perspektive noch nie gesehen hatte, so oft ihre Eltern auch mit ihr und ihrer Schwester nach Beechwood gekommen waren. Im ersten Moment war die Aussicht etwas gewöhnungsbedürftig, da sie ihr so unwirklich vorkam. Doch je länger sie aufs Meer hinaus sah, desto begeisterter war sie von diesem Anblick. Das Wasser wirkte grau und trüb, aber von hier aus wurden die ungeheuren Dimensionen des Meers für sie ein wenig greifbarer. Es war schier überwältigend, diese endlose Weite zu betrachten, auch wenn sie genau wusste, dass gleich hinter dem Horizont die französische Küste lag.

Es kostete sie Mühe, sich von diesem Anblick loszureißen, aber sie war nicht hier, um die Aussicht zu genießen, sondern um einem mysteriösen Todesfall auf den Grund zu gehen, der vermutlich mehr als nur ein Unfall war.

Sie überquerte das Dach, und noch während sie sich dem Geländer näherte, entdeckte sie, was sie zu finden vermutet hatte. Blutspuren, und das nicht zu knapp. Auf dem Boden waren etliche Spritzer verteilt, am Geländer klebten Reste von Blut, und auf der anderen Seite des Gitters war ein größerer roter Fleck zu sehen.

Der junge Mann hatte hier gestanden, wo sie jetzt stand, dann schlug ihm jemand mit irgendeinem schweren Gegenstand auf den Kopf, hob ihn über das Schutzgitter, wo er mit dem Hinterkopf auf dem Boden landete, sodass sich das Blut von der schweren Kopfverletzung dort sammeln konnte. Der Plan, den er in der Hand hielt, bekam von einem der Schläge auf den Schädel die Blutspritzer ab, er musste ihn loslassen, und in dem Moment erfasste eine Böe das Papier und riss es mit sich. Dann kletterte der Täter über das Gitter, packte den Mann und schleuderte ihn über die Dachkante, damit durch die Verletzungen, die er sich beim Aufprall auf den Boden zuzog, nicht die tödlichen Schläge auf den Schädel auffielen und niemand einen Verdacht schöpfte.

»Sehr schlau«, sagte sie zu sich selbst, zog ihr Telefon aus der Tasche und machte ein paar Fotos von den Blutspuren. »Aber was hast du angestellt, dass dich jemand umbringen wollte? Und was hat es mit diesem Plan auf sich, den Isabelle gefunden hat? Bedeutet der überhaupt irgendetwas?«

»Sind Sie auch wegen Murray hier?«

Die Stimme dicht hinter ihr ließ sie vor Schreck herumwirbeln, und sie rechnete bereits mit dem Schlimmsten. Vor ihr stand ein etwa zwanzig Jahre alter Mann mit langen blonden Haaren, sein Gesicht war schmal, und er trug eine dunkle Hornbrille.

»Murray?«, wiederholte sie.

»Ja, der Typ, der da runtergesprungen ist.«

Sie nickte.

»Ich bin Stu«, sagte er und gab ihr die Hand.

»Freut mich, ich bin Christine.«

»Waren Sie 'ne Freundin von Murray?«, fragte er.

»Ähm … so würde ich das nicht sagen. Wir … also Murray und ich …«, stammelte sie und versuchte, eine möglichst vage Antwort zu geben, damit niemand sie später auf etwas festnageln konnte. »Wie gut kannten Sie ihn denn?«, fragte sie, da sie spontan entschieden hatte, in die Offensive zu gehen.

Stu leistete keine Gegenwehr und vergaß offenbar seine Frage an sie. »Ich … eigentlich gar nicht. Wir wollten beide die Convention besuchen, und wir haben dieses Paket gebucht, bei dem ein halbes Doppelzimmer im Preis enthalten ist. Wir sind uns gestern Abend zum ersten Mal begegnet.«

»Aha«, gab sie von sich, was alles und nichts bedeuten konnte. »Ist Ihnen an ihm irgendetwas aufgefallen? Wirkte er … vielleicht nervös? Oder deprimiert?«

»Weiß nicht. Ich hab ihn ja nicht weiter gekannt, da weiß ich halt nicht, wie er ist, wenn er nervös ist oder so. Er kam mir ganz normal vor. Er hat ganz normal geredet.«

»Über was?«

»Alles Mögliche«, antwortete Stu. »Übers Hobby, Musik und so.«

»Wissen Sie etwas darüber, woher er kommt? Wo er wohnt? Irgendetwas, das mir weiterhelfen könnte, mehr über ihn herauszufinden?«

Der junge Mann schüttelte den Kopf. »Ich glaube nicht. Wir haben auch nicht so lange gequatscht. Ich bin später noch mal los, um mir die Stadt anzusehen, und als ich zurückkam, schlief er schon. Heute Morgen haben wir unten im Gemeinschaftsraum gefrühstückt, danach ist er mit seiner Reisetasche losgezogen.«

»Er hat das Hotel wieder verlassen?«, fragte Christine.

»Nee, nee, seine Sachen hat er im Zimmer gelassen, aber er wollte mit der Tasche zu einem Schuster, weil die Griffe so durchgescheuert waren.«

»Dann ist seine Tasche jetzt nicht mehr da.«

»Nö. Nur die Kleidung.«

Hatte Murray in der Tasche etwas weggeschafft oder wegschaffen wollen, und war er deswegen umgebracht worden? Oder hatte das alles gar nichts zu bedeuten? Waren diese Dinge nur zufällige Ereignisse, die in keinem Zusammenhang zueinander standen?

»Können Sie sich erklären, wieso er hierher aufs Dach gekommen ist?«, hakte sie nach. Bislang war sie kein bisschen schlauer als zuvor, wenn man die Blutspuren einmal außer Acht ließ, die mehr als eindeutig waren.

Stu schüttelte den Kopf. »Keine Ahnung. Vielleicht wollte er die Aussicht genießen oder so.«

»Und das Superman-Kostüm?«

»Das … was?«

»Na, er trug doch dieses Kostüm, als ich … als er gefunden wurde«, erklärte Christine.

»Ein Superman-Kostüm?« Stu sah sie ungläubig an. »Bringen Sie da nicht irgendwas durcheinander?«

»Nein, ich … ich habe es selbst gesehen«, beteuerte sie.

»Hören Sie, Christine, das kann nicht sein. So was hätte Murray niemals angezogen.«

Sie sah ihn mit skeptischer Miene an. »Sie haben vorhin selbst gesagt, dass Sie ihn kaum gekannt haben. Wie können Sie dann so etwas mit solcher Überzeugung behaupten?« Während Sie redete, zog sie ihr Telefon aus der Jackentasche und rief die Fotogalerie auf. »Ich will Ihnen nicht zu viel zumuten, aber wenn Sie sich dieses Foto ansehen, dann …«

»Sie haben Murray fotografiert, wie er im Pool gelegen hat?« Sein Tonfall ließ keinen Rückschluss darauf zu, ob ihn diese Tatsache entrüstete oder begeisterte.

Sie reagierte nicht auf seine Frage, sondern erwiderte: »Glauben Sie, Sie können sich das ansehen?«

Stu nickte überzeugt. »Klar doch. Ist ja nicht so, als wär das ein langjähriger Freund.«

Daraufhin hielt sie ihm die Kamera hin.

»Tatsächlich«, sagte er entgeistert. »Das begreife ich nicht.«

»Wieso?«, wollte Christine wissen. »Was ist daran so eigenartig?«

»Ich hab Ihnen ja erzählt, dass wir uns über unsere Hobbys unterhalten haben.«

Sie nickte geduldig.

»Wir sprachen auch über Comics, und er erzählte mir, dass er ausschließlich Marvel-Comics sammelt, weil der Rest seiner Meinung nach nichts taugt.«

»Und … was bedeutet das?«

Einen Moment lang sah er Christine ratlos an, dann erst begriff er ihre Frage. »Ach so, Sie stehen wohl nicht auf Comics, wie?«

»Auf manche schon, nur nicht auf Superhelden«, antwortete sie.

Seine Miene hellte sich auf. »Klar, dass Sie mir gar nicht folgen können. Sie müssen wissen, dass *Superman* ein DC Comic ist, kein Marvel Comic. Ich hätte nichts gesagt, wenn er sich als Marvel-Held verkleidet hätte. Aber so … das passt überhaupt nicht zu ihm.«

»Besteht da irgendeine Art von Feindschaft zwischen beiden Lagern?«

Er schüttelte den Kopf. »Das ist nur eine persönliche Vorliebe. Ich sammele die Comics, die mir gefallen, der Verlag ist mir egal. Andere sammeln nur einen bestimmten Zeichner, und Murray war jemand, der sich halt nur für einen einzelnen Verlag interessierte. Das ist keine Glaubensfrage oder so. Dafür bringt man niemanden um.«

Christine wurde hellhörig. »Wieso sagen Sie das?«

»Was?«

»Dass man dafür niemanden umbringt.«

»Ach das. Na ja, wissen Sie, ich sag so was nicht gern«, druckste er herum , »aber wenn ich an dieses Kostüm denke, dann möchte ich fast behaupten, dass jemand ihm was angetan hat.«

»Sie meinen …« Sie suchte nach den richtigen Worten.

»… dass dieses Kostüm irgendeine Art von … wie soll ich das bezeichnen … eine Art Strafe oder Demütigung ist, weil es für etwas steht, was er nicht mag?«

Wieder schüttelte Stu den Kopf. »Nein, so was würde ich da nicht hineindeuten. Kann zwar sein, dass das was damit zu tun hat, trotzdem denke ich eigentlich eher, der Täter hatte keine Ahnung. Wenn ich mal eine ganz wilde Theorie aufstellen darf: Ich würde behaupten, es sollten alle glauben, dass Murray sich für Superman gehalten und gemeint hat, er könnte fliegen.«

»Das klingt interessant«, urteilte Christine, vertraute ihm jedoch nicht an, dass die Polizei genau dieser Ansicht war.

»Bringt aber nichts.«

»Wieso nicht?«

»Weil ich eben auf Twitter gelesen habe, dass sein Tod als Unfall behandelt wird.«

»Auf Twitter?«

»Genau …« Er musterte sie einen Moment lang. »Ähm … Sie wissen doch, was Twitter ist, oder?«

»Ja, natürlich weiß ich das«, gab Christine zurück. »Ich bin zwar nicht mehr ganz so jung wie Sie …«

»Aber dafür sehen Sie immer noch verdammt scharf aus«, rutschte es ihm heraus, im nächsten Augenblick lief er rot an. »Entschuldigen Sie, das … ich hab's nicht so mit Komplimenten. Ich wollte sagen, dass Sie … also …«

»Schon gut, Stu«, winkte sie ab. Ihre Wangen glühten ebenfalls vor Verlegenheit. »Das kam gerade netter rüber, als Sie es für möglich halten würden.«

»Echt jetzt?«, fragte er verblüfft. »Ich dachte, Sie wären jetzt sauer auf mich.«

Sie schüttelte den Kopf und lächelte ihn an. »Normalerweise halten Zwanzigjährige mich für steinalt, da tut es richtig gut, wenn mal jemand aus Ihrer Generation ein Kompliment für mich übrig hat.«

Erleichtert atmete er durch, dann wurde er plötzlich blass.

»Oh Mann, hoffentlich denken Sie jetzt nicht, ich hätte einen Ödipus-Komplex, nur weil ich …«

»Aufhören, sonst machen Sie alles kaputt, was Sie eben gesagt haben. Ich möchte nicht mit Ödipus in einem Atemzug genannt werden, okay?«

»Hab schon verstanden«, beteuerte er.

»Von wem kam denn diese Meldung auf Twitter, von der Sie eben sprachen?«, kehrte sie zum eigentlichen Thema zurück, bevor der junge Mann sich noch weiter verhaspelte.

»Keine Ahnung, das läuft ja unter einem Nick, aber der Schreiber dürfte wohl bei der Polizei arbeiten oder gute Kontakte dorthin haben.«

Christine überlegte, ob nicht vielleicht der Täter selbst die Information verbreitete, um auf diese Weise zu verhindern, dass man über Murrays Tod zu spekulieren begann. Sie beabsichtigte nicht, Stus Meinung zu widersprechen. Je mehr Leute überzeugt waren, dass es sich um einen Unfall oder um Selbstmord handelte, umso sicherer fühlte sich der Täter. Außerdem konnte sie dann der Sache ungestört nachgehen und musste sich keinen Wettlauf mit einem halben Dutzend Amateurdetektiven liefern, deren Aktivitäten wahrscheinlich mehr schaden als nutzen würden.

»So, so«, sagte sie nur. Um das Thema nicht weiter vertiefen zu müssen, fügte sie noch hinzu: »Tja, dann werden wir wohl nie erfahren, was Murray dazu getrieben hat, in dieses Kostüm zu steigen.«

Stu schüttelte den Kopf. »Sieht so aus. Aber vielleicht kommt ja sein Geist zu uns zurück und verrät uns, wie es sich in Wirklichkeit abgespielt hat.«

Christine musterte den jungen Mann von der Seite, wie er gedankenverloren in die Ferne blickte, und fragte sich, ob seine Bemerkung ernst gemeint war oder nicht. Als er sich auf einmal umdrehte und sie breit angrinste, wusste sie die Antwort.

»Okay, ich muss los«, sagte sie. »Falls Ihnen noch etwas einfällt oder Sie von irgendwem etwas Neues erfahren, rufen Sie mich doch bitte an.« Sie nahm einen Zettel aus der Brieftasche und notierte die Nummer ihrer Tante. »Sprechen Sie auf den Anrufbeantworter, wenn sich niemand meldet.«

Mit diesen Worten ließ sie ihn auf dem Dach zurück und ging zur Tür. Diesmal nahm sie die Treppe, da sie für kein Geld der Welt noch einmal mit diesem Aufzug hätte fahren wollen.

Auf dem Weg aus dem Hotel griff Christine wieder nach ihrem Telefon und wählte die Nummer der Polizei. »Verbinden Sie mich bitte mit Chief Hatfield«, bat sie, als sich eine Frauenstimme meldete.

Es knackte in der Leitung, dann folgte ein knappes: »Hatfield.«

»Hier ist Christine Bell, guten Abend, Mr Hatfield, ich …«

»Muss ich Sie kennen?«, unterbrach er sie. »Ihren Namen habe ich schon mal irgendwo gehört, aber …«

»Wir sind uns heute Mittag am Swimmingpool hinter dem Hotel begegnet«, half sie ihm auf die Sprünge.

»Ach ja, richtig. Sie hatten den Toten entdeckt. Was kann ich denn für Sie tun?«

Sie holte tief Luft und verkündete: »Ich wollte Sie eigentlich nur fragen, ob sich einer Ihrer Leute auf dem Hoteldach umgesehen hat.«

»Auf dem Hoteldach?«, wiederholte er mit vollem Mund. Wie es schien, hatte sie ihn im falschen Moment angerufen. »Warum?«

»Na, weil Mur… weil der junge Mann doch von da in den Tod gesprungen ist.«

Es folgte sekundenlanges Schweigen, als überlege der Chief Inspector, welcher Zusammenhang zwischen dem Dach und dem angeblichen Selbstmord bestehen sollte. »Ja, und?«, bestätigte er schließlich mit diesen zwei Worten ihre Vermutung.

Christine haderte mit sich, ob sie die Sache einfach auf sich beruhen lassen und selbst weiter ermitteln sollte. Aber vielleicht benötigte dieser Hatfield nur einen leichten Schubs in die richtige Richtung, damit sein Instinkt geweckt wurde.

»Nun, ich war vorhin da oben und habe mich umgesehen, und dabei habe ich am Geländer zum Pool Blutspuren entdeckt.«

»Und?«, fragte er kauend.

Frustriert kniff sie einen Moment lang die Augen zu. »Und es könnte doch sein, dass ihn jemand auf dem Dach niedergeschlagen und dann in den Pool geworfen hat.«

»Oh, Sie meinen, dass es kein Selbstmord war«, gab er zurück und klang einen winzigen Moment lang ernsthaft interessiert, bis seine Stimme einen ironischen Unterton annahm: »Haben Sie denn schon das Blut analysiert und verglichen, ob es tatsächlich von dem Opfer stammt?«

»Wie sollte ich das denn machen?«

»Ach, stimmt ja. Sie sind ja gar keine Polizistin«, spottete er weiter. »Und Sie haben ja auch gar kein Labor, in dem Sie so etwas untersuchen könnten.«

»Mr Hatfield«, erwiderte sie verärgert. »Wenn Sie mich auf den Arm nehmen wollen …«

»Entschuldigen Sie, wenn ich es auf diese Tour mache, aber anders kann man manchen Leuten offenbar nicht deutlich machen, dass immer noch *wir* die Polizei sind. Und das gilt leider auch für Sie, Miss Bell.«

»Ich will nur behilflich sein, weil …«

»Wenn wir von der Polizei die Hilfe der Bürger benötigen, wenden wir uns an die Bürger. Und wenn wir das nicht tun, sind wir bereits im Besitz aller Fakten, um einen Fall beurteilen zu können.«

Sie dachte an den seltsamen Grundriss, auf den sie dank Isabelle gestoßen war, und entschied, Hatfield gar nicht erst davon zu erzählen. Genauso wenig würde ihn Stus Bemerkung interessieren, dass Murray unter keinen Umständen ein Superman-Kostüm angezogen hätte. Vielleicht war der Mann prinzipiell inkompetent, vielleicht fand er auch, im Zusammenhang mit dem Tod eines ›Verrückten‹ lohnte es sich nicht, weitere Ermittlungen anzustellen. Auf jeden Fall hatte er kein

Interesse an ihren Beobachtungen, die den Tod des jungen Mannes in ein anderes Licht rückten.

Ihr Entschluss stand fest: Sie würde auf eigene Faust ermitteln, und wenn sie auf eine heiße Spur stieß und den Täter entlarvte, konnte sie sich eine Beschwerde bei Hatfields Vorgesetzten sparen, weil die spätestens dann von der Unfähigkeit dieses Mannes erfahren würden.

»Wissen Sie, von dieser Warte aus habe ich das noch gar nicht gesehen«, entgegnete sie und verkniff sich einen zynischen Nachsatz, der ihr auf der Zunge lag. Dann verabschiedete sie sich, steckte das Telefon ein und machte sich auf den Weg zurück zum Haus ihrer Tante. Ihr Blick schweifte über die breite Promenade, und in einiger Entfernung sah sie den imposanten Pier, der gut dreihundert Meter weit ins Meer hineinragte. So verlockend es auch war, jetzt sofort dorthin zu spazieren und Erinnerungen an frühere Urlaube in Beechwood wach werden zu lassen, entschied sie sich doch dagegen. Sie war nicht nur für ein paar Tage hergekommen, und sie würde noch Zeit genug haben, ihre persönliche Reise in die Vergangenheit zu unternehmen.

3

Hast du mir nicht am Telefon gesagt, du fährst einen Mini?«, fragte Betty, als sie am nächsten Morgen zusammen mit ihrer Nichte das Haus verließ. Es war kalt, dichte Wolken bedeckten den Himmel, vom Meer her wehte ein beständiger, wenn auch nicht allzu starker Wind übers Land.

Christine hielt ihr das Gartentor auf und verriegelte es, nachdem Betty an ihren Krücken hindurchgegangen war. »Ja, das ist richtig, aber ich dachte mir, ich muss dich bestimmt zumindest mal zum Arzt oder irgendwo anders hinfahren, darum habe ich mir von einem Bekannten den Minivan geliehen. Er hat eine Schiebetür für die Rückbank, da kannst du viel bequemer einsteigen. Außerdem wäre im Mini gar kein Platz für dein eingegipstes Bein. Und die Krücken können wir so auch viel besser unterbringen.«

Sie drückte auf eine kleine Taste an dem klobigen Wagenschlüssel, woraufhin sich die Schiebetür von selbst entriegelte und automatisch aufglitt.

»Da fehlen mir die Worte«, erklärte Betty und blieb staunend stehen. »Das hatte ja nicht mal der Krankenwagen, mit dem ich nach Hause gebracht wurde.«

»Kein Wunder«, scherzte Christine. »Der wurde ja wahrscheinlich auch schon 1952 angeschafft.«

Betty seufzte. »Sei froh, dass dein Dad dich jetzt nicht hört. Du weißt, er mag es nicht, wenn jemand über unser Gesundheitssystem lästert.«

»›Krankheitssystem‹ wäre wohl der treffendere Begriff«, hielt sie dagegen. »Er war auf dieses System zum Glück ja auch noch nie angewiesen.«

»Na ja«, räumte ihre Tante ein. »Als ganz so schlimm empfinde ich es nicht, aber dieser Beinbruch ist auch eigentlich das erste Mal, dass ich mehr in Anspruch nehme als die jährliche Blutuntersuchung.«

»Tja, das scheint bei euch in der Familie zu liegen«, meinte Christine und half ihr beim Einsteigen, legte ihr den Gurt an und schob die Krücken unter die Sitzbank. Den Beifahrersitz hatte sie zum Liegesitz nach hinten geklappt, sodass Betty ihr gebrochenes Bein hochlegen konnte.

Christine stieg ein und fuhr bis zum Ende der Road by the Sea, wendete und kehrte zurück zur Slaughterhouse Road, bog nach rechts ab und fuhr dann bis zur dritten Einmündung auf der linken Seite. »Hier müssen wir rein, richtig?«

Betty reckte den Hals, um aus dem Fenster zu sehen. »Ja, hier sind wir richtig. Baker Street.« Nach ein paar Minuten sagte sie: »Da vorne links ist die Praxis, da, wo diese Engelsskulptur steht.«

»Alles klar«, erwiderte Christine und bremste ab. Vor der Arztpraxis standen drei Besucherparkplätze zur Verfügung, die trotz der frühen Uhrzeit alle belegt waren.

»Stell dich einfach davor«, erklärte Betty. »Wenn einer von denen wegfahren will, wird er sich schon melden.«

Sie stieg aus, während sich die Schiebetür wieder von selbst öffnete, und half ihrer Tante beim Aussteigen.

»Und dein Dad sagt nichts dagegen, dass du in einem Japaner durch unser Königreich fährst?«, fragte sie und zwinkerte Christine zu, als sie gemeinsam zur Eingangstür gingen. »Wenn du wüsstest, wie oft ich mir die Vorträge meines Bruders habe anhören müssen, nur weil er jahrelang eisern nach dem Prinzip ›Buy British‹ lebte. Bis er eines Tages einsah, dass er auf Auto, Radio, Toaster und unzählige Dinge mehr verzichten muss, wenn er nicht mit der Zeit geht. Und auf sein Lieblingsbier, das auf einmal in den Niederlanden gebraut und importiert wurde.«

»Ja, daran kann ich mich noch gut erinnern«, stimmte Christine ihr zu und hielt ihrer Tante die Tür auf. »Und was den Wagen angeht: Ich hab's ihm nicht verraten.«

Nach dem Arztbesuch brachte Christine Betty zurück nach Hause und belegte für sie ein paar Sandwiches. Den Teller stellte sie auf den Wohnzimmertisch an den Platz, an dem ihre Tante die meiste Zeit des Tages verbrachte.

»Ist es nicht etwas zu früh fürs Mittagessen?«, fragte Betty verdutzt, als sie ins Zimmer kam und den Teller bemerkte.

»Ich muss zum Supermarkt und noch ein paar andere Besorgungen machen«, erklärte Christine. »Ich weiß nicht, wie lange es dauern wird, und ich möchte nicht, dass du gegen Mittag Hunger bekommst und dich selbst in die Küche stellst und dir ein Brot schmierst.«

»Du weißt aber, dass ich das noch kann, nicht wahr?«, entgegnete ihre Tante und lächelte sie verschmitzt an.

»Natürlich weiß ich das. Trotzdem bin ich hergekommen, weil ich dich eine Weile umsorgen will, bis du diesen Gips los bist«, betonte sie. »Also werde ich genau das auch machen – aber nicht, weil du es nicht kannst, sondern weil du dich schonen sollst. Du weißt, was der Arzt vorhin gesagt hat. Du darfst das Bein noch nicht zu sehr belasten, und ich werde darauf achten, dass du dich daran auch hältst.«

Betty zuckte mit den Schultern. »Du kannst nicht rund um die Uhr auf mich aufpassen«, sagte sie mit einem schelmischen Grinsen.

»Wer weiß?«, konterte Christine. »Wir befinden uns im 21. Jahrhundert. Vielleicht habe ich ja einen Fachmann damit beauftragt, im Haus Dutzende von winzigen versteckten Kameras anzubringen, die dich auf Schritt und Tritt überwachen. Und wenn ich nicht hier bin, kann ich auf meinem Laptop ganz genau verfolgen, was du gerade treibst.«

»Das Dumme ist«, seufzte ihre Tante und setzte sich an den Tisch, »dass das heutzutage tatsächlich machbar ist. Also werde ich mich hier hinsetzen und einfach nichts tun. Aber falls im Radio Lambada läuft, wirst du mich nicht vom Tanzen abhalten können.«

Christine grinste sie an. »Vielleicht kann ich ja per Fernsteuerung auf einen anderen Sender umschalten und dich dazu zwingen, dir die Debatte im Unterhaus anzuhören.«

Betty verzog den Mund. »Tu das lieber nicht, sonst verklage ich dich wegen seelischer Grausamkeit.«

»Schon verstanden.« Sie zwinkerte ihr zu. »Gibt es den kleinen Supermarkt in der Crane Street noch? Wie hieß er noch? Denny's?«

»Ja, aber der neue Besitzer hat sich darauf spezialisiert, die Touristen auszunehmen. Das Angebot ist ziemlich mager und viel zu teuer, nur ist das den Touristen egal, weil die nicht anfangen, die Preise für Brot und Belag zu vergleichen. Denen geht's nur darum, dass sie was zu essen bekommen, ohne in den Restaurants ein kleines Vermögen hinblättern zu müssen.«

»Und wo kaufst du normalerweise ein?«

»Normalerweise nimmt Daffyd Mattison mich mit«, antwortete Betty. »Wir fahren dann immer zu diesem neuen riesigen Supermarkt am Fisherman's Drive. Jumbo heißt er. Ist nicht zu übersehen, weil er mitten auf der ehemaligen Weide vom alten Tomley steht.«

»Fährt Mattison immer noch den alten grünen Triumph? Ist der nicht schon um die hundert?«

»Sprichst du von Daffyd oder von seinem Wagen?«

Christine legte den Kopf schräg und gab amüsiert zurück: »Bei den beiden Originalen kommt das eigentlich aufs Gleiche raus.« Sie konnte sich noch gut daran erinnern, dass sie vielleicht vier oder fünf gewesen war, als sie ihn zum ersten Mal gesehen hatte. Schon damals war sein wallendes Haar weiß gewesen, und ein buschiger weißer Schnurrbart zierte sein schmales, unglaublich lang wirkendes Gesicht mit den auffallend hervortretenden Augen. Er trug immer ein beigefarbenes, kariertes Jackett und ein weißes Hemd mit dunkelblauer Krawatte mit eingesticktem Wappen, dazu eine dunkle Hose und mittelbraune Lederschuhe. Er war gut einen Kopf größer als Christines Vater, und als Kind hatte sie immer gedacht, sie habe es mit einem hageren Riesen zu tun, ein Eindruck, der durch seine schlaksigen Arme und Beine noch verstärkt wurde.

»Daffyd ist Mitte achtzig, wenn du es genau wissen willst.«

»Erst? Ich hatte ihn schon vor dreißig Jahren auf dieses Alter geschätzt«, sagte Christine.

»Ja, ja, die Ignoranz der Jugend gegenüber dem Alter«, spottete Betty. »So, und jetzt sieh zu, dass du dich auf den Weg machst. Ich will mir *Coronation Street* ansehen.«

»Wieso?«, wunderte sie sich. »Du hast es doch gestern Abend geguckt.«

»Und aufgenommen«, bestätigte ihre Tante. »Und morgens sehe ich mir die Aufnahme an.«

Christine schüttelte ratlos den Kopf. »Aber das ist doch die Episode von gestern Abend. Warum …?«

»Wenn du dir eine CD kaufst, hörst du sie dir dann einmal an und danach nie wieder?«, fiel Betty ihr ins Wort.

»Sie muss schon verdammt schlecht sein, damit ich sie mir nie wieder anhöre.«

»Aha, das heißt, eine gute CD hörst du dir mehrmals an.«

Sie nickte. »Natürlich. Das macht doch jeder so. Aber das ist etwas anderes als das, was du machst.«

»So? Wo ist denn der Unterschied, ob man sich eine CD noch einmal anhört, weil sie einem gefällt, oder ob man sich eine Episode von irgendeiner Serie noch einmal ansieht?«

Einen Moment lang stand Christine da und grübelte, musste sich aber schließlich geschlagen geben. Tatsächlich wollte ihr keine vernünftige Erwiderung einfallen, und sie räumte seufzend ein: »Okay, du hast gewonnen.«

Betty reckte triumphierend eine geballte Faust in die Luft. »Jawohl!«

Kopfschüttelnd und lachend kapitulierte Christine vor ihrer Tante, steckte die Einkaufsliste ein und verließ das Haus. Als sie zu ihrem Wagen ging, holte soeben Mattison seinen Triumph aus der Garage. Tatsächlich sah er noch immer genauso aus wie vor zwanzig Jahren, als sie ihn zum letzten Mal gesehen hatte.

Eigentlich schien er sich sogar seit ihrer ersten Begegnung vor über dreißig Jahren nicht verändert zu haben. Er bemerkte sie und winkte ihr zu. »Hallo, Mr Mattison«, begrüßte sie ihn, was ihn stutzen ließ.

»Kennen wir uns?«, fragte er erstaunt.

Sie näherte sich der Einfahrt zu seiner Garage. »Oh ja, ich bin …«

»Nein, sagen Sie nichts«, unterbrach er sie und musterte sie eindringlich. Er kniff die Augen zusammen, und fast konnte sie sehen, wie in seinem Kopf die Zahnräder rotierten, während er ihr Gesicht zuzuordnen versuchte. Dann auf einmal hellte sich seine Miene auf. »Warten Sie … sollten Sie tatsächlich die kleine Chrissy sein? Bettys Nichte?«

Christine nickte. »Ja, ganz genau.«

»Mein Gott, Sie waren ja schon eine Ewigkeit nicht mehr hier!«, rief er, kam ihr entgegen und schlang die Arme um sie, um sie an sich zu drücken.

»Tja, das hat sich in den letzten Jahren leider nie ergeben, aber … jetzt bin ich ja da«, sagte sie und löste sich aus seiner Umarmung, die ihr für ihren Geschmack etwas zu lange dauerte.

»Stimmt, Ihre Tante sprach davon, dass Sie für eine Weile herkommen, um ihr im Haushalt zu helfen.« Er verzog den Mund. »Dumme Sache, dass Ihre Tante sich das Bein gebrochen hat.«

»Und wie geht es Ihnen, Mr Mattison?«

Der ältere Mann zuckte mit den Schultern. »Wie heißt dieser abgedroschene Spruch noch gleich? Ach ja: Schlechten Menschen geht's immer gut. Danke der Nachfrage, ich kann mich nicht beklagen. Mein Wagen hat mehr kleine Gebrechen vorzuweisen als ich, und dabei ist er noch einige Jahre jünger.«

»Freut mich, dass es Ihnen gut geht.«

»M-hm, und damit das auch so bleibt, stelle ich augenblicklich meine gesamte Filmsammlung von DVD auf BluRay um. Ich habe mir erst letzte Woche einen HD-Fernseher gekauft, ein Meter zwanzig Bilddiagonale, mit allem, was man heutzutage für ein gutes Bild so braucht, und jetzt müssen alle Filme auf BluRay her.«

»So? Und was machen Sie mit den DVDs?«

Er sah sie an, als sei sie soeben aus einem UFO ausgestiegen. »Das, was jeder macht. Ich verkaufe sie auf eBay. Da sind einige echte Raritäten dabei, vor allem die italienischen Klassiker von Fellini und Co., die eine Menge Geld einbringen.« Er sah sie mit strahlender Miene an. »Gepriesen seien die Menschen, die sich mit einem schlechten Fernsehbild zufriedengeben, die haben …«

Ein Summen unterbrach seinen Redefluss, und er griff in sein kariertes Jackett, um ein Mobiltelefon aus der Innentasche zu ziehen. Christine wollte ihren Augen kaum trauen, als sie sah, dass es sich um ein iPhone handelte.

»Hmm«, machte er.

»Schlechte Neuigkeiten?«, fragte sie, da er eine mürrische Miene zog.

»Wie?« Er schaute sie an. »Ach, nein, nein. Ich habe nur diese App runtergeladen, die mir sofort meldet, wenn es in der näheren Umgebung zu regnen beginnt. Jetzt sehe ich, dass fünf Meilen nördlich von hier eine Regenfront entstanden ist, also genau in der Richtung, in die ich fahren muss.«

Während er redete, öffnete er die Kofferraumhaube seines Roadsters und holte eine Plane heraus, die er über die Fahrgastzelle legte. Nachdem er ringsum die Druckknöpfe geschlossen hatte, war der Innenraum vor Wind und Wetter geschützt, und nur auf der Fahrerseite ließ sich eine Aussparung aufklappen, damit der Fahrer sich hinters Lenkrad setzen konnte.

Mattison zog eine Lederkappe auf, schob die Schutzbrille vor die Augen und wandte sich zu Christine um. »Ich muss jetzt los. Es war schön, Sie wiederzusehen. Wenn ich zurück bin, lade ich Sie auf ein Glas Sherry zu mir ein, dann können Sie mir ein bisschen von sich erzählen. Einverstanden?«

Sie nickte zögerlich und beschloss, dieses Angebot auf keinen Fall anzunehmen. Dafür hatte er sie vor ein paar Minuten viel zu fest und viel zu lange an sich gedrückt. Sie wollte sich lieber gar nicht erst ausmalen, auf welche Gedanken er vielleicht kommen würde, wenn er mit ihr allein in einem Zimmer war.

Er schlug die Abdeckung zur Seite und stieg ein, sodass nur noch sein Oberkörper aus der Aussparung ragte. Mit viel Getöse startete er den Motor seines betagten Wagens, legte einen Gang ein und ließ den Roadster aus der Einfahrt auf die Straße rollen.

Christine schaute dem Mann nach, wie er davonfuhr, und konnte nur noch den Kopf schütteln. Wenn man ihn so sah, hätte man meinen sollen, dass für ihn die Zeit irgendwann in den Vierzigerjahren stehen geblieben war. Aber wenn man ihn reden hörte und er dabei mit seinem iPhone hantierte, dann wirkte er wie ein Mann aus der Zukunft, für den es gar kein Thema war, dass er in seinem hohen Alter die neueste Technologie wie selbstverständlich beherrschte.

»Vermutlich twittert er auch noch«, murmelte Christine vor sich hin, während sie in ihren Wagen einstieg und zum Supermarkt fuhr.

Der Supermarkt entpuppte sich als nicht ganz so riesig, wie ihre Tante ihn beschrieben hatte, dennoch war er um ein Vielfaches größer als der Laden in der Crane Street und bot eine reichhaltige Auswahl an allem, was man so im Alltag brauchte. Dabei beschränkte sich das Angebot nicht nur auf Lebensmittel, sondern reichte von Fernsehern und Computern über Kleidung und Haushaltsartikeln bis hin zu Sportgeräten und Spielwaren. Für die Menschen in Beechwood musste dieser Supermarkt eine Bereicherung sein, waren doch die meisten Geschäfte im Ort ganz darauf ausgerichtet, den Wünschen der Touristen zu entsprechen. Spielhallen, Restaurants, Bars, Souvenirläden – allen ging es letztlich nur darum, den

Besuchern möglichst viel Geld aus der Tasche zu ziehen, während die Bedürfnisse der Menschen, die das ganze Jahr über im Ort lebten und nicht nur einen Teil ihres Jahresurlaubs hier verbrachten, den Geschäftsleuten offenbar völlig egal waren.

Mit diesem Jumbo-Markt hatte sich wenigstens das geändert, und auch wenn sie sonst wenig für riesige Einkaufszentren am Stadtrand übrig hatte, die der Stadt selbst die Kaufkraft entzogen, fand sie, dass dieses Geschäft eine Lücke füllte. Zuvor waren die Menschen gezwungen gewesen, für die alltäglichen Besorgungen in einen der Nachbarorte zu fahren.

So hatte Christine nicht nur alles bekommen, was auf der Einkaufsliste stand, sondern sie war auch noch auf einige Dinge gestoßen, die sie hier gar nicht erwartet hätte. Sie legte alles auf das Transportband an einer der Kassen. Glücklicherweise hatte sie eine Zeit erwischt, zu der im Supermarkt nur wenig Andrang herrschte, sodass sie sich nicht über lange Warteschlangen und über Drängler ärgern musste, die mit dem Spruch »Ich habe ja nur ein Teil« durchzukommen versuchten.

Der Kassierer zog ihre Einkäufe so schnell über den Scanner, dass sie Mühe hatte, hinter der Kasse alles wieder in den Wagen zu packen. »Das macht dann 81,44«, sagte er, nachdem er vergeblich nach einer Bonuskarte gefragt hatte und ihr eine solche auch nicht schmackhaft machen konnte.

Christine holte ihre Brieftasche heraus und verzog mürrisch das Gesicht, als sie sah, dass sie nur noch einen Fünfziger, einen Zwanziger und lediglich ein paar Münzen bei sich trug. »Dann muss ich wohl mit Karte bezahlen.« Sie hielt dem Kassierer ihre Karte hin, der zog sie durch das Lesegerät und … stutzte.

Der Mann, den sie auf Ende zwanzig, Anfang dreißig schätzte, drehte die Karte um, studierte eine Weile die Vorderseite, auf der Name und Kartennummer vermerkt waren, dann drehte er sie erneut um und betrachtete ihre Unterschrift.

Sie hielt bereits einen Stift in der Hand und wartete darauf, endlich den Bon unterschreiben zu können, aber so weit war der Vorgang noch gar nicht gediehen. »Gibt es ein Problem?«, fragte sie, als ihr die Prozedur deutlich zu lange dauerte.

»Sind Sie *die* Christine Bell?«, fragte der Mann – Andy stand auf seinem Namensschild – und sah sie forschend an.

»Ob ich *die* eine bin, weiß ich nicht. Ich bin bestimmt nur eine von vielen«, erwiderte sie.

»Ich meine, sind Sie die Christine Bell, die die Zanoor-Trilogie geschrieben hat?«

Normalerweise wich sie solchen Fragen geschickt aus, da man nie ahnen konnte, welche Absicht jemand damit verfolgte. Hatte man einen harmlosen Fan vor sich, der nichts weiter als ein Autogramm wollte? Oder war es jemand, der auf seine fanatischen Briefe keine zufriedenstellende Antwort erhalten hatte und der nur auf eine Gelegenheit wartete, es dem Menschen heimzuzahlen, der seiner Meinung nach die Schuld an seinem verpfuschten Leben trug? Hier dagegen, mitten in diesem zwar nicht überlaufenen, aber gut besuchten Supermarkt, hielt sie das Risiko für vertretbar, zumal der Kassierer einen ganz vernünftigen Eindruck machte. Sie wusste, allein auf den äußeren Eindruck durfte sie sich nicht verlassen, aber ihr Instinkt gab ihr grünes Licht.

»Ja, unter anderem«, sagte sie.

Andy stand prompt auf und drückte ihr die Hand. »Oh, wow, das ist toll, Sie persönlich kennenzulernen! Diese Trilogie war wirklich das Beste, was ich jemals gelesen habe, und ich kann Ihnen sagen, dass ich von den meisten Fantasy-Autoren fast alles kenne. Aber was Sie geschrieben haben, das war einfach … na ja … fantastisch!« Er strahlte sie an und lachte über seinen Wortwitz.

»Vielen Dank«, entgegnete sie. »Es ist immer schön, wenn die eigene Arbeit gelobt wird.«

»Werden Sie die Trilogie fortsetzen, Miss Bell?«, fragte er eifrig.

Christine zuckte mit den Schultern. »Ich weiß nicht. Vorläufig sicher nicht, weil ich im Augenblick mit so vielen anderen Projekten beschäftigt bin.«

»Aber diese Idee mit dem schwarzen Korridor war so genial, da kann man doch noch eine Menge draus machen!«

Sie hoffte, dass er jetzt nicht versuchte, ihr irgendwelche Plots vorzuschlagen. Sonst würde sie ihn unterbrechen und darauf hinweisen müssen, dass sie sich aus rechtlichen Gründen Ideen von Dritten gar nicht anhören durfte, damit ihr nicht später eine Schadenersatzklage angehängt wurde, weil sie sich angeblich am geistigen Eigentum eines anderen vergriffen hatte.

»Ja, ich weiß. Doch die Geschichte ist eigentlich in sich abgeschlossen, und eine Fortsetzung würde aufgesetzt wirken. Jedenfalls ist das meine Meinung.«

Andy nickte lächelnd und hob abwehrend die Hände. »Nein, nein, Sie haben völlig recht«, stimmte er ihr zu. »Vielleicht würde das den Mythos der Trilogie zerstören. Nein, belassen Sie alles so, wie es ist. Ihre Falkenjäger-Serie ist auch ganz hervorragend!«

»Danke«, sagte sie. »Ich fürchte, ich laufe gleich rot an, wenn Sie so weitermachen.«

Sie sah sich um, aber niemand war bislang auf ihre Unterhaltung aufmerksam geworden, und es hatte sich auch kein anderer Kunde für diese Kasse entschieden. Plötzlich fiel ihr auf, dass der Kassierer die ›Geschlossen‹-Leuchtschrift eingeschaltet hatte. Kein Wunder, dass er sich so ungestört mit ihr unterhalten konnte.

»Ach, kommen Sie«, hielt er dagegen. »Sie haben sich um jedes lobende Wort verdient gemacht. Dann treten Sie jetzt also doch bei unserer Convention auf? Hat unser zweiter Brief Sie dazu gebracht, es sich letztlich anders zu überlegen?«

Verständnislos betrachtete sie das rundliche Gesicht des Mannes, der fast einen Kopf größer war als sie. »Ihr zweiter Brief?«, wiederholte sie. »Ob ich es mir anders überlegt habe?«

Seine Miene versteinerte sich, sein Tonfall wurde mit einem

Mal abweisend. »Aha, also doch nicht«, brummelte er und setzte sich wieder, um sich weiter seiner Arbeit zu widmen. »Hätte ich mir gleich denken können.«

Unter anderen Umständen hätte sie auf diese seltsame Bemerkung gar nicht reagiert, aber sie wollte dem Tod des Mannes im Superman-Kostüm auf den Grund gehen, und wenn dieser Andy mit der Convention zu tun hatte, konnte er ihr vielleicht einen nützlichen Hinweis geben.

»Entschuldigung, aber würden Sie mir bitte verraten, von was genau Sie sprechen?«

Ein argwöhnischer Blick war seine erste Reaktion, dann entgegnete er: »Ich glaube, das wissen Sie sehr gut.«

»Würde ich Sie dann fragen?«, gab sie energischer zurück und schlug ihrerseits einen verärgerten Tonfall an. »Wenn Sie mir irgendwas zu sagen haben, dann kommen Sie mir nicht mit dahingemurmelten Bemerkungen, die für mich keinen Sinn ergeben. Ich weiß nicht, was in Sie gefahren ist, aber ich sehe nicht ein, mich zum Sündenbock machen zu lassen, ohne dass man mir verrät, um was es eigentlich geht.«

»Na, um Ihre Absage auf unsere Einladung«, erwiderte Andy nicht mehr ganz so mürrisch. Dennoch schien er nicht restlos davon überzeugt zu sein, dass sie wirklich nicht wusste, wovon er redete.

»Wären Sie so freundlich, mir den ganzen Sachverhalt zu schildern, anstatt mir nur immer neue Brocken hinzuwerfen?«, forderte Christine ihn auf, die noch etwas ungehaltener wurde. »Sie sollten inzwischen gemerkt haben, dass ich keine Ahnung habe, worauf Sie hinauswollen.«

Andy zog einen Schmollmund, zuckte mit den Schultern und antwortete: »Okay, also es ist so, dass wir …«

»Ferguson«, unterbrach ihn eine energische Männerstimme. »Wenn Sie eine Pause machen wollen, dann sagen Sie mir einfach Bescheid, okay?«

»Ja, ist klar, Chef«, erwiderte Andy hastig und warf dem hageren, älteren Mann einen entschuldigenden Blick zu, der plötzlich hinter ihm aufgetaucht war. »Ich bin mal für zehn Minuten in der Pause.«

»Ist schon notiert«, kommentierte sein Vorgesetzter und ging weiter, vermutlich, um einem anderen Untergebenen über die Schulter zu schauen und zu kontrollieren, ob der etwas tat oder während der Arbeitszeit faulenzte.

Er zog die Kreditkarte durch das Lesegerät, ließ Christine den Ausdruck unterschreiben und verließ mit ihr zusammen den Supermarkt, wobei er den Einkaufswagen für sie schob. An ihrem Minivan angekommen, entging ihr nicht Andys verdutzter Gesichtsausdruck, als er den Wagen sah. Vermutlich hatte er erwartet, dass die Autorin seiner Lieblingstrilogie mit einem cooleren Auto unterwegs war. Dieses klobige Gefährt passte wohl so gar nicht in seine Vorstellung.

»Ich höre«, sagte sie zu ihm, während sie begann, ihre Einkäufe in große Taschen umzupacken, die sie in den Kofferraum stellte.

»Also, das Ganze lief so ab«, berichtete Andy zögerlich. »Wir haben Ihnen vor etwas mehr als einem halben Jahr ...«

»Wer ist ›wir‹?«, unterbrach Christine ihn.

»Die Macher der Convention«, präzisierte er seine Ausführungen. »Ich und ein paar andere planen die ganze Veranstaltung, und wir überlegen auch, wen wir einladen und so weiter. Dann verschicken wir die Einladungen an unsere prominenten Gäste, die auf die Bühne kommen sollen, um Fragen der Fans zu beantworten oder um von sich aus etwas zu erzählen. Eine solche Einladung haben wir an Sie geschickt ...«

»An mich? Woher haben Sie meine Adresse?«

»Nein, nein, wir haben natürlich an Ihren Verlag geschrieben, der die Einladung an Sie weiterleiten wollte.«

Christine nickte. »Also dürfte der Brief bei meinem Agenten gelandet sein.«

»Ja, und von ihm haben wir auch Ihre Antwort bekommen.«

»Und was hat er geschrieben?«

»Das wissen Sie nicht?«, fragte er verwundert.

»Bis vor ein paar Minuten wusste ich ja nicht mal, dass Sie mich einladen wollten«, konterte sie. »Woher soll ich dann wissen, was er Ihnen geantwortet hat?«

»Weil er … weil Sie …«

»Okay, also noch mal von vorn: Was hat mein Agent geschrieben?«, hakte sie hartnäckig nach.

»Dass Sie …« Andy unterbrach sich. »Nein, ich will da nichts Falsches erzählen. Ich habe den Brief und auch das Schreiben danach ein paar Mal gelesen, aber ich weiß das nicht mehr wortwörtlich.«

»Das Schreiben danach?«, rief Christine überrascht. Das wurde ja immer besser. Was hatte ihr Agent da nur angestellt?

Der junge Mann ließ resigniert die Schultern sinken. »Na klar, davon wissen Sie auch nichts. Hören Sie, können wir das so machen: Ich rufe meinen Kumpel Howard an, der tritt offiziell als Veranstalter in Erscheinung. Er soll Ihnen die beiden Briefe zuschicken. In welchem Hotel sind Sie einquartiert? Dann kann er es Ihnen faxen. Ähm … haben Sie überhaupt ein Hotelzimmer, oder sind Sie nur auf der Durchreise?«

»Ich wohne derzeit bei meiner kranken Tante«, antwortete sie. »Wenn … Howard … die beiden Briefe einscannen kann, könnte er sie mir per Mail senden. Das wäre am einfachsten und am schnellsten. Hier … ich schreibe Ihnen meine E-Mail-Adresse auf.« Sie notierte sie auf der Rückseite ihrer Einkaufsliste. »Und sagen Sie Ihrem Freund, er soll sich beeilen, weil ich diese Briefe so schnell wie möglich sehen will.«

»Wird sofort erledigt«, gab er zurück und zog sein Telefon aus der Schürze.

»Okay.« Christine hatte alles eingeladen und ging um den Wagen herum. »Und dann sehen wir weiter. Wir bleiben in Kontakt.«

»Ja, ja, auf jeden Fall.« Andy folgte ihr zur Fahrertür. »Heißt das, Sie … Sie treten doch auf?«

Sie schüttelte den Kopf. »Wir sollten nichts überstürzen. Erst will ich die Briefe sehen.«

»Alles klar.« Er strahlte sie an, und als sie einstieg, sah er ihr nach, bis sie abfuhr.

Sie war schon gespannt darauf, was sie zu lesen bekommen würde.

Bei einer Tasse Kaffee saßen Betty und Christine im Wohnzimmer, sie hatte ihren Laptop aus dem Gästezimmer geholt und soeben die von Andys Freund Howard geschickte Mail mit den eingescannten Briefen ihres Agenten bekommen.

»Das darf doch nicht wahr sein!«, schimpfte sie so plötzlich, dass ihre Tante fast die Kaffeetasse hätte fallen lassen.

»Was ist los?«, fragte Betty besorgt. »Ist etwas passiert?«

»Das kann man wohl sagen.« Sie deutete auf den Laptop. »Ich habe dir ja heute Mittag von dem Kassierer bei Jumbo erzählt. Jetzt hat mir sein Bekannter die beiden Briefe geschickt, die mein Agent in meinem Namen verfasst hat. Das musst du dir anhören!«

»Ich warte ja nur darauf, dass du sie mir vorliest«, gab ihre Tante lächelnd zurück.

»Also … das ist aus dem ersten Brief: ›… muss ich Ihnen leider mitteilen, dass Miss Bell für diese Veranstaltung nicht zur Verfügung steht. Vorrangige Termine lassen eine Anwesenheit bedauerlicherweise nicht zu …‹« Sie schüttelte den Kopf.

»Damit kann er doch nicht meinen, dass du meinetwegen nicht kannst, oder?«

»Nein, Betty. Den Brief hat er vor einem halben Jahr geschrieben, da wusste ich ja selbst nicht, dass ich jetzt bei dir sein würde.«

Ihre Tante nickte nachdenklich. »Und der zweite Brief?«

Sie überflog den Anfang des Schreibens. »Aha, offenbar haben die Veranstalter noch mal nachgefragt, ob ich nicht wenigstens ein paar Stunden erübrigen könnte. Und er antwortet … das ist ja eine Unverschämtheit.«

»Was denn?«, fragte Betty, als sie nicht weiterredete.

»Hör dir das an: ›In Anbetracht Ihrer Beharrlichkeit möchte ich Ihnen mitteilen, dass die von uns vertretene Miss Bell nur Einladungen zu seriösen Veranstaltungen annimmt, nicht jedoch zu sogenannten Fantreffen. Ich bitte Sie daher in aller Höflichkeit, von weiteren Anfragen abzusehen, was diesen und alle weiteren von Ihnen organisierten Events angeht. Sie ersparen sich selbst und auch mir viel Zeit.‹«

»Ich würde sagen, dein Agent hat keine Ahnung von der Materie«, meinte Betty. »Die Fans sind doch die, die deine Bücher kaufen.«

»Oh doch, Ahnung hat er ganz sicher. Aber auf dieser Convention treten auch Schauspieler aus den USA und andere Autoren auf, und die Veranstalter können ihre Stars nun mal nicht mit dicken Schecks ködern. Die sind darauf angewiesen, dass die Gäste sich mit einem kleinen Honorar zufriedengeben. Aber mein lieber Mr Bishop hat dafür offenbar wenig übrig. Zehn Prozent sind zehn Prozent, nur genügen ihm zweihundert Pfund wohl nicht. Da müssen schon zweitausend Pfund dabei herausspringen, bevor der Herr einen Finger rührt.«

»Immerhin konnte er sich die Mühe machen, eine Absage zu schicken.«

»Normalerweise würde ich ja davon ausgehen, dass er nur pokert«, erklärte Christine. »Aber was er da geschrieben hat, ist regelrecht beleidigend. Dieser Mann bringt meine Leser gegen mich auf!«

Fassungslos starrte sie auf den Monitor.

»Und was wirst du jetzt machen?«

»Erst mal telefonieren.« Christine griff nach ihrem Telefon, wählte eine Nummer und legte es dann mit eingeschaltetem Lautsprecher auf den Tisch.

»Künstleragentur Bishop & Carpenter, was kann ich für Sie tun?«, meldete sich eine ihr unbekannte Frauenstimme.

»Hier ist Christine Bell, verbinden Sie mich bitte mit Mr Bishop.«

»Sind Sie bereits Klientin bei uns? Oder möchten Sie, dass wir Sie vertreten?«

»Sind Sie neu?«, fragte Christine.

»Wie bitte?«

»Ich fragte, ob Sie neu sind«, wiederholte sie. »Hat Suzanne ihren freien Tag?«

»Suzanne arbeitet nicht mehr hier.«

»Oh«, entfuhr es Christine. Sie nahm sich vor, eine E-Mail an Suzannes Privatadresse zu schicken, um zu erfahren, was geschehen war, dass sie nach über fünfundzwanzig Jahren die Agentur verlassen hatte. »Und Sie sind?«

»Ihre Nachfolgerin. Ich bin Jennifer.«

»Jennifer, so, so. Nun, Jennifer, an Ihrer Stelle würde ich mir als Erstes die Namen der Klienten gut einprägen. Es gibt nämlich auch welche, die sich bestimmt veralbert vorkommen, wenn Sie sie mit dem gleichen Spruch begrüßen wie mich.«

»Aha«, machte Jennifer, schien aber nicht zu verstehen, was Christine meinte.

Die zuckte mit den Schultern und wiederholte: »Dann verbinden Sie mich jetzt mit Mr Bishop.«

»Mr Bishop hat Besuch.«

»Und?«

»Und er hat mich angewiesen, ihn nicht zu stören.«

»Dann sagen Sie ihm, dass ihm garantiert eine gute Klientin davonläuft, wenn ihm sein Besucher wichtiger ist.«

»Okay«, sagte Jennifer, die dem Klang ihrer Stimme nach noch keine zwanzig sein konnte.

Christine wusste, es war ungerecht allen Blondinen gegenüber – zumal sie selbst auch blond war –, aber sie konnte sich ein recht gutes Bild von Jennifer machen. Lange, blonde Mähne, höchstens eins sechzig groß (High Heels inbegriffen), vollbusig, Schmollmund, enge Jeans, noch engere Bluse, treuherziger Augenaufschlag … und ein Vakuum, wo andere Menschen ein Gehirn hatten. Jennifer konnte nichts dafür, sie war nun mal so, wie sie war. Die wahren Schuldigen waren Männer wie

Bishop, die Frauen wie ihr falsche Hoffnungen machten, indem sie sie auf Posten setzten, für die sie völlig ungeeignet waren, auf denen sie aber ein ansprechendes Bild abgaben.

»Wie war Ihr Name noch mal?«, meldete sich plötzlich Jennifer wieder.

»Bell, Christine Bell«, antwortete sie gedehnt.

»Einen Augenblick bitte.«

Beide sahen sie gespannt auf das Telefon, da sie unbedingt wissen wollten, ob Jennifer ihrer Aufgabe auch gewachsen sein würde.

»Bishop«, ertönte eine Männerstimme.

»Christine Bell hier.«

»Ah, Christine, wie geht es Ihnen?«

Hatte Jennifer ihm etwa gar nicht gesagt, wer ihn sprechen wollte? Es war ihr zuzutrauen.

»Nicht gut, Alistair«, gab sie zurück. »Ich habe die beiden Briefe gelesen, die Sie an die Channel Convention Company geschickt haben, und damit bin ich gar nicht einverstanden.«

Bishop seufzte. »Was ist das für ein Laden? Sie müssen mir schon ein bisschen auf die Sprünge helfen.«

In groben Zügen erklärte sie, um was es ging, dann fügte sie hinzu: »Und ich würde jetzt gern wissen, wie Sie dazu kommen, solche Antwortschreiben, von denen ich überhaupt nichts weiß in meinem Namen zu versenden.«

»Davon müssen Sie auch gar nichts wissen«, erwiderte er brüskiert. »Ich bin Ihr Agent, ich kümmere mich um solche Angelegenheiten.«

»Indem Sie den Leuten erzählen, ich sei nur an seriösen Terminen interessiert?«

»Alle meine Schäfchen bekommen ständig Anfragen von irgendwelchen Spinnern, ob man nicht den einen oder anderen Star für hundert Pfund am Abend buchen kann. Die Jungs können froh sein, dass sie überhaupt eine Antwort bekommen haben. Auf die meisten reagiere ich erst gar nicht.«

»Wie bitte?«, empörte sie sich. »Das sind meine Leser, die

diese Veranstaltungen besuchen, und wenn ich von denen eingeladen werde, dann möchte ich darüber zumindest informiert werden.«

»Wieso denn? Haben Sie schon mal so eine Convention besucht? Da laufen Hunderte Spinner rum, die sich den ganzen Tag nur mit *Doctor Who, Star Wars* und diesem ganzen Fantasy-Mist befassen. Die Leute sind nicht das richtige Publikum für Sie.«

»Sofern man die Tatsache ignoriert, dass ich auch Fantasy-Mist schreibe«, warf Christine ein. »Alistair, Sie haben die Leute beleidigt, die meine Bücher lesen. Haben Sie schon mal was vom Internet gehört? Wissen Sie eigentlich, wie schnell so etwas heutzutage per Computer in alle Welt verbreitet wird? Mein Ruf ist im Handumdrehen ruiniert, wenn irgendwer ein paar Zeilen aus diesem Brief aus dem Zusammenhang reißt und ins Netz stellt. Die Leute werden mich für ein arrogantes Miststück halten und keines meiner Bücher mehr kaufen wollen!«

»Christine, glauben Sie mir, Sie haben es nicht nötig, solche Veranstaltungen zu besuchen«, versuchte Bishop sie zu beschwichtigen. »Auf dem Niveau müssen Sie nicht arbeiten.«

»Ich entscheide selbst, auf welchem Niveau ich arbeite«, gab sie zurück. »Und wenn Sie auf einmal nicht mehr begreifen, was ich schreibe und wer meine Zielgruppe ist, dann sind Sie der falsche Agent für mich.«

Bishop schien diese Drohung nicht zu berühren. »Wir haben einen Vertrag, Christine, und den können Sie nur mit einer Frist von einem Jahr zum Jahresende kündigen. Es ist bereits März, also endet unsere Zusammenarbeit frühestens nächstes Jahr am 31. Dezember«, verkündete er triumphierend. »Bis dahin werden Sie noch viele Bücher verkaufen, und ich werde mitverdienen, ob ich nun etwas tue oder nicht.«

Christine atmete tief durch. »Tut mir leid, Alistair, ich bin nun wirklich nicht gern der Spielverderber, aber Sie haben da offenbar etwas übersehen.«

»Tatsächlich?« Er klang nach wie vor völlig unbesorgt. »Und was soll das sein?«

»Als ich den Vertrag unterschrieb, um mich von Ihnen vertreten zu lassen, da bat ich die gute Suzanne, einen kleinen Zusatz aufzunehmen, was sie auch anstandslos tat. Durch diesen Zusatz haben Sie sich verpflichtet, mich über alle eingehenden Einladungen zu informieren, weil ich selbst entscheiden wollte, wo ich auftrete und wo nicht. Möglicherweise ist Ihnen das entgangen, als Sie Ihre Ausfertigung des Vertrags unterschrieben haben. Seit heute weiß ich, Sie sind dieser Verpflichtung nicht nachgekommen, und das gibt mir das Recht, die Zusammenarbeit mit Ihnen fristlos zu kündigen.«

»Das können Sie nicht machen, das ist …«, protestierte Bishop.

»Doch, das kann ich, Alistair«, fiel sie ihm ins Wort. »Und da ich durch die beiden Briefe sogar belegen kann, wie weit Ihr Versäumnis zurückreicht, werde ich einen Anwalt einschalten, damit ich Sie für den Zeitraum auf Rückzahlung aller Anteile an meinen Einnahmen verklagen kann.«

»Sie werden …«

»Sie hören von mir, Alistair«, fuhr sie ihm über den Mund und schaltete das Telefon aus.

»Das hast du gut gemacht«, lobte Betty sie.

»Ich war schon seit einiger Zeit nicht mehr so richtig zufrieden mit ihm, aber es war nie etwas Greifbares. Ehrlich gesagt, bin ich sogar froh, dass ich …«

Ein Knall und ein gellender Schrei, der von der Straße hereindrang, ließ sie mitten im Satz verstummen.

Betty zuckte zusammen, Isabelle, die bis dahin auf der Fensterbank geschlafen hatte, sprang zu Boden und sauste in Richtung Haustür, dicht gefolgt von Christine, die Schlimmes befürchtete.

4

Was ist passiert?«, rief Christine aufgeregt und riss die Haustür auf. Auf dem gepflasterten Weg durch den Vorgarten stand eine ältere Frau, die Hände ans Gesicht gelegt, während sie entsetzt auf eine der Steinplatten starrte.

Christine folgte ihrem Blick und entdeckte eine in tausend Stücke zersprungene Tortenplatte, die eine Art Schokoladenkuchen unter sich begraben hatte. Die Frau hob den Kopf und schaute sie mit Tränen in den Augen an. »Das war …«

Es dauerte einen Moment, ehe Christine die Frau wiedererkannte. »Oh, hallo, Mrs Nettles, was ist denn hier passiert?«, erkundigte sie sich und hockte sich hin, um die Scherben aufzusammeln. Isabelle kam zu ihr, stellte sich daneben und machte sich ein Bild von der Situation. Ihr war natürlich nicht entgangen, dass sich unter dem Scherbenhaufen etwas Essbares befand, und sie schien nur darauf zu warten, dass die ungenießbaren Splitter entfernt wurden, damit sie zur Tat schreiten konnte. Christine zog sie leicht am Ohr. »Komm gar nicht erst auf irgendwelche dummen Gedanken.«

Isabelle ließ sich von der Warnung nicht beeindrucken, sondern leckte sich bereits in freudiger Erwartung eines mutmaßlichen Leckerbissens über die Schnauze.

»Hallo, Chrissy«, begrüßte Mrs Nettles sie. »Dich habe ich ja schon ewig nicht mehr gesehen.«

Christine lächelte sie an. »Und trotzdem haben Sie mich auf Anhieb wiedererkannt«, gab sie zurück. »Das kann man nicht von allen Nachbarn behaupten.« Als sie am Vortag vom Hotel zu Tante Bettys Haus gegangen war, hatte sie einige vertraute Gesichter von Menschen aus der Nachbarschaft gesehen, aber nur ein paar von ihnen hatten auf ihren Anblick reagiert, und davon wiederum stutzten die meisten nur kurz im Vorbeigehen. Nur drei oder vier hatten sie tatsächlich erkannt und sie auch gegrüßt.

»Wie kann man dich denn nicht wiedererkennen? Vor allem mit dieser Frisur. So kurz hattest du die Haare auch schon mal, als du fünf oder sechs warst, daran kann ich mich noch ganz genau erinnern«, sagte Mrs Nettles.

»Ja, das ist wahr«, wurde Christine in diesem Moment klar. Das hatte sie vollkommen vergessen, und sogar der Blick in den Spiegel beim Friseur hatte ihr nicht auf die Sprünge geholfen.

Mrs Nettles seufzte und nahm ihr die Scherben ab, die Christine bereits aufgelesen hatte, um sie in die Mülltonne zu werfen, die im Schutz der Hecke gleich neben dem Gartentor stand. »Das ist eine echte Sachertorte«, beklagte sie sich. »Meine Tochter hat sie mir per Kurier aus Wien geschickt. Ich wollte Betty und dir etwas davon abgeben, und dann bin ich gestolpert. Oh weh, die schöne Torte! Dabei ist sie wirklich köstlich.«

»Das tut mir leid, Mrs Nettles«, sagte sie hilflos. Sie konnte nichts weiter für sie tun, als die Bescherung zu beseitigen, so gut es ging, damit keine Scherben zurückblieben und möglichst alle Überreste der Torte beseitigt wurden, weil sich sonst Isabelle darüber hermachen würde. »Aber kommen Sie doch trotzdem rein. Meine Tante wird sich freuen, Sie zu sehen.«

»Das wird sie wohl nicht, wenn ich ohne Sachertorte bei ihr auftauche«, jammerte Mrs Nettles. »Weißt du was? Ich gehe schnell rüber und hole noch ein paar Stücke.«

Christine nahm sie am Arm und raunte ihr verschwörerisch zu: »Das sollten Sie besser nicht machen. Wenn Sie noch einmal stolpern, landet am Ende noch die ganze Torte im Müll. Das würde Ihrer Tochter bestimmt nicht gefallen. Kommen Sie einfach mit und trinken Sie eine Tasse Kaffee mit uns.«

Sie hatte Mrs Nettles bestens in Erinnerung und wusste,

wenn erst einmal ein Teller mit einem Stück Kuchen vor ihr stand, dann konnte sie sich für Stunden daran festklammern. Ihre gutmütige Tante war außerstande, einem Gast zu sagen, dass es an der Zeit war, wieder ins eigene Heim zurückzukehren. Christine hatte keine Lust, sich wie früher eine Auflistung mitsamt detaillierter Beschreibung aller Krankheiten anhören zu müssen, die Mrs Nettles in ihrem Leben tatsächlich oder angeblich befallen hatten – zumal sie über die letzten zwanzig Jahre nicht auf dem Laufenden war und die Frau es genießen würde, ihr alles haarklein zu berichten.

Glücklicherweise hatte eine angebotene Tasse Kaffee nicht annähernd diese Wirkung, weshalb es unbedenklich war, sie nur auf einen Kaffee ins Haus einzuladen.

»Meinst du?«, fragte Mrs Nettles.

»Aber sicher«, beteuerte sie, nahm Isabelle auf den Arm und ging vor ihr her ins Haus. Sie brachte die Besucherin ins Wohnzimmer zu ihrer Tante, dann nahm sie ihren Laptop mit in die Küche und schrieb eine kurze Mail an Howard, um ein Treffen mit ihm zu vereinbaren, während die Kaffeemaschine glucksend und brodelnd arbeitete.

Als sie die drei dampfenden Kaffeetassen auf einem Tablett ins Wohnzimmer brachte, bedankte sich Mrs Nettles, blieb jedoch wie gewohnt neben einem Sessel stehen, was ein gutes Zeichen war, da es darauf schließen ließ, dass sie tatsächlich nicht lange bleiben würde.

»Liebes, wir hätten da eine Bitte«, begann ihre Tante zurückhaltend. »Emily hat für morgen zwei Karten für das Bowls-Turnier … könntest du uns vielleicht hinfahren und später wieder abholen?« Nach kurzem Zögern fügte sie hinzu: »Ich möchte aber nicht, dass du dich übergangen fühlst.«

Christine lächelte die beiden an. »Ich mag Bowls, ganz ehrlich, aber ich sehe es mir viel lieber im Fernsehen an. Da sieht man wenigstens ganz genau, wie dicht die Kugeln am Jack liegen. In der riesigen Halle kann ich so was immer nur erahnen, und darauf habe ich einfach keine Lust.«

»Da hängen inzwischen auch Monitore an der Decke, damit man mehr sieht«, hielt Emily dagegen.

Mit einem Schulterzucken gab sie zurück: »Warum soll ich mich in eine große Halle setzen und mir den Hals ausrenken, um auf einen Monitor zu schauen, auf dem ich das gleiche sehe wie zu Hause, wo ich in meinem gemütlichen Sessel sitzen kann?«

»Ach, aber die Atmosphäre in der Halle ist doch einzigartig«, wandte Betty ein.

Christine zog die Augenbrauen hoch und fragte: »Wenn ihr sowieso nur zwei Karten habt, warum versucht ihr dann, mir das Turnier schmackhaft zu machen?«

Betty und Mrs Nettles sahen sich an, dann sagten sie gleichzeitig: »Wir sind schon ruhig.«

»So ist es besser.« Sie grinste die beiden an. »Um wie viel Uhr geht's los?«

»Um zehn.«

»Kein Problem.«

»Macht es dir denn nichts aus«, meldete sich Mrs Nettles wieder zu Wort, »wenn ich auch mitfahre? Ich will nicht aufdringlich sein, aber sonst müsste ich ganz allein fahren, weil Betty in meinem kleinen Fiat mit ihren Krücken keinen Platz hat, und dazu habe ich eigentlich keine Lust.«

»Mrs Nettles, wenn ich meine Tante ohnehin zum Turnier fahre, kann ich Sie auch mitnehmen«, erwiderte Christine. »Mein Wagen ist groß genug.«

»Ach, du bist ein liebes Kind, Chrissy«, sagte Mrs Nettles und drückte sie an sich.

Aus der Küche ertönte ein ›Ping‹, und als Christine hinging, um nachzusehen, fand sie eine Antwort von Howard in ihrer Mailbox vor. Er schlug vor, sich morgen um elf Uhr mit ihr am Pier zu treffen. Elf Uhr passte ihr gut. Sie konnte ihre Tante und die Nachbarin an der Halle absetzen, zurück nach Hause fahren und dann hinunter zum Pier schlendern. Bei der Gelegenheit konnte sie sich endlich mal im Stadtzentrum umsehen und Pollys rätselhafter Bemerkung auf den Grund gehen, sie müsse sich die Promenade und die Oxford Street unbedingt ansehen.

Nachdem sie von der Bowls-Halle in der Cable Road zurückgekehrt war, stellte Christine ihren Wagen vor dem Haus ihrer Tante ab und machte sich zu Fuß auf den Weg zum Pier. An ihrem dritten Tag zurück in Beechwood würde sie nun endlich einen Blick auf die Promenade und den Pier werfen können. Was sie erwarten sollte, wusste sie nicht so recht, doch in ihrer Erinnerung hielt sich das Bild eines in die Jahre gekommenen Seebads, das dringend einer Modernisierung bedurfte. Entweder war alles nur noch mehr heruntergekommen, oder aber man hatte Beechwood so auf Vordermann gebracht, dass Brighton daneben vor Neid erblassen musste.

Letzteres hielt sie allerdings für sehr unwahrscheinlich, denn über einen solchen Boom wäre ganz sicher im Fernsehen oder in der Zeitung berichtet worden. Also würde wohl die schon vor zwanzig Jahren bröckelnden Fassaden nur noch mehr Risse bekommen haben, und vom Glanz früherer Tage war vermutlich nicht mehr als die Erinnerung geblieben.

Als sie die Slaughterhouse Road in Richtung Strand hinunterging, bemerkte sie eine dichte Nebelwand, die sich der Küste näherte. Sie hatte noch nicht die Ecke zur Promenade erreicht, da schob sich der Nebel bereits über den Strand und bewegte sich zielstrebig auf die breite Uferstraße zu.

Christine blieb stehen und sah mit an, wie sich die graue Masse an Land schob, gleichzeitig legte sich eine unheimliche Stille über Beechwood, als hätte man den ganzen Ort in Watte gepackt. Der Nebel war so dicht, dass sie keine zehn Meter weit sehen konnte. Irgendwo links von ihr befand sich das Golden West, doch von dem Hochhaus waren jetzt nicht einmal mehr die Umrisse zu sehen.

Mit dem Nebel war die Kälte gekommen, weshalb sie froh war, dass sie die gefütterte Jacke angezogen hatte. Auch wenn sie sich nur auf ihr Gefühl verlassen konnte, kam es ihr doch so vor, als sei die Temperatur von zuvor ungefähr zwölf Grad innerhalb von Minuten bis dicht über den Gefrierpunkt gesunken.

Mit langsamen Schritten ging sie weiter. Im Nebel vor ihr wurden schwache Umrisse erkennbar, die dunkler und klarer wurden, je näher sie kam, und die sich als parkende Fahrzeuge, Abfalleimer oder Verkehrsschilder entpuppten. Nur einige Meter weit sehen zu können, war an sich schon ein wenig unheimlich, aber noch mehr bereitete ihr die Tatsache Unbehagen, dass der Nebel alle Geräusche schluckte und sie außer ihrem eigenen angestrengten Atem nichts hören konnte. Jemand konnte sich an sie heranschleichen, und sie würde es erst merken, wenn er bei ihr angelangt war. Jemand konnte in diesem Moment hinter ihr stehen und seine Hand nach ihr ausstrecken … nein, sie würde sich von solchen Gedanken nicht verrückt machen lassen. Wenn sie jetzt zurückging, dann kapitulierte sie vor ihrer Angst, für die es keinen vernünftigen Grund gab.

Niemand trachtete ihr nach dem Leben, und selbst wenn es so gewesen wäre, war der Nebel doch so überraschend gekommen, dass ein möglicher Attentäter nicht genug Zeit gehabt hätte, diese plötzlich aufgetretene Wetterlage zu nutzen, um Christine im Schutz des Nebels zu töten und unerkannt zu fliehen.

Sie atmete tief durch, um zur Ruhe zu kommen, als sie plötzlich eine Hand auf ihrer Schulter spürte.

»Chris?«

Fast hätte sie laut aufgeschrien; sie wirbelte herum, und war schon im Begriff, dem Unbekannten hinter ihr einen Handkantenschlag zu versetzen, der ihn mit etwas Glück zu Boden strecken würde, damit sie entkommen konnte. Doch noch während sie die Hand hochnahm, wurde ihr bewusst, wie er sie angesprochen hatte. Es gab hier in Beechwood nur einen, von dem sie so genannt worden war.

»Jerry?«, fragte sie und blickte in ein Gesicht, das ihr einmal sehr vertraut gewesen war. Natürlich war es nicht mehr das Gesicht eines Jugendlichen, sondern das eines erwachsenen Mannes, doch seinen Zügen war noch viel von dem Jungen anzusehen, in den sie einmal verliebt gewesen war. Nein, meldete sich eine innere Stimme zu Wort. Verliebt war sie nicht in ihn gewesen, sie hatte sich nur körperlich zu ihm hingezogen gefühlt. Mit fünfzehn hatte sie geglaubt, es sei Liebe, doch später war ihr klar geworden, dass es mit Liebe nicht viel zu tun hatte, nur mit gegenseitiger Anziehung … von der sie das Gefühl hatte, dass sie soeben wiedererwacht war. »Jerry Denham.«

Er lächelte sie an und strich sich die rotblonden Haare aus dem leicht geröteten Gesicht, das ihn aussehen ließ, als sei er ein Stück gerannt. »Sieh an, du erinnerst dich noch an mich.«

Sie mochte sich täuschen, doch es kam ihr so vor, als schwinge in seiner Stimme eine Spur von Arroganz mit. Womöglich hielt er sich für etwas Besonderes, weil sie auf Anhieb wusste, wer er war. »Ich vergesse nie ein Gesicht«, erwiderte sie, um ihm einen Dämpfer zu versetzen, dann fügte sie noch zu: »Und auch nie die dazugehörigen Namen.«

Jerry nickte grinsend, als hätte er durchschaut, was sie mit ihren Worten beabsichtigte. »Du siehst gut aus.«

»Du auch«, sagte sie – nicht aus Höflichkeit, sondern weil es stimmte.

Eine Weile sahen sie sich nur an, keiner sprach ein Wort.

»Und … was machst du hier?«, beendete er schließlich das Schweigen.

Mit wenigen Worten berichtete sie vom Unfall ihrer Tante und von ihrer Absicht, sich für eine Weile um sie zu kümmern. »Und was ist mit dir? Ich dachte immer, du wolltest Beechwood verlassen und anderswo Karriere machen.«

Jerry setzte ein schiefes Lächeln auf, woraufhin sich ein Grübchen in der einen Wange bildete. Das hatte sie schon damals auf eine unerklärliche Weise fasziniert, und auch jetzt löste es wieder ein Kribbeln in ihrem Bauch aus. Aber sie war inzwischen älter und erfahrener, und inzwischen war ihr klar, dass es Jerry damals eigentlich nur darum gegangen war, sie ins Bett zu bekommen. Es hatte nichts mit ihr persönlich zu tun gehabt, sie war nur zufällig das Mädchen gewesen, das er erobern wollte.

Sie musste einräumen, er hatte das nie zugegeben, und es war ihr auch nicht später von anderer Seite zugetragen worden, aber da er nach diesen Ferien nie bei ihr angerufen oder ihr geschrieben hatte, gab es keinen Zweifel daran, dass sie für ihn nur ein flüchtiges Abenteuer gewesen wäre, mit dem er anschließend vor seinen Kumpels geprahlt hätte. Zum Glück hatte sie dem noch im letzten Augenblick einen Riegel vorschieben können.

»Das habe ich auch gemacht. Ich bin seit Jahren Manager für einige hochkarätige Schauspieler.«

»Kann man denn in Beechwood davon leben?«, fragte sie verwundert.

Ihre Bemerkung brachte ihn zum Lachen. »Nein, leider nicht. Oder besser gesagt: Zum Glück nicht. Mein Büro ist in London, eine Zweigstelle ist in Los Angeles«, erklärte er. »Ich habe mich mit einem Kollegen aus den Staaten zusammengetan, auf die Weise decken wir beide Seiten des Atlantiks ab, und ein Schauspieler, der hier etabliert ist, muss sich drüben nicht erst auf die Suche nach einem Agenten machen. Und umgekehrt natürlich auch.«

»Sehr praktisch«, kommentierte sie seine Worte, die in ihren Ohren wie ein Verkaufsgespräch klangen, nicht jedoch wie eine Unterhaltung zwischen alten Bekannten. »Aber wieso bist du dann hier und nicht in London?«

»Eine Klientin wird am Wochenende bei einer Veranstaltung auf dem Pier anwesend sein, und da wollte ich mich persönlich davon überzeugen, dass mit ihrer Hotelsuite alles in Ordnung ist.«

»Du meinst, auf der SF-Convention, die gerade vorbereitet wird?«

»M-hm«, machte er. »Hast du auch was damit zu tun?«

»Na ja«, sagte sie ausweichend. »Es könnte sein, dass ich da deiner Klientin über den Weg laufe.«

»Als Besucher?«

»Lass dich überraschen«, antwortete sie. »Ich nehme doch an, du wirst auch da sein, oder?«

»Ja, auf jeden Fall. Unser Star will schließlich umsorgt werden.« Er verzog den Mund. »Das ist die Schattenseite des Jobs, wenn die Stars zu erfolgreich werden. Ich verdiene dann zwar mehr, aber die Ansprüche werden auch immer weiter in die Höhe geschraubt.«

»Solange du nicht Mariah Carey oder Jennifer Lopez managen musst, wird es sich aber sicher noch in Grenzen halten, oder?«

»Das ja, trotzdem ist so etwas wie ein Privatleben unter diesen Umständen gar nicht möglich.« Er sagte es in einem Tonfall, der wohl Mitleid bei ihr wecken sollte.

»Dann hast du also kein Privatleben?« Kaum hatte sie ausgesprochen, bereute sie schon, auf seine Bemerkung eingegangen zu sein. Sie fürchtete, ihre Frage könnte bei ihm falsch ankommen.

»Nicht mehr. Ich bin zweimal glücklich geschieden.« Als er sie plötzlich angrinste, wusste sie, ihre Befürchtung hatte sich bewahrheitet. »Was hältst du davon, wenn wir da weitermachen, wo wir damals unterbrochen wurden?«

Mehr musste er nicht sagen, da sie sich noch lebhaft daran erinnern konnte, wobei sie unterbrochen worden waren. Sie hatte damals kurz davor gestanden, mit ihm zu schlafen, doch in dem Moment war sein jüngerer Bruder in Jerrys Zimmer gestürmt, um ihn zu warnen, dass seine Eltern früher von ihrem Ausflug zurückgekommen waren. Hastig hatte Christine ihre Bluse zugeknöpft und war dann mit knallrotem Kopf durch die Hintertür aus dem Haus der Denhams gestürmt. Nicht auszudenken, wenn sie beide von seinen Eltern in flagranti erwischt worden wären! Sie hatte es als ein Zeichen gedeutet, dass der richtige Augenblick für sie noch nicht gekommen war, und diese Entscheidung später nie bereut.

»Dass du dich noch daran erinnern kannst, wo wir unterbrochen wurden«, erwiderte sie nachdenklich.

»Nun ja, das war ein unvergessliches Ereignis«, sagte er. »Und du warst etwas Besonderes.«

O ja, ich war die eine … nein, die Einzige, die du nicht gekriegt hast, dachte sie, während sie nur vielsagend lächelte. Kein Wunder, dass dir das im Gedächtnis geblieben ist. »Eines muss ich dir lassen«, räumte sie ein. »Du redest nicht lange um den heißen Brei herum.«

»Warum sollte ich? Dafür ist das Leben zu kurz. Also? Keine Lust?«

Sie schüttelte den Kopf. »Ich bin jetzt älter und weiser.«

Jerry lachte, als hätte sie einen irre komischen Witz gerissen. »Älter bin ich auch, aber weiser …?« Er zuckte mit den Schultern. »Egal, das Angebot steht auf jeden Fall. Wenn du es dir anders überlegst, dann ruf mich an.« Mit diesen Worten drückte er ihr eine Visitenkarte in die Hand.

Sein Telefon klingelte, und während er sich eine Spur zu fröhlich mit dem Anrufer unterhielt, ließ Christine sich diesen Satz wieder und wieder durch den Kopf gehen. »Das Angebot steht auf jeden Fall.« Hielt er sich etwa für so unwiderstehlich, dass er glaubte, jede Frau werde früher oder später mit ihm ins Bett gehen? Er war offenbar derart von sich eingenommen, dass er meinte, sich gar nicht weiter um eine Frau bemühen zu müssen, die ihn interessierte. Er machte ihr lediglich ein Angebot, jede weitere Initiative musste von ihr ausgehen. Eigentlich war das sogar sehr geschickt von ihm, denn jede Frau, die sich mit ihm einließ, konnte anschließend nur sich selbst dafür die Schuld geben, schließlich hatte er ja nur ein Angebot gemacht.

Je länger sie sich mit ihm unterhielt, umso erleichterter war sie, dass sie damals tatsächlich noch einen Rückzieher gemacht hatte. Sie war seinerzeit einfach noch zu jung gewesen, um

Jerry als den Casanova zu durchschauen, der er mit fünfzehn bereits gewesen war.

Falls sich eine Gelegenheit ergab, würde sie ihm eine Lektion erteilen. Nichts Gemeines, aber etwas, das ihm einen Stich versetzte und ihn erkennen ließ, dass man Frauen mit mehr Respekt behandeln musste, wenn man etwas von ihnen wollte.

»Die Arbeit ruft«, sagte er entschuldigend, nachdem er sein Telefonat beendet hatte. »Ich muss zurück nach London.«

»Ach, sag mal, wo warst du vorhin eigentlich so plötzlich hergekommen?«, fragte sie, als er bereits weggehen wollte, um im unverändert dichten Nebel zu verschwinden. Sie konnte sich nicht erklären, was sie in diesem Moment auf den Gedanken gebracht hatte, aber mit einem Mal wurde ihr bewusst, wie sonderbar sich ihre Begegnung abgespielt hatte. Sie war auf dem Weg zur Promenade gewesen, dann kam die Nebelwand und hüllte alles in einen dichten grauen Schleier, und praktisch aus dem Nichts war Jerry Denham aufgetaucht.

Es war absurd, das wusste sie auch, dennoch konnte sie nicht restlos ausschließen, dass Jerry etwas mit dem Mord an Murray zu tun haben könnte. Was, wenn er ihr gefolgt war? Wenn er sie schon seit der Entdeckung des Toten beobachtete?

»Wie meinst du das?«, erwiderte er. »Ich war doch hinter dir.«

»Ja, aber wie hast du mich erkannt? Ich meine, schau dich doch nur um, man sieht keine zehn Meter weit. Außerdem warst du hinter mir, du konntest also gar nicht mein Gesicht sehen.«

»Ach so.« Er nickte verstehend. »Ich bin vom Strand kommend an dir vorbeigefahren. Ich sah dich, aber ich brauchte einen Moment, bis ich dein Gesicht richtig zuordnen konnte. Dann habe ich den Wagen abgestellt und bin hinter dir hergelaufen, weil ich nicht erst noch wenden wollte. Kurz bevor ich dich eingeholt habe, kam dieser verdammte Nebel auf. Jetzt kann ich im Schneckentempo über die Landstraße fahren, bis ich wieder freie Sicht habe.«

»Aha«, bemerkte sie nur. Es klang plausibel, doch falls er irgendwas im Schilde führte, hätte er sich ohnehin eine gute Erklärung zurechtgelegt. »Na, dann sieh mal zu, dass du aus Beechwood rauskommst und heil nach London kommst.«

»Alles klar«, gab er betont fröhlich zurück, ging los und wurde nach wenigen Metern vom Nebel geschluckt. Sekundenlang konnte sie noch seine Konturen ausmachen, doch sie verschwammen schnell, und schließlich sah sie nur noch die graue Suppe, die sie zu allen Seiten umgab.

Ihr schauderte, als ihr bewusst wurde, dass sie nun wieder ganz allein war. Der Nebel machte keine Anstalten, weiter ins Landesinnere zu ziehen und sich zu lichten, und so blieb ihr nichts anderes übrig, als allein weiterzugehen – allein mit ihren Gedanken, ob Jerry tatsächlich nur zufällig vorbeigefahren war.

Die Stille, nur durchdrungen von dem leisen, fernen Plätschern, zu dem das Rauschen der Wellen geworden war, trug ihren Teil dazu bei, dass Christine nicht von ihren trüben Gedanken loskam.

»Sie müssen Miss Bell sein.« Ein recht kleiner, leicht untersetzter Mann mit streng zurückgekämmtem, blonden Haar und Kinnbart öffnete ihr, nachdem sie an eine der vielen Eingangstüren geklopft hatte, die in die kreisrunde, an einen Kuppelbau erinnernde Veranstaltungshalle auf dem Beechwood Pier führte.

»Howard North«, redete er weiter, als sie nickte. »Schön, dass Sie herkommen konnten.«

»Tja«, gab sie ironisch zurück. »Meinen Agenten konnte ich leider nicht schicken, den habe ich nämlich gestern gefeuert.«

Er schloss hinter ihr ab und führte sie durch das Foyer zum kleineren Veranstaltungssaal. »Ehrlich gesagt, ich hatte von Anfang an meine Zweifel, ob Ihr Agent Sie wirklich korrekt zitiert hat«, fuhr er fort. »Es gibt natürlich in jedem Genre ein paar Autoren, die sich für etwas Besseres halten und für ihre

Leser nur Geringschätzung übrig haben, aber selbst die lassen sich in den seltensten Fällen zu solchen Äußerungen herab.«

»Ich hatte das Gefühl, dass er das absichtlich gemacht hat, weil er wollte, dass ich mich von ihm trenne«, äußerte sich Christine.

North sah sie verwundert an. »Warum sollte ein Agent so etwas machen? Er verdient doch an Ihnen.«

»Und das nicht zu knapp«, stimmte sie ihm zu. »Aber mit mir hat er zu viel Arbeit, weil ich auch an Veranstaltungen wie dieser hier teilnehmen möchte, bei denen für ihn nur ein paar Pfund herausspringen. Wenn er mich dagegen zu Fernsehauftritten überreden könnte, an denen ich in der Regel nicht interessiert bin, würde er mit weniger Mühe viel mehr verdienen.«

»Hm, das leuchtet ein«, sagte Howard. »Ich bin übrigens sehr froh, dass Sie über die Teilnahme an unserer Convention nachdenken, obwohl wir so wenig zahlen können.«

»Wissen Sie, ich komme lieber zu Ihnen«, erwiderte sie. »Ich weiß, dass Sie knapp kalkulieren müssen, damit die Fans sich die Eintrittskarten leisten können. Ich halte nichts von diesen riesigen Veranstaltungen, bei denen die Fans nur ausgenommen werden, auch wenn ich dort mühelos das Fünffache für die gleiche Arbeit bekommen würde.«

Howard warf ihr einen dankbaren Blick zu.

Sie betraten den kleinen Saal, in dem die Händler ihre Tische aufgestellt hatten. Sie waren bereits damit beschäftigt, Bücher, Comics, DVDs, Spielzeug, Figuren, Bausätze und unzählige Dinge mehr auszubreiten. Einige Stände boten alles rund um *Doctor Who, Star Wars* oder *Herr der Ringe* an, andere Händler hatten ein ganzes Arsenal an DVDs aufgefahren, Buchhändler präsentierten sowohl verlagsfrische als auch antiquarische Fantasy-Literatur.

Als sie eintraten, drehten sich alle kurz zu ihr um, ein paar Händler erkannten Christine, und wenige Augenblicke später hatte sich herumgesprochen, wer sie war. Vor allem die Händler, die Bücher und Comics verkauften, kamen zu ihr geeilt, um sie zu begrüßen und ihr die Hand zu schütteln.

Christine nahm sich für jeden von ihnen einen Moment Zeit, auch wenn es sie insgeheim amüsierte, dass erwachsene Menschen sich wie Teenies gebärdeten, nur weil sich jemand halbwegs Prominentes in ihrer Nähe aufhielt. Sie hatte dieses Verhalten nie nachvollziehen können, trotzdem akzeptierte sie es und nahm es als Teil ihrer Arbeit hin.

»Miss Bell, kann ich ein Autogramm haben?«, rief einer.

»Miss Bell, würden Sie an unserem Stand Ihre Bücher signieren?«, wollte ein anderer wissen.

»Langsam, Leute, ganz langsam«, setzte North dem Stimmengewirr ein Ende. »Ich werde mit Miss Bell besprechen, wie sie sich ihren Auftritt vorstellt, und danach sagt ihr mir, was ihr wollt, und ich werde mit Miss Bell verabreden, welche Anfragen berücksichtigt werden können und welche nicht.«

Er legte eine Hand an ihren Rücken und dirigierte sie weiter durch die Halle, während Christine weiter interessiert um sich blickte. Es gab so viel zu entdecken, dass sie sich am liebsten erst einmal in Ruhe umgesehen hätte. Auch wenn sie selbst nicht auf die Idee gekommen wäre, sich einen Bausatz zu kaufen, da sie gar nicht die nötige Fingerfertigkeit besaß, konnte sie sich an den zusammengesetzten und bemalten Modellen kaum sattsehen.

Ein paar Helfer hatten ihre Posten verlassen, da sie offenbar die Nähe eines Prominenten suchten, und folgten ihr und North durch den Saal, als Christine auf einmal stutzte. »Das ist ja die gleiche Schrift wie auf diesem Plan«, murmelte sie und betrachtete das Raumschiffmodell genauer, das in einer großen Vitrine ausgestellt war.

»Die Schrift?«, wiederholte die Händlerin hinter dem Stand, die damit beschäftigt war, eine Reihe von außerirdischen Kreaturen mitsamt Fahrzeugen auf einem Diorama zu platzieren. »Was für ein Plan?«

Christine sah die Frau an, und erst da wurde ihr klar, dass sie laut gedacht hatte. »Ach, nichts weiter«, winkte sie ab. »Ich habe diese Schrift letzthin irgendwo gesehen und mich gefragt, was es damit auf sich hat.«

»Das ist Rivanisch«, erklärte einer der Helfer, ein etwa dreißig Jahre alter, schwarzhaariger Mann mit schmalem Oberlippenbart und korrekt gescheitelter Frisur. Er schien irgendeine Art von Uniform zu tragen, da Christine an seiner Kleidung verschiedene fremdartige Abzeichen sah. »Die Rivaner sind die wichtigste feindliche Spezies aus der *Galaxico*-Filmtrilogie, ihre Sprache ist sehr komplex und birgt in sich den Schlüssel für das Rätsel der Zeitportale. Wenn Sie das Regelwerk zum Rollenspiel zur Serie ver…«

»Dylan, lass Miss Bell in Ruhe«, unterbrach ihn Howard North. »Wir haben etwas Geschäftliches zu besprechen, da kannst du nicht einfach einen deiner endlosen Vorträge halten.«

»Ich wollte nur erklären«, gab der pikiert zurück, »was es mit dieser Schrift auf sich hat. Miss Bell hat schließlich danach gefragt.«

»Und du hast es ihr erklärt, und damit ist die Sache erledigt«, fuhr North ihn an. »Wir haben zu tun. Und die Plakate hängen sich auch nicht von selbst auf … falls du vergessen haben solltest, was deine momentane Aufgabe ist.«

Dylan schnaubte. »Brakka'Var«, zischte er North zu und ging weg.

»Das ist Rivanisch für …«, meldete sich ein anderer Helfer zu Wort.

»Schon gut, ich kann es mir denken«, sagte Christine hastig und hob abwehrend eine Hand.

»Tut mir leid, dass Sie das miterleben mussten«, entschuldigte sich North, als sie weiter in Richtung des großen Saals gingen. »Aber manche gehen so in ihrem Hobby auf, dass sie gar nicht merken, wie sehr sie die Nerven anderer Leute strapazieren.«

Sie winkte ab. »Das ist nicht schlimm. Ich habe nichts gegen

Fans wie diesen Dylan, die ihre Zeit einem harmlosen Hobby widmen. Andere Leute beschäftigen sich in ihrer Freizeit mit wesentlich bedenklicheren Dingen. Solange niemand zu Schaden kommt …« Sie blieb wieder stehen und schaute fasziniert nach links. »Sind das echte Requisiten?«

»Sie meinen die Roboter?« Howard schüttelte den Kopf. »Nein, leider nicht. Wir müssten das Doppelte von unserem gesamten Etat allein dafür ausgeben, um ein einziges Originalmodell zu versichern. Bei acht Robotern können Sie sich leicht ausrechnen, dass wir auf Jahre hinaus verschuldet wären.«

»Darf ich sie mir kurz ansehen?«, fragte sie.

»Aber sicher, kommen Sie, ich erkläre Ihnen, wer wer ist … sofern Sie das nicht schon wissen«, fügte er kleinlaut an.

Die lebensgroßen Modelle von acht Robotern aus alten Science-Fiction-Filmen waren an der linken Wand ausgestellt. Davor war ein dunkelrotes Seil gespannt worden, um die Bewunderer dieser Nachbildungen auf Abstand zu halten.

»Das Modell ist aus *Metropolis,* da haben wir C-3PO aus *Star Wars* … die Titelfigur aus *Robocop* …«

»Unglaublich, wie detailgetreu sie gestaltet sind«, staunte Christine und beugte sich über die Absperrung. »Wer die zusammengebaut hat, muss ja eine unendliche Geduld besitzen.«

North nickte bestätigend. »Ich habe die Zahlen nicht im Kopf, aber morgen werden hier noch Infotafeln angebracht. Auf ihnen kann man nachlesen, wer das jeweilige Modell gebaut und wie lange er dafür gebraucht hat. Es ist so, dass …« Er stutzte und legte den Kopf schräg. »Wer hat denn den hier zusammengesetzt?«, murmelte er, dann erklärte er an Christine gerichtet: »Der Robocop-Arm ist schief eingesetzt und könnte runterfallen, ich muss das schnell beheben, bevor noch etwas passiert.«

Er stieg über die Absperrung, stellte sich neben das Robotermodell, das ihn um mehr als einen Kopf überragte, und bewegte vorsichtig den Arm, um ihn herauszuziehen und neu einsetzen zu können.

»Verdammt«, fluchte er. »Der sitzt so schief, dass er sich verkantet hat. Wie kann man nur so dämlich sein?«

Er rüttelte fester, doch anstatt den Arm zu lockern, löste sich plötzlich die Metallhand vom Arm und fiel laut scheppernd zu Boden.

Christine bückte sich, griff nach der metallenen Gliedmaße und wollte sie North geben, als sie etwas bemerkte, das ihr ein erschrockenes »Oh Gott« über die Lippen kommen ließ.

Aus dem Armstumpf des Modells ragten Finger heraus … echte, menschliche Finger.

5

Chief Hatfield stand neben dem Toten, den man bereits auf einen schwarzen Leichensack gelegt hatte, und betrachtete das in seine Einzelteile zerlegte Robotermodell. Kopfschüttelnd wanderte sein Blick zu der Leiche, die in der Robocop-Hülle gesteckt hatte. Ein Arzt kniete neben dem Toten und untersuchte die Male an dessen Hals.

»Sachen gibt's«, brummte Hatfield und sah in die Runde. Zwei uniformierte Polizisten standen bei ihm, außerdem Howard North sowie Christine. Die Händler und die Helfer wurden von zwei weiteren Polizisten vom Tatort ferngehalten, die die Gelegenheit nutzten, um deren Personalien aufzunehmen. »Und, wie sieht's aus, Doc? Was ist die Todesursache?«

»Tod durch Ersticken. Er hat sich stranguliert«, erwiderte der Rechtsmediziner, ein kleiner, unscheinbarer Mann mit grauem Haarkranz und Lesebrille. »Sehen Sie hier.« Er hob die Brustplatte der Roboterrüstung hoch. »Die Einkerbung an seinem Hals entspricht der Halsöffnung am Rumpf dieses Modells. Der Ausschnitt ist zu klein, und wenn die beiden Hälften erst mal zusammengedrückt werden, ist das Opfer schnell erstickt.«

»Klarer Fall. Unser Freund hier«, der Chief Inspector deutete mit der Schuhspitze auf den Toten, »wollte unbedingt Roboter spielen, und dabei ist er erstickt. Wie ein Kleinkind, dem man nicht begreiflich machen kann, dass es keine Plastiktüte über den Kopf ziehen soll.«

»Entschuldigen Sie, Chief Hatfield«, meldete sich Christine zu Wort.

»Sie schon wieder«, kam seine geknurrte Erwiderung, wobei er die Augen verdrehte.

»Ja, ich schon wieder«, betonte sie gedehnt. »Es tut mir leid, wenn ich Ihre Theorie infrage stellen muss, aber wie soll der Mann ohne fremde Hilfe diese Rüstung anlegen? Und vor allem: Warum sollte er diese Brustplatte mit dem Rückenteil zusammenschnappen lassen, wenn er doch merkt, dass der Halsausschnitt viel zu klein ist?«

Hatfield stieß einen langen gequälten Seufzer aus. »Miss Marple … oh, verzeihen Sie … Miss Bell, ich habe ja nicht davon gesprochen, dass er das selbst gemacht hat. Er hatte Helfer.«

»Ja, zum Beispiel seinen Mörder«, gab Christine giftig zurück.

»Dann wäre das hier Mord, aber das ist es nicht«, stellte er klar. »Ich werde Ihnen sagen, was passiert ist: Unser Opfer hat sich von seinen Spießgesellen dabei helfen lassen, diese Rüstung oder was das sein soll anzulegen. Als die Brustplatte an der Reihe war, haben sie versucht, sie festzumachen, doch das ging nicht, weil die Öffnung zu klein ist. Der junge Mann bestand darauf, dass sie fester drücken sollten, dann würde es schon gehen. Schließlich befolgten sie seine Aufforderung, die Verschlüsse schnappten ein und unser Freund merkte, dass er wider Erwarten doch keine Luft mehr bekam. Seine Kameraden versuchten noch, die Brustplatte wieder zu entfernen, aber es wollte ihnen nicht gelingen. Sie mühten sich zwei Minuten lang damit, fünf Minuten, zehn Minuten, und als es ihnen nach einer halben Stunde immer noch nicht gelungen war, da mussten sie einsehen, dass sie für ihren Kumpan nichts mehr tun konnten. Natürlich wollten sie nicht mit seinem Tod in Verbindung gebracht werden, also legten sie ihm den Rest der Rüstung an, setzten ihm den Helm auf und machten sich aus dem Staub. Bis der ganze Zauber hier vorbei sein würde, wären sie längst auf dem Heimweg und niemand könnte noch einen Zusammenhang zwischen ihnen und dem Toten herstellen.«

»Hm, klingt so, als hätten Sie das Ganze per Webcam verfolgt«, spottete Christine. »Dann haben Sie bestimmt auch ein paar gute Fotos von seinen Freunden, nicht wahr?«

Hatfield zog missbilligend die Mundwinkel nach unten, ging aber nicht weiter auf ihre Frage ein.

»Also war es ein tragischer Unfall?«, fragte Howard North, der gebannt die Ausführungen des Chiefs verfolgt hatte.

»Das ist eindeutig, nicht wahr?« Er sah den Rechtsmediziner an, der daraufhin eifrig nickte. »Unser Doc bestätigt es.«

Dem Arzt wollte Christine gar keinen Vorwurf machen, dass der keinen Einwand vorbrachte. Der Mann war vermutlich froh, in seinem Alter noch immer in der Funktion des Rechtsmediziners zu arbeiten und nicht längst in die Arbeitslosigkeit geschickt worden zu sein. Wenn er dem Chief widersprach, würde ihm aber genau dieses Schicksal drohen, also tat er nur das kund, was Hatfield von ihm hören wollte.

Der Arzt winkte zwei Assistenten zu sich, die den Toten in den schwarzen Sack legten und den Reißverschluss zuzogen, dann brachten sie ihn auf einer Trage nach draußen. Die beiden Polizisten verließen nach einer knappen Geste ihres Vorgesetzten den Fundort. Auch North entfernte sich, wohl um den Händlern und den Helfern zu berichten, was er vom Chief Inspector erfahren hatte. Nach seiner betrübten Miene zu urteilen, schien North die Theorie für bare Münze zu nehmen.

Schließlich stand nur Christine da und beobachtete Hatfield, wie der noch ein paar Notizen machte.

»Warum haben Sie Mr North nicht gesagt, dass Sie die ganze Truppe hier für Spinner halten?«, fragte sie ihn ohne Umschweife.

»Weil ich Taktgefühl besitze, Miss Bell«, erwiderte er vorwurfsvoll. »Diese Leute würden doch nicht mehr daran glauben, dass ich meine Arbeit unvoreingenommen erledige, wenn ich so etwas sage.«

»Entschuldigen Sie, Chief Hatfield, aber hören Sie sich eigentlich zu, wenn Sie reden?«, konterte sie.

»Ich muss doch wohl sehr bitten!«, entrüstete er sich. »Was maßen Sie sich an?«

»Sie müssen sehr bitten? Ausgerechnet Sie? Ein Mann liegt tot in einem Swimmingpool, und Sie sagen, es sei ein Unfall gewesen, während auf dem Hoteldach frische Blutspuren zu finden sind, die eine ganz andere Sprache sprechen«, ereiferte sie sich. »Und jetzt geben Sie eine Theorie zum Besten, die auch auf einen Unfall hinausläuft, obwohl auch hier ein Mord viel wahrscheinlicher ist. Aber einen Mord zu untersuchen, das würde ja Arbeit bedeuten.«

»Sie vergreifen sich im Ton, Miss Bell«, warnte er sie. »Sie sollten …«

»Ach, vergessen Sie's«, fiel sie ihm ins Wort. »Wissen Sie, ich bin nur froh, dass Sie nicht Sheriff in irgendeinem Kaff in Louisiana sind, sonst hätten Sie mich schon längst festgenommen, weil Ihnen mein Tonfall nicht passt.«

»Miss Bell«, fuhr er fort. »Ich bin hier der ermitt…«

»Ist Ihnen eigentlich noch nicht der Gedanke gekommen, dass hier ein Mörder sein Unwesen treiben könnte, der bereits zwei Menschen auf dem Gewissen hat? Oder ist das alles halb so wild, weil es nur ein paar Spinner sind?«

»Ich sagte Ihnen bereits, wir erwarten in den nächsten Tagen hohen Besuch in Beechwood, und meine Leute haben alle Hände voll zu tun, um die Sicherheit unseres Gastes zu gewährleisten«, zischte er ihr zu. »Ich kann niemanden abstellen, nur damit der nach einem angeblichen Mörder sucht.«

Christine wandte sich kopfschüttelnd ab und ging zu North, der sich mit einigen Leuten unterhielt. »Soll ich später wiederkommen, Mr North?«

Er sah sie verdutzt an. »Wieso …? Ach, Sie meinen wegen des Unfalls.«

Sie nickte nur. Auf keinen Fall würde sie in der momentanen Situation ihren Verdacht äußern, was sich ihrer Meinung nach in Wahrheit abgespielt hatte. Bei einem Toten wäre sie vielleicht noch bereit gewesen, von ihrer Mordtheorie abzurücken, auch wenn noch so viel dafür sprach. Aber dass der zweite Mann auch einen Unfall zum Opfer gefallen sein sollte, das war mehr als zweifelhaft. Also trieb hier ein Mörder sein Unwesen, und er konnte sich in diesem Augenblick durchaus mit ihnen im selben Saal aufhalten. Solange sie nichts über das Motiv herausgefunden hatte, war jeder hier verdächtig, Howard North eingeschlossen.

»Nein, nein, das … das ist nun mal passiert. Wir werden eine Gedenkminute für ihn einlegen, so wie wir es auch schon für Murray Heathen vorgesehen haben.« Er senkte betrübt den Blick. »Es ist wirklich schlimm, dass sich so etwas im Umfeld unserer Convention abspielen muss, aber ich halte es nicht für pietätlos, wenn wir hier trotzdem weitermachen.«

»Ja, das sehe ich auch so«, sagte sie. »Solange wir an die beiden Toten denken, sind sie eigentlich nicht tot.«

Howard stutzte. »So etwas in der Art habe ich doch schon mal irgendwo gehört.«

Sie lächelte ihn an. »Ich hab's mir aus einem Film geborgt. Es schien mir hierher zu passen.«

»Kommen Sie, wir bereden kurz den Ablauf, damit wir nicht noch mehr von Ihrer kostbaren Zeit stehlen.« Mit diesen Worten führte er sie in sein Büro.

Eine halbe Stunde später verließ sie die Halle auf dem Pier. Die Wetterlage hatte sich noch immer nicht wesentlich gebessert, daher nahm sie ein Taxi, um sich zum Haus ihrer Tante fahren zu lassen. Der Fahrer gab sich wortkarg, vermutlich hatte er gehofft, sie wenigstens bis zum Bahnhof bringen zu können, der einige Kilometer von Beechwood entfernt in Brighton lag. Eine Fahrt von ein paar hundert Metern, die wegen der schlechten Sichtverhältnisse im Schritttempo zurückgelegt werden musste, war nicht besonders lohnenswert für ihn.

Am Ziel angekommen, rundete sie den Fahrpreis viel großzügiger als üblich auf, um sich erkenntlich zu zeigen, doch das stimmte den Fahrer auch nicht freundlicher. Vielleicht hatte seine schlechte Laune auch gar nichts mit ihr zu tun.

Als sie die Wagentür zuwarf, glaubte sie einen Moment lang, ein Echo zu hören, was jedoch angesichts des Nebels sehr unwahrscheinlich war. Der schluckte in der Regel alle Geräusche, anstatt sie zurückzuwerfen. Sie sah sich um, konnte allerdings nur vage Konturen in dem allgegenwärtigen Grau ausmachen.

Das Taxi fuhr los, um ein Stück weiter zu wenden, dabei schien das Motorengeräusch von allen Seiten gleichzeitig zu kommen. Kopfschüttelnd öffnete Christine das Gartentor und ging zum Haus. Isabelle begrüßte sie an der Haustür und gab energisch zu verstehen, dass sie umgehend ihren Napf aufgefüllt sehen wollte.

»Ja, ist schon gut, meine Kleine«, sagte sie und streichelte die Katze, die sich gegen ihre Beine drückte. »Ich lasse dich ganz sicher nicht verhungern.«

Sie ging in die Küche und öffnete eine Dose Katzenfutter, über die sich Isabelle laut schmatzend hermachte, als hätte sie seit Tagen Hunger leiden müssen. Dann begab sie sich ins Wohnzimmer, fuhr ihren Laptop hoch und setzte den Stick ein, mit dem sie mobil ins Internet gehen konnte. Sie tippte den Suchbegriff »Rivanisch« ein und erhielt etliche tausend Treffer. Viele Seiten standen in gar keinem Zusammenhang zum Thema, sondern versuchten nur, Ahnungslose anzulocken, um ihnen Dinge zu verkaufen, die keiner brauchte. Aber eine ganze Reihe von Seiten widmete sich dieser erfundenen Sprache und behandelten sie so ernsthaft, als würde es tatsächlich einen Menschen beziehungsweise einen Außerirdischen geben, mit dem man sich in dieser Sprache problemlos unterhalten konnte.

Sie kannte ähnliche Seiten, die sich mit Tolkiens Sprache der Elben beschäftigten, daher überraschte sie nicht, dass das Rivanische eine ähnlich große Zahl von Anhängern aufzuweisen hatte. Bislang hatte sie selbst in all ihren Büchern vermieden, fremde Sprachen zu erfinden, weil sie wusste, ihre Leser würden sich damit intensiver auseinandersetzen als sie selbst.

Isabelle kam zufrieden aus der Küche und sprang auf den Tisch, um sich neben den Laptop hinzulegen und sich ausgiebig zu putzen.

»Und wie war dein Tag?«, fragte Christine ihre Katze, die mit einem leisen Murren reagierte, als wollte sie sagen, dass sie allein im Haus nicht viel hatte erleben können. Sie kraulte sie gedankenverloren, während sie weiter im Netz surfte.

Alle Seiten zum Thema Rivanisch befassten sich ausführlich mit der Sprache, aber keine von ihnen bot konkrete Übersetzungshilfen an. Damit half ihr der Plan auch nicht weiter, den Isabelle für sie entdeckt hatte.

Frustriert fuhr sie den Rechner runter, als ihr auf einmal etwas in den Sinn kam. »Wie hießen die beiden noch gleich?«, überlegte sie. »Murray Heathen und ... Carl ... Carl ...« Oh, verdammt. Chief Hatfield hatte den Namen des anderen Opfers erwähnt. »Carl ... Anderson ... nein ... irgendwas mit ›son‹ am Ende ... Lennison ... ja, genau ... Carl Lennison.«

Sie notierte die Namen, damit sie ihn nicht wieder vergessen konnte, und wollte eben noch einmal den Laptop starten, um nach den beiden zu suchen, doch in dem Moment klingelte ihr Telefon.

Das Display zeigte Bettys Mobilnummer. »Hallo, Betty«, begrüßte sie sie.

»Wieso ...« Ihre Tante schwieg sekundenlang, dann fuhr sie fort: »Ich werde mich wohl nie daran gewöhnen, dass andere meine Nummer sehen können.«

»Wenn du willst«, bot Christine ihr an, »stellen wir dein Telefon um, damit die Nummer nicht gesendet wird.«

»Geht das?«

»Natürlich geht das. Erinnere mich nachher daran, dass ich mir das Gerät mal vornehme.« Dann fragte sie: »Soll ich euch abholen?«

»Die Morgensession ist zu Ende«, erwiderte Betty. »Wenn du herkommen könntest …«

»Dafür bin ich doch da«, betonte Christine. »Es wird allerdings eine Weile dauern, oder ist der Nebel bei euch nicht so schlimm?«

»Schlimm ist gar kein Ausdruck. Man kann vor lauter Nebel den Nebel nicht sehen, so übel ist es hier.«

»Wartet aber nicht draußen vor der Halle auf mich, es ist nämlich verdammt kalt geworden«, warnte sie ihre Tante.

»Ist gut, bis gleich.« Dann hatte sie auch schon aufgelegt.

Isabelle betrachtete interessiert den Zettel mit den notierten Namen. Zu interessiert, wie Christine fand. Vermutlich wollte ihre Katze mit dem Papier spielen, also legte sie es zusammen mit dem gefalteten Plan auf die Tastatur und klappte den Laptop zu, damit die Dokumente dort sicher aufbewahrt waren.

Wegen des dichten Nebels verging fast eine Stunde, bis Christine endlich die Bowls-Halle erreichte, die auch schon bessere Zeiten gesehen hatte. Die rote Farbe hinter den Neonröhren, die den Schriftzug Bowl-O-Drome bildeten, war im Lauf der Jahre verblasst und zu großen Teilen abgeblättert, und die salzige Meeresluft hatte den lackierten Eisenträgern zugesetzt, die das Skelett der Halle bildeten.

Christine war keine Expertin für solche Dinge, aber ihrer Meinung nach mussten die Tage dieser Halle gezählt sein, wenn alles so verrostet war wie diese Ecke.

Als sie sich dem Eingang näherte, kamen ihr Betty und Emily Nettles ein Stück entgegen. »Wir hatten schon befürchtet, dir könnte was zugestoßen sein«, sagte ihre Tante besorgt. »So schlimm ist der Nebel ewig nicht mehr gewesen.«

»Ja, dir ist doch hoffentlich nichts passiert«, stimmte Mrs Nettles mit ein.

»Nein, aber ich wäre zu Fuß vermutlich schneller gewesen«, entgegnete Christine. »Bei zehn bis fünfzehn Metern Sicht war das wirklich kein Vergnügen. Und jetzt dürfen wir die ganze Tour noch einmal in umgekehrter Richtung machen.«

»Apropos«, sagte Betty. »Wir möchten uns bei dir dafür bedanken, dass du dir so viel Mühe machst, und da haben wir uns überlegt, dass wir dich zum Essen einladen könnten. Was hältst du davon, wenn wir zur Promenade fahren und im Octopus Garden mit etwas Verspätung zu Mittag essen.«

»Sofern wir den Weg dorthin finden«, scherzte Christine. »Aber eine Einladung ist wirklich nicht nötig, ich mache das gern.«

»Und wenn wir darauf bestehen?«, hakte ihre Tante nach.

»Dann kann ich natürlich nicht ablehnen.«

Mrs Nettles drehte sich um und schaute suchend in den Vorraum der Halle, in dem sich die vorwiegend älteren Besucher drängten, um nach draußen zu kommen.

»Hast du etwas vergessen, Emily?«, fragte Betty verwundert.

»Nein, nein, ich frage mich nur, wo er bleibt«, überlegte sie.

»Wo wer bleibt?«

»Na, Kyle natürlich.«

»Wer ist Kyle?«, wollte Christine wissen, während Mrs Nettles in den Vorraum zurückkehrte,

Betty zuckte mit den Schultern. »Mir fällt da nur Kyle Donaghan ein, ihr Ex-Schwiegersohn«, sagte sie. »Aber den wird Emily ja wohl kaum meinen.«

»Emilys Tochter war verheiratet?«

»Und ist wieder geschieden. Die arme Patricia hat einfach kein Glück in der Liebe. Apropos …«

Christine versteifte sich unwillkürlich, weil sie wusste, was nun kommen würde.

»… wie sieht es in dieser Hinsicht eigentlich bei dir aus?«

»Im Moment genieße ich das Single-Dasein«, antwortete sie knapp.

»Deine Mom hatte mir etwas von einem Mann in deinem Leben erzählt«, fuhr Betty fort. Sie würde sich nicht so leicht von diesem Thema abbringen lassen. »Ist daraus nichts geworden?«

»Wir haben uns in gegenseitigem Einvernehmen getrennt«, erwiderte Christine und hoffte, ihr Tonfall würde ihrer Tante deutlich machen, dass sie mehr dazu nicht mehr sagen wollte. So einvernehmlich das auch tatsächlich abgelaufen war, schmerzte es sie immer noch, wenn sie an Phil zurückdachte, den verdeckt ermittelnden Polizisten, den sie kennengelernt hatte, als sie zum ersten Mal eigenmächtig in einem Mordfall recherchiert hatte, da die örtliche Polizei nicht bereit gewesen war, gegen den mutmaßlichen Drahtzieher vorzugehen. Danach waren sie beide gut ein Vierteljahr lang unzertrennlich gewesen, bis Phil wieder einmal zu verdeckten Ermittlungen herangezogen wurde und dabei ein Kollege starb – und das nur, weil er durch einen Zufall als Erster das Versteck eines Drogenschmugglers betreten hatte. Wäre Phil nur ein paar Sekunden eher da gewesen, hätten die Kugeln ihn getroffen und getötet.

Eine Weile hatte sie versucht, mit der Unruhe und Ungewissheit zu leben, die sie jedes Mal befiel, wenn sie wusste, dass er einen gefährlichen Einsatz hatte, doch sie merkte recht schnell, wie die Angst sie förmlich lähmte. Zwei wichtige Termine mit ihrem Verleger hatte sie verstreichen lassen, da sie vor Sorge um Phil nicht mal in der Lage war, das Haus zu verlassen.

Ihr war schnell klar geworden, dass es so nicht weitergehen konnte, und da Phil auch nicht bereit war, sich ihr zuliebe in eine ungefährlichere Abteilung versetzen zu lassen – was sie nur zu gut verstehen konnte, weil er mit Leib und Seele Polizist war –, waren sie schließlich übereingekommen, sich im Guten zu trennen. Seitdem stand sie mit ihm immer noch in Kontakt, doch je weiter die gemeinsame Zeit zurücklag, umso mehr kühlte sich der leidenschaftliche Ton ab. Sie würden vielleicht Freunde bleiben können, aber was sie in diesen drei Monaten verbunden hatte, konnten sie nicht bewahren.

Dass sie beide nicht dafür bestimmt waren, den Rest ihres Lebens zu teilen, das hatte sie in dem Moment erkannt, als sich herausstellte, dass keiner von ihnen bereit war, für den anderen beruflich zurückzustecken.

»Das ist tatsächlich ihr Ex-Schwiegersohn«, holte Betty sie aus ihren Gedanken.

»Was?«

»Emily sprach wirklich von ihrem Ex-Schwiegersohn Kyle Donaghan«, erklärte ihre Tante.

Ein Mann in dunklem Anzug näherte sich Mrs Nettles, er wirkte wie ein Banker oder ein Anwalt und damit für Christine gleich auf den ersten Blick aalglatt. Natürlich wollte sie ihm eine Chance geben, damit er ihren Eindruck widerlegen konnte, aber durch ihre Arbeit hatte sie genügend Typen von seinem Schlag kennengelernt, die sich elegant kleideten und sich auszudrücken wussten, die dennoch letzten Endes immer nur eines von ihr wollten: ihr Geld.

»Das ist typisch für Emily«, murmelte Betty. »Ständig lädt sie noch jemanden ein, ohne sich vorher mit den anderen abzusprechen.«

Die beiden verließen den Vorraum, und im gleichen Moment lichtete sich der Nebel, und die Sonne kam zum Vorschein.

»Na, das passt doch«, rief Mrs Nettles erfreut. »Kaum betritt mein liebster Schwiegersohn die Szene, da lacht auch gleich wieder die Sonne am Himmel!«

Es war natürlich nur ein Zufall, aber einige Jahrhunderte früher hätte man den Menschen so etwas vermutlich noch einreden können, und dann wäre sie vor Kyle Donaghan auf die Knie gesunken und hätten ihn angebetet.

So selbstbewusst, wie er auf sie und Betty zukam, hätte man fast meinen können, dass er sich tatsächlich für den Bezwinger des Nebels hielt und dementsprechend verehrt werden wollte.

»Betty, du kennst Kyle ja«, sagte Emily und wandte sich Christine zu. »Kyle, darf ich dir Christine Bell vorstellen?« Nach einer kleinen Kunstpause fügte sie an: »Sie ist eine erfolgreiche Autorin.« Dann sah Emily zu ihr. »Christine, das ist

Kyle Donaghan.« Eine weitere dramatische Pause. »Er ist Immobilienmakler.«

Wenn das kein Verkupplungsversuch ist, dachte Christine.

»Ein Makler?«, wiederholte Christine und lächelte unverbindlich. »Darauf wäre ich nicht gekommen.« Richtig! Darauf war sie nicht gekommen. Banker ja, Anwalt ja, aber Makler? Wieso hatte sie nicht daran gedacht?

»Ausschließlich gewerbliche Objekte ab zwanzig Millionen Pfund Kaufpreis«, ergänzte er. »Bei Objekten darunter lohnt sich der Aufwand nicht.«

»Aha«, machte sie und dachte automatisch an ihren Agenten. »Sehr interessant.« Oh Gott, was sollte das nur für ein Essen werden, wenn er mitkam? Vermutlich würde er die ganze Zeit nur von seinen großartigen Immobilienverkäufen reden, nur damit sie im Geiste mitrechnen konnte, wie viel Courtage dabei für ihn abgefallen war.

»Christine Bell?«, sagte er, kniff die Augen zusammen und schaute in die Ferne. »Ich kann es nicht beschwören, aber ich glaube, ein Kollege von mir liest Ihre Bücher mit dem größten Eifer.«

»Das höre ich immer gern.« Christines Lächeln fühlte sich wie erstarrt an, und sie fürchtete, dass ihr die Wahrheit anzusehen war: Sie fand ihn todlangweilig.

Während Emily an Bettys Seite blieb, ging Christine vor, um den Wagen aufzuschließen. Kyle deutete das offenbar als Aufforderung, ihr zu folgen.

»Wenn Sie übrigens an einem neuen Wagen interessiert sind«, sagte er. »Ich habe unter meinen Kunden auch mehrere Autohändler, und die Rabatte, die ich bei denen für Sie herausschlagen kann, werden Sie in Staunen versetzen.

»Haben Sie etwas an diesem Wagen auszusetzen?«

»Nein, er ist praktisch und geräumig«, beteuerte er. »Aber seien wir doch mal ehrlich: Ihm fehlt die Klasse, die Sie haben.«

Banker, Anwalt, Makler … und Autoverkäufer. Die Liste

der Berufe, in denen Kyle Donaghan seinem Auftreten nach bestens aufgehoben war, wurde immer länger.

»Beschränken sich die Provisionen, die Sie kassieren, ausschließlich auf Immobilien, oder verdienen Sie auch bei Pkw-Verkäufen mit?«, gab sie statt einer Antwort zurück.

Kyle lachte mit aufgesetzter Fröhlichkeit über ihre Bemerkung.

»Ihre Ex-Schwiegermutter scheint sich gut mit Ihnen zu verstehen«, stellte Christine fest.

»Ja, unser Verhältnis ist wirklich ausgezeichnet«, bestätigte er.

»Und wie ist die Beziehung zu Ihrer Ex-Frau? Auch so herzlich?«

Er schüttelte betrübt den Kopf.

»Leider nicht. Ich wünschte, es wäre nie zu einer Trennung gekommen. Aber sie hat mich betrogen, und als ich sie zur Rede stellte, hat sie mich verlassen.« Geknickt fügte er hinzu: »Ich glaube, sie hatte es absichtlich gemacht, um mir einen Grund zu liefern, mich von ihr zu trennen.«

»Warum denn das?«, wunderte sich Christine.

»Natürlich ging es um Geld«, behauptete er, und fast hätte sie ihm laut zugestimmt, da es keine Frau geben konnte, die ihn seines Charmes wegen geheiratet hätte. »Sie wollte, dass ich die Scheidung einreiche, weil sie dachte, so bekommt sie die Hälfte von meinem Geld, aber den Gefallen habe ich ihr nicht getan.«

»Und was haben Sie stattdessen getan?«

»Ich habe es ignoriert, bis ihr klar wurde, dass sie mit ihrer Taktik nicht ans Ziel kommt, und dann ist sie ausgezogen. Von einem Tag auf den anderen.« Er zuckte mit den Schultern und machte nicht den Eindruck, als würde er ihr auch nur eine Träne nachweinen. »Emily … Mrs Nettles … hat ihrer Tochter nie verziehen. Sie gibt ihr die alleinige Schuld am Scheitern unserer Ehe, und seitdem behandelt sie mich wie ihren Sohn, während sie mit ihrer Tochter kein Wort mehr redet.«

Sie hatten den Wagen erreicht, und während Christine ihrer Tante beim Einsteigen half, setzte sich Mrs Nettles wie selbstverständlich auf den Beifahrersitz. Aus dem Augenwinkel nahm sie wahr, wie Kyle um den Wagen herumging und es sich auf dem Fahrersitz bequem machte.

Eben hatte sie Betty den Gurt angelegt, da drehte sich Kyle um und hielt ihr die Hand hin. »Geben Sie mir den Schlüssel?«, fragte er in einem Ton, als hätte er ihr den Schlüssel nur für ein paar Minuten überlassen, damit sie die Türen aufschließen konnte.

»Wie bitte?«

»Den Schlüssel«, wiederholte er und sah sie fast schon ungeduldig an. Offenbar war er es gewöhnt, dass ihm alles sofort zuflog, wenn er einen Laut von sich gab.

»Warum?«

»Na, ich kenne den Weg.«

»Ich auch.«

»Ich kenne eine Abkürzung«, legte er nach.

»Die kenne ich auch«, widersprach sie trotzig.

»Ach, kommen Sie, ich sitze doch schon hier, dann können Sie mich auch fahren lassen.«

»Vielen Dank, aber ich habe nichts getrunken«, gab sie zurück. »Abgesehen davon weiß ich gar nicht, ob Sie überhaupt einen Führerschein besitzen.«

Er stutzte. »Ist das Ihr Ernst? Was meinen Sie, wer meinen Bentley gefahren hat, mit dem ich hergekommen bin?«

Ein dressierter Schimpanse, hätte sie am liebsten geantwortet, hielt sich jedoch im letzten Moment davon ab. »Keine Ahnung«, sagte sie stattdessen. »Ich habe Sie nicht fahren sehen.«

»Kyle ist ein exzellenter Autofahrer«, warf Mrs Nettles ein.

»Korrigieren Sie mich, wenn ich mich irre, Mrs Nettles, aber soweit ich weiß, habe ich heute Morgen auf dem Weg hierher keinen Unfall verursacht«, gab Christine schnippisch zurück.

»Ich weiß, aber Kyle ist ein exzellenter Autofahrer«, beharrte sie, ohne zu merken, wie sehr sie damit Christines Können herabwürdigte.

»Das ist mir …« Plötzlich hielt sie inne, zog ihr Telefon aus der Tasche und sah auf das Display. Verwundert nahm sie das Gespräch an. »Ja, hallo? … Ja … ja, richtig … aha … aha … jetzt gleich? … Ja, in einer Viertelstunde, wenn das passt … m-hm … ja, dann bis gleich.« Sie steckte das Telefon weg und sah betrübt in die Runde. »Das ist schade, aber das gemeinsame Essen muss leider ausfallen. Betty, das war deine Krankengymnastin. Dein Termin muss vorgezogen werden, weil sie heute Nachmittag dringend nach Worthing fahren muss.«

Betty sah sie an und verzog den Mund, sagte jedoch nichts. Emily machte ihrem Unmut Luft, wohl in erster Linie, weil ihr Verkupplungsversuch vereitelt worden war. »Das ist ja ärgerlich! Dass das ausgerechnet jetzt passieren muss! Kann diese Frau denn nicht ihre Termine einhalten?«

»Wissen Sie«, meldete sich ungefragt Kyle zu Wort. »Ich habe da ein Objekt an einen Krankenpflegedienst vermietet, der erstklassige Arbeit leistet. Das kostet zwar ein bisschen mehr, aber dafür sind das exzellente Pflegekräfte, die äußerst professionell arbeiten.«

Das wandelnde Branchenbuch versucht noch schnell, ein paar Geschäfte zu machen, dachte Christine und warf dem Mann einen wütenden Blick zu, den dieser aber nicht auf sich zu beziehen schien. Vermutlich dachte er, sie sei so verärgert, weil ihr die einmalige Gelegenheit entging, in seiner Gegenwart eine Mahlzeit zu sich zu nehmen.

»Sagen Sie, Kyle, wo haben Sie eigentlich Ihren Wagen geparkt?«, ging sie über seinen jüngsten Vorschlag hinweg. »Es wäre nämlich praktischer, wenn ich mit meiner Tante von hier aus zur Krankengymnastin fahren könnte, anstatt erst noch einen Umweg zu ihr nach Hause zu machen.«

»Oh, das ist gar kein Problem, mein Wagen steht gleich da drüben«, antwortete er. »Dann bringe ich Betty nach Hause, und Sie können sich um Ihre Tante kümmern. Ich dachte mir nur, warum sollen wir uns alle in meinen Wagen zwängen, wenn sie hier viel bequemer sitzen kann.«

Ja, natürlich, dachte Christine und schnaubte leise. Ein 300 000 Pfund teurer Bentley, dieses Schlachtschiff auf Rädern, war ja auch so klein und unbequem, dass Betty mit ihrem Gipsbein darin keinen Platz gefunden hätte. Vermutlich fürchtete er nur, die edlen Tropenhölzer könnten eine Schramme abbekommen.

Die beiden stiegen aus, verabschiedeten sich und überquerten den Parkplatz, wo die Luxuskarosse den Sonnenschein funkelnd reflektierte.

»Ich wusste gar nicht, dass ich eine Krankengymnastin habe«, meinte Betty ironisch, als die beiden außer Hörweite waren.

»Hast du auch nicht, sie hat soeben wieder gekündigt«, gab Christine grinsend zurück, dann wurde sie ernst. »Das kommt erst infrage, wenn du deinen Gips los bist, aber das ist den beiden wohl nicht aufgefallen.«

Betty schüttelte verständnislos den Kopf. »Was findet Emily nur an diesem penetranten Kerl?«, wunderte sie sich.

»Vermutlich ist er der Sohn, den sie nie hatte«, überlegte Christine. »Ihre Tochter hat sie ja offenbar in die Wüste geschickt, und in ihm hat sie einen willkommenen Ersatz gefunden. Einen stinkreichen Ersatz dazu.«

Die beiden sahen sich an. »Gehen wir jetzt was essen?«, fragte Betty.

»Natürlich. Aber was hältst du davon, wenn wir nach Hause fahren, und dann setzt du dich in deinen Rollstuhl, und ich schiebe dich bis zum Lokal?«

»Und wenn wir zu Hause in die Fänge von Emilys heißgeliebtem Schwiegersohn geraten?«, gab ihre Tante zu bedenken.

»Was ist mittlerweile das vornehmste Restaurant in Beechwood?«

Betty dachte kurz nach. »Das dürfte das Nico's sein, das vor ein paar Jahren auf der westlichen Klippe gebaut worden ist.«

»Dann darfst du dreimal raten, wohin Kyle mit Mrs Nettles

gefahren ist. Da oben kommt wenigstens sein Wagen richtig zur Geltung.«

»Hm, ja, da dürftest du recht haben. Und wohin sollen wir gehen?«

»Schlag du was vor«, erwiderte Christine. »Ich weiß nicht, welche Lokale von damals es überhaupt noch gibt.«

»Bist du nicht heute Vormittag zum Pier gegangen?«

»Doch, aber da hatte sich schon der Nebel über die ganze Stadt gelegt, und ich war vollauf damit beschäftigt, den Weg zu finden. Auf die Geschäfte entlang der Promenade habe ich gar nicht achten können.«

»Ach so«, sagte ihre Tante. »Na, dann wirst du aber überrascht sein.«

»Wieso?«

»Warte ab«, wich sie der Frage aus. »Welches war früher denn dein Lieblingslokal?«

»Das ist tatsächlich das Octopus Garden, die hatten immer die besten Pfannkuchen.«

»Dann sollten wir dorthin gehen«, meinte Betty.

»Ich habe mich vorhin schon gewundert, dass es das noch gibt«, sagte Christine. »Der Laden sah bereits beim letzten Mal so aus, als würde der Inhaber jeden Moment Konkurs anmelden.«

»Wie ich schon sagte«, gab Betty mit einem verschmitzten Lächeln zurück. »Du wirst überrascht sein. Und jetzt lass uns nach Hause fahren, es ist schon recht spät.«

Christine stieg ein und fuhr los. Da der Nebel sich vollständig aufgelöst hatte, benötigten sie für den Rückweg nur eine Viertelstunde.

Als sie in die Road by the Sea eingebogen waren, kamen ihnen auf halber Höhe ein Mercedes entgegen, aber sie waren zu schnell aneinander vorbeigefahren, weshalb Christine den Fahrer nicht erkennen konnte. Sie sah im Rückspiegel, wie das Coupé in die Slaughterhouse Road abbog und in Richtung Promenade weiterfuhr.

Sie stellte den Wagen vor Bettys Haus ab und ging um das Fahrzeug herum, damit sie die Schiebetür öffnen konnte. »Was hältst du davon, wenn du hier wartest? Dann hole ich den Rollstuhl, und du musst nicht erst noch ins Haus gehen.«

»Ja, das ist gut«, stimmte Betty ihr zu. »Aber lass mich wenigstens schon mal aussteigen.«

Christine half ihr aus dem Wagen, dann ging sie durch den Garten zum Haus. Als sie die Tür aufschloss, wunderte sie sich, dass sie nicht von Isabelle empfangen wurde.

»Isabelle?«, rief sie und ging durch den Flur. Sie entdeckte die Katze in der Küche, wo sie es sich vor dem Kühlschrank bequem gemacht hatte. Der Anblick erinnerte sie unwillkürlich an ihre erste Begegnung mit Isabelle in dem Häuschen in Wrightford-on-Stratton, in das sie sich zurückgezogen hatte, um in Ruhe an einem Buch zu schreiben. Damals hatte Isabelle mitten in der Nacht vor dem geöffneten Kühlschrank gesessen und sich an allem bedient, was ihr schmeckte.

»Tja, Süße, da hast du leider Pech«, sagte sie, während sie die Küche betrat. »Bettys Kühlschrank ist ein älteres Baujahr als der in Wrightford-on-Stratton, den kriegst du nicht auf.«

Isabelle gab ein bedauerndes Maunzen von sich und sah interessiert zu, wie Christine eine neue Dose öffnete und das Futter in den Fressnapf gab. Sie stellte den Napf auf den Boden, und Isabelle erhob sich gerade weit genug, um an das Futter heranzukommen.

»Du hast heute wohl deinen faulen Tag, wie?«, fragte Christine und streichelte über ihren Kopf, was sie mit einem warnenden Knurren kommentierte, da sie in Ruhe fressen wollte. »Ja, ja, schon klar. Ich bin bald wieder da, okay?«

Als sie den Rollstuhl durch den Garten schob, kam nebenan Daffyd Mattison aus der Garage und rief ihr zu: »Na bitte. Ich hatte dem jungen Herrn doch gesagt, dass Sie zu Hause sind, aber er war recht ungeduldig und wollte mir nicht glauben.«

Sie blieb stehen und drehte sich zu ihm um. »Wie bitte?«

»Na, der junge Mann, der vorhin geklingelt hatte, weil er zu Ihnen wollte.«

»Welcher junge Mann?«

Er zuckte mit den Schultern. »Ich weiß nicht, wie er heißt. Heutzutage hat ja niemand mehr Manieren, niemand stellt sich einem noch vor. Aber ich kann Ihnen sagen, welchen Wagen er fuhr: einen silberblauen Mercedes, ein Coupé, aktuelles Modell.«

Der war ihnen vor ein paar Minuten entgegengekommen, doch sie hatte den Fahrer nicht sehen können. Kyle Donaghan konnte es nicht sein, der fuhr einen Bentley. Bei Howard North bezweifelte sie, dass der sich einen solchen Wagen leisten konnte – es sei denn, er spielte nur den edelmütigen Veranstalter, dem es einzig darum ging, den Fans etwas zu bieten, und der nur die entstandenen Kosten decken wollte, und in Wahrheit steckte er womöglich den größten Teil der Einnahmen in die eigene Tasche. Vielleicht war es Jerry Denham gewesen, auch wenn sie sich nicht vorstellen konnte, was er von ihr wollen könnte. Es sei denn, er wollte wissen, warum sie noch nicht auf sein ›Angebot‹ zurückgekommen war.

Sie zuckte mit den Schultern. Wenn es etwas Wichtiges war, würde derjenige schon wiederkommen. Sie war noch keine zwei Meter gegangen, da wurde ihr erst bewusst, was Mattison eben gesagt hatte. »Warten Sie mal … Wie kommen Sie darauf, dass ich zu Hause gewesen bin, als dieser Mann geklingelt hat?«

»Na, Sie sind doch kurz zuvor noch durchs Wohnzimmer gegangen.«

Sie drehte sich um und betrachtete Bettys Haus, dann das des Nachbarn. »Entschuldigung, aber wie wollen Sie das gesehen haben? Die Hecke ist viel zu dicht dafür.«

»Wie? Ach so, das meinen Sie.« Mattison zeigte nach oben. »Ich war auf dem Garagendach, um eine Stelle abzudichten. Und da habe ich Sie gesehen.«

»Mr Mattison«, stellte sie klar. »Ich habe ungefähr um halb

elf das Haus verlassen und bin eben erst mit meiner Tante zurückgekommen. Sie können mich gar nicht gesehen haben. Oder stand mein Wagen vor dem Haus?«

Er sah nach links, überlegte kurz und schüttelte den Kopf. »Nein, aber ich dachte, Emily hätte Ihre Tante gefahren, und Sie wären zu Hause gewesen.«

»Tut mir leid, aber ich war nicht hier.«

Mattison verzog verwundert das Gesicht. »Ich hätte schwören können, dass da jemand im Wohnzimmer war.« Dann zuckte er mit den Schultern. »Na, da habe ich mich wohl getäuscht.«

»Wissen Sie, was es gewesen sein könnte?«, sagte sie, um ihm die Angst zu nehmen, er könnte Gespenster gesehen haben. »Vermutlich hatte Isabelle ihre wilden fünf Minuten und ist durchs Haus gerast. In einem halbdunklen Zimmer kann man da schnell meinen, dass sich dort eine Person aufhält.«

Bettys Nachbar kratzte sich am Hinterkopf, sah wieder den Minivan an, winkte Betty zu, die dort stand und auf den Rollstuhl wartete, und zuckte abermals mit den Schultern. »Da habe ich mich wohl getäuscht«, entgegnete er und strich über seinen Schnurrbart.

Christine half Betty in den Rollstuhl, schloss den Wagen ab und machte sich mit ihr auf den Weg zum Strand.

6

»Ich kann es einfach nicht fassen, dass hier immer noch alles so aussieht wie damals«, sagte Christine verwundert, nachdem sie die Promenade mit ihren Hotels und Restaurants ein Stück entlanggegangen waren. Alles war noch – oder besser gesagt *wieder* – so wie damals, als ihre Eltern zum ersten Mal mit ihr hergekommen waren. Was zu der Zeit erst rund fünfzehn Jahre alt gewesen war – die alte Bebauung an der Promenade war um 1960 komplett abgerissen und über einen Zeitraum von vier oder fünf Jahren durch Neubauten ersetzt worden –, hatte im Lauf der Jahre unter der salzigen Luft und der ständigen Feuchtigkeit stark gelitten, doch die meisten Hausbesitzer und Geschäftsleute waren nur daran interessiert gewesen, möglichst schnell möglichst viel Geld zu verdienen, und so wurden Renovierungen immer weiter hinausgezögert und nur oberflächliche Schönheitsreparaturen vorgenommen, um die schlimmsten Mängel zu übertünchen. Im Verlauf der Achtzigerjahre, also in der Zeit zwischen Christines fünftem und fünfzehntem Geburtstag, verfiel Beechwoods Flaniermeile immer mehr, was auch für die Oxford Street galt, durch die jeder Tourist schlenderte, der hier seinen Urlaub verbrachte.

Dass ihr das mit jedem Jahr stärker auffiel, lag vermutlich auch daran, dass sie älter wurde und stärker auf solche Kleinigkeiten zu achten begann. Sie konnte sich noch gut an die immer gleichen Dekorationen in den Schaufenstern der Souvenirläden erinnern, an kitschige Muschelfiguren, an Gondeln aus Venedig, deren Glockenspiel Elvis Presleys *Wooden Heart* erklingen ließ. Postkarten, die den Glanz vergangener Zeiten zeigten und die damit umso deutlicher machten, wie wenig sich die Verantwortlichen darum kümmerten, etwas gegen den allmählichen Verfall der Gebäude zu unternehmen. Dort standen Matchbox-Autos, die seit Jahrzehnten dastanden und für die sich kein Kind mehr interessierte – und die allenfalls eine Fundgrube für Sammler darstellten, waren doch alle Modelle und ihre Originalverpackungen noch in Bestzustand. Sie erinnerte sich an die orangefarbenen Folien hinter den Schaufensterscheiben, die heruntergezogen wurden, sobald die Sonne die Küste beschien, und die verhindern sollten, dass die ausgelegten Artikel ausbleichten.

In dem letzten Urlaub, den sie hier verbrachten, hatte man bereits den Pier mitsamt der Veranstaltungshalle wegen Baufälligkeit geschlossen, und wenn Tante Betty später zu Besuch kam, klagte sie jedes Mal darüber, dass es mit Beechwood immer weiter bergab ging. Viele Geschäftsinhaber hatten aufgegeben, nachdem die Touristen ausblieben, da sie lieber nach Brighton oder Hastings fuhren, wo man sich wesentlich mehr Mühe gab, sich von einer gepflegten Seite zu präsentieren. Gelangweilte Jugendliche warfen aus Spaß die Schaufensterscheiben der leer stehenden Geschäfte ein, die daraufhin mit großen Spanplatten vernagelt wurden, womit den Jugendlichen wiederum eine Fläche zur Verfügung stand, die sie mit Graffiti verschönern konnten. Von Verschandeln hätte man in diesem Fall beim besten Willen nicht reden können, da die wilden Farbtupfer wenigstens für ein bisschen Abwechslung auf den eintönigen Häuserfronten sorgten.

Bei ihrem Spaziergang durch den Nebel am Vormittag hatte sie von alledem nichts sehen können, und sie war einfach davon ausgegangen, dass hinter der Nebelwand alles noch etwas verfallener aussehen musste.

»Ich sagte dir ja, du wirst dich wundern«, meinte Betty, die sich in ihrem Rollstuhl so umgedreht hatte, dass sie Christines ungläubige Miene betrachten konnte.

»Was ist hier passiert? Hat die Stadtverwaltung beim Lotto das große Los gezogen?«, erwiderte sie.

»Dass Beechwood das große Los gezogen hat, kann man

schon behaupten«, entgegnete ihre Tante. »Sagt dir der Name Nikolai Arejev etwas?«

»Arejev?« Christine überlegte kurz. »Das ist doch irgendein russischer Milliardär, nicht wahr? Diamanten, Öl, Erdgas und so weiter.«

Betty nickte. »Ganz recht. Arejev Global Industries ist der Mutterkonzern, der mit allen möglichen Rohstoffen handelt und weltweit kauft und verkauft. Dazu kommen Anteile an Fluggesellschaften, Reedereien, Energiekonzernen und, und, und.«

»Seit wann kennst du dich mit solchen Dingen aus?«, wunderte sich Christine, während sie den Rollstuhl weiterschob und sich umsah. Sie hatte das Gefühl, dreißig Jahre in der Zeit zurückgereist zu sein. »Das hat dich früher doch auch nicht interessiert.«

»Eigentlich würde es mich heute immer noch nicht interessieren«, gestand Betty, »aber Nikolai Arejev ist sozusagen unser großes Los.«

»Wie soll ich das verstehen?«

»Arejevs Vater arbeitete eine Weile im diplomatischen Dienst in London, und im Sommer kam er mit der Familie nach Beechwood, um Urlaub zu machen. Der kleine Nikolai war ungefähr fünf, als sie 1970 zum ersten Mal herkamen. 1980 verbrachte die Familie hier zum letzten Mal die Ferien, dann wurde der Vater zurück in die damalige Sowjetunion versetzt. Nach dem Fall der Mauer reiste Nikolai als junger Mann Anfang der Neunzigerjahre wieder nach Beechwood, wo er – wie er es formulierte – die schönsten Tage seiner Kindheit verbracht hatte. Aber er bekam ein verfallenes Beechwood zu sehen, das keinen Urlauber mehr anlocken konnte.«

»Das muss eine herbe Enttäuschung für ihn gewesen sein«, sagte Christine, die wusste, wie es ihr selbst ergangen war, als sie damals miterlebte, wie die Häuser und die Geschäfte mehr und mehr herunterkamen.

»Das war es tatsächlich«, fuhr Betty fort. »Aber zu der Zeit hatte er bereits seine ersten Millionen verdient, und ein paar Jahre später kam er wieder her, und dann kaufte er alle Grundstücke an der Promenade und in der Oxford Street auf. Und dazu den Pier, so, wie er da stand. Alles war längst halb verfallen, und ein Abriss und Neubau wäre sicher viel billiger gekommen, aber Nikolai hatte etwas anderes vor. Kurz nachdem er der neue Eigentümer von halb Beechwood geworden war, rückten Heerscharen von Bauarbeitern und Handwerkern an. Zuerst dachten wir, die Leute sollten den Abriss vorbereiten, doch dann begannen sie, alles exakt in den Zustand zurückzuversetzen, in dem sich die Uferpromenade, die Oxford Street und der Pier im Jahr 1980 befunden hatten. Er startete einen Aufruf in allen Tageszeitungen und bat die Leser, ihm Fotos von ihrem Urlaub in Beechwood in den Siebzigerjahren zu schicken, damit alles originalgetreu nachgebildet werden konnte. Und das bezieht sich nicht nur auf die Fassaden, sondern auch auf die Geschäftseinrichtungen, die Leuchtreklamen, die Automaten in den Spielhallen und … na ja, einfach alles. Im Kino in der Oxford Street laufen das ganze Jahr hindurch nur Filme aus der Zeit Ende der Siebziger, Anfang der Achtziger.«

»Das muss doch Unsummen verschlungen haben«, warf Christine ein und ließ den Blick über die Häuserfront wandern.

»Arejev hat so viel Geld, da kommt es ihm auf eine Milliarde mehr oder weniger auch nicht an«, meinte Betty.

»Er hat eine Milliarde investiert, damit alles wieder so aussieht wie damals, als er ein Kind war?«

»Ob es eine Milliarde war, weiß ich nicht«, räumte ihre Tante ein. »Es können auch hundert Millionen mehr oder weniger gewesen sein. Ihm ging es darum, sich einen Traum zu erfüllen.«

»Ohne Rücksicht darauf, ob es irgendwen interessiert«, ergänzte Christine. Dieser Mann hatte ein Vermögen ausgegeben, nur um seine Kindheit noch einmal zu durchleben. Ein Vermögen, das den Haushalt mehrerer Kleinstädte auf Jahre hinaus hätte sanieren können. Ungläubig schüttelte sie den Kopf.

»Richtig«, bestätigte Betty. »Aber die Rechnung ging auf. Seit er den Uferstreifen hat neu anlegen lassen, kommen die Urlauber wieder in Scharen her.«

»Aber es ist doch alles ... wie soll ich sagen ... alt und überholt.«

»Das stimmt, trotzdem sieht es aus wie neu. Und das macht wohl den Reiz aus. Für die Touristen ist das so etwas wie ein Freizeitpark. Die einen kommen her, weil es so aussieht wie damals, als sie hier Urlaub machten. Die anderen, die erst nach 1980 geboren wurden, wollen sich ein Bild von der Zeit vor ihrer Geburt machen. Und du glaubst gar nicht, wie viele Filme und Serien hier gedreht werden, die in den Achtzigern spielen.«

»Dann ist Arejevs Mut also belohnt worden«, sagte Christine, die immer noch Mühe hatte, sich die Geldsummen vorzustellen, die geflossen waren, um etwas längst Vergangenes auferstehen zu lassen. »Wirklich beeindruckend.«

Gegen sechs verließen sie das Octopus Garden, um nach Hause zurückzukehren, als Christine plötzlich stehen blieb.

»Was ist, mein Schatz?«

»Eigentlich nichts, Betty. Ich ... es ist nur so, dass ich heute Morgen in dem dichten Nebel blindlings die Promenade entlanggelaufen bin, und jetzt sehe ich erst, wie großartig das alles ist. Wenn ich die Veranstaltungshalle auf dem Pier betrachte oder die Promenade ... dann komme ich mir tatsächlich vor, als wäre ich wieder ein kleines Mädchen, das mit den Eltern hier die Ferien verbringt. Dieser Arejev hat etwas Wunderbares geschaffen.«

Betty deutete auf die andere Straßenseite. »Fahr mich da rüber, dann kannst du dich auf die Bank setzen, und wir können uns noch ein bisschen unterhalten.«

Christine schob den Rollstuhl neben die Bank und nahm

Platz. Die Bank war so aufgestellt, dass sie das Meer im Rücken hatten und vor ihnen die Oxford Street lag.

»Wenn ich das sehe, wird mir erst so richtig bewusst, wie sehr sich London seit damals verändert hat.« Sie schwieg eine Weile.

»Was denkst du gerade?«, fragte Betty schließlich.

»Ich gehe gerade im Geiste durch London, wie es vor fünfundzwanzig Jahren oder mehr aussah, wie gemütlich es war und wie kalt und unpersönlich es geworden ist.«

Ihre Tante seufzte und ließ ein leises Lachen folgen. »Wenn du gleich noch sagst, dass früher alles besser war …«

»Ach was, Betty. Das will ich gar nicht sagen. Es war nicht alles besser, aber es war auch nicht alles schlecht. Was war denn zum Beispiel an den Siebzigern oder den Achtzigern so mies, dass wir alles aus diesen Jahrzehnten verkommen und verrotten lassen, bis wir es abreißen können? Warum denken nicht mehr Leute so wie dieser Arejev und erhalten das, was dreißig Jahre alt ist? Immer nur ›Weg mit dem Alten‹ zu sagen, ist nicht der richtige Weg. Wenn wir alles Alte abreißen und durch Neues, Modernes ersetzen, dann nehmen wir den Generationen nach uns die Möglichkeit, etwas von dem zu erfahren, was vor ihnen existiert hat.«

»Stimmt, aber das ist der Lauf der Dinge.«

»Nein, es ist der Lauf der Dinge geworden. Früher hat man das zu schätzen gewusst, was aus vergangenen Zeiten stammte. Wenn die Menschen immer so gedacht hätten, wären vor Jahrtausenden die Pyramiden abgerissen worden, die Akropolis wäre immer neuen Bauwerken gewichen und würde sich heute als Klotz aus Stahl, Beton und Glas präsentieren. Nirgendwo würde noch eine alte Burg stehen, und jedes Haus, das älter als hundert Jahre ist, hätte man längst abgerissen.«

Betty nickte nachdenklich. »Du hast völlig recht. Natürlich ist eine Burg von Dreizehnhundertirgendwas ein beeindruckendes Bauwerk, wenn man bedenkt, in welcher Zeit es entstanden ist. Aber vielleicht haben ein paar Leute das damals ja für einen Schandfleck gehalten, so wie ich mir heute wünschen würde, man hätte das Golden West gar nicht erst gebaut.« Sie deutete auf das heruntergekommene Hotel ganz am Ende der Promenade, das Schauplatz eines Mordes gewesen war.

»Warte mal«, wandte Christine ein. »Das Golden West hat doch nicht immer so grässlich ausgesehen. Wieso hat Arejev das nicht auch renoviert?«

Ihre Tante lächelte ironisch. »Weil es Dinge gibt, die man für kein Geld der Welt kaufen kann.«

»Ich dachte, Arejev hat genug Geld, um sich zu kaufen, was er haben will.«

»Nur dann, wenn der Eigentümer es auch verkaufen will.«

»Verkaufen will? Er kann doch froh sein, wenn er nicht noch dafür bezahlen muss, dass ihm jemand diese Bruchbude abnimmt.«

»Sollte man meinen, aber du weißt nicht, wem das Hotel gehört.«

Sie schüttelte den Kopf. »Wem denn?«

»Alexei Arejev. Dem jüngeren Bruder von Nikolai. Im Gegensatz zu Nikolai hat er Beechwood gehasst. Er konnte das Meer noch nie leiden, ihn zieht es in die Berge. Und auf seinen Bruder war er auch nie gut zu sprechen«, erklärte Betty achselzuckend. »Als er erfuhr, was Nikolai vorhatte, kaufte er schnell das Golden West. Zuerst dachten alle, er wolle es zu einem Wucherpreis an seinen Bruder verkaufen, doch als der ihm ein Angebot nach dem anderen machte, ging Alexei einfach nicht darauf ein. Das Letzte, was ich gehört habe, war, dass Nikolai den fünfzigfachen ursprünglichen Kaufpreis geboten hatte.«

»Und das alles nur, damit Arejevs Traum einen dicken Makel hat.« Christine verzog den Mund. »Was bin ich froh, dass ich keinen kleinen Bruder habe, der mir in die Suppe spucken will.« Sie streckte sich und stand auf. »Ich glaube, wir sollten uns auf den Heimweg machen.«

»Ja, so bequem ist dieser Rollstuhl nun auch nicht, und ein wenig sehne ich mich jetzt doch nach meinem Sessel.«

Sie machten sich auf den Weg, zwischendurch sah Christine über die Schulter. »Finden auf dem Pier eigentlich wieder Konzerte statt?«, fragte sie schließlich.

»Ach, früher kam Tom Jones her«, schwärmte Betty. »Heute bekommen wir nur noch so was wie Bucks Fizz zu sehen. Und davon auch noch alle drei Versionen.«

»Drei? Ich dachte, es gibt nur zwei. Die mit einem aus der Originalbesetzung, und dann die mit dem Typ, der bei Dollar gesungen hat.«

»Stimmt, aber irgendeinem findigen Produzenten fiel vor ein paar Jahren ein, dass er Anfang der Siebziger mal mit jemandem zusammengearbeitet hat, der einen Tag lang als Studiomusiker für Bucks Fizz in der engeren Auswahl war, und das hat ihm offenbar genügt, um den Mann zum Gründungsmitglied der Band zu erklären, damit der den Namen ganz legitim verwenden darf. Darum gibt's in der einen Woche ›The Original Bucks Fizz‹, die Woche drauf ›The Real Bucks Fizz‹ und in der dritten Woche ›Bucks Fizz Reloaded‹. Man kommt sich hier manchmal vor wie in einer Zeitschleife, in der sich immer wieder das Gleiche abspielt.«

»Täglich grüßt Bucks Fizz«, scherzte Christine und kam auf den Anfang der Unterhaltung zurück. »Apropos Tom Jones. Hast du damals eigentlich auch … du weißt schon …«

»Meine Unterwäsche auf die Bühne geworfen? Na klar. Und Tom hat sie auch gefangen«, erklärte Betty stolz. »Ach, das waren noch Zeiten, als Männer wie er Konzerte gaben. Die Halle war zum Bersten voll, und von jedem Platz aus konnte man die Bühne gut sehen. Wenn die dagegen heutzutage mal ein Konzert im Fernsehen zeigen, dann frage ich mich jedes Mal, warum ich mir das antun sollte. Die Halle ist so riesig, dass diese monströsen Leinwände aufgehängt werden, damit die Leute weiter hinten den Star überhaupt noch ausmachen können. Was soll das? Dann kann ich mir das gleich im Fernsehen anschauen, wenn Tom Jones nur ein kleiner Punkt ist, der über die Bühne huscht?« Bevor Christine etwas entgegnen konnte, redete ihre Tante schon weiter. »Sieh mal da drüben.« Sie zeigte auf die andere Straßenseite zu einem altmodisch erscheinenden, mit dem Original aus den Siebzigern identischen Pavillon mit dem Schriftzug ›Touristeninformation‹ an der Frontseite. »Ich glaube, die haben nach der Renovierung eine Broschüre herausgegeben, in der du eine Übersicht über alle Attraktionen und Geschäfte findest. Ich wollte mir diesen Prospekt längst geholt haben, aber aus irgendeinem Grund habe ich es doch immer wieder vergessen. Würdest du …?«

»Natürlich. Das interessiert mich doch auch«, sagte Christine. »Kann ich dich denn für zwei Minuten hier stehen lassen?«

»Mich wird bestimmt keiner klauen«, versicherte Betty mit einem Augenzwinkern. »Und weglaufen werde ich dir erst recht nicht.«

Christine zuckte mit den Schultern. »Wer weiß? Vielleicht hältst du dich beim nächsten Wagen, der vorbeikommt, am Türgriff fest und düst mit ihm ab.«

Betty legte den Kopf schräg. »Hm. Keine schlechte Idee.«

»Komm ja nicht auf dumme Gedanken«, warnte Christine sie im Spaß, wechselte die Straßenseite und war ein paar Minuten später mit zwei dicken Broschüren zurück. Sie verstaute sie soeben in der Tasche an der Rückenlehne des Rollstuhls, als ein metallicblauer Mercedes neben ihr am Straßenrand hielt.

»Hallo, Chris.«

Sie bückte sich ein wenig und sah Jerry Denham am Steuer des Wagens sitzen. Das war das Coupé, das ihnen vor ein paar Stunden auf dem Weg zu Bettys Haus entgegengekommen war. Dann hatte Daffyd Mattison also ihn vor der Tür stehen sehen.

»Hi, Jerry, was gibt es? Willst du dein Angebot nachbessern?«, witzelte sie.

»Mein Angebot? Ach, das meinst du.« Er grinste selbstsicher. »Da muss ich nichts nachbessern. Besser geht's gar nicht.«

»Du musst es ja wissen.«

»Aber zu etwas anderem: Was weißt du über diesen Toten auf dem Pier?«

»Ein Toter auf dem Pier?« Betty wurde sofort hellhörig.

»Oh ja, davon habe ich dir noch gar nichts erzählt«, wurde Christine klar. »Ich werd's nachholen, sobald wir zu Hause sind.« Sie wandte sich wieder Jerry zu. »Was ist mit dem Toten?«

»Die Polizei sagt, es war ein Unfall.«

Sie wartete, dass er weiterredete, aber es kam nichts, und schließlich fragte sie: »Und?«

»Na ja, ich dachte, du wüsstest vielleicht etwas mehr darüber, weil du auch da warst.«

»Ich weiß nur, was die Polizei dazu sagt«, erwiderte sie. Nach wie vor hegte sie leise Zweifel an seiner Schilderung, dass er am Morgen an ihr vorbeigefahren war, sie erst mit Verzögerung erkannt hatte und ihr dann durch den dichten Nebel nachgelaufen war. Es klang zwar überzeugend, aber sie wusste praktisch nichts über Jerry, außer dass sie vor zwanzig Jahren beinahe mit ihm geschlafen hätte. Vielleicht hatte er mit den beiden Todesfällen zu tun und wollte herausfinden, ob sie etwas wusste, damit er noch schnell mögliche Spuren verwischen konnte, bevor die Polizei ihn zu fassen bekam. Obwohl es weit hergeholt zu sein schien, fürchtete sie, sich in Gefahr zu bringen, wenn sie ihm von ihrer Mordtheorie erzählte. Dass er nur von dem zweiten Toten sprach, konnte auch eine Finte sein, um sie in falscher Sicherheit zu wiegen.

»Es ist so, dass diese Schauspielerin, von der ich dir erzählt habe … du weißt schon, die auf der Convention auftreten wird … also sie hat auf Twitter von dem Unfall gelesen, und jetzt ist sie um ihre Sicherheit besorgt.«

»Verstehe.« Sie nickte und wunderte sich gleichzeitig, wieso Jerry ihr den Namen der Frau nicht nannte. »Um wen handelt es sich eigentlich?«, fragte sie. »Oder ist das ein Geheimnis?«

»Nein, überhaupt nicht«, beteuerte er. »Es kann nur nicht jeder etwas mit dem Namen anfangen, und ich habe keine Lust, ständig zu erklären, wodurch sie bekannt geworden ist. Es geht um Helen Harling.«

»Aus *Bionic Squad?*«, fragten Christine und Betty gleichzeitig und sahen sich lachend an.

»Ich sehe, sie ist bekannt«, meinte Jerry grinsend, dann wurde er wieder ernst. »Also, was meinst du? Sind ihre Befürchtungen gerechtfertigt?«

»Unfälle ereignen sich nun mal, und ich vermute, wenn die Polizei irgendeine Gefahr vermuten würde, hätte sie die Veranstaltung bestimmt abgesagt.«

Jerry dachte kurz über ihre Worte nach. »Das klingt einleuchtend. Okay, danke.«

»Nichts zu danken«, sagte Christine und schob Bettys Rollstuhl weiter.

»Kann ich euch vielleicht ein Stück mitnehmen?«, rief er.

»Wie wollen Sie das anstellen, junger Mann?«, erwiderte Betty. »Hat Ihr Wagen eine Anhängerkupplung?«

Er verzog den Mund und schlug sich mit der flachen Hand an den Kopf, als ihm klar wurde, dass er geredet hatte ohne nachzudenken. Dann gab er Gas, fuhr die Promenade entlang und bog in die Slaughterhouse Road ein.

Christine und Betty ließen sich Zeit, nach Hause zu gelangen, genossen den frischen Wind und den Blick auf die aufgewühlte See, die jetzt bei Flut wieder einen breiteren Streifen Strand für sich beanspruchte. Möwen flogen kreischend über sie hinweg und steuerten zielstrebig auf den kleinen Fischstand kurz vor der Slaughterhouse Road zu, dessen Besitzer in wenigen Minuten Feierabend machen würde.

»Die Vögel wissen, dass Rogers gleich seinen Fischwagen abschließt und die Reste vom Tag runter auf den Strand wirft«, erklärte Betty. »Fünf Minuten vorher sammeln sie sich dort und warten auf ihren Imbiss.«

»Schlaue Viecher«, kommentierte Christine. »Wenn Isabelle das wüsste, würde sie sich bestimmt zu ihnen setzen.«

»Bloß hätte sie gegen diese Schnäbel wahrscheinlich keine Chance.«

»Nein, ganz sicher nicht«, pflichtete sie ihrer Tante bei. »Dafür ist sie viel zu zurückhaltend.«

Sie gingen am Fischstand vorbei, winkten Mr Rogers zu und bogen ebenfalls in die Slaughterhouse Road ein. Der Rest des Weges war für Christine wegen einer leichten Steigung etwas anstrengender, aber sie legte die Strecke ohne Murren zurück.

Schließlich waren sie zu Hause angekommen, Christine half ihrer Tante aus dem Rollstuhl und schloss die Tür auf.

»Hmm«, murmelte sie.

»Was ist?«, fragte Betty.

»Isabelle ist schon wieder nicht da.«

»Schon wieder?«

»Ja. Als ich heute Nachmittag den Rollstuhl geholt habe, lag sie vor dem Kühlschrank, obwohl sie sonst auch zu Hause immer an der Tür steht, wenn ich aufschließe«, erklärte Christine.

»Vielleicht liegt das an der ungewohnten Umgebung«, gab Betty zu bedenken. »Sie kennt die Geräusche hier noch nicht so gut, deshalb weiß sie möglicherweise nicht, dass du nach Hause kommst.«

Sie zuckte mit den Schultern, schloss die Tür hinter ihrer Tante und machte sich dann auf die Suche nach Isabelle. »Isabelle, wo bist du? Komm mal her, ich habe ein Leckerchen für dich.«

»Das stimmt doch gar nicht«, sagte Betty mit gespielter Entrüstung. »Du kannst das arme Tier doch nicht unter einem Vorwand anlocken.«

Christine fand die Katze im Wohnzimmer auf dem Sofa liegend vor. »Da bist du.« Isabelle hob den Kopf und sah sie interessiert an, als warte sie nur darauf, dass ihr ein voller Napf vorgesetzt wurde. »Fehlt dir etwas«, fragte sie, als Isabelle keine Anstalten machte, von der Couch herunterzukommen.

»Sie sieht doch munter aus«, urteilte Betty.

»Ja, das schon. Aber es ist nicht ihre Art, einfach dazuliegen und abzuwarten. Ich werde von ihr sonst immer begrüßt. Außerdem hat sie längst wieder Hunger und würde eigentlich um meine Beine herumschleichen, um mich in die Küche zu dirigieren.«

»Sie macht auf mich keinen kranken Eindruck«, fand Betty. »Sieh dir die Augen an, wie hellwach sie ist.«

»Ich weiß, und das irritiert mich ja so.« Sie ging in die Küche und holte die Dose mit Trockenfutter, die sie an der Wohnzimmertür stehend öffnete und leicht schüttelte.

Isabelle machte einen langen Hals, verließ aber nach wie vor nicht ihren Platz inmitten der Sofakissen. Daraufhin hielt Christine ihr einen Moment lang ein paar Krümel vor die Nase und legte eine Spur, die einmal quer durchs Wohnzimmer führte, und stellte sich wieder an die Tür, um die Katze zu beobachten. »Mal sehen, was sie jetzt macht.«

Nach längerem Zögern erhob sich Isabelle schließlich und sprang auffallend vorsichtig zu Boden, um die gelegte Spur Trockenfutter nach und nach zu vertilgen.

»Humpelt sie, oder bilde ich mir das nur ein?«, fragte Betty überrascht.

Christine ging in die Hocke, damit sie die Bewegungen der Katze besser erkennen konnte. »Ja, sie humpelt«, bestätigte sie. »Sie tritt mit der linken Hinterpfote nur ganz leicht auf, um sie nicht zu belasten. Ich würde sagen, ihr tut das Bein weh.«

Betty schüttelte den Kopf. »Wie kann das sein? Sie war doch den ganzen Tag im Haus.«

»Hmm … vielleicht ist sie auf der Treppe ausgerutscht und mit der Pfote verkehrt aufgetreten.«

»Ist das Bein gebrochen?«

Achselzuckend entgegnete Christine: »Keine Ahnung, vielleicht ja, aber vielleicht ist es auch nur eine Verstauchung.«

»Willst du den Tierarzt anrufen?« Betty ging zum Telefon, um nach dem schmalen Telefonbuch zu greifen, das alle Nummern in Beechwood enthielt.

»Es ist fast sieben. Meinst du, ich kann jetzt noch einen Tierarzt erreichen?«

»Du kannst es auf jeden Fall versuchen.«

»Okay.« Sie ging zum Telefon und ließ sich von Betty die Nummer nennen. Nach dem dritten Freizeichen meldete sich die Praxis, und Christine schilderte ihre Beobachtungen zu Isabelles Verhalten.

»Ich soll sofort vorbeikommen«, sagte sie, als sie wieder aufgelegt hatte. »Dr. Gallaghers Praxis ist noch eine Stunde lang geöffnet, und im Moment sind nur zwei Patienten vor mir.«

»Soll ich dich begleiten?«

»Betty, du warst heute genug unterwegs«, wehrte sie ab. »Du solltest jetzt dein Bein hochlegen und dich ausruhen.«

»Gut, dann halte ich hier die Stellung.« Betty schien es recht zu sein, das Haus nicht noch mal verlassen zu müssen. Also war Christines Vermutung richtig gewesen, dass sie nur aus Höflichkeit gefragt hatte. »Den Weg zur Dickens Lane kennst du?«

»Ich kenne so ziemlich den gesamten Stadtplan auswendig«, antwortete sie lächelnd. »Schließlich habe ich in den Ferien die ganze Stadt erkundet.«

Sie holte die Transportbox aus der Abstellkammer in der Küche, öffnete die Tür und nahm Isabelle hoch, um sie hineinzusetzen. Als sie dabei an die linke Pfote kam, fauchte die Katze. »Ja, es stimmt eindeutig etwas nicht mit ihr.« Nachdem sie die Box verschlossen hatte, zog sie ihre Jacke wieder an und ging zum Wagen.

Als sie die Hausnummer entdeckte, die sie auf einem Zettel notiert hatte, bremste Christine den Wagen ab und stutzte. Der Name Dr. Gallagher stimmte, die Adresse stimmte ebenfalls, jedoch stand auf dem Praxisschild groß und deutlich ›Zahnarzt‹.

Sie stieg aus, nahm die Transportbox vom Rücksitz und ging zur Haustür. Es gab nur eine Klingel, sie drückte auf den Knopf.

Augenblicke später waren Schritte und gedämpfte Stimmen zu hören, dann wurde geöffnet.

»Ich bin Christine Bell, ich habe vorhin wegen meiner Katze angerufen. Sind Sie Dr. Gallagher?«, fragte sie.

Vor ihr stand ein gedrungener, korpulenter Mann, der einen halben Kopf kleiner war als sie und dessen Arme und Beine auffallend kurz geraten waren. »Ja, genau, treten Sie ein.«

»Sie … sind doch Tierarzt, oder?«

Er nickte eifrig. »Ja, das ist richtig.«

»Draußen auf dem Schild steht aber, Sie seien Zahnarzt.«

Der Mann mit dem rötlichen Gesicht und den kurz geschnittenen, grau melierten Haaren klatschte gut gelaunt in die Hände und sagte: »Na, dann wollen wir das doch schnell ändern.« Er ging an Christine vorbei nach draußen, und sie konnte beobachten, wie er das Schild aus den Metallschienen schob, die ihm oben und unten Halt gaben, umdrehte und wieder zurückschob. »So ist es besser.«

Während er ins Haus zurückkehrte, ging Christine noch einmal nach draußen und sah, dass der gleiche Dr. Gallagher nun als Tierarzt firmierte. Kopfschüttelnd folgte sie ihm nach drinnen.

»Sie können gleich durchkommen, Ihr Stubentiger ist als Nächster dran.«

Sie räusperte sich und brauchte drei Anläufe, ehe sie herausbrachte: »Entschuldigen Sie die Frage, aber … sind Sie nun Zahnarzt und Tierarzt?«

Wieder nickte er eifrig und unübersehbar stolz. »Ich habe Tiermedizin studiert und hatte eine Praxis in London, aber dann machte um die Ecke eine von diesen hypermodernen Tierkliniken auf, die jeden Schnickschnack zu bieten haben, den keiner braucht … EKG für Hunde, Tieraugenärzte, CT-Untersuchungen für Wellensittiche …«

Christine beschloss, außer einem unverfänglichen »Aha« nichts dazu zu sagen, schließlich wollte sie, dass der Mann sich Isabelle ansah. Da wäre es verkehrt gewesen, ihm zu widersprechen, obwohl sie mit dieser Art von Kliniken beste Erfahrung gemacht hatte. Kurz nach ihrer Rückkehr aus Wrightford-on-Stratton war sie auf die Idee gekommen, Isabelle dort durchchecken zu lassen, und die zwar teure, aber umfassende Untersuchung hatte ergeben, dass sie gar keine Herztabletten nehmen musste, obwohl ihr Vorbesitzer genau das gesagt hatte.

»Die Kundschaft lief mir weg, und ich zog her, weil die Praxis zur Übernahme angeboten wurde«, fuhr er fort. »Allerdings war es eben eine Zahnarztpraxis. Also habe ich einen Kurs in Zahnmedizin belegt und die Praxis eröffnet. Von eins bis fünf bin ich Zahnarzt, von fünf bis acht Tierarzt. Ich habe schon überlegt, ob ich vielleicht noch einen Orthopädie-Lehrgang machen sollte. Dann würde sich der Röntgenapparat schneller rentieren. Was meinen Sie?«

»Schaden kann es nie, wenn man das Angebot ausweitet«, gab sie ausweichend zurück.

»Ja, ja, das finde ich auch, aber meine Frau meint, ich würde mich damit übernehmen. Der Laden und die Praxis …«

Der Laden? Nein, sie wollte lieber gar nicht erst fragen, um was für einen Laden es sich handelte.

»Dann stellen Sie die Box mal auf den Behandlungstisch«, forderte er sie auf.

Als sie den Tisch sah, stutzte sie. Wieso war der Tisch dick gepolstert und in mehrere Segmente unterteilt?

Dr. Gallagher schien ihren Gedanken zu erraten, da er ungefragt erklärte: »Falls Sie sich wundern, das ist eine Spezialanfertigung. Eigentlich ist das ein Behandlungsstuhl für einen Zahnarzt, aber er lässt sich ganz hochfahren und komplett in die Horizontale bringen. Sehr praktische Sache. Wenn Sie morgen Mittag vorbeikommen, sieht er wieder aus wie ein ganz normaler Stuhl.«

»So, so«, entgegnete Christine, die nicht wusste, ob sie lachen sollte oder nicht.

»Na ja, und ich finde, als Liege für einen Orthopäden wäre

diese Kombination auch genau das Richtige.« Er sah sie an, als erwarte er eine ernsthafte Antwort. Dann schüttelte er den Kopf. »Lieber Gott, ich behellige Sie mit Problemen, bei denen Sie mir ohnehin nicht helfen können. Entschuldigen Sie vielmals.«

Christine nickte zustimmend. »Sie sollten das gemeinsam mit Ihrer Frau entscheiden, finde ich.«

»Ja, Sie haben recht, immerhin arbeitet sie hier am Vormittag als Hautärztin.«

Sie musste tief durchatmen, als sie das hörte. Gab es nicht irgendwelche Gesundheitsbestimmungen, die ein solches Durcheinander untersagten? Egal, darüber wollte sie jetzt nicht nachdenken. Jetzt ging es um Isabelle. Also öffnete sie die Box und holte die Katze heraus, die sichtlich verärgert darüber war, dass ihr Frauchen sie hergebracht hatte, und nun wütend fauchte.

Christine legte dar, was sie beobachtet hatte, dann hielt sie Isabelle fest, die auf dem Behandlungstisch lag und ihr Bein nur widerwillig untersuchen ließ. Der gepolsterte Tisch brachte sie allerdings in einen ganz erheblichen Zwiespalt, denn so sehr die Untersuchung ihr auch zuwider war, erwies sich die Unterlage als überraschend bequem.

»Hm, ich werde sie röntgen müssen«, erklärte Dr. Gallagher schließlich. »Ich glaube zwar nicht, dass das Bein gebrochen ist, doch mit Sicherheit kann ich das nicht sagen.« Er zeigte auf eine Tür. »Das da ist der Röntgenraum. Können Sie Ihre Katze halten, während ich die Aufnahme mache? Sonst müsste ich ihr eine leichte Betäubung geben.«

Auf keinen Fall werden Sie meiner Katze irgendetwas injizieren!, hätte sie ihn am liebsten angeschrien. Wer wollte schon sagen, ob der Mann überhaupt wusste, was er da tat? Solange er sich Isabelle nur ansah, aber nicht zu Spritzen griff und ihr keine Medikamente verabreichte, konnte er keinen folgenschweren Fehler machen. Notfalls konnte sie immer noch nach London fahren und ihre Katze in der Klinik behandeln lassen.

»Das wird kein Problem sein«, versicherte sie ihm, nahm Isabelle auf den Arm und betrat den kleinen Raum.

Dr. Gallagher hängte ihr eine Bleischürze um und zeigte ihr, wie sie das Tier halten sollte, dann ging er hinaus, und nur Augenblicke später rief er: »Sie können jetzt wieder rauskommen.«

Sie kehrte mit Isabelle zurück zum Behandlungstisch, wo die sich sofort in ihre Box verkroch. Nach ein paar Minuten kam Gallagher zu ihr und verkündete zu ihrer Erleichterung: »Gebrochen ist nichts.« Dabei hielt er das Röntgenbild in den Schein der Neonröhren und zeigte auf den Knochen, der nicht mal einen Riss aufwies. »Das da«, fügte er dann hinzu, »muss Sie nicht stören, das sind Ihre Hände, mit denen Sie die Katze festhalten.«

Christine hatte sich das bereits gedacht, als sie das Bild sah, nickte dennoch verstehend.

»Ihre Katze hat eine mittelschwere Prellung erlitten, am wahrscheinlichsten durch einen Fußtritt. Ist sie Ihnen oder jemandem in ihrem Haushalt heute vor die Füße gelaufen, sodass Sie sie unabsichtlich getreten haben könnten?«

Sie schüttelte den Kopf. »Nein. Meine Tante und ich haben heute Morgen gemeinsam das Haus verlassen, und als ich am Nachmittag kurz zurückkam, um Isabelle zu füttern, da hatte sie sich bereits in der Küche vor den Kühlschrank gelegt. Dass sie humpelt, ist mir erst heute Abend aufgefallen. In der Zeit kann sie niemand getreten haben.«

Dr. Gallagher nickte nachdenklich. »Nun, sie könnte auch auf der Treppe weggerutscht sein. Sehen Sie, ich bin nur ein altmodischer, ganz gewöhnlicher Tierarzt, aber die Art der Verletzung spricht mehr für einen Tritt.«

»Und was kann ich ihr geben?«, wollte sie wissen.

»Am besten versuchen Sie, die Stelle zu kühlen«, erwiderte er. »Schmerzmittel machen das Tier nur schläfrig, davon würde ich abraten. Sinnvoll wäre eine Salbe, die würde sie allerdings ablecken, es sei denn, wir legen einen Verband an. Der drückt aber unter Umständen auf die gereizte Stelle und verursacht zusätzliche Schmerzen.«

»Also kühlen. Mit Eis oder …?«

»Besser mit einem nassen Waschlappen. Eis könnte das Gewebe schädigen, wenn die Kälte zu lange auf die Stelle einwirkt.«

Sie bezahlte die recht bescheidene Rechnung, die Gallagher ihr für die Untersuchung schrieb, dann begleitete er sie zur Tür.

»Hier, nehmen Sie noch eine Karte mit«, sagte er.

Natürlich dachte sie, dass er ihr eine Visitenkarte seiner Praxis mitgeben wollte, doch was sie in ihrer Hand hielt, war in grellem Rosa und Türkis gestreift, darüber zog sich in gelber Schrift ein Name.

»Sweets for my Sweet?«, las sie verwundert vor.

»Das ist mein Laden. Jeden Tag von zehn bis kurz vor eins geöffnet, am Wochenende immer bis zum Sonnenuntergang.«

»Ein … Süßigkeitengeschäft?«, fragte sie.

Er lächelte sie strahlend an. »In der Oxford Street. Vom Meer kommend auf der linken Seite gleich hinter dem Beautiful Noise. Unsere Spezialität sind Lakritze und Zimtstangen, aber wir haben alles im Angebot, was das Schleckermäulchen begehrt.«

»Aber Sie sind doch Zahnarzt«, wandte sie ein.

»Ganz genau. Die Kunden von heute sind die Patienten von morgen.«

Christine war sich nicht sicher, ob das ironisch oder zynisch gemeint war. Auf jeden Fall reagierte sie nur mit einem knappen Nicken, dann bedankte sie sich noch einmal für seine Bemühungen und ging zum Wagen.

»Ein Fußtritt?«, wiederholte Betty verdutzt. »Wer soll die Kleine denn getreten haben?«

»Ich weiß nicht«, antwortete Christine. »Allerdings ist mir auf der Rückfahrt vom Arzt etwas eingefallen. Dein Nachbar Daffyd Mattison sprach heute Nachmittag davon, er hätte mich im Haus gesehen, als Jerry Denham hier geklingelt hatte.«

»Da waren wir doch noch unterwegs.«

»Genau. Er sagte, er hätte vom Garagendach aus eine Bewegung im Haus gesehen, aber ich war der Meinung, das könne nur Isabelle gewesen sein, die durchs Wohnzimmer gelaufen ist. Jetzt allerdings ...«

»Du meinst ...?«, begann ihre Tante, wollte jedoch nicht aussprechen, was ihr auf der Zunge lag.

»M-hm«, gab Christine zurück. »Es könnte sein, dass tatsächlich jemand hier war.«

Betty sah sie fassungslos an. »Wer? Und warum? Was sollte hier jemand suchen?«

»Ich weiß nicht«, sagte sie. »Ich sehe mich mal schnell im Haus um, ob mir etwas auffällt.«

Zehn Minuten später kehrte sie zu ihrer Tante ins Wohnzimmer zurück. Isabelle lag inzwischen auf dem Couchtisch und fixierte das Käsesandwich, das Christine Betty hingestellt hatte.

»Und?«, fragte Betty. »Fehlt irgendetwas?«

»Dazu müsstest du selbst in allen Schränken nachsehen, was wir gleich auch gern zusammen machen können, aber auf den ersten Blick kommt es mir nicht so vor«, erklärte sie. »Ich kann auch keine konkreten Anzeichen für einen Einbruch finden. Es ist mehr ... ein Gefühl. So als hätte jemand hier und da ein Teil in die Hand genommen und wieder hingestellt, allerdings um zwei, drei Millimeter nach links oder rechts versetzt.«

»Ich habe doch nichts Wertvolles im Haus«, wandte Betty ein. »Das weiß jeder hier in Beechwood.«

Christine nickte zustimmend. »Wenn es darum ginge, dann würde ich vorne in Haus Nummer vier oder fünf einsteigen, aber der Rest der Straße lädt nicht dazu ein. Dazu sind das alles viel zu schlichte Gebäude.«

»In der ganzen Straße wurde noch nie eingebrochen«, beteuerte ihre Tante. »Warum jetzt?«

»Das hat nichts mit dir zu tun«, versicherte Christine ihr. »Sondern mit mir.«

»Mit dir? Wieso?«

»Du weißt ja von dem jungen Mann, der im Swimmingpool lag«, begann sie zu erklären. »Isabelle hatte mich im Gebüsch nahe dem Pool auf diesen Plan voller Blutspritzer aufmerksam gemacht, für den der Chief Inspector sich jedoch nicht interessierte. Der Plan ... ich überlege gerade, wo ich ihn hingelegt habe ... hat möglicherweise etwas mit dem Mord zu tun, den die Polizei so beharrlich für einen Unfall hält. Heute Mittag, während du mit Mrs Nettles beim Bowls warst, wurde in der Veranstaltungshalle noch ein Toter gefunden. Die Polizei geht auch hier von einem Unfall aus, aber ich bin der Meinung, dass das ebenfalls Mord war ...« Sie beschrieb ihr in groben Zügen das Geschehene. »Als ich dann mit dem Taxi herfuhr, weil ich nicht wieder durch den Nebel laufen wollte, da hatte ich das Gefühl, dass ein Stück entfernt jemand ebenfalls aus einem Wagen ausstieg, möglicherweise jemand, der mir mit einem zweiten Taxi vom Pier gefolgt war. Ich konnte natürlich niemanden sehen. Und da dein Nachbar glaubte, ich sei im Haus unterwegs, hat er auch nicht genauer hingeguckt und nicht darauf geachtet, ob sich jemand davongeschlichen hat. Falls er bei dem Nebel überhaupt irgendetwas hätte erkennen können.«

»Aber die Haustür war abgeschlossen. Wie soll derjenige also ins Haus gekommen sein?«

»Ach, Betty, du weißt, wie leicht die Terrassentür von außen zu öffnen ist«, machte Christine ihr klar. »Die habe ich doch schon mit zehn aufgekriegt.«

»Ja, ich weiß. Wie oft habe ich deinem Onkel gesagt, er soll da ein vernünftiges Schloss einbauen. Aber es ist ja auch nie etwas gewesen.«

»Und ausgerechnet jetzt muss etwas passieren«, murmelte sie betrübt und verärgert zugleich. »Es tut mir leid.«

»Du kannst doch nichts dafür.«

Christine zuckte unbehaglich mit den Schultern. »In gewisser Weise schon. In der Halle ist mir versehentlich eine Bemerkung rausgerutscht, dass die Beschriftung auf einem der Raumschiffmodelle so aussieht wie die Schrift auf diesem Plan.«

»Und wer hat das mitbekommen?«, wollte Betty wissen.

»Zu viele Leute«, antwortete Christine kopfschüttelnd. »Die Händlerin sowieso, auch der Veranstalter, und dann hat einer von den Helfern, die die Stände aufbauen, mir einen Vortrag darüber gehalten, dass es sich bei der Schrift um eine außerirdische Sprache handelt. Das haben wiederum andere gehört, also würde es mich nicht wundern, wenn alle von meiner Bemerkung wussten, als ich später die Halle verließ. Das waren so etwa fünfzig Leute, würde ich schätzen.«

»Das hilft uns nicht weiter«, meinte ihre Tante. »Wonach, meinst du, könnte der Einbrecher hier überhaupt gesucht haben?«

Christine stierte auf den Laptop, der geschlossen auf dem Wohnzimmertisch stand. Etwas war eigenartig, aber … was? Dann wurde es ihr bewusst. »Er hat den Plan gesucht. Der Plan ist der Schlüssel.«

»Und wo ist dieser Plan?«

»Das hatte ich vorhin überlegt, aber gerade eben ist es mir eingefallen. Und ich weiß sogar, dass er den Plan nicht gefunden hat.«

»Wirst du mich in deine Gedankengänge einweihen, Sherlock Holmes?«, fragte Betty, die ihr nicht folgen konnte.

»Ich habe den Plan zusammen mit einem Zettel, auf dem die Namen der beiden Toten stehen, auf die Tastatur gelegt und den Laptop zugeklappt, weil Isabelle Anstalten machte, sich an dem Papier zu vergreifen. Ich habe dir ja erzählt, wie sie zu Hause meine alten Zeitungen zerfetzt.«

»Und woher weißt du, dass der Plan noch da ist?«, wunderte sich ihre Tante. »Du hast deinen Computer nicht aufgeklappt.«

»Richtig, und unser unbekannter Einbrecher auch nicht.«

Sie zeigte auf den Rechner. »Bevor ich losfuhr, um euch vom Bowls abzuholen, habe ich Isabelle noch etwas Trockenfutter gegeben. Mit dem letzten Bröckchen ist sie ins Wohnzimmer gelaufen und auf den Tisch gesprungen, um es halb auf dem Laptop sitzend zu kauen. Wie du siehst, sind ein paar Krümel auf dem Gerät liegen geblieben.«

Betty zog verstehend die Brauen hoch. »Und die wären runtergefallen, wenn jemand deinen Computer aufgeklappt hätte.«

»Richtig«, bestätigte Christine. Sie wischte die Krumen zur Seite, öffnete den Laptop nur einen Spaltbreit und zog den zusammengefalteten Plan und den Zettel mit den zwei Namen heraus. Sie zeigte ihrer Tante den Plan, die aber erwartungsgemäß auch nur mit den Schultern zucken konnte.

»Das Problem«, fuhr Christine fort, »besteht darin, dass ich diesen Plan niemandem zeigen kann, weil ich nicht weiß, wer hier eingestiegen ist. Wenn ich diesen Grundriss unserem Einbrecher zeige, riskiere ich mein Leben, denn vermutlich gehen die beiden Toten auch auf sein Konto. Der erste mit ziemlicher Sicherheit, weil der Plan offenbar mit dem Opfer vom Dach geflogen ist, aber beim zweiten bin ich auch davon überzeugt. Es wäre einfach ein zu großer Zufall, dass zwei Convention-Besucher innerhalb von ein paar Tagen ums Leben kommen, ohne dass es einen Zusammenhang gibt.«

Christine überlegte, was sie tun sollten, dann griff sie nach dem Telefon.

»Wen rufst du an?«

»Bei uns wurde eingebrochen«, erwiderte sie. »Also rufe ich die Polizei an.«

»Es ist doch nichts verschwunden.«

»Egal, ich habe einen Plan, der unseren lieben Inspector zur Einsicht bringen könnte.« Sie fand, dass diese Worte nicht mal in ihren eigenen Ohren richtig überzeugend klangen. Aber sie wollte es wenigstens versuchen.

Sie wählte den Notruf, dann sagte sie: »Hier ist Christine

Bell, guten Abend. Können Sie mir sagen, wie ich Chief Inspector Hatfield erreichen kann? … Ach, der ist noch im Büro? … Würden Sie mich mit ihm verbinden?« Eine Zeit lang lief in der Warteschleife La Paloma, allerdings in einer einschläfernd lahmen Version. »Chief Hatfield? Christine Bell hier … ja, genau die … Hören Sie, im Haus meiner Tante wurde eingebrochen, und ich möchte … wie? Ja, wir sind zu Hause …« Sie nannte ihm die Adresse. »Ja, das ist sehr freundlich von Ihnen. Bis gleich.«

»Und?«, fragte Betty gespannt.

»Er sagt, er hat sowieso gleich Dienstende und kommt auf dem Heimweg hier vorbei.« Christine Bell sah sich um.

Um kurz vor neun klingelte es, und Detective Chief Inspector Hatfield stand vor der Tür.

»Miss Bell«, begrüßte er sie, während sie ihn ins Haus bat.

Im Wohnzimmer stellte sie ihm ihre Tante vor, dann sah er sich um und nahm seine Umgebung in sich auf. Christine konnte sich gut vorstellen, was er dachte: Wer sollte in einem so vollgestellten und mit Wandregalen vollgehängten Raum erkennen können, dass etwas gestohlen worden war? Dutzende Hummel-Figuren hier, unzählige Tiere aus Bleikristall dort. Selbst wenn ein Einbrecher nur die Hälfte davon mitnahm, würde ein normaler Mensch das so schnell nicht bemerken.

»Ein Einbruch, sagten Sie«, begann er. »Kam der Täter durch die Tür oder durch ein Fenster? Was hat er entwendet?«

Christines innere Stimme warnte sie bereits, dass sie sich keine große Hoffnungen machen konnte, von diesem Mann ernst genommen zu werden, wenn er erst einmal ihre Antworten zu hören bekam.

»Durch die Terrassentür«, ließ Betty ihn wissen. »Aber das Schloss ist schon seit Jahrzehnten kaputt, da muss man kein geschickter Einbrecher sein, um die Tür zu öffnen.«

»Ich hoffe, Ihre Versicherung weiß das«, gab Hatfield zurück.

»Auf den ersten Blick scheint nichts zu fehlen«, musste

Christine zugeben. »Aber ich konnte erkennen, dass jemand sich hier umgesehen hat. Es sind nur kleine Dinge, Sachen, die nicht mehr ganz genau an derselben Stelle wie zuvor lagen. Es sieht danach aus, dass jemand zum Beispiel einen Stift hochgenommen hat, um einen Stapel Papiere durchzusehen, und den Stift dann wieder hingelegt hat … aber eben nicht genau da, wo er sich vorher befunden hatte.«

»Und das ist Ihnen einfach so aufgefallen?« Er schüttelte verwundert den Kopf. »Wissen Sie, ich kann von mir behaupten, dass ich ein fotografisches Gedächtnis besitze, aber nicht mal ich könnte feststellen, ob ein paar Figuren auf einem Sideboard um zwei Millimeter nach rechts verschoben wurden oder ein Stift einen Fingerbreit weiter links liegt. Haben Sie irgendeinen hieb- und stichfesten Beweis dafür, dass sich während Ihrer Abwesenheit jemand hier aufgehalten hat?«

»Ja«, erklärte Christine energisch. »Den habe ich. Als wir zurückkamen, musste ich mit meiner Katze zum Tierarzt fahren, weil sie seit heute humpelt. Der Arzt hat sie untersucht und eine Prellung festgestellt, die höchstwahrscheinlich von einem Tritt herrührt.«

Hatfield sah sie lange nachdenklich an, und sekundenlang kam es ihr so vor, als würde er jeden Moment in Tränen ausbrechen, weil sein Job ihn in den Wahnsinn trieb. »›Höchstwahrscheinlich‹ hat er gesagt?«, wiederholte der Mann.

Sie nickte.

»Also nicht mit Sicherheit, sondern nur höchstwahrscheinlich.«

»Hören Sie, Mr Hatfield, es ist mir egal, ob es ganz sicher, vielleicht, wahrscheinlich oder höchstwahrscheinlich so war. Tatsache ist, dass jemand im Haus war und aus irgendeinem Grund Isabelle getreten hat.«

»Isabelle?«

»Meine Katze«, präzisierte sie auf seine erkennbar gespielte Ahnungslosigkeit.

»Eine humpelnde Katze ist also für Sie ein Beweis, dass

jemand hier eingebrochen ist?«, fragte er und lächelte ironisch. »Ich kenne mich mit Katzen nicht aus, aber … ist das so was wie eine Geheimsprache der Katzen? Wenn sie humpelt, will sie einen Einbrecher melden?«

»Ra-send ko-misch«, konterte Christine. Ihre Augen funkelten zornig.

»Sie schreiben doch Bücher, nicht wahr?«, fragte er.

Sie nickte nur knapp.

»Könnte es nicht sein, dass Ihre Fantasie mit Ihnen durchgegangen ist?«

Christine schnaubte aufgebracht.

»Chief Inspector, wenn Sie nichts anderes können, als uns auf den Arm zu nehmen«, meldete sich Betty giftig zu Wort, »dann gehen Sie lieber wieder. Veralbern können wir uns nämlich auch selbst.«

»Entschuldigen Sie, Mrs Emerson«, wandte sich der Inspector an sie. »Aber was würden Sie an meiner Stelle sagen, wenn Sie als einzigen Augenzeugen eine rote Katze angeben können, die von dem angeblichen Einbrecher angeblich getreten wurde.«

»Sagen Sie«, fauchte Betty ihn an. »Sind Sie vielleicht nur ein angeblicher Chief Inspector oder ein richtiger, der diesen Fall aufnehmen wird?«

»Ich weiß«, gab er in einem bemutternden Tonfall zurück, »dass Sie beide sehr aufgewühlt sind, weil Sie glauben, jemand habe hier einen Einbruch verübt. Aus diesem Grund – und nur aus diesem– gehe ich über diese Bemerkung hinweg und zeige Sie nicht wegen Beamtenbeleidigung an.«

»Oh, habe ich dann auch eine Beleidigung frei?«, spottete Christine. »Ich wüsste da nämlich etwas Passendes.«

Hatfield warf ihr einen warnenden Blick zu. »Also fassen wir zusammen: Es gibt keinen Beweis für einen Einbruch, da keine Einbruchspuren zu finden sind und auch nichts entwendet wurde. Eine humpelnde Katze ist definitiv kein Beleg für Ihre Behauptungen, und ich werde mich jetzt auf den Heimweg machen. Sollten Sie feststellen, dass doch etwas verschwunden ist – und damit meine ich nicht nur eine Dose Katzenfutter, damit wir uns da richtig verstehen –, werde ich gern wieder herkommen und die Anzeige aufnehmen. Sollte das nicht der Fall sein, behelligen Sie mich bitte nicht weiter, weil wir …«

»Ja, ja«, fiel Christine ihm ins Wort. »Weil Sie hohen Besuch erwarten und alle Ihre Männer mit den Sicherheitsvorkehrungen beschäftigt sind. Das habe ich alles schon gehört.« Sie sah ihn abwartend an. »Sie haben ein fotografisches Gedächtnis, also wissen Sie, wo die Haustür ist.«

Er lächelte sie freudlos an. »Ich wünsche Ihnen noch einen schönen Abend«, sagte er, wartete gar nicht erst auf eine Antwort, da er wusste, es würde keine kommen, und verließ das Wohnzimmer.

Warum gerate ich nur immer wieder an Polizisten, die vor dem Offensichtlichen die Augen verschließen?, wunderte sie sich. Und warum gibt es so viele von dieser Sorte? Möglicherweise hatte es damit zu tun, dass Leute wie Hatfield es nicht zugeben wollten, wenn an der Theorie eines Laien etwas dran war. Wie hätten sie dagestanden, wenn sie ihrem Vorgesetzten gegenüber erklären mussten, der Zeuge habe durch eigene Schlussfolgerungen den Fall gelöst, wenn das Schlussfolgern doch genau das war, was die Polizei erledigen sollte?

»Vielleicht hättest du ihm von dem Plan erzählen sollen«, gab Betty zu bedenken, als die Haustür zugefallen war.

»Er hat sich ja nicht einmal für die Blutspuren am Tatort interessiert«, gab sie zurück und ging ins Badezimmer, um einen Waschlappen unters kalte Wasser zu halten, damit sie Isabelles Bein kühlen konnte. Auf dem Weg ins Wohnzimmer zeigte sie der Katze, die neugierig hinter ihr her lief, den feuchten Waschlappen.

Sie nahm Isabelle hoch, setzte sich mit ihr aufs Sofa und wickelte den Waschlappen um die linke Hinterpfote. Der kühlende Effekte machte sich sofort bemerkbar, und der Katze schien er zu gefallen, da Christine sie nicht festhalten, sondern nur darauf achten musste, dass der Lappen nicht herunterfiel. Mit der freien Hand griff sie nach einem der beiden Prospekte, die sie vom Pavillon an der Promenade mitgenommen hatte, und begann zu blättern.

Nach einer Weile schüttelte sie den Kopf: »Weißt du, Betty, ich habe mich immer gefragt, warum jemand eine Spielhalle Beautiful Noise nennt? Wozu soll das gut sein?«

»Du weißt ja, dass das der Titel von einem Neil-Diamond-Song ist, nicht wahr?«, entgegnete ihre Tante.

Sie nickte.

»Und gleich daneben liegt die Penny Arcade.«

»Gibt's da nicht auch ein Stück von Neil Diamond, das so heißt?«

»Richtig«, antwortete Betty. »Die beiden ursprünglichen Inhaber waren erbitterte Konkurrenten, und weil der eine dem anderen nicht kampflos einen so eingängigen Namen überlassen wollte, bediente er sich bei der gleichen Quelle. Und er fand damit auch noch einen Namen mit einer sehr zutreffenden Botschaft. Schließlich gibt es für den Besitzer einer Spielhalle kein schöneres Geräusch als das laute Prasseln der Münzen, wenn sie in den Zählautomaten fallen.«

»Ideen haben manche Leute«, murmelte Christine kopfschüttelnd und blätterte weiter.

Plötzlich starrte sie wie gebannt auf eine Seite und bekam große Augen.

»Was ist los?«, fragte Betty besorgt. »Fühlst du dich nicht wohl?«

»Doch, doch«, versicherte sie ihrer Tante. »Bestens sogar. Ich glaube, ich habe gerade herausgefunden, was es mit dem Plan auf sich hat!«

7

Sieh dir das an, Betty!« Christine war fast außer sich vor Freude über ihre Entdeckung, während sie ihrer Tante den aufgeschlagenen Prospekt hinlegte.

»Was denn?« Betty betrachtete die Seite. »Was soll ich mir da ansehen?«

»Warte.« Sie faltete den Plan auseinander und breitete ihn auf dem Tisch aus. »Wie du weißt, ist das hier dieser Grundriss, den ich beim Swimmingpool gefunden habe. Dieses lang gestreckte Oval wirkt auf den ersten Blick so, als würde es ein Raumschiff aus einem dieser Filme darstellen.«

»Ja, das da sind Gänge«, erwiderte ihre Tante. »Und das sieht aus wie Kabinen oder so was.«

Christine nickte. »Und nun sieh dir das an.«

Betty betrachtete die aufgeschlagene Seite, machte aber eine ratlose Miene. »Das ist die Veranstaltungshalle auf dem Pier. Und?«

»Stell dir das Oval als einen Kreis vor, einen richtig runden Kreis«, forderte Christine sie auf.

Wieder musterte sie die beiden Zeichnungen, legte den Kopf schräg und nickte bedächtig. »Hm, könnte sein, dass du recht hast. Wenn das Oval ein Kreis wäre, würde das wohl wie der Grundriss der Halle aussehen.«

»Eben. Und wenn das stimmt, dann ist nämlich unser Einbrecher hinter diesem Plan her, weil der ihn zu irgendetwas führen soll, was er ohne den Plan nicht finden kann«, folgerte sie.

Nachdenklich nickte Betty. »Aber was könnte das sein? Ich meine, was würde jemand in der Halle verstecken, das niemand anders finden soll?«

»Vielleicht ist das was ganz Banales wie eine Wegbeschreibung zum Tresor. Ich weiß nicht, wie viele Teilnehmer im Voraus per Überweisung oder per Scheck bezahlt haben, aber möglicherweise kommen die meisten her und kaufen Tageskarten«, überlegte sie. »Es kann auch sein, dass die Händler ihr Geld über Nacht da einschließen, weil sie hier keine Filiale ihrer Bank haben, wo sie ihre Einnahmen einzahlen können.«

»Denkst du denn, dass da so viel zusammenkommt?«

»Ja, ganz sicher«, bekräftigte Christine, während sie den feuchten Waschlappen umdrehte, da die Innenseite, die um Isabelles Bein gewickelt war, bereits die Körperwärme angenommen hatte. »Diese Händler bieten den Fans echte Raritäten an, und die geraten in einen regelrechten Kaufrausch, wenn sie irgendwelche Sammelobjekte entdecken, die sie schon seit Jahren suchen. Und was ich da in der Halle gesehen habe, das war nicht von schlechten Eltern. Wenn die Händler alle Einnahmen in den Tresor packen, und die Eintrittsgelder auch noch da aufbewahrt werden, dann dürfte eine stolze Summe zusammenkommen. Ein Überfall wäre sicher eine lohnenswerte Sache.«

»Hm, und was wirst du jetzt machen?«, wollte Betty wissen. »Dem Inspector wirst du das wohl kaum erzählen können, oder?«

»Auf keinen Fall. Der Mann geht so in seinen Sicherheitsmaßnahmen für seinen hohen Besuch auf, der hat gar keine Lust, sich mit irgendetwas anderem zu beschäftigen. Erst recht nicht mit meinen Überlegungen. Wenn ich ihm die beiden Pläne vorlege, wird er sowieso behaupten, dass es sich um zwei völlig verschiedene Dinge handelt.«

Plötzlich musste Betty gähnen. »Vielleicht solltest du erst mal eine Nacht darüber schlafen, bevor du dir etwas überlegst. Wichtig ist, dass du nichts überstürzt. Ich möchte nicht, dass du dich selbst in Gefahr bringst. Immerhin sind bereits zwei Menschen ums Leben gekommen, und der Täter wird bestimmt nicht davor zurückschrecken, ein drittes Mal zu morden.«

Christine verstand die Sorge ihrer Tante, aber falls jemand

versuchte, ihr Angst zu machen, würde sie nicht einfach klein beigeben. Zwei Menschen waren tot, und die Polizei tat das als Unfälle ab, weil man dort weder Lust hatte, sich zusätzliche Arbeit aufzuhalsen, noch über das nötige Personal verfügte, um die Hinweise ernst zu nehmen, die auf Mord hindeuteten.

»Betty, ich werde auf mich aufpassen. Es ist nicht das erste Mal, dass ich einem Mörder auf der Spur bin.«

»Mag sein, aber du bist auch keine ausgebildete Kriminalistin«, hielt ihre Tante dagegen. »Betrachte das bitte nicht als Beleidigung oder Herabwürdigung, doch du bist bestenfalls eine Hobbydetektivin. So wie Miss Marple oder Jessica Fletcher in *Mord ist ihr Hobby.*«

Christine musste unwillkürlich lächeln. »Ach, Betty, wie sollte ich das als Beleidigung auffassen? Ich kann mir kaum eine größere Ehre vorstellen, als mit den beiden in einem Atemzug genannt zu werden. Immerhin haben die alle ihre Fälle gelöst, und so oft sie auch in Gefahr geraten sind, sie haben jedes Mal überlebt.«

Betty seufzte. »Als ich den Satz zu Ende gesprochen hatte, wusste ich, es waren die falschen Beispiele. Meine einzige Hoffnung war, dass es dir nicht auffallen würde.«

»Betty, ich verspreche dir, ich werde auf mich aufpassen«, beteuerte sie.

»Vergiss mich nicht«, warf ihre Tante ein. »Ich bin mit meinem Gipsbein so wehrlos wie James Stewart in *Das Fenster zum Hof.*«

Ironisch grinsend erwiderte Christine: »Du musst dir wirklich bessere Beispiele suchen, wenn du mir zu verstehen geben willst, in welcher Gefahr wir schweben. James Stewart hat trotz Gipsbein ebenfalls überlebt.«

Ihre Tante schüttelte auf gespielt frustrierte Weise den Kopf. »Warum fallen mir nur immer solche Filmfiguren ein? Da will ich dich warnen, dass es für uns beide gefährlich wird, und mir kommen nur Charaktere in den Sinn, die sich aus ihrer misslichen Lage unversehrt retten können.«

»Nimm es doch als ein gutes Zeichen«, schlug Christine ihr vor. »Die Helden überstehen eben die Gefahr für Leib und Leben. Und das wird bei uns genauso sein.«

»Weißt du was? Ich lege mich jetzt schlafen«, erklärte Betty. »Und solange ich noch wach im Bett liege, werde ich überlegen, ob mir nicht irgendein ›Held‹ einfällt, für den die Gefahrensituation ein böses Ende nimmt.«

»Okay, aber wenn dir einer in den Sinn kommt, dann schreib ihn dir einfach auf und reiß mich nicht mitten in der Nacht aus dem Schlaf. Einverstanden?«

»Ich kann dir nicht garantieren, dass mir nicht ein lautstarkes ›Heureka‹ über die Lippen kommen wird«, gab Betty zurück.

»Na gut, wenn es bei einem Heureka bleibt, will ich mich nicht beschweren.« Christine grinste sie an. »Aber nicht jede Viertelstunde.«

»Jede Viertelstunde?«, wiederholte Betty. »Meinst du ernsthaft, ich könnte so viele Beispiele finden, bei denen der Held den Kürzeren zieht?«

Christine hob Isabelle von ihrem Schoß. Die Katze war inzwischen fest eingeschlafen und bekam von der Umsiedlung auf das Sofa gar nichts mit. Dann half sie ihrer Tante aus dem Sessel und begleitete sie ins Schlafzimmer. »Ich glaube, der heutige Tag war so ereignisreich, dass du eingeschlafen sein wirst, bevor du dir auch nur über einen einzigen Film Gedanken machen kannst, in dem der Held das Zeitliche segnet, nur weil er für das Gute kämpft.« Nach einer kurzen Pause fügte sie noch lachend an: »Und selbst wenn – in der Fortsetzung lebt er dann ja doch weiter. Es gibt also Hoffnung für uns beide.«

Betty schüttelte nur den Kopf.

»Und? Hast du dir überlegt, wie du vorgehen willst?«, fragte Betty, als sie am nächsten Morgen beim Frühstück zusammensaßen. Christine hatte ein paar Croissants aus dem Supermarkt aufgebacken, dazu gab es Erdbeermarmelade und einen Kakao.

»Ich hab noch eine Zeit lang nicht einschlafen können, weil ich einfach weiter darüber nachdenken musste, wie das alles zusammenhängen kann«, antwortete sie. »Aber ich komme nicht dahinter. Warum wurden zwei Menschen ermordet?«

»Vielleicht waren die beiden ja Komplizen unseres Unbekannten, und er hat sie ausgeschaltet, damit er die Beute nicht mit ihnen teilen muss.«

»Ich weiß nicht«, gab Christine zurück. »In beiden Fällen kommt es mir so vor, als hätte er sie spontan ermordet ...«

»Du meinst, im Affekt?«

»Nein, nein, ganz sicher mit Vorsatz. Mit ›spontan‹ meine ich, der Täter wurde überraschend mit einer Situation konfrontiert, die es aus seiner Sicht erforderlich machte, die beiden umzubringen. Ich könnte mir vorstellen, dass dieser Murray Heathen sich mit ihm auf dem Hoteldach verabredet hatte, und dann tat oder sagte er irgendetwas, das sein Todesurteil bedeutete.«

»Aber diese Sache mit dem Kostüm muss doch von langer Hand geplant worden sein«, hielt Betty dagegen. »So etwas hat man doch nicht rein zufällig in der Tasche.«

»Vielleicht war es das Kostüm des Täters, und das Ganze war nur eine Notlösung, weil er auf diese Weise eine falsche Fährte legen wollte«, gab Christine zu bedenken. »Oder aber Murray trug das Kostüm in der Absicht, mit jemandem verwechselt zu werden, weil er wusste, ihn würde man nicht mit Superman in Verbindung bringen.«

Betty nickte nachdenklich. »Das wäre wohl möglich.«

»Und Carl Lennison, sein zweites Opfer, hat ihn im Saal auf dem Pier aus irgendeinem Grund angesprochen, wofür er dann auch sterben musste. Vermutlich war es das Naheliegendste, ihn in einem der Robotermodelle zu verstecken. Hätte er den Arm wieder ordentlich eingesetzt, wäre eine Zeit lang gar nichts aufgefallen, und man hätte Carl vielleicht erst nach dem Ende der Convention entdeckt, wenn alle Besucher längst abgereist und jegliche Spuren verwischt worden waren.«

»Aber das alles hilft dir nicht weiter«, wandte ihre Tante ein, »wenn du nicht weißt, wer die beiden umgebracht hat.«

»Das ist mir klar«, sagte Christine frustriert. »Und solange ich das nicht weiß, kann ich mich auch niemandem anvertrauen und keinen um Rat fragen, außer dir natürlich. Stell dir vor, dieser Howard North, der die Convention veranstaltet, wäre der Täter. Wenn ich ihm davon erzähle, was ich sicher weiß und was ich vermute, dann kann ich mich als sein nächstes Opfer auch freiwillig in den Tod stürzen.« Sie machte eine kurze Pause. »Ich muss erst versuchen, so viele Informationen wie möglich zu sammeln, damit ich weiß, wen ich als Täter ausschließen kann.«

Betty tauchte ihr Croissant in den Kakao und biss davon ab. Nachdem sie geschluckt hatte, fragte sie: »Und wie willst du das anstellen?«

Unschlüssig schüttelte sie den Kopf. »Das weiß ich noch nicht so genau. Aber ich weiß, womit ich anfangen werde: mit dem ...« Christine unterbrach sich, da sie sah, wie auf einmal Isabelle knurrend aus der Küche geschossen kam, ins Wohnzimmer stürmte und mit einem Satz auf die Fensterbank sprang. Fauchend stellte sie sich auf die Hinterbeine – die schmerzende Pfote schien vergessen zu sein – und stemmte sich mit den Vorderpfoten gegen die Scheibe, während sie einen langen Hals machte, als wolle sie etwas attackieren, das sich gleich rechts vom Fenster befand.

»Was ...?«, murmelte Betty und sah Christine an, die einen Moment lang ratlos dasaß.

Dann auf einmal sprang sie von ihrem Platz auf, zischte ein wütendes »Verdammt« und hetzte zur Terrassentür, riss sie auf und stürmte in den Garten. »He!«, rief sie und jagte einem Schemen nach, der soeben durch die Hecke aufs Nachbargrundstück entwischte.

Sie rannte hinterher, doch in Mattisons Garten war von dem Flüchtenden bereits nichts mehr zu sehen. Vielleicht war er ein Stück weiter durch die Hecke wieder auf Bettys Grundstück zurückgekehrt, oder aber er war um das Haus herumgelaufen. So oder so war er ihr entwischt. Wer es gewesen war, konnte sie nicht sagen.

Missmutig kehrte sie zum Haus zurück und drückte die Terrassentür auf, wobei sie darauf achtete, dass Isabelle ihr nicht zwischen den Beinen hindurch nach draußen entwischen konnte.

»Was war denn los?«, fragte Betty besorgt, als Christine ins Zimmer kam und die Katze auf den Arm nahm.

»Jemand hat uns belauscht«, antwortete sie. »Und zwar durch das Oberlicht. Der Spalt genügt, um mitzubekommen, was hier drinnen gesprochen wird. Isabelle hat unseren Lauscher gewittert oder vielleicht sogar gesehen, deshalb ist sie wie ein geölter Blitz zum Fenster gefegt.«

»Und wer war's?«

»Ich habe keine Ahnung«, gestand Christine ihr. »Ich habe zu lange gebraucht, um zu begreifen, warum sie sich so aufführt, und dadurch hatte unser Unbekannter schon einen zu großen Vorsprung.« Sie verzog missmutig den Mund. »Das wirklich Unerfreuliche ist aber, dass er ausgerechnet das mitbekommen haben könnte, was ich über die Morde erzählt habe.« Einen Moment lang grübelte sie, dann fügte sie hinzu: »Und das Ärgerlichste an allem ist, dass diesen verdammten Inspector nichts davon interessiert. Von ihm können wir keine Hilfe erwarten. Mir bleibt wohl nichts anderes übrig, als so weiterzumachen, wie ich es mir überlegt habe. Also muss ich mich erst mal mit diesem Plan beschäftigen. Ist dir zufällig bekannt, ob es hier in Beechwood einen Computerladen gibt?«

Ihre Tante verzog das Gesicht. »Tut mir leid, aber damit kann ich dir nicht behilflich sein. Es gibt bestimmt so was, nur könnte ich dir nicht sagen, wo.« Sie grübelte kurz, dann kam ihr eine Idee. »Im übernächsten Haus wohnt eine Familie mit zwei Jungs, die elf und dreizehn sind, wenn ich mich nicht irre. Wenn ich der Mutter schon mal auf der Straße begegne, erzählen mir die beiden Jungs unentwegt, was sie alles am Computer machen. Die werden bestimmt wissen, ob es hier in Beechwood so etwas gibt.«

Christine hatte Glück. Die Spencers waren an diesem Morgen zu Hause, da beim jüngeren Sohn Henry der Verdacht auf Windpocken bestand und er und sein großer Bruder Malcolm ein paar Tage lang nicht in die Schule gehen durften. Die Mutter der beiden, Susan, konnte ihr die Adresse eines Computergeschäfts in Beechwood nennen, und Christine machte sich unverzüglich auf den Weg dorthin.

»Womit kann ich Ihnen behilflich sein, Miss?«, begrüßte sie eine junge Frau mit wallendem schwarzem Lockenschopf, als sie das Geschäft The Hard Drive in der Crane Street betrat.

»Ich habe eine Bitte.« Christine holte ihren Laptop aus der Tasche, ebenso den Plan und die Broschüre. »Ich habe zurzeit keinen Scanner zur Verfügung, deshalb wollte ich fragen, ob Sie mir wohl diesen Plan und aus diesem Heft diesen Grundriss einscannen könnten.«

Die junge Frau – Gina stand auf ihrem Namensschild – faltete den Plan auseinander. »So einen großen Scanner haben wir nicht, aber ich kann das in zwei Hälften scannen und die Bilder anschließend zusammensetzen.«

Christine nickte zustimmend. »Brennen Sie mir die Dateien bitte auf eine DVD, dann kann ich sie gleich auf den Laptop überspielen.«

»Ich kann sie auch direkt vom Scanner auf Ihren PC senden. Wir haben hier einen WLAN-Anschluss«, schlug Gina vor.

»Leider geht das nicht, weil mein Laptop sich über eine Mobilfunknummer ins Netz einwählt.«

»Ah, verstehe.« Die Frau ging nach nebenan, wo der Scanner stehen musste.

Christine schlenderte durch das kleine Ladenlokal und sah aus dem Schaufenster zur anderen Straßenseite. Verdutzt entdeckte sie Chief Inspector Hatfield, der mit einem uniformierten Polizisten den Platz vor einem Geschäft überquerte, das den Namen Living Fifties trug. Sie sah amerikanische Straßenkreuzer auf dem Platz, und in jedem Schaufenster stand mindestens eine alte Wurlitzer-Jukebox, darüber hingen historische Filmplakate. Hatfield ging auf dem Gelände vor dem Geschäft umher, ein Mann mit Elvis-Tolle folgte ihm und zeigte immer wieder auf eine freie Fläche.

»Was ist denn da drüben los?«, fragte Christine die junge Frau, als die mit der DVD, dem Plan und der Broschüre nach vorn kam.

»Da hat heute Nacht jemand einen von diesen alten Ami-Schlitten gestohlen«, erwiderte sie. »Einen knallroten, glaube ich. Gestern habe ich ihn noch da stehen sehen.« Sie zuckte mit den Schultern. »Keine Ahnung, wer so ein Ungetüm klaut. So ein Wagen fällt doch überall sofort auf.«

Christine gab einen unbestimmten Laut von sich, da sie nicht wusste, was sie hätte sagen sollen. Wenigstens war nicht schon wieder ein Toter zu beklagen, den Hatfield ebenfalls zum Unfallopfer erklärt hätte. Allerdings bedauerte sie bereits jetzt den Geschäftsinhaber des Living Fifties, denn wenn der Chief Inspector nicht daran interessiert war, dubiose Todesfälle zu untersuchen, würde die Suche nach einem Straßenkreuzer in der Dringlichkeit noch sehr viel weiter dahinter rangieren.

»Hier ist Ihre DVD.«

Sie nahm die Disc entgegen und legte sie in den Laptop, den sie gestartet hatte, während die Verkäuferin sich um die Scans kümmerte.

»Das macht dann …«

»Nein, einen Augenblick bitte«, unterbrach Christine sie sofort. »Das war noch nicht alles.« Sie startete die Bildbearbeitung und begann die Scans zu verändern, wobei sie den in Rivanisch beschrifteten Plan so weit stauchte, dass das Oval rund wurde und es mit dem Grundriss der Halle übereinstimmte. »Können Sie mir diese beiden Grafiken bitte noch ausdrucken, aber so, dass die genau gleich groß sind?«

»Das sollte kein Problem sein«, erklärte Gina. »Dürfte ich Ihren Laptop direkt an den Drucker anschließen? Das geht nämlich dann viel schneller.«

»Gerne. Und machen Sie bitte von jedem Bild fünf Ausdrucke.«

Wenige Minuten später verließ sie das Geschäft und kehrte zurück zu ihrem Wagen. Hatfield bemerkte sie und nickte ihr höflich zu, was Christine in gleicher Weise erwiderte, ehe sie einstieg und losfuhr.

Als sie wieder das Haus ihrer Tante erreicht hatte, saß die schon auf der Bank im Garten und wartete auf sie.

»Ist dir nicht zu kalt?«, fragte Christine, nachdem sie ausgestiegen war.

»Nein, bei dem herrlichen Sonnenschein genieße ich die frische Luft. Solange ich nicht meinen gewohnten Spaziergang machen und auch sonst nichts zu Fuß erledigen kann, will ich wenigstens mal aus dem Haus raus.

»Soll ich den Rollstuhl holen und dich eine Weile spazieren fahren?«, wollte Christine wissen.

»Nein, im Moment nicht. Vielleicht können wir das ja auf heute Nachmittag verschieben«, erwiderte Betty. »Jetzt habe ich nämlich einen Anschlag auf dich vor. Die vierte Klasse unserer Grundschule führt eine eigene Version von *Der Zauberer von Oz* auf, und eigentlich soll Susan Spencer von nebenan Regie führen, aber durch das Windpocken-Problem ist sie jetzt erst mal aus dem Rennen. Ich hatte mich vor Monaten dazu bereit erklärt, im Notfall einzuspringen, weil ich früher viel am Theater gearbeitet habe. Na ja … jetzt steht sie nicht zur Verfügung, und alle rechnen damit, dass ich heute bei der Probe ihre Funktion übernehme …«

»Aber es weiß doch jeder, dass du dir das Bein gebrochen hast«, wandte sie ein.

»Ja, allerdings will ich mich dadurch nicht von diesem Engagement abhalten lassen. Ich habe schließlich mein Wort gegeben, und das möchte ich auch halten. Außerdem«, ergänzte sie nach einer kurzen Pause, »kann ich über die Lautsprecheranlage Regieanweisungen geben.«

Christine zuckte mit den Schultern. »Ich werde dich nicht davon abhalten. Du weißt selbst am besten, was du dir zumuten kannst. Denk trotzdem dran, dass du dein Bein schonst.« Sie hielt ihr den Arm hin. »Wohin geht's denn?«

»In die Oxford Street, und zwar ins Ol' Oxford Odeon.«

»Ach, das kenne ich ja noch«, sagte sie. »Ist das jetzt wieder ein Theater? Ich weiß noch, wie sie dieses Kino draus gemacht haben, das nur uralte Filme für ein Pfund Eintritt zeigte.«

Betty nickte. »Ganz genau, aber das hat sich nicht lange gehalten. Es kamen zu wenig Touristen, die man auf die Weise kostengünstig hätte unterhalten können, und die Einheimischen haben sich die gleichen alten Schinken lieber für den halben Preis in der Videothek ausgeliehen. Und heute …«

»Lass mich raten«, unterbrach Christine sie. »Dieser Arejev hat auch das Theater so auferstehen lassen, wie es mal ausgesehen hat.«

»Wie ich ja schon sagte, er hat auch die Grundstücke in der Oxford Street gekauft«, bestätigte ihre Tante.

»Wenn man es recht überlegt, hat dieser reiche Russe hier ein Freiluftmuseum eröffnet, das die Welt im Jahre 1980 zeigt«, murmelte Christine. »Eigentlich gar keine schlechte Idee, wenn man das nötige Kleingeld dafür hat.«

»Und den nötigen Mut«, warf Betty ein und ließ sich von ihrer Nichte in den Wagen helfen. »Ich möchte wetten, wenn nicht alle Arejev für einen Spinner gehalten hätten, der nicht weiß, was er mit seinem Geld anfangen soll, dann wären ihm bestimmt Investoren mit einem besseren Angebot zuvorgekommen. Aber nicht mal die Stadt hat daran geglaubt, dass seine Idee Erfolg haben könnte, und ihm die Grundstücke regelrecht hinterhergeworfen. Ich könnte mir vorstellen, wenn Arejev noch eine Weile gezögert hätte, wäre der Bürgermeister hingegangen und hätte ihm noch Geld dafür geboten, damit er die Grundstücke nimmt.«

»Schon witzig, wenn man bedenkt, dass er gar nicht die Absicht hatte, aus diesem Projekt Kapital zu schlagen«, überlegte Christine, nachdem sie losgefahren war.

»Hm, aber vielleicht ist das ja genau der Punkt, der die Leute anlockt. Er hat kein Disneyland gebaut, um den Leuten das Geld aus der Tasche zu ziehen, er hat nur etwas für eine Stadt getan, die er liebt. Alles ohne Hintergedanken.« Betty unterbrach sich kurz. »Jedenfalls ist das die offizielle Version. Ob daneben irgendwelche anderen Absichten im Spiel waren, das weiß außer Arejev selbst vermutlich niemand.«

Christine nickte und seufzte. »Ja, es ist schwer geworden, noch an das Gute im Menschen zu glauben, wenn so viele Leute vordergründig etwas Gutes tun und sich nachher herausstellt, dass sie doch in die eigene Tasche gewirtschaftet haben.«

»Immerhin sorgt Arejev dafür, dass die Promenade so erhalten bleibt. Er lässt nichts verkommen. Und der Fremdenverkehrsverein lässt sich immer neue Veranstaltungen einfallen, um Touristen anzulocken. Im Sommer vergeht hier kein Wochenende ohne irgendeine Attraktion. Du musst unbedingt herkommen, wenn wieder die ›Komm als dein 80er-Star‹-Tage sind. Dann kannst du dich vor Madonnas kaum noch retten, und alle möglichen Leute laufen rum, als wären sie aus *Miami Vice* oder *A-Team* entsprungen. Und es dürfen dann auch nur Fahrzeuge in die Stadt, die in der Zeit gebaut wurden.«

»Ich glaube, das muss ich mir wirklich mal ansehen«, stimmte Christine ihr zu.

Sie fuhren an den Hotels entlang der Promenade vorbei, die jetzt, außerhalb der Saison, nur an den Wochenenden oder bei Veranstaltungen wie der Convention auf dem Pier ausgebucht waren. In den Wintermonaten arbeiteten sie nur mit einer Notbesetzung, da selten mehr als ein Viertel der Zimmer belegt war. In der Zeit machten hier nur kinderlose Paare oder Singles Urlaub, die entweder keine Lust oder kein Geld hatten, um nach Spanien zu fliegen. Wer im Dezember herkam, der musste schon abgehärtet sein und keine Ansprüche an Sonnenschein und akzeptable Temperaturen stellen. Regen, Sturm und vor allem bei Ostwind eisige Kälte waren dann die einzigen Wetterbedingungen, auf die man sich wirklich verlassen konnte.

»Ich hoffe, es macht dir nicht zu viele Umstände«, sagte ihre Tante, als sie in die Oxford Street einbogen.

»Betty, hör auf damit. Du weißt, dass ich genau dafür hergekommen bin, also kann es mir auch keine Umstände machen«, beteuerte Christine. »Außerdem passt es mir sogar sehr gut, weil ich mir erst die Ausdrucke anschauen will und ich mich dann hoffentlich ungestört auf dem Pier umsehen kann.«

Direkt vor dem Theater war ein Parkplatz frei, sie rangierte den Wagen in die recht enge Lücke, dann öffnete sie die Schiebetür, um ihrer Tante beim Aussteigen zu helfen. Als sie den Wagen abgeschlossen hatte und sich zu Betty umdrehte, stutzte sie, da ihr Blick auf die Leuchtreklame über dem Eingang fiel.

Betty sah sie fragend an.

»Da steht *Der Zauberer von Oy,* nicht *Oz*«, sagte Christine. »Hat das was zu bedeuten? Gab es Probleme mit dem Urheberrecht?«

Ihre Tante lächelte amüsiert. »Keineswegs. Aber wir haben nur ein einziges Z finden können, und wir wollten nicht, dass irgendjemand meint, wir würden *Die Geschichte der O.* fortsetzen, und er dann verärgert sein Geld zurückfordert, weil er statt eines schlüpfrigen Bühnenstücks eine Aufführung von Grundschülern erlebt. Darum das Y als Notlösung.«

Christine schüttelte belustigt den Kopf. »Ihr solltet das als Fußnote unter die Leuchttafel schreiben, damit ihr nicht tausendmal die gleiche Frage beantworten müsst«, meinte sie, dann hielt sie ihrer Tante die Eingangstür auf.

Im Foyer kam ihnen ein älterer Mann mit buschigen Augenbrauen entgegen, der sie strahlend anlächelte. »Ach, Mrs Emerson, Sie sind ein Engel«, rief er. »Ich hoffe, das strengt Sie nicht zu sehr an.«

»Keine Sorge, Direktor Widdenham«, gab sie zurück. »Darf ich bekannt machen? Christine Bell, meine Nichte, Schuldirektor Widdenham.«

Sie gaben sich flüchtig die Hand, und Christine musste ein Schaudern unterdrücken, da sich seine Finger unangenehm feucht und kalt anfühlten.

»Kommen Sie, ich bringe Sie zu Ihrem Platz«, fuhr Widdenham fort. »Als ich hörte, Sie würden einspringen, habe ich dem Techniker gesagt, er soll auf das alte Regiepult hinten im Saal umschalten, damit Sie nicht nach oben ins Kämmerchen müssen.«

»Vielen Dank, sehr aufmerksam von Ihnen«, antwortete Betty freundlich, dennoch kam es Christine so vor, als würde sie leise Ironie heraushören.

Gemeinsam folgten sie dem Mann in den Saal. Er führte sie an der hintersten Sitzreihe entlang zu einem abgeteilten Bereich. Drei Stühle standen dort, ein Pult bot Platz, um Unterlagen abzulegen und Notizen zu machen. Zur Linken befand sich eine abgeschirmte Lampe, die das Licht nur auf das Pult warf, auf der rechten Seite war das Mikrofon angebracht. Nahe der Oberkante des Pults verlief eine Reihe von Tasten und Schaltern, mit denen der Beschriftung zufolge verschiedene Bereiche der Saalbeleuchtung gesteuert werden konnten.

»Wenn Sie sonst etwas brauchen, rufen Sie mich einfach«, erklärte Widdenham, deutete eine Verbeugung an und ging zur Bühne.

»Die Treppe in dieses Kämmerchen würde ich nicht mal benutzen, wenn ich noch achtzehn wäre«, verriet sie Christine, nachdem der Direktor gegangen war. »Die geht so steil nach oben.« Dabei deutete sie mit der flachen Hand einen extremen Winkel an.

Christine nickte und half ihr, sich hinzusetzen, dann schob sie den zweiten Stuhl heran, damit Betty das Bein hochlegen konnte. Sie selbst nahm auf dem dritten Stuhl Platz und holte aus ihrer Tasche, in der sich auch noch ihr Laptop befand, die

Ausdrucke der beiden Pläne. Sie drehte die kleine Lampe am Pult zu sich, dann hielt sie zwei Ausdrucke übereinander.

»Sieh dir das an«, sagte sie zu Betty.

Die drehte sich zu ihr und betrachtete das Ergebnis. »Du hattest recht, das ist tatsächlich der Grundriss der Veranstaltungshalle. Das war aber eine geschickte Tarnung.«

»Genau. Niemand würde sich daran stören, wenn jemand mit einem solchen Plan im Gebäude unterwegs wäre. Mit dem richtigen Plan dagegen würde sofort klar sein, dass da etwas läuft.«

»Damit wirst du diesen Inspector Hatfield trotzdem bestimmt noch immer nicht überzeugen können«, gab ihre Tante zu bedenken.

»Oh, ganz bestimmt nicht«, pflichtete Christine ihr bei. »Dem müsste ich schon den Täter mitsamt unterschriebenem Geständnis präsentieren, damit er Interesse zeigt.« Sie seufzte und verzog frustriert den Mund, während sie mit einem roten Stift den eingezeichneten Weg auf den echten Grundriss der Halle übertrug. »Ich bin gespannt, wohin mich diese kleine Schatzkarte führen wird.«

»Mrs Emerson«, rief in dem Moment der Schuldirektor, der zwischen den Schulkindern auf der Bühne stand. Entweder trugen diese nur während der Proben ihre Alltagskleidung, oder aber man hatte sich überlegt, das Musical in die Gegenwart zu übertragen. Ob der Blechmann dann wohl aus Aluminium sein würde? »Wir sind so weit! Wenn Sie uns das Startsignal geben würden …«

»Okay, ich gehe dann mal rüber zum Pier«, flüsterte Christine ihr zu, bevor sie das Mikrofon anschalten konnte. »Wenn du früher fertig bist, ruf mich an, okay? Und viel Spaß in Oy », fügte sie noch rasch an und verließ dann mit ihrer Tasche das Theater.

Auf der Straße angekommen, sah sie sich einen Augenblick lang kopfschüttelnd um und ließ die Umgebung auf sich wirken. Es war unglaublich. Wenn sie sich ihren Wagen und einige andere Fahrzeuge wegdachte, hätte sie tatsächlich glauben können, dass sie in die Vergangenheit gereist war. Selbst alte Parkuhren hatte Arejev irgendwo aufgetrieben und am Straßenrand aufstellen lassen. Alte Verkehrsschilder zeigten an, was verboten und erlaubt war. Am Gloria ein Stück die Straße entlang in Richtung Küste hingen Kinoplakate mit Ankündigungen wie »Ab März 1980 in einem Kino in Ihrer Nähe«, und die Auslage des kleinen Spielwarengeschäfts gegenüber präsentierte Spielzeug, das vor dreißig Jahren noch das Neueste vom Neuesten gewesen war.

Sie warf noch ein paar Münzen in die Parkuhr, dann schlenderte sie zum Pier, während sie die Illusion genoss, durch eine Welt zu spazieren, die es seit Jahrzehnten nicht mehr gab. So vieles hatte sich seitdem verändert, so viel Neues hatte sich entwickelt, das sie nicht mehr missen mochte, ohne das ein Überleben aber auch möglich gewesen war – sonst wären sie heute nicht alle hier.

»Na, fühlst du dich auch wie fünfzehn, wenn du hier entlanggehst?« Die Frage, die aus dem Nichts zu kommen schien, riss Christine aus ihren Gedanken. Sie drehte sich um und sah Jerry Denham ein Stück hinter ihr stehen und sie angrinsen.

»Du schon wieder?«, murmelte sie ohne besondere Betonung, um ihn nicht auf falsche Gedanken zu bringen. »Tut mir leid, ich war in Gedanken versunken.«

»Das war nicht zu übersehen.«

»Solltest du nicht in London sein?«

»Meine Klientin wollte in ein anderes Hotel wechseln«, erklärte er und kam einige Schritte näher. »Das Heaven's Gate gehört zu einer Kette, mit der Miss Harling nichts mehr zu tun haben möchte, darum musste ich noch mal herkommen und die große Suite im Ocean View buchen. Aber natürlich wollte ich mir die erst mal ansehen. Das hat sich heute also sehr kurzfristig ergeben.«

»Oh, und dafür kommst du extra von London hergefahren?«, fragte sie.

»Na ja, was tut man nicht alles für seine Schäfchen?«, gab er mit strahlender Miene zurück.

Christine wunderte sich, wie ihn diese Arbeit mit so viel Stolz erfüllen konnte. Okay, er mochte damit gut verdienen, aber wenn man es genau nahm, dann war er nicht viel mehr als ein Laufbursche für die Prominenz. Wenn dem Star die Kopfkissen zu platt waren, musste Jerry kommen und sie aufschütteln. Nein, darauf könnte sie nicht stolz sein, vielleicht jedoch mochte er ja den Umgang mit Menschen, die wichtig waren oder die sich für wichtig hielten. Vielleicht war es die Nähe zu ihnen, die ihm das Gefühl gab, ebenfalls ein wichtiger Mensch zu sein.

»Machst du so etwas für jeden deiner Klienten?«, wollte Christine wissen.

»Das kommt ganz auf den Einzelfall an. Manche von denen sind absolut pflegeleicht, die geben sich mit dem zufrieden, was ich für sie arrangiere. Andere sind schon etwas anspruchsvoller und wollen hofiert werden. So wie die liebe Miss Harling. Aber wie gesagt, je mehr Arbeit, umso mehr Honorar, und je teurer der Star, umso höher ist die Rechnung, die ich schreiben kann. Am Ende profitieren alle davon. Mein Star ist zufrieden, ich bin zufrieden, mein Konto freut sich.« Er zuckte mit den Schultern.

Sekundenlang herrschte Schweigen, und Christine überlegte, wie sie von seiner letzten Bemerkung am besten dazu überleiten konnte, dass sie sich jetzt wieder auf den Weg machen wollte. Gerade setzte sie zum Reden an, da kam er ihr zuvor.

»Kann ich dich zum Mittagessen einladen?«, fragte er so unverhofft, dass ihr keine Antwort in den Sinn kam. »Ich bin heute völlig außerplanmäßig hergekommen, da kann ich mir auch noch eine Stunde Zeit nehmen, um mit einer alten Freundin essen zu gehen.«

»Als alte Freundin würde ich mich nun wirklich nicht …«

Er hob abwehrend eine Hand. »Schon gut, kein Wort mehr. Ersetzen wir ›alte Freundin‹ durch ›Bekannte‹. Ist das besser?«

»Viel besser. Aber ein Mittagessen …«

»… ist jetzt genau das Richtige«, unterbrach er. »Lass uns gleich hier im Plate With A View essen, dann haben wir Blick aufs Meer, und ich kann gleichzeitig meinen Wagen im Auge behalten.« Er deutete auf seinen Mercedes, der auf dem ersten Parkplatz in der Oxford Street stand. »Ich habe nämlich kein Kleingeld für diese bescheuerte Parkuhr.« Er sah sie abwartend an. »Kommst du? Oder hast du Angst vor mir?«

Sie verzog den Mund. »Mit so einem billigen Trick lasse ich mich weder zum Essen noch zu irgendetwas anderem verleiten, damit du's weißt. Wenn du mich hättest ausreden lassen, wüsstest du, dass ich schon vor deiner letzten Frage zusagen wollte. Und du kannst froh sein, dass ich dir diese Frage nicht übel nehme und doch noch einen Rückzieher mache.«

An Jerry vorbei ging sie zum Restaurant auf der Ecke Promenade und Oxford Street; er sputete sich, um sie zu überholen, damit er ihr die Tür aufhalten konnte. Sie wählten einen Tisch an der Fensterfront zum Meer, er setzte sich dabei so, dass er seinen Wagen im Blick hatte.

»Also ich finde das ganze Ambiente gelungen«, sagte Christine, nachdem sie ihre Bestellung aufgegeben hatten. »Auch die Parkuhren. Warum hast du sie als bescheuert bezeichnet? Die machen das alles noch eine Spur authentischer.«

»Ich finde das hier schrecklich«, erwiderte Jerry. Mit einem Mal strahlte er nicht mehr über das ganze Gesicht, sondern er gab sich ernst. »Den Touristen mag das ja gefallen, aber ich möchte nicht wieder in diese Zeit zurück.«

»Wieso? Dich hat man in der Schule doch bestimmt nicht ausgelacht oder gehänselt. So, wie ich dich in Erinnerung habe, musst du doch einer von den Coolen gewesen sein.«

»Ja, aber nur in der Schule. Ich war dauernd irgendwo unterwegs, weil ich nicht wollte, dass jemand zu uns nach Hause kommt. Mein Vater war Alkoholiker, und wenn der genügend Bier intus hatte, dann musste man sich vor ihm in Acht nehmen. Ich musste mir ein Zimmer mit meiner jüngeren

Schwester teilen. Mit fünfzehn! In der Mitte des Raums hatte meine Mutter ein Laken gespannt, damit es wenigstens ein bisschen nach zwei Zimmern aussah.«

Unschlüssig musterte Christine ihn. Vielleicht verdiente er ihr Mitleid, weil er es in seiner Jugend so schwer gehabt hatte. Aber nur vielleicht. Denn auf der anderen Seite war nicht auszuschließen, dass er mit einer rührseligen, aber frei erfundenen Geschichte versuchte, sie rumzukriegen.

»Na ja, und deswegen gab ich nach außen hin immer den coolen Typen, der scheinbar allen anderen überlegen ist«, fuhr er fort. »Und die ganze Zeit über betete ich nur, dass niemand auf die Idee käme, mich zu Hause zu besuchen. Ich wäre erledigt gewesen. Heute kommt mir diese Erfahrung sehr gelegen, denn wenn man Schauspieler oder Musiker bei einer Show unterbringen will, dann kann man nicht hingehen und fragen, ob sie denn bitte, bitte auftreten dürfen. Da muss man reingehen, bei den Verantwortlichen auf den Tisch hauen und verkünden: ›Ich habe den Star, den Sie brauchen. Wenn Sie ihn nicht nehmen, brauchen Sie sich auch gar nicht erst nach einem anderen umzusehen. Jemand besseren werden Sie nicht finden!‹«

Sie nickte verstehend. »Hast du deshalb auch versucht, mich mit deinem Spruch zu beeindrucken, dass dein Angebot steht und ich nur zugreifen müsse?«

Kleinlaut bekannte er: »Okay, du hast mich durchschaut. Das ist eine Masche, mit der ich an sich ganz gut fahre. Jedenfalls bei Frauen, die nicht auf der Suche nach einer tiefschürfenden Beziehung sind, sondern die einfach nur ein bisschen Spaß haben wollen.«

»Und wieso denkst du, dass ich in diese Kategorie Frau falle?«

»Das habe ich damit gar nicht gesagt, aber wenn ich auf eine Frau zugehe, die ich gerade erst kennengelernt habe«, führte er aus, »dann kommt es meiner Meinung nach nicht so gut rüber, wenn ich sage, ich will sie unbedingt heiraten und drei Kinder mit ihr haben. Ich bin davon überzeugt, dass auf die Weise mehr Frauen vor mir davonlaufen als bei der coolen Tour.« Er zeigte sich reumütig. »Was natürlich nicht heißen soll, dass sich zwischen uns nicht mehr als ein flüchtiges Abenteuer anbahnen könnte. Ich kann mir gut vorstellen, jeden Morgen neben dir aufwachen zu wollen.«

»Ist das deine andere Masche, wenn du mit der großspurigen Tour nicht zum Ziel kommst?«, gab sie lachend zurück.

»Also, ich muss doch sehr bitten«, entgegnete er mit gespielter Entrüstung. »Männer können doch tun und sagen, was sie wollen, ihnen wird trotzdem immer nur das eine unterstellt.«

»Und das aus gutem Grund«, sagte sie. In diesem Moment kam der Kellner mit zwei tiefen Tellern an den Tisch, stellte sie ab und zog sich wieder zurück.

»Was ist das?«, fragte Christine.

»Hmm ... Champignonsuppe, würde ich sagen.«

»Ha, ha. Ich meinte damit, dass von Suppe gar nichts auf der Karte stand.«

Er zuckte mit den Schultern. »Offenbar hast du nicht das Kleingedruckte in der Anlage zur Speisekarte gelesen.«

Christine betrachtete skeptisch ihren Teller. »Na, so was, die haben hier nicht mal passende Teller, selbst wenn nur zwei Gäste im Lokal sitzen?«

»Wart ihr hier früher mal essen?«, fragte Jerry.

»Nein, nie. Das war meinem Dad immer zu teuer.«

»Ich hab hier eine Zeit lang gejobbt. Es war das Markenzeichen des Plate With A View, dass Teller, Tassen, Untertassen und Bestecke aus den Restbeständen anderer Restaurants so wild zusammengewürfelt waren, dass es kaum eine Chance gab, an einem Tisch passende Teller vorzufinden. Selbst an dieses Detail hat der Russe gedacht. Und auch, dass die Dame am Tisch immer den Teller mit dem Muster bekommt.«

»Und offenbar auch die gesamte Ladung Champignons.« Sie verzog den Mund.

»Magst du keine Champignons?«

»Doch, doch«, versicherte sie ihm. »Nur nicht in der Suppe. Eine Champignoncremesuppe ist okay, also das, was du offenbar hast. Und als Beilage zu Fleisch und Fisch mag ich sie auch. Aber nicht als Einlage in einer Suppe. Und dann auch noch so viele.«

»Sollen wir tauschen?«

Christine sah ihn fragend an. »Wärst du damit einverstanden?«

»Hey, ich habe es doch vorgeschlagen«, sagte er und tauschte die Teller aus, noch bevor sie ihn davon abhalten konnte.

Sie unterhielten sich über Belangloses, während sie ihre Suppe löffelten, dann kam der Kellner und holte die leeren Teller ab. Nur ein paar Minuten später kam er mit dem Hauptgang aus der Küche, als Christine noch schnell zur Toilette ging. Christine hatte ein mit Spinat und Zwiebeln überbackenes Omelett genommen, Jerry eine Fleischpastete.

Ein paar Minuten später kehrte sie zurück an den Tisch. Jerry saß da und wartete mit seinem Essen offenbar, bis sie wieder Platz genommen hatte. In mancher Hinsicht konnte er sich tatsächlich wie ein Gentleman benehmen, und im nächsten Moment spielte er den von sich eingenommenen Künstleragenten. Nein, sie wurde aus ihm einfach nicht schlau. Was war Methode, und was war ehrlich gemeint? Wann spielte er ihr etwas vor, um sein Ziel zu erreichen, und wann zeigte er sein wahres Gesicht?

Und dann war da ja immer noch die Möglichkeit, dass er etwas mit den beiden Morden zu tun hatte. War es ein Zufall, dass er heute schon wieder in Beechwood auftauchte, nachdem am Morgen jemand hinter Bettys Haus gelauert hatte, um sie zu belauschen?

Ganz egal, wie sehr er auch versuchen sollte, sie zu umgarnen, sie würde sich nicht mit ihm einlassen. Ihr war es vor zwanzig Jahren erspart geblieben, eine von Jerrys vielen Eroberungen zu werden, und das würde sie jetzt ganz sicher nicht nachholen.

Beim Näherkommen bemerkte sie plötzlich, dass eine Politesse hinter seinem Wagen stand und das Kennzeichen notierte. Genau das hatte er doch verhindern wollen! Aber offenbar war er in Gedanken und bekam nichts davon mit, was sich da draußen auf der Straße abspielte.

»Jerry«, rief sie. »Du kriegst einen Strafzettel, wenn du nicht sofort was in die Parkuhr einwirfst!«

Sie war am Tisch angekommen und fasste nach Jerrys Schulter, um ihn anzustoßen, damit er aus seinem Tagtraum erwachte. Aber anstatt sich zu ihr umzudrehen und etwas zu erwidern, kippte er wortlos vornüber … und landete mit dem Gesicht in der Fleischpastete.

8

Sie schon wieder?«, brummte Inspector Hatfield, als er das Lokal betrat und Christine an einem der Tische sitzen sah.

»Die Freude ist ganz meinerseits«, knurrte sie ihn im gleichen Tonfall an.

Er schaute zum Tisch am Fenster und fragte: »Warum liegt der Mann mit dem Gesicht in seinem Essen?«

»Sir«, erwiderte einer der Polizisten. »Wir befolgen nur Ihre Anweisung, dass wir an einem Tatort nichts verändern sollen, solange Sie sich kein Bild von der Situation gemacht haben.«

»Fein, aber Sie haben sich nicht an den Teil der Anweisung gehalten, dass Sie das nur bei einem Mord machen sollen«, hielt Hatfield dagegen. »Oder wurde der Mann mit dem Gesicht in seine Fleischpastete gedrückt, bis er erstickt war?«

»Nun, Sir …«, druckste der Mann herum. »Die Dame dort sprach davon, dass … dass es ein Mord gewesen sein könnte.«

Der Inspector drehte sich zu ihr um. »Kannten Sie den Toten?«

»Flüchtig. Eigentlich nur von früher. Es ist Jerry Denham.«

»Denham, sagen Sie?« Er nickte verstehend. »Dann ist das ja ein klarer Fall. Ganz sicher ein Herzinfarkt. Bei dem hektischen Lebensstil kein Wunder.« An den Polizisten gerichtet: »Lassen Sie den Toten abholen, hier gibt es keinen Mord zu untersuchen.«

»Und die Spurensicherung?«

»Kann auf der Stelle kehrtmachen.« Wieder richtete er seine Aufmerksamkeit auf Christine. »In Beechwood wurde noch nie ein Mensch ermordet, weder erschossen noch vergiftet noch auf irgendeine andere Weise. Aber …«

»Vielleicht liegt das nur daran«, fiel sie ihm mit Nachdruck ins Wort, »dass alle Morde prinzipiell zu Unfällen erklärt werden. Dann gibt es keinen Mord, und es muss auch niemand befragt werden. Macht sich in der Statistik sicher gut. Beechwood muss in der Kriminalstatistik das einsame Schlusslicht bilden, weil es mit null Verbrechen zu Buche schlägt.«

»… aber seit Sie hier sind«, fuhr er unbeirrt fort, nachdem sie ausgeredet hatte, »gab es drei tödliche Unfälle innerhalb von vier Tagen, und jedes Mal wollen Sie mir einreden, es sei ein Mord. Ich glaube eher, Sie bringen unserer beschaulichen Stadt Unglück.«

Sie zog verwundert eine Augenbraue hoch. »Vielleicht sollten Sie mich auf dem Marktplatz öffentlich verbrennen? Hexenprozesse locken sicher immer noch viele Schaulustige an.«

Der Inspector schüttelte den Kopf und seufzte. »Sie werden mich ja ohnehin mit Ihrer Theorie unterhalten wollen, ob ich Sie nun darum bitte oder nicht. Also?«

»Wie es jemand mit Ihrer Einstellung geschafft hat, Detective Chief Inspector zu werden, ist mir ein Rätsel. Was haben Sie geleistet, das Ihre Beförderung rechtfertigen könnte?«

»Überlegen Sie gut, was Sie sagen«, warnte Hatfield sie. »Sie bewegen sich auf hauchdünnem Eis, und gleich darunter befinden sich die Untiefen der Beamtenbeleidigung.«

Nachdrücklich schüttelte Christine den Kopf. »Ich will Sie gar nicht beleidigen, meine Frage war völlig ernst gemeint. Müssen Sie nicht eine bestimmte Quote an aufgeklärten Verbrechen vorweisen, damit Sie befördert werden können? Ich meine, wenn Sie ständig nur mit Unfällen zu tun haben, können Sie doch nicht belegen, wie gut Sie als Ermittler sind.«

»Miss Bell«, gab er frostig zurück. »Ich weiß, Sie wollen sich hier auf meine Kosten amüsieren, und Sie wünschen sich nichts sehnlicher, als mich bloßzustellen, indem Sie den unumstößlichen Beweis erbringen wollen, dass die drei Todesfälle allesamt Morde sind.« Er räusperte sich ausgiebig. »Sie können sich diese Mühe sparen. Ich verfüge über langjährige Erfahrung, und ich weiß, wann ein Unfall nur ein Unfall ist und wann mit ihm ein Mord vertuscht werden soll. Ich weiß nicht, ob das eine Besessenheit von Ihnen ist, aber Sie reden auffallend gern und häufig über Mord. Achten Sie lieber darauf, dass Sie ein Alibi haben. Vielleicht werde ich Sie schon bald fragen, wie es sein kann, dass ich immer wieder Ihnen begegne, wenn ich in den letzten Tagen zu einem Todesfall gerufen werde.«

»Werden Sie mir dann auch noch diesen Autodiebstahl von letzter Nacht anhängen?«, fragte sie mit gespielter Neugier.

»Sie waren am Tatort«, merkte er gereizt an.

»Als Ihre Leute bereits die Spuren sicherten.«

»Viele Täter kehren an den Ort ihres Verbrechens zurück.«

»Und wo soll ich den Wagen versteckt haben? Etwa im Kofferraum meines Minivans?«

»Miss Bell, es gibt keinen Grund für Zynismus oder andere derartige Untertöne. Drei Menschen sind gestorben. Ist das nicht schon schlimm genug? Müssen Sie denn aus allem und jedem ein Kapitalverbrechen machen?«

Kopfschüttelnd stand sie auf, zog die Jacke an und hängte sich ihre Tasche über die Schulter.

Als sie wortlos zur Tür ging, murmelte Chief Hatfield: »Warum glauben eigentlich alle Frauen, sie müssten unbedingt Miss Marple spielen?«

Sie blieb stehen und drehte sich um. »Heißt das, Sie vergleichen mich mit Miss Marple?«

»So benehmen Sie sich ja auch.«

Lächelnd musterte sie den Inspector, dann sagte sie: »Wissen Sie, das ist wirklich witzig. Ich habe erst vor Kurzem mit meiner Tante fast die gleiche Diskussion geführt.«

»Und?«, fragte Hatfield anstandshalber, obwohl er keinen Hehl daraus machte, dass es ihn eigentlich nicht interessierte.

»Das Bemerkenswerte daran ist, dass Miss Marple jeden Fall löst und der Inspector immer wie ein Trottel dasteht, weil er nicht an ein Verbrechen glaubt. Ich danke Ihnen für dieses Kompliment.«

Während sie das Restaurant verließ, hörte sie hinter sich Hatfield vor Wut laut schnauben. Sie musste sich ein Grinsen verkneifen.

Christine hielt sich eine Weile vor den Türen auf, die zur Veranstaltungshalle auf dem Pier führten, und ließ sich die Geschehnisse der letzten halben Stunde wieder und wieder durch den Kopf gehen. Jerry Denham war ermordet worden. Und dabei hatte der Anschlag eigentlich ihrem Leben gegolten, davon war sie überzeugt. Es brachte nichts, mit dem Inspector darüber zu sprechen.

Jerrys Tod schloss zumindest ihn selbst als Verdächtigen aus, schließlich wäre er nicht in seine eigene Falle getappt. Der Attentäter hatte sein Ziel verfehlt, und ein Unschuldiger war ums Leben gekommen. Also würde er es wieder und wieder versuchen, bis er endlich Erfolg hatte.

Es war eigenartig, doch Jerrys Tod berührte sie nur wenig. Diese Erkenntnis hatte etwas Erschreckendes an sich, weil es ihr das Gefühl gab, sehr kaltherzig zu sein. Aber vielleicht hing es damit zusammen, dass er die dritte Leiche innerhalb von vier Tagen war und sich so etwas wie Routine einschlich, auch wenn sie das nicht so recht glauben wollte. Nein, der Grund dafür musste der sein, dass hinter ihrer Freude darüber, nicht einem Anschlag auf ihr Leben zum Opfer gefallen zu sein, alle anderen Empfindungen in den Hintergrund traten.

Der Kreis der Verdächtigen wurde durch diese Entwicklung aber nicht übersichtlicher, denn Jerry war einer von den wenigen gewesen, die sie kannte. Auf der Convention kannte sie nur drei oder vier Leute mit Namen, der Rest war für sie eine anonyme Masse. Sie wusste weder, wer in Tante Bettys Haus eingebrochen war, noch konnte sie etwas über die Identität des Lauschers sagen.

Der Veranstalter, Howard North, konnte ebenso hinter allem stecken wie dieser Dylan, der sich mit der rivanischen Sprache so gut auskannte. Einige Dutzend weitere Leute, die alle im Händlersaal anwesend waren, als der zweite Tote gefunden wurde, kamen ebenfalls infrage. Es gab einfach keinen brauchbaren Anhaltspunkt, wer von diesen Leuten wahrscheinlicher als die anderen der Täter war. Solange dieser Punkt nicht klar war, konnte sie niemanden ausschließen, und somit wusste sie auch nicht, wen sie einweihen konnte, um sich bei der Suche nach dem Unbekannten Hilfe zu holen. Erschwerend kam hinzu, dass sie auch beim Motiv im Dunkeln tappte und nicht wusste, wo sie anfangen sollte. Wenn sie …

»Hallo, Miss Bell.«

Die plötzlich hinter ihr ertönende Stimme ließ sie zusammenzucken und riss sie aus ihren Überlegungen. Sie wirbelte herum und sah vor sich den jungen Mann mit dem schmalen Oberlippenbart. »Oh, hallo …«

»Dylan Weymoth«, kam er ihr zuvor. »Wir sind uns da drinnen schon begegnet.«

»Ja, ich … ich erinnere mich.« Sie lächelte ihn an, da sie sich ihre Unruhe nicht anmerken lassen wollte. Wenn er jetzt auf dem Weg zur Halle war, hatte er sich bislang also irgendwo in der Stadt aufgehalten. Womit er als jemand infrage kam, der den Anschlag auf ihr Leben verübt haben konnte. Falls das zutraf, ließ er sich die Enttäuschung darüber nicht anmerken, dass sie überlebt hatte. Doch wenn sie ganz ehrlich war, musste sie einräumen, dass dieser Dylan sich darüber zu freuen schien, sie zu treffen. Er wirkte nicht wie ein Mörder, der soeben zu seiner Verärgerung feststellen musste, dass sein Mordopfer noch quicklebendig war.

»Warten Sie auf jemanden, oder möchten Sie mit reinkommen?«, fragte er.

»Oh, das wäre nett von Ihnen.«

Dylan klopfte an, eine Frau kam nach vorn und schloss die Tür auf. »Hallo Wilma, ich bringe Miss Bell mit.«

Wilma nickte ihm knapp zu, dann grüßte sie Christine und schloss hinter ihnen wieder ab.

»Falls Sie Howard … Mr North suchen, der ist noch nicht da«, ließ Dylan sie wissen, während sie ihm folgte.

»Okay, danke.« So, so, Howard North war also auch unterwegs. Dann kam er theoretisch auch als Täter infrage, was ihr aber ebenfalls nicht weiterhalf. »Wenn niemand etwas dagegen hat«, sagte sie, »würde ich mir einfach ganz gern in Ruhe diese Halle ansehen. Als Kind bin ich mit meinen Eltern jedes Jahr hergekommen, und diese Säle mit all den Gängen ringsum haben mich immer unglaublich fasziniert. Nur war ich damals zu jung, deshalb durfte ich nicht auf eigene Faust Erkundungen unternehmen. Jetzt hätte ich die Gelegenheit dazu, und es wäre schön, wenn ich das nachholen könnte.« Sie setzte ihr charmantestes Lächeln auf, und sie war sich sicher, dass Dylans Wangen ein wenig rot wurden.

»Wissen Sie, ich kann mir zwar nicht vorstellen, dass es da ein Problem geben dürfte, aber ich darf das nicht entscheiden«, antwortete er verlegen und blieb stehen. »Wenn Sie kurz hier warten, frage ich Rupert. Er vertritt Howard, wenn der nicht da ist, und ist so gesehen offizieller Mitveranstalter. Er trägt die Verantwortung … falls etwas passieren sollte.«

Christine atmete tief durch und versuchte, sich gegen diese lästige Paranoia zu wehren, die von ihr Besitz ergriffen hatte und die nun dafür sorgte, dass sie jedes Wort auf die Goldwaage legte. »Falls etwas passieren sollte«, hatte er gesagt. Warum sollte denn etwas passieren? Hatte er einen Anlass zu dieser Erwägung? Nein, nein, ermahnte sie sich. Dylan meinte doch nur, dass im Schadensfall die Versicherung wissen müsste, wer der Verantwortliche war.

Sie beobachtete, wie Dylan mit einem schmalen Mann mit Rastalocken sprach. Keine zwei Minuten später kam er zu ihr zurück.

»Rupert hat nichts dagegen einzuwenden. Er meinte nur, Sie sollten bloß nichts anfassen – natürlich nur im Scherz«, ergänzte er hastig und grinste sie breit an. »Wenn Sie Hilfe brauchen, rufen Sie einfach laut.«

»Alles klar, danke.« Sie sah Dylan nach, wie der sich mit Rupert und zwei anderen Personen in den Händlerraum begab, dann war sie allein im Vorraum. Sie nahm sich Zeit, den elegant eingerichteten Raum zu begutachten, der an den Glanz vergangener Jahre erinnerte. Dezente Kronleuchter verbreiteten ihr Licht und ließen die weinrot gestrichenen Wände warm erstrahlen. Hier und da waren Spiegel in prunkvollen goldenen Rahmen aufgehängt, zu beiden Seiten fanden sich Wandleuchter, die für zusätzliche Helligkeit sorgten.

Christine lauschte aufmerksam, um sich zu vergewissern, dass sich ihr niemand aus dem Saal näherte, dann zog sie den Grundriss der Halle aus ihrer Tasche, auf den sie die Markierungen des ersten Plans übertragen hatte. Sie schaute nach links und entdeckte eine Tür mit der Aufschrift ›Zutritt für Unbefugte verboten‹, die sie aber mit gutem Gewissen ignorieren konnte. Immerhin hatte sie klargemacht, dass sie sich hinter den Kulissen umsehen wollte, und durch die Erlaubnis von Howard North' Geschäftspartner war sie praktisch dazu befugt worden.

Kaum hatte sie die Tür geöffnet, präsentierte sich die Veranstaltungshalle von einer ganz anderen Seite. Von der teuren Einrichtung und dem stilvollen Ambiente des Vorraums und der Säle, in die sie beim letzten Besuch gelangt war, konnte man hier weit und breit nichts sehen. Jenseits der Tür erstreckte sich ein schlichter Korridor mit Neonröhren anstelle von Kronleuchtern, mit auf dem Putz verlegten elektrischen Leitungen und schwarzem PVC-Boden anstelle von Teppichboden. Natürlich waren die Versorgungskorridore in allen Hallen, Hotels und Einkaufszentren von solcher Schlichtheit geprägt, denn überall dort, wo das normale Publikum nicht hinkam, konnte man auf Holz, Chrom, Messing und edle Textilien verzichten. So ließ sich gleich zweifach sparen – einmal bei der Anschaffung, anschließend bei der Pflege.

Christine drückte die Tür hinter sich zu und nahm den Plan aus der Tasche. »Wo bin ich?«, murmelte sie und musste sich erst einmal orientieren. »Ah, da.«

Mit dem Finger fuhr sie den markierten Weg nach, dann ging sie los. Sie folgte dem Gang, bis sie den großen Saal gut zu einem Viertel umrundet hatte. Wie auf dem Plan eingezeichnet, befand sich dort tatsächlich eine Tür, die in einen Quergang führte. Ein Stück weiter bog sie wieder links ab und gelangte in einen Korridor, der in einer langgezogenen Rampe auf eine untere Ebene führte, deren Existenz Christine bis dahin nicht bewusst gewesen war. Sie hatte sich ohnehin gefragt, wo all die Gänge verlaufen sollten, die auf dem Grundriss eingezeichnet waren, wenn doch die beiden Säle, der Vorraum und Garderoben und Ähnliches fast die gesamte obere Ebene in Beschlag nahmen.

Plötzlich stutzte sie, und ihr wurde klar, dass man in der Broschüre tatsächlich überflüssigerweise die untere Ebene abgedruckt hatte. Besucher wollten schließlich wissen, wo sie in der Halle einen guten Platz hatten, es interessierte sie nicht, welche Räume sich darunter befanden. Vielleicht, so ging es ihr durch den Kopf, war der Unbekannte, der mittlerweile wohl drei Menschenleben auf dem Gewissen hatte, durch diesen Plan überhaupt erst auf den Gedanken gebracht worden, hier irgendeinen Coup durchzuziehen.

Der eingezeichnete Weg beschrieb einen Knick nach links, dann ging es durch zwei Schwingtüren an der Küche vorbei in einen anderen Gang. Gebannt sah Christine auf die Linie, deren Ende sie sich langsam näherte. Nur noch ein paar Schritte, dann hatte sie das Ziel erreicht, und dann würde sie vielleicht einen Hinweis darauf erhalten, wer der dreifache Mörder war.

Wieder bog sie nach links ab und stand … vor einer Mauer!

Vor ihr befand sich eine kahle Betonwand. Einfach nur eine nackte Wand. Christine legte die beiden Ausdrucke übereinander und hielt sie vor die Neonröhre, die über einer Tür rechts von ihr montiert war. Nein, sie hatte sich nicht geirrt. Das hier war exakt der Punkt, der auf dem Plan markiert war.

Sie überlegte, ob sie diesem Plan womöglich zu große Bedeutung zugeschrieben hatte, aber daran konnte sie nicht glauben. Immerhin war jemand in Bettys Haus eingestiegen und wieder gegangen, ohne etwas mitzunehmen – jedoch nur, weil er nicht Christines Laptop aufgeklappt hatte. Nein, dieser Plan war eindeutig von Bedeutung, daran gab es keinen Zweifel. Sie hätte sich nur gewünscht, endlich einmal einen Hinweis zu finden, der zumindest in eine Richtung deutete. So aber stand sie vor einer nackten Betonwand, die ihr überhaupt nicht weiterhalf. Wenn sich wenigstens irgendetwas dort befunden hätte, ein Zeichen, ein Symbol, irgendetwas!

Das war ausgesprochen frustrierend, zumal sie keine Möglichkeit sah, dem Unbekannten eine Falle zu stellen. Natürlich würde er wieder versuchen, den Plan an sich zu bringen, aber das würde dann geschehen, wenn er es wollte. Sie konnte ihn mit nichts ködern, um ihm einen Schritt voraus zu sein. Solange sie zu einer passiven Rolle gezwungen war, konnte sie kein Katz-und-Maus-Spiel mit ihm beginnen. Doch wie sollte sie zum Angriff übergehen, wenn sie keine Ahnung hatte, wo sie ihren Gegner suchen musste?

Verärgert faltete sie die Ausdrucke zusammen und steckte sie in ihre Handtasche, dann folgte sie der Beschriftung zur Bühne im großen Saal. Der Weg führte durch den gesamten Bereich hinter den Kulissen, vorbei an Garderoben und Lagerräumen, an Technikräumen und großen Dekorationselementen für die Bühne. Auch hier sah sie sich äußerst aufmerksam um, doch nach wie vor war nichts zu entdecken, was die drei Morde und den Plan hätte erklären können. Natürlich stand sie vor dem Problem, dass sie mangels Motiv überhaupt nicht wusste, wonach sie Ausschau halten sollte, trotzdem gab sie die Hoffnung nicht auf, durch einen Zufall auf etwas zu stoßen, das dem Ganzen einen Sinn gab und sie auf die Spur des Mörders führte.

Nachdem sie sich einige Minuten lang weiter hinter der Bühne aufgehalten hatte, begab sie sich schließlich in den Saal, wo etliche Helfer damit beschäftigt waren, Stuhlreihen anzuordnen und die Wände zu dekorieren. Auf der Bühne angekommen, blieb sie stehen und ließ die Atmosphäre auf sich wirken. Der Saal hatte etwas Erhabenes an sich, und für einen Moment fühlte sie sich nicht nur in ihre eigene Kindheit und Jugend zurückversetzt, in der sie davon geträumt hatte, einmal eine Vorstellung auf dem Pier zu besuchen, was seinerzeit aber jedes Mal an den zu hohen Eintrittspreisen gescheitert war. Nein, in diesem Augenblick stellte sie sich vor, wie es hier und in Beechwood insgesamt Ende des 18., Anfang des 19. Jahrhunderts gewesen sein musste, als sich nur die Wohlhabenden einen Urlaub in einem Seebad leisten konnten. Als die vornehmen Damen und Herren im Sonntagsstaat über die Promenade flanierten, die Männer mit einem Zylinder, die Frauen mit einem weißen Schirm vor der Sonne geschützt. Eine Zeit, in der man noch fast vollständig bekleidet ins Wasser gegangen war – wenn man es überhaupt tat –, damit das jeweils andere Geschlecht von der Gegenseite möglichst wenig unbedeckte Haut zu sehen bekam.

Christine schüttelte den Kopf, wenn sie daran dachte, wie sehr diese vergangene Welt doch der heutigen ähnelte. Damals waren es die armen englischen Arbeiter gewesen, denen solche Urlaube ein Leben lang versagt blieben, weil sie froh sein konnten, wenn sie von ihrem Hungerlohn einigermaßen über die Runden kamen, und wenn sie von Krankheiten verschont blieben, die zu jener Zeit den Tod bedeuteten, weil es keine Medikamente gab oder weil sie sie nicht bezahlen konnten. Heute waren es genauso arme Pakistani oder Inder, denen es nicht anders erging.

»Ach, da sind Sie ja, Miss Bell«, rief Dylan plötzlich und riss sie aus ihren Gedanken. »Haben Sie sich in Ruhe umsehen können?«

»Oh, ja, ja, das war sehr interessant«, antwortete sie. »Mir war zum Beispiel bislang nicht bewusst gewesen, dass es hier ein Untergeschoss gibt, obwohl … jetzt, da ich es weiß, wird mir auch klar, dass gar nicht genug Platz ist, um alles auf einer einzigen Ebene unterzubringen.«

Dylan nickte und zeigte nach rechts, da er sah, dass Christine überlegte, wie sie von der Bühne herunterkommen sollte. Rechts am Rand befand sich eine Treppe.

»Ich habe übrigens eben erfahren, dass Howard noch mit Ihnen sprechen möchte. Er will mit Ihnen den Ablauf des Abends durchgehen«, erklärte Dylan. »Aber ich weiß nicht, wann er wieder hier sein wird.«

»Ich habe eine Idee«, erwiderte sie. »Sagen Sie ihm doch bitte, er möchte zum Haus meiner Tante kommen, dann können wir dort alles bereden. Ab sechs Uhr heute Abend, dann sind wir ganz sicher da.« Sie notierte die Adresse und gab ihm den Zettel. »Falls ihm etwas dazwischenkommt, kann er anrufen.« Sie verabschiedete sich und verließ die Halle.

Als Christine ihre Tante anrief, bat die, sie erst in etwa zwei Stunden abzuholen. Betty äußerte sich nicht im Detail, aber es schien, als gäbe es bei dem Bühnenstück irgendwelche größeren Probleme, die sich nicht so schnell lösen ließen. Sie war froh darüber, dass Betty sich so engagierte und nicht den ganzen Tag im Haus blieb.

Sie ging die Oxford Street entlang, warf ein paar Münzen in die Parkuhr, da die Zeit fast abgelaufen war, dann schlenderte sie zurück Richtung Meer, als auf einmal ihr Magen knurrte. Ihr fiel ein, dass sie zu Mittag nur diesen Teller Suppe gegessen hatte, sonst nichts.

Es war ihr immer noch ein Rätsel, wie es dem Täter gelungen war, Gift in den Teller Suppe zu mischen, der für sie bestimmt gewesen war. Doch die Tatsache, dass er es geschafft hatte – auch wenn Chief Inspector davon nichts wissen wollte –, beunruhigte sie so sehr, dass sie nicht besonders von dem Gedanken angetan war, nach diesem Erlebnis wieder in einem der Lokale etwas zu essen.

Auf der Promenade angekommen, sah sie in beide Richtungen und entdeckte ein Stück weiter rechts eine McDonald's-Filiale. Sie vermied es zwar normalerweise, Hamburger dieser

Kette zu essen, aber mit Blick darauf, wie schnell dort eine Bestellung ausgeführt wurde, konnte sie mit Gewissheit davon ausgehen, dass dem Mörder keine Zeit blieb, noch einmal zuzuschlagen, selbst wenn er ihr dicht auf den Fersen geblieben sein sollte.

Im Lokal angekommen, bestellte sie zwei Cheeseburger, und keine drei Minuten später bekam sie ihr Essen in einer Papiertüte eingepackt ausgehändigt. Mit Erstaunen musste sie feststellen, dass nicht nur die Einrichtung so aussah wie vor dreißig Jahren, sondern dass auf den beleuchteten Tafeln über der Theke Produkte angeboten wurden, die man eigentlich schon vor Jahrzehnten aus dem Angebot genommen hatte. Das Einzige, was dem aktuellen Stand entsprach, waren die Preise.

Mit ihrem Essen überquerte sie die Promenade und setzte sich nahe einer der Treppen, die hinunter zum Strand führten, auf eine Bank. Kaum hatte sie Platz genommen, landete auf dem Geländer vor ihr eine Möwe und musterte sie aufmerksam. Der Vogel legte den Kopf schräg und schien auf die Papiertüte zu starren, die Christine neben sich auf die Bank gestellt hatte. Sie beobachtete den Vogel und wartete ab, was er als Nächstes tun würde. Ob er wohl den Mut aufbrachte, näher zu kommen und sie um etwas zu essen anzubetteln?

Plötzlich hörte sie ein Rascheln, und als sie den Kopf umdrehte, sah sie gerade noch, wie eine andere Möwe die Tüte schnappte und durch den Freiraum zwischen Sitzfläche und Rückenlehne zog. Christine versuchte noch, den großen Vogel daran zu hindern, aber mit einem triumphierenden Kreischen und der Tüte ihm Schnabel nahm er Anlauf und erhob sich im nächsten Moment in die Lüfte.

Ungläubig sah sie der Möwe nach, die ihre Beute in Sicherheit zu bringen versuchte, während ein Dutzend weitere Möwen sowie Tauben und Spatzen sie verfolgten. Nur die Möwe, die das Ablenkungsmanöver gestartet hatte, saß noch auf dem Geländer und sah Christine unverändert an.

»Bist du stolz auf deine Leistung?«, fragte sie, woraufhin die

Möwe den Kopf einzog und es sich auf dem breiten Metallgeländer gemütlich machte. Es schien sie nicht zu stören, dass die anderen mit der Beute davongeflogen waren. Christine überlegte, ob der Vogel sie vielleicht gar nicht ablenken wollte, sondern mit seinem eindringlichen Blick vor dem bevorstehenden Mundraub hatte warnen wollen. Wenn dem so war, hatte sie das gründlich missverstanden.

»Weißt du was?«, sagte sie zu dem Tier und stand auf. »Ich werde jetzt Nachschub holen, und dann bekommst du etwas ab, okay?«

Die Möwe sah ihr nach, wie sie zurück zu McDonald's ging, um noch zwei Cheeseburger zu holen. Die Bedienung warf ihr bei der Bestellung einen eigenartigen Blick zu, verkniff sich aber einen Kommentar. Christine ihrerseits war nicht in der Stimmung, irgendetwas zu erklären.

Sie verließ das Lokal und wollte zu ihrer Bank zurückkehren, musste jedoch feststellen, dass ein Schwarm Möwen sie vollständig in Beschlag genommen hatte. »Hitchcock hat es ja schon immer gewusst«, murmelte sie amüsiert und begab sich dennoch zu der Bank. Die Möwen betrachteten sie mit einer gesunden Portion Argwohn, schienen aber die Papiertüte zu erkennen, die sie in der Hand hielt. Offenbar genügte dieser Anblick, um ihren Mut zu wecken, denn die Möwen auf der Bank wichen nur ein kleines Stück zur Seite, als Christine sich wieder setzte. Kaum hatte sie die Tüte aufgemacht und den ersten verpackten Cheeseburger herausgeholt, rückten die Vögel erneut etwas näher.

Eine der Möwen begann zu kreischen, die anderen stimmten sofort mit ein und veranstalteten einen so gellenden Lärm, dass Christine sich die Ohren zuhielt – und dabei den Cheeseburger fallen ließ. Sie hätte noch so schnell reagieren können, sie wäre trotzdem nicht in der Lage gewesen, den Möwen zuvorzukommen, die sich von allen Seiten auf ihr Essen stürzten und binnen weniger Augenblicke Brötchen und Fleisch in Stücke gerissen und vertilgt hatten.

Ihr Blick wanderte zurück zu der Möwe, die nach wie vor auf dem Geländer saß und von dort in aller Ruhe das Geschehen mitverfolgte. »Macht dir das eigentlich nichts aus, dass die anderen dir alles wegessen?«, fragte sie und war froh darüber, dass niemand in der Nähe war, der hören konnte, wie sie sich mit ein paar Vögeln unterhielt.

»Sie kommen wohl nicht oft her, wie?«, meldete sich plötzlich eine tiefe Stimme hinter ihr zu Wort, womit ihre Ansicht widerlegt worden war, sie sei hier ungestört.

Ein Mann stand hinter der Bank und beobachtete offenbar seit einer Weile, was sich hier abspielte. Er war etwas kleiner als sie, sein graues Haar, das früher von einem kräftigen Rot gewesen sein musste, reichte ihm bis über die Schulter, und sein Vollbart hätte den Weihnachtsmann vor Neid erblassen lassen. Er war von schmaler Statur, sein Gesicht war hager, was seine Hakennase nur noch stärker hervorstechen ließ. Er trug einen unscheinbaren, an verschiedenen Stellen sichtlich abgewetzten grauen Mantel und schwarze Schuhe, die auch schon einige Schrammen abbekommen hatten.

»Wodurch habe ich mich verraten?«

»Dadurch, dass Sie sich lediglich mit ein paar Hamburgern bewaffnen, um eine Horde gefräßiger Möwen zu füttern.«

»Das hat sich zufällig so ergeben«, erklärte sie. »Wenn ich gewusst hätte, dass mir hier alles aus den Fingern gerissen wird, hätte ich auf jeden Fall mehr mitgebracht.«

Der Mann ging um die Bank herum, doch vor ihm hatten die Möwen offenbar noch weniger Respekt, da nur die Tiere auswichen, die ihm unmittelbar im Weg standen. Christine musterte die zwei großen Eimer, die der Mann mit beiden Händen trug.

»Was haben Sie da?«, wollte Sie wissen.

»Das werden Sie gleich sehen.« Er stellte die Eimer in einiger Entfernung von der Bank ab, woraufhin die Möwen sich sofort an den Deckeln zu schaffen machten. »Eines Tages werdet ihr das auch noch hinbekommen«, meinte der Mann an die Vögel gerichtet. »Aber bis das so weit ist, bin immer noch ich derjenige, der die Deckel von den Eimern nimmt.«

Die Möwen sahen ihn an, als hätten sie jedes Wort verstanden, und warteten geduldig ab. Im Gegensatz zu Christine schienen sie alle zu wissen, was gleich geschehen würde. Der Mann ließ sich Zeit, bis Ruhe eingekehrt war, dann beugte er sich vor und zog gleichzeitig die Deckel hoch.

Im gleichen Moment brach ein Zetern und Kreischen los, das den bisherigen Lautstärkepegel um Längen übertraf, und von allen Seiten stürzten sich die Möwen auf die beiden Eimer, die bis zum Rand mit in Stücke geschnittenen Heringen gefüllt waren. Die Betonung lag auf »waren«, denn es vergingen keine fünf Minuten, da rollten zwei umgeworfene leere Eimer auf dem Fußweg umher. Fischstücke waren keine mehr zu sehen, nur noch gesättigte Möwen, die einer Perlenkette gleich auf dem Geländer aufgereiht saßen und sich putzten.

»Wow«, brachte sie nur heraus, als das Schauspiel vorüber war.

Der Mann lächelte zufrieden und drehte sich zu ihr um. »Nick Berkowicz«, stellte er sich ihr vor. »Verzeihen Sie, wenn ich Ihnen nicht die Hand gebe, aber ich habe zwei Stunden lang Fischreste klein geschnitten. Da bleibt immer etwas vom Geruch haften.«

Sie nickte. »Christine Bell, sehr angenehm.« Sie deutete auf die Eimer. »Machen Sie das öfter?«

»Jeden Abend um die gleiche Zeit. Darum hat Donna«, er deutete auf die Möwe, die Christine beobachtet hatte und nun nach der ausgiebigen Mahlzeit wieder auf dem Geländer saß, »auch nichts von Ihrem Hamburger wissen wollen. Sie wusste, dass es nur noch ein paar Minuten bis zur Raubtierfütterung waren.«

»Den Eindruck kann man wirklich bekommen«, stimmte sie ihm zu.

»Und der trügt auch nicht«, unterstrich Berkowicz. »Die

wenigsten Menschen haben eine Vorstellung davon, wie intelligent diese Vögel sind.«

»Oh, das habe ich bei der ersten Runde gemerkt, als mir einer von ihnen die Tüte mit zwei Cheeseburgern geklaut hat. Bei dieser Truppe kann man gar nicht genug Augen haben, um alles mitzubekommen.«

Der Mann nickte lächelnd.

Plötzlich klingelte ihr Mobiltelefon, sie holte es aus der Jackentasche und meldete sich.

»Christine, Schatz«, redete ihre Tante los. »Ich wollte dir nur Bescheid sagen, dass die Proben jetzt doch für heute beendet sind. Ich …«

»Aha, gut. Dann komme ich sofort rüber, ich bin gleich um die …«

»Nicht nötig«, unterbrach Betty sie. »Direktor Widdenham nimmt mich mit und setzt mich zu Hause ab. Du kannst dir ruhig Zeit lassen.«

»Wenn du meinst …«

»Ja, das meine ich«, beharrte sie. »Ich werde mich in den Garten setzen, mich in eine dicke Decke hüllen und die Nachmittagssonne genießen.«

»Einverstanden«, lenkte Christine ein und beendete das Gespräch, obwohl es ihr nicht gefiel, dass Betty allein zu Hause war. Was, wenn der Mörder zurückkehrte, um wieder nach dem Plan zu suchen? Er konnte schließlich nicht wissen, dass sie den zusammen mit ihrem Laptop bereits den ganzen Tag mit sich herumtrug. Und wenn er dann ihre Tante antraf, die mit dem Gipsbein keine Chance hatte, sich gegen ihn zur Wehr zu setzen … Nein, den Gedanken wollte sie gar nicht erst zu Ende denken.

Sie kramte in ihrer Tasche, bis sie den gesuchten Zettel gefunden hatte, und tippte eine Nummer ein. Nach mehrmaligem Klingeln meldete sich endlich jemand. »Hallo, Mrs Nettles? … Ja, Christine Bell hier … Ja, genau … ich habe eine große Bitte. Ich bin im Augenblick noch beschäftigt, aber meine Tante wird gleich zu Hause abgesetzt. … Sie will sich zwar in den Garten setzen und sich ausruhen, aber – und das muss jetzt unter uns bleiben – Betty ist viel zu rastlos, um das wirklich zu machen. Sie wird irgendetwas im Haus finden, womit sie sich beschäftigen kann … ja, richtig … dass Sie bitte ein Auge auf sie haben, bis ich zurück bin? … Das wäre großartig … dann ist mir gleich viel wohler … ja, danke, Mrs Nettles.«

»Gibt es Probleme?«, fragte Berkowicz.

Christine winkte ab. »Die lieben Verwandten. Meine Tante soll sich im Augenblick schonen, doch so ganz traue ich ihren Beteuerungen nicht.«

»Das scheint mir nicht Ihre einzige Sorge zu sein«, merkte er an. »Oder irre ich mich da?«

Sie seufzte leise. »Wissen Sie, die letzten paar Tage waren hektischer als das, was ich sonst so erlebe, und ich bin ehrlich gesagt froh, wenn ich mal für ein paar Minuten einfach meine Ruhe habe.«

»Dann werde ich besser gehen«, sagte Berkowicz leise und wollte schon aufstehen.

»Oh, entschuldigen Sie, so war das nicht gemeint. Ich habe mich völlig falsch ausgedrückt«, versicherte sie dem Mann. »Ich wollte damit sagen, dass ich froh bin, mal eine Zeit lang nicht mit diesen … Dingen konfrontiert zu werden, sondern etwas anderes um die Ohren zu haben.«

Berkowicz lehnte sich wieder nach hinten. »Wenn Sie jemanden brauchen, der Ihnen zuhört, können Sie gern auf mich zurückgreifen«, bot er sich an. »Ich verspreche Ihnen auch, ich werde Ihnen keine unerwünschten Ratschläge erteilen.«

Es klang verlockend, diesem wildfremden Mann zu erzählen, was sich in den letzten Tagen zugetragen hatte. Er würde das Ganze völlig unvoreingenommen sehen und vielleicht einen Hinweis auf den Täter entdecken, der ihr selbst entgangen war, da ihr die nötige Distanz fehlte. In diesem Moment wünschte sie diesen unmöglichen Chief Inspector Hatfield zum Teufel, der sich nicht für ihre Beobachtungen interessierte. Ihr fehlte ein guter Polizist mit scharfem Verstand, der die Fakten zusammentrug und analysierte und dann etwas entdeckte, was ihr nicht aufgefallen war. Irgendein Detail, irgendein Widerspruch oder eine Ungereimtheit, mit der sich der Täter überführen ließ.

Ihr Phil war so ein Polizist. Nein, korrigierte sie sich. Er war nicht mehr *ihr* Phil. Er war nur noch Phil. Ihn hätte sie um Rat bitten können, um dem Mörder auf die Spur zu kommen, aber genau das ging jetzt nicht mehr. Wenn sie mit derart vagen Angaben aufwartete, würde er denken, dass sie nur einen Vorwand suchte, um mit ihm zu sprechen. Und vielleicht würde er sogar glauben, dass es gar keinen Fall gab und sie sich da alles nur ausgedacht hatte.

Nein, dazu wollte sie es gar nicht erst kommen lassen. Sie hatten sich getrennt, jeder von ihnen lebte sein Leben, und auch wenn die Trennung einvernehmlich verlaufen war, wollte sie dennoch den Kontakt zu ihm nach Möglichkeit vermeiden. Wenn sie etwas Konkreteres vorweisen konnte, zum Beispiel den Namen eines Verdächtigen …

Sie bemerkte, dass Berkowicz sie abwartend ansah, da sie ihm nach wie vor keine Antwort gegeben hatte. Zugegeben, es war verlockend, sich alles von der Seele reden zu können, ohne fürchten zu müssen, ausgerechnet den Täter vor sich zu haben, der sie schnell zum Schweigen bringen würde, wenn er erfuhr, was sie alles wusste.

Plötzlich stutzte sie. Verdammt, sie war doch nicht schon so verzweifelt! Reiß dich zusammen, ermahnte sie sich. »Danke für das Angebot, aber ich würde Sie damit nur langweilen.«

Er zuckte mit den Schultern. »Das ist Ihre Entscheidung, und ich akzeptiere sie.«

»Verraten Sie mir lieber, wie Sie es schaffen, jeden Nachmittag so viel Fisch herzubringen, um die Möwen zu füttern. Kostet das nicht ein Vermögen?«

»Nein, überhaupt nicht«, beteuerte er. »Ich klappere jeden Tag alle Restaurants und Hotels ab und sammele die Fischreste ein, die vom Vortag übrig sind. Die Köche kennen mich mittlerweile und stellen die Reste an einen festen Platz, wo ich sie nur noch abholen muss.«

Christine wurde bei diesen Worten hellhörig. »Alle Restaurants?«, wiederholte sie.

»Und alle Hotels«, bestätigte Berkowicz.

»Auch das Plate With A View?«

»Ja, natürlich. Warum fragen …?« Er ließ seine Frage unvollendet. »Ach so, verstehe. Ich habe gehört, was dort vorgefallen ist, und nein, heute habe ich den Fisch von da gleich luftdicht verpackt und weggeworfen. Das ist mir zu unsicher. Nachher passiert den Möwen auch noch was.«

»Aber es hieß doch, der Mann sei einem Herzinfarkt erlegen«, sagte sie und hoffte, damit nur etwas wiederzugeben, was seit Jerrys Tod vermutlich allgemein kursierte.

Berkowicz schüttelte den Kopf. »Wie oft lesen Sie in der Zeitung, dass jemand in einem Lokal einem Herzinfarkt erliegt, und wie oft ist davon die Rede, dass jemand im Lokal tot umgefallen ist, weil er etwas Verdorbenes gegessen hat? So was steht im Verhältnis zehn zu eins, weil kein Restaurant gern damit in Verbindung gebracht wird. Ein Herzinfarkt ist zwar auch tragisch, aber der kann sich überall ereignen, das wirft kein schlechtes Licht auf ein Lokal. Wenn es dagegen erst zu Hause oder im Zug oder irgendwo anders passiert, dann wird das Kind beim Namen genannt, und dann ist eine Lebensmittelvergiftung auch eine legitime Todesursache, weil sie mit keinem bestimmten Restaurant mehr in Verbindung gebracht wird.«

Sie nickte verstehend. »Hat denn das Plate With A View in dem Punkt einen besonders schlechten Ruf? Ich meine, ist so etwas schon öfter vorgekommen?«

»Nein, so was nicht. Aber es gibt kein Lokal in Beechwood, in dem es einem leichter gemacht wird, anderen Leuten einen

Streich zu spielen.« Er machte eine Pause. »Waren Sie da mal essen?«

»Vor Kurzem«, antwortete sie bewusst vage.

»Ich weiß nicht, ob es Ihnen aufgefallen ist, aber es gibt zwei Wege, um von den Tischen zu den Toiletten zu gelangen. Einer davon führt an der Durchreiche zur Küche vorbei, und wenn die Gerichte fertig sind, dann werden sie in die Durchreiche gestellt, und die Klappe wird wieder geschlossen. Die Kellner pendeln zwischen der Durchreiche, den Tischen und der Theke im vorderen Teil des Ladens hin und her. Das bedeutet, die Teller sind nicht die ganze Zeit unter Beobachtung. Was glauben Sie, wie leicht es ist, hier und da mal eine Ladung Salz oder ein Abführmittel in die Suppe zu kippen!«

Oder Gift!

»Tatsächlich?«, gab sie ungläubig zurück, während sich ihre Gedanken überschlugen. Was dieser Mann ihr erzählte, bestätigte ihre Überzeugung, dass jemand etwas in ihre Suppe gegeben hatte, um sie zu töten. Zugleich jedoch half ihr diese Erkenntnis nicht, den Kreis der Verdächtigen enger zu ziehen. Hätte es nur jemand sein können, der in der Küche des Restaurants arbeitete, dann wäre das ein Durchbruch gewesen, da dieser Personenkreis überschaubar war. Wenn aber jeder x-Beliebige Zugang zu dieser Durchreiche hatte und ins Essen mischen konnte, was er wollte, dann war sie wieder so schlau wie zuvor. Wenn sie doch nur einen Namen wüsste! Und dabei musste sie dem Unbekannten bereits dicht auf den Fersen sein, sonst hätte der es nicht für nötig gehalten, sie auszuschalten.

Nach einer Weile war Berkowicz gegangen, da er noch anderswo Vögel füttern musste. Sie hatte sich zwar aufs Angenehmste mit ihm unterhalten, aber sie war nicht noch einmal auf die Idee gekommen, ihn in ihre unerfreuliche Situation einzuweihen. Zwar machte er einen vernünftigen Eindruck, und irgendwie konnte sie sich den Mann nicht als einen kaltblütigen Mörder vorstellen. Andererseits wusste sie natürlich nicht, was in seinem Kopf vorging, also war auch hier Vorsicht geboten.

Christine sah auf die Uhr. Fast Viertel vor fünf. Es wurde Zeit, sich auf den Heimweg zu machen, immerhin musste sie ab sechs Uhr mit Howard North' Besuch rechnen. Sie stand von der Bank auf, nach wie vor von den wachsamen Blicken der einen Möwe verfolgt, die Berkowicz Donna genannt hatte. Die saß unverändert auf dem Geländer, offenbar immer noch gesättigt von der großzügigen Portion Fisch, die der Mann verfüttert hatte.

Gemächlich kehrte Christine zur Oxford Street zurück, genoss den Anblick der Wellen, die weiter draußen durch den auffrischenden Wind mit weißen Schaumkronen geschmückt wurden. In Böen erreichte der Wind auch das Land, und Christine war abermals froh darüber, dass sie sich zu ihrer neuen Frisur entschlossen hatte, würden ihr doch jetzt schon wieder die Haare unablässig ins Gesicht geweht.

Ein dunkelgrüner BMW-Geländewagen kam auf der Promenade in ihre Richtung gefahren und bog auf den Fußweg zum Pier ein, der normalerweise für Fahrzeuge gesperrt war. Sie wollte sich schon über den dreisten Fahrer ärgern, der wohl zu faul war, die paar Schritte bis zum Strand zu gehen, und der bestimmt am liebsten mit seinem strahlend sauberen SUV den Sand durchgepflügt hätte.

Sie wollte ihren Augen kaum trauen, als sie sah, wer aus dem Wagen ausstieg: Howard North! Und das, wo sie fast überzeugt gewesen war, dass er eine ehrliche Haut war. Beim Anblick dieses kostspieligen fahrbaren Untersatzes bereute sie ihre Zusage, auf jeden Fall auf der Convention aufzutreten. Offenbar war er auch jemand von den Leuten, die sich auf Kosten anderer bereicherten.

»Hallo, Miss Bell«, begrüßte North sie, als er sie am Zugang zum Pier stehen sah, und kam ihr entgegen. »Gut, dass ich Sie hier treffe«, redete er weiter und gab ihr die Hand. »Dylan hat mich angerufen und mir gesagt, dass wir uns heute Mittag verpasst haben. Tut mir leid, aber ich musste noch mal losfahren und ein paar Aufsteller vom Großhändler abholen.«

Die ja auch nur in einem teuren BMW transportiert werden konnten, nicht aber in einem gewöhnlichen Lieferwagen oder Kombi, dachte sie spöttisch.

»Es gibt da tatsächlich noch ein paar Dinge, die ich mit Ihnen besprechen möchte, bevor Sie Ihren großen Auftritt haben, allerdings …«, er zuckte entschuldigend mit den Schultern, »… klappt das heute Abend nicht. Wir müssen gleich einen technischen Probelauf machen, damit morgen zur Eröffnung alles bereit ist.«

»Das kann ich gut verstehen. Wann wäre es Ihnen denn recht?«

»Hmm …« Er kniff die Augen zusammen, während er im Geist seinen Terminplan durchging. »Morgen Mittag? Zwischen eins und halb zwei?«

Sie nickte bestätigend. »Ihr Mitarbeiter … Dylan … hat die Adresse.«

»Hervorragend«, sagte er, verabschiedete sich und öffnete die Heckklappe seines Wagens, um drei mickrige Aufsteller herauszuholen, für die er als Veranstalter sicherlich irgendjemanden hätte schicken können, anstatt sich selbst auf den Weg zu machen.

Grübelnd ging Christine weiter und bog in die Oxford Street ein. Für einen Märztag mitten in der Woche waren ungewöhnlich viele Passanten unterwegs – zumindest hätte sie mit leereren Straßen gerechnet, die sich erst am Wochenende füllten, wenn die Leute eine Tagestour ans Meer unternahmen und dann in fast alle Strandbäder strömten, sofern das Wetter nicht völlig unerträglich war.

An ihrem Wagen angekommen, fiel ihr Blick noch einmal auf den Schriftzug *Der Zauberer von Oy*, dann stieg sie kopfschüttelnd ein und fuhr los.

Bis zum Haus ihrer Tante brauchte sie nur ein paar Minuten. Sie war froh, endlich jemandem erzählen zu können, was

Jerry Denham zugestoßen war. Wie lange sie es noch ausgehalten hätte, sich nicht anmerken zu lassen, dass heute Mittag ein Anschlag auf ihr Leben verübt worden war, wusste sie nicht. Die Anspannung war ungeheuerlich, zugleich verspürte sie eine einsetzende Erleichterung, weil sie wusste, Betty würde ihr jedes Wort glauben.

Den Motor hatte sie bereits abgestellt, aber sie suchte in der Handtasche noch nach dem Hausschlüssel, schließlich wollte sie nicht klingeln und ihre Tante dazu veranlassen, ihretwegen aufzustehen, nur um ihr die Tür zu öffnen.

Ihr Blick war auf die Handtasche gerichtet, doch am Rand ihres Gesichtsfelds bemerkte sie eine Bewegung. Als sie den Kopf hob, sah sie noch, wie eine in Schwarz gekleidete, vermummte Gestalt mit einem Satz über das Tor zum Vorgarten sprang und hinter der Hecke verschwand. In einer Hand hielt die Gestalt … eine Pistole!

Christine nahm sich gar nicht erst die Zeit, die Szene vor ihrem geistigen Auge noch einmal ablaufen zu lassen, um sich zu vergewissern, ob sie das eben richtig gesehen hatte. Vielmehr riss sie die Fahrertür auf, sprang aus dem Wagen und folgte mit einem ebensolchen Sprung über das Tor auf das Grundstück ihrer Tante. Von dem vermummten Eindringling erhaschte sie gerade noch den Blick auf einen Fuß, dann war der Fremde auch schon um die Hausecke verschwunden.

Sie sprintete bis zur Ecke, drückte sich gegen die Hauswand und sah vorsichtig in die Richtung, in die der Vermummte gelaufen war. Sie sah ihn in dem Moment, in dem sie auch zwei entsetzte Frauenstimmen hörte. Der Fremde stand da, seine Waffe auf die Terrasse hinter dem Haus gerichtet. Es wirkte auf Christine, als sei der Angreifer unschlüssig, was er tun sollte – was auch kein Wunder war, wenn sie mit ihrer Vermutung richtig lag: Wenn er gekommen war, um sie zu erschießen, dann sah er jetzt nämlich nur Betty und Mrs Nettles vor sich.

Hektisch überlegte sie, wie sie einschreiten konnte, da fiel ihr Blick auf die gut faustgroßen Steine, die ihre Tante als

Dekoration entlang der Hecke verteilt hatte. Während sie hoffte, dass der Vermummte sich nicht in dem Moment zu ihr umdrehte, kam sie hinter der Ecke hervor, war mit zwei Schritten an der Hecke, hob einen der Steine auf, zielte und schleuderte ihn auf den Eindringling.

Sie war im Werfen noch nie gut gewesen und fürchtete, dass eher eine Fensterscheibe zerbrach, anstatt ins eigentliche Ziel zu treffen. Doch wie durch ein Wunder prallte der Stein mit einem dumpfen Knall gegen den Kopf des Unbekannten und landete ein Stück entfernt im Gras.

Sekundenlang kam sich Christine vor wie in einem Horrorfilm, in dem der Serienkiller eine tödliche Salve abbekommt und sich dann doch noch auf sein nächstes Opfer stürzt, denn der Vermummte stand einfach nur da, als überlege er, was soeben passiert war. Nach einer scheinbaren Ewigkeit ließ er die Waffe los, seine Knie knickten ein und er fiel wie ein nasser Sack zu Boden.

Erleichtert stieß Christine den Atem aus, den sie die ganze Zeit über gebannt angehalten hatte, dann stürmte sie in den Garten, wo ihre Tante und Mrs Nettles wie versteinert auf der Terrasse saßen und auf den Angreifer starrten.

»Ich hole eine Schnur, um ihn zu fesseln«, murmelte Christine und lief an den beiden vorbei ins Haus. Erst wenn der Typ so fest verschnürt war, dass er sich nicht mehr befreien konnte, würde sie die Polizei anrufen – und diesmal würde Chief Inspector Hatfield ihr glauben müssen.

9

Es war kurz nach sechs, als Chief Inspector Hatfield zu ihnen ins Wohnzimmer kam und sich an den Tisch setzte. Betty und Mrs Nettles hatten auf den Schreck erst einmal einen Cognac getrunken, und später noch einen zweiten, während Christine ungeduldig im Zimmer auf und ab gegangen war. Isabelle hatte das Geschehen mit stoischer Ruhe von ihrem Platz auf der Fensterbank aus beobachtet, mal war ihr Interesse auf das Wohnzimmer gerichtet, mal auf die Polizisten und Rettungssanitäter im Garten.

»Glauben Sie mir jetzt endlich, dass Ihre angeblichen Unfälle keine Unfälle waren, sondern dass dieser Kerl dahintersteckt, der hergekommen war, um mich zu erschießen?«, fuhr Christine den Inspector an, kaum dass der Platz genommen und einen Schluck Kaffee aus der Tasse genommen hatte, die ihm von Mrs Nettles hingestellt worden war.

»Miss Bell«, begann er in einem Tonfall, der nichts Gutes verhieß. »Der Kerl, der Sie erschießen wollte, gehört zu einer Gruppe Fans der Serie ...« Er suchte auf seinem Notizblock den entsprechenden Vermerk. »... *Psi Corps,* die sich zu einem Paintball-Gefecht verabredet hatten. Der Kerl hatte sich in der Straße geirrt und versuchte, zu seiner Einheit zurückzugelangen, und da dachte er, er nimmt eine Abkürzung durch einen der Gärten. Er ist kein Killer, den irgendwer auf Sie gehetzt hat.«

»Aber er hatte eine Waffe auf uns gerichtet!«, wandte Mrs Nettles ein. »Das habe ich genau gesehen.«

»Das war eine Paintball-Pistole«, erklärte Hatfield geduldig. »Die verschießt kleine Farbkapseln, die zerplatzen, sobald sie auf ein Hindernis treffen.«

»Wozu soll das gut sein?«, wollte Mrs Nettles wissen.

»Das ist für manche … Leute ein Zeitvertreib«, antwortete Hatfield, der sichtlich Mühe hatte, nicht den Begriff zu verwenden, der ihm eigentlich auf der Zunge lag. »Sie verabreden sich zu einem Paintball-Gefecht irgendwo im Wald oder in einem alten Steinbruch, und dann beschießen sie sich gegenseitig. Sieger ist derjenige, der am Ende ohne Farbklecks auf seiner Kleidung dasteht.«

»Die spinnen doch, oder?«, meinte Betty und schüttelte ungläubig den Kopf.

»Mir würde es nicht im Traum einfallen, Ihnen zu widersprechen, Mrs Emerson«, sagte der Inspector, dann wandte er sich wieder Christine zu. »Und Sie haben ihn mit einem Stein außer Gefecht gesetzt, ist das richtig?«

»Ja.«

»Er wird wohl zur Beobachtung über Nacht im Krankenhaus bleiben«, berichtete Hatfield weiter. »Wie es scheint, hat er nur eine leichte Gehirnerschütterung, außerdem hat er eine Platzwunde am Kopf davongetragen. Er sagt, er sieht von einer Anzeige wegen Körperverletzung ab.«

»Er sieht davon ab?«, wiederholte Christine spöttisch. »Soll ich ihm dafür dankbar sein? Der Kerl hatte gar kein Recht, sich hier aufzuhalten. Er kann nicht einfach bei anderen Leuten übers Grundstück spazieren und dabei auch noch mit einer Waffe hantieren.«

»Es handelte sich um eine Paintball-Pistole«, betonte der Inspector.

»Erwarten Sie, dass ich erst mal frage, was denn das für eine Waffe ist, die ein vermummter Eindringling in der Hand hält, bevor ich etwas unternehme?«

»Miss Bell, wir müssen gar nicht darüber diskutieren«, ging er über ihre Frage hinweg. »Er wird keine Anzeige erstatten, und wir nehmen den Fall als Missverständnis zu den Akten.«

»Ich …«

»Miss Bell.« Er wurde energischer. »Seien Sie froh, dass die

Polizei nicht von sich aus aktiv wird. Immerhin haben Sie billigend in Kauf genommen, dass eine Person verletzt wird, und das nur, weil Sie davon besessen sind, dass zwei Unfälle und ein Herztod in Wahrheit Morde waren.«

»Ein Herztod?«, warf Betty ein. »Was ist denn nun schon wieder passiert?«

»Das erzähle ich dir später«, versicherte Christine ihr, »wenn der Chief Inspector gegangen ist. Dann muss er sich wenigstens nicht noch eine von meinen paranoiden Theorien anhören.«

»Danke, das wäre mir sehr lieb«, kam von Hatfield eine spitze Retoure. Dann stand er auf. »So, das wäre alles, für mich gibt es hier nichts mehr zu tun.« Er ging zur Terrassentür und verließ das Haus, während Isabelle ihm von der Fensterbank aus gelangweilt nachsah.

Christine ging zum Fenster und streichelte eine Zeit lang die Katze, die diese Geste sichtlich genoss und sich an ihrer Hand scheuerte. Na gut, dann hatte sie sich vielleicht geirrt, was den vermummten Typen anging. Doch es gab keine Verbindung zu den anderen Fällen. Die drei Toten waren einem Mörder zum Opfer gefallen, auch wenn sie keine unmittelbare Verbindung zwischen ihnen erkennen konnte. Murray Heathen und Carl Lennison wollten beide an der Convention teilnehmen, aber das galt auch für tausend andere Besucher in der Stadt. Sie teilten die gleichen Interessen, aber welche Parallelen sonst noch bestanden, konnte sie nicht mal erahnen. Und Jerry Denham? Er war zufällig umgekommen, da der Anschlag ihr gegolten hatte. Wenn sie …

»Soll ich mich ums Abendessen kümmern?«, fragte Mrs Nettles plötzlich und riss Christine aus ihren Überlegungen. Isabelle gab ein leises Murren von sich, da ihr nicht gefiel, dass sie nicht länger gestreichelt wurde.

»Nein, danke«, gab Betty zurück. »Ich werde mich jetzt hinlegen.«

»So früh?«

»Es war ein mehr als aufregender Abend«, erwiderte sie.

»Und was ist mit Ihnen?«, wandte sich Mrs Nettles daraufhin an Christine. »Soll ich Ihnen ein Sandwich machen? Oder eine schöne heiße Suppe?«

Hinter ihrem Rücken verdrehte Betty demonstrativ die Augen, was Christine richtig zu deuten wusste. »Nein, aber danke für das Angebot, Mrs Nettles. Ich muss mich jetzt erst mal um meine Tante kümmern, danach warten noch etliche Telefonate auf mich. Außerdem habe ich so reichlich zu Mittag gegessen, dass ich für den Rest des Tages satt bin.«

Mrs Nettles stand unschlüssig neben ihrem Sessel, und fast schien es so, als wollte sie sich einfach wieder hinsetzen, obwohl niemand von ihren angebotenen Diensten Gebrauch machen wollte. Dann aber begab sie sich schweren Herzens zur Tür, ging nach einem letzten Blick über die Schulter und einem geseufzten »Wir sehen uns« durch den Flur und verließ das Haus.

Als die Tür hinter ihr ins Schloss gefallen war, raunte Betty ihr zu: »Wie konntest du mir das antun? Ich hatte im Theater schon genug Theater, und dann hetzt du mir auch noch Mrs Nettles auf den Hals.«

»Dazu hatte ich einen guten Grund«, erwiderte Christine. »Aber erzähl mir erst mal, was im Theater los war. Vielleicht lenkt mich das ein bisschen ab.«

»Ach, das Ganze ist eine Katastrophe«, erzählte ihre Tante. »Die kleine Jessy Palmer spielt den Part der Dorothy, und offenbar hält ihre Mutter sie für das größte Musicaltalent seit Ginger Rogers. Zu dumm nur, dass sie sich keine zwei Tanzschritte merken kann. Ganz zu schweigen davon, dass sie von *Somewhere Over The Rainbow* nur ›la la la Rainbow la la la‹ singen kann, und das in einer Tonart jenseits von Gut und Böse.«

»Warum wirfst du sie nicht einfach raus?«

»Weil Mrs Spencer ihr die Rolle gegeben hat und ich mich jetzt nicht mehr in die Besetzung einmischen darf. Wenn ich dir verrate, dass Mrs Spencer und Mrs Palmer seit dem Kindergarten die engsten Freundinnen sind, was sagt das über Jessys Begabung aus?«

»Dass sie keine hat«, antwortete Christine.

»Genau. Ich hätte kein Problem damit, Mrs Palmer vor den Kopf zu stoßen und ihr ins Gesicht zu sagen, dass ihr Kind eine Karriere im Showbusiness vergessen kann. Aber Mrs Spencer ist meine Nachbarin, und sie bringt für mich auch schon mal die Überweisungen zur Bank oder sie holt ein Paket vom Postamt ab, das nicht zugestellt werden konnte. Mit ihr möchte ich mich nicht überwerfen.«

»Das kann ich verstehen«, sagte Christine. »Und die anderen Kinder?«

»Durchwachsen«, erwiderte sie nachdenklich. »Du merkst, dass Mrs Spencer ihren Bekanntenkreis bevorzugt hat, während die Kinder, die tatsächlich singen können, von ihr dazu verdammt wurden, den dritten Baum von links oder Soldat Nummer zwei zu spielen.« Frustriert schüttelte sie den Kopf. »In dem Stück ist so gut wie jede Rolle falsch besetzt, und das werden die Zuschauer auch merken. Mir tun die Kinder jetzt schon leid.«

Christine lehnte sich nach hinten und grübelte. Nach einer Weile fragte sie: »Dieses Theaterstück soll doch das Gemeinschaftsgefühl stärken, richtig?«

»Jedenfalls behaupten die Lehrer das«, gab Betty skeptisch zurück. »Ich bin davon nicht so ganz überzeugt.«

»Sprich doch mal mit Direktor Widdenham und mach ihm Folgendes schmackhaft: Die Kinder spielen nicht nur die eine Rolle, für die sie ausgesucht wurden, sondern sie wechseln ab.«

»Wie soll das funktionieren?«

»Na, überleg mal. Die Verantwortung für jedes Kind ist doch viel größer, wenn es verschiedene Aufgaben übernimmt. Du zerlegst das Stück in vier Akte und teilst je vier Kinder für einen Part ein. Deine ach so begnadete Jessy spielt im ersten Akt die Dorothy, im zweiten Akt mimt sie einen Baum und so weiter. Ein anderes Mädchen, das nur eine Statistenrolle hat, wechselt dann in den Part der Dorothy und singt *Somewhere Over The Rainbow,* weil es das wirklich kann. Auf diese Weise fühlt sich niemand benachteiligt, und du gibst jedem ein Viertel der Handlung, in dem er richtig glänzen kann … oder in dem er sich zumindest nicht blamieren wird.«

Betty strahlte sie an. »Du bist ja richtig gut.«

Christine zuckte mit den Schultern. »Die Idee stammt nicht von mir, ich habe sie aus einem Buch, das ich mal lektoriert habe.«

»Dann danke ich dem unbekannten Verfasser dieses Buchs«, sagte ihre Tante.

»Denk unbedingt daran, die Idee Widdenham so zu verkaufen, dass er glaubt, er hätte diesen Geistesblitz selbst gehabt«, betonte sie. »Es soll ja schließlich nicht auf dich zurückfallen, wenn die ehrgeizigen Mütter einen Wutanfall bekommen.«

»Sehr raffiniert.« Betty schüttelte anerkennend den Kopf. »Aber jetzt mal zu dir. Was war das für ein Herztod, von dem der Inspector gesprochen hat?«

»Nachdem ich dich am Theater abgesetzt hatte, lief mir Jerry Denham über den Weg«, berichtete sie. »Er lud mich zum Mittagessen ein, und ich dachte mir: ›Was soll's? Wenn er Geld unbedingt ausgeben will, bitte.‹« Sie hob abwehrend die Hand. »Nein, Betty, ich wollte nichts mit ihm anfangen. Ich weiß, ich habe dir damals erzählt, was beinahe passiert wäre …«

»Na ja, du kamst ja auch völlig aufgelöst nach Hause, da befürchtete ich schon das Schlimmste«, warf Betty ein.

»Ich habe aus dem Vorfall gelernt, das kannst du mir glauben. Wie gesagt, ich wollte nichts von ihm, er zwar von mir, aber das war mir egal. Ich war einfach noch früh dran, außerdem wollte ich einem Verdacht auf den Grund gehen.« Als sie die fragende Miene ihrer Tante sah, erklärte sie: »Ich konnte nicht ausschließen, dass er etwas mit den Morden zu tun hatte, weil er sich bei unserer ersten Begegnung in diesem dichten Nebel irgendwie seltsam benommen hatte, und deshalb wollte ich mich in der Öffentlichkeit mit ihm unterhalten, damit er nicht auf dumme Gedanken kommt. Auf jeden Fall gingen wir ins Plate With A View, wir bestellten, und dann brachte der Kellner jedem von uns einen Teller Pilzsuppe. In meiner Suppe waren so viele Pilze, was ich ja nicht mag, wie du weißt …«, Betty stieß einen leisen Seufzer aus und sah zur Decke, »… und deshalb tauschte Jerry den Teller mit mir. Kurz bevor das Hauptgericht serviert wurde, ging ich noch mal schnell zur Toilette, und als ich an den Tisch zurückkehrte, war Jerry tot. Jemand hatte mich vergiften wollen und stattdessen ihn erwischt.«

»Wie kommst du darauf, dass du vergiftet werden solltest, wenn Jerry Denham beim Mittagessen einen Herzinfarkt erleidet?«

»Weil es kein Herzinfarkt war. Du weißt bestimmt, wie das im Plate With A View früher mit den Tellern lief.«

Betty stutzte, dann verstand sie, was ihre Nichte meinte. »Ach, du meinst die tausend verschiedenen Teller, Tassen und den ganzen Rest.«

»Richtig, und weißt du auch noch, welche ›Ehre‹ der Dame an einem Tisch zuteil wurde?«

»Lass mich überlegen … ja, sie bekam immer das neueste Besteck …«

»Und …?«

»Und den gemusterten Teller.«

»Eben. Und das läuft heute immer noch so. Das heißt, als die Teller mit der Suppe aus der Küche kamen, wusste der Täter genau, welcher davon mir serviert werden würde.«

Betty verzog das Gesicht. »Und wie soll er das angestellt haben? Da müsste er ja schon den Kellner gespielt haben, um irgendetwas in deine Suppe zu geben.«

Christine erzählte ihr, was sie auf der Bank am Strand über die Durchreiche in dem Lokal erfahren hatte.

»Oh«, machte Betty. »Dann sieht das natürlich anders aus.

Zugegeben, es setzt voraus, dass der Täter dir gefolgt ist und irgendein Gift mit sich herumtrug, aber auf jeden Fall hätte er dort Gelegenheit gehabt, etwas davon in deine Suppe zu mischen.«

»Und es passt alles zusammen«, fuhr Christine fort. »Ich habe den ersten Toten gefunden und dank Isabelle den Plan an mich genommen, den ich dann unbeabsichtigt in der Halle auf dem Pier erwähnt habe. Dort wurde der nächste Tote gefunden, und ich war auch wieder dabei. Was unser Unbekannter denkt, kann ich dir nicht sagen, aber ich könnte mir vorstellen, dass er glaubt, ich sei ihm dichter auf den Fersen, als es in Wahrheit der Fall ist. Und deshalb will er mich aus dem Weg räumen.«

Betty sah sie eine Weile eindringlich an. »Du wirkst sehr gefasst, wenn ich bedenke, dass du heute einen Toten gesehen hast und selbst einem möglichen Mordanschlag entronnen bist.«

»Das hat mich schon getroffen, das kannst du mir glauben, Betty«, beteuerte sie. »Aber ich habe selbst das Gefühl, ich bin ziemlich schnell darüber hinweggekommen, wahrscheinlich, weil ich einerseits unglaublich wütend war – auf den Täter und wieder mal auf den Inspector, der mich offenbar für eine paranoide Spinnerin hält. Andererseits habe ich mir auch vor Augen gehalten, dass ich einen klaren Kopf behalten muss, wenn ich nicht gleich dem nächsten Anschlag zum Opfer fallen will.«

Ihre Tante nickte verstehend und lächelte sie liebevoll an.

Plötzlich musste Christine grinsen.

»Was ist?«, fragte Betty.

»Eigentlich ist es gar nicht lustig, aber … na ja, weißt du, die Polizeistreife, die als Erste im Restaurant eintraf, war auf Patrouillendienst auf der Promenade und hatte einen Hund dabei. Du kannst dir nicht vorstellen, welche Mühe die beiden hatten, den Hund zurückzuhalten. Jerry war ja mit dem Gesicht in der Fleischpastete gelandet, und der Schäferhund wollte sie ihm unbedingt ablecken. Ich stand da und konnte mir das Lachen nur mit Mühe verkneifen.«

Sie schüttelte den Kopf und versuchte vergeblich, eine ernste Miene zu machen.

»Wenn ich mal etwas anderes fragen darf«, warf ihre Tante ein. »Mit wem hast du über diese Sache mit der Durchreiche gesprochen?«

»Mit einem Mann namens … Ber… Berkowicz, genau, so heißt er«, antwortete sie.

»Ach, mit dem Vogelmann. Er ist glaubwürdig«, bekräftigte Betty. »Der kennt wirklich in allen Restaurants jeden Winkel.«

»Ist er neu in Beechwood?«

»Nein, nein, den gibt's hier schon seit einer Ewigkeit. Der war bereits in der Stadt, als ihr früher hier Urlaub gemacht habt. Da hat er die Vögel bloß oben auf der Klippe gefüttert. Als das Nico's gebaut wurde, musste er sich einen neuen Platz suchen. Arejev bot ihm an, die Möwen und die anderen Vögel einfach auf der Promenade zu füttern, weil er das für eine großartige Touristenattraktion hielt. Und er hat recht behalten. Du müsstest mal das Schauspiel im Sommer sehen, wenn die Leute sich in Scharen um ihn drängen, während er seine Fische unters gefiederte Volk bringt.«

Christine lächelte versonnen, als sie an die Szene zurückdachte, wie sich die Möwen über die Eimer hermachten. Dann wurde sie wieder ernst. »Dieser Zwischenfall ist übrigens auch der Grund, warum ich dir Mrs Nettles ›auf den Hals gehetzt‹ habe. Ich wollte nicht, dass du allein zu Hause bist, wenn unser Unbekannter erneut hier auftaucht.«

»Meinst du, er könnte mir …« Betty ließ ihre Frage unvollendet.

»Ich weiß es nicht«, antwortete Christine ohne Umschweife. »Wenn er meint, du wüsstest, wo ich den Plan versteckt habe, dann kann keiner von uns sagen, wozu er fähig ist. Deshalb müssen wir uns überlegen, bei wem du dich einquartierst, wenn ich am Wochenende auf der Convention auftrete.«

»Ach, Kind, ich werde doch nicht vor so einem Verrückten davonlaufen!«, widersprach sie.

»Und wenn der Kerl von heute Abend eine echte Waffe gehabt hätte?«, gab sie zu bedenken.

Mürrisch verzog Betty den Mund, konnte jedoch dem Argument ihrer Nichte nichts entgegensetzen. »Also gut, aber das können wir uns morgen auch noch in Ruhe überlegen. Das müssen wir nicht heute entscheiden. Da du gerade eben den Plan erwähnt hast ... bist du in der Halle fündig geworden?«

Christine schüttelte betrübt den Kopf. »Leider nicht. Der eingezeichnete Weg passt zwar genau zum Grundriss der Halle, aber wenn ich das Ende erreicht habe, stehe ich vor einer Wand. Keine Tür, kein Fenster, kein Luftschacht, einfach gar nichts.«

»Hm, trotzdem kann diese Übereinstimmung doch kein Zufall sein«, grübelte Betty.

»Das sehe ich auch so, trotzdem war da nichts. Kein Tresorraum, in dem die Einnahmen der Händler liegen, kein nichts.«

»Zu ärgerlich. Kannst du nicht diesen jungen Mann ansprechen, der sich mit dieser eigenartigen Sprache auskennt?«

»Solange ich nicht weiß, wer hinter den Morden steckt, kann ich keinen von denen ins Vertrauen ziehen, Betty. Stell dir vor, dieser Dylan ist der Täter, und ich frage ihn, was die Beschriftung zu bedeuten hat!«

Ihre Tante nickte bedächtig. »Ja, ich verstehe, was du meinst. Das wäre zu riskant. Aber irgendwie muss der Mörder doch aus der Reserve gelockt werden können.«

Christine atmete tief durch und lehnte sich auf der Couch nach hinten. »Was mir fehlt, ist ein Geistesblitz«, seufzte sie. »Und zwar ein richtig kräftiger.«

»Weißt du, was du brauchst? Ein bisschen Ablenkung«, erklärte Betty auf einmal. »Du denkst die ganze Zeit nur darüber nach, wer der Täter sein könnte, aber du machst dich damit nur verrückt.«

»Und was stellst du dir unter ›ein bisschen Ablenkung‹ vor?«, fragte Christine. Sie hoffte, dass die Antwort nicht »Benny Hill« lauten würde. Das war die Lieblingsserie ihres Onkels gewesen, über die sie selbst aber nicht mal hatte lachen können, als sie zehn gewesen war. Sie hatte auch nie verstanden, was ihr Onkel an diesem Klamauk so lustig gefunden hatte.

»Monty Python«, sagte ihre Tante. »Um halb acht läuft zuerst *Die Ritter der Kokosnuss,* danach geht es bis heute Nacht um eins mit *Flying-Circus*-Episoden weiter.«

Christine strahlte ihre Tante an. »Da bin ich auf jeden Fall dabei.« Diese Form der Ablenkung ließ sie sich gefallen. Um alles andere konnte sie sich morgen kümmern.

»Weißt du, worauf ich Lust hätte?«, fragte Christine, als sie ihrer Tante am nächsten Morgen das Frühstück auf dem Wohnzimmertisch servierte. »Ich würde mir gern mal wieder mein Traumhaus ansehen.«

»Hammersmith Manor, meinst du?«

Sie nickte. »Es steht doch noch, oder?«

»Oh ja, das schon«, versicherte Betty ihr. »Allerdings steht es seit bestimmt zehn Jahren leer. Dieser Regisseur ... Mason Gould hieß er, nicht wahr? ... er ist damals in die Staaten zurückgekehrt. Das Haus hat er behalten, aber soweit ich weiß, ist er seitdem nie wieder hergekommen.«

»Hm, das klingt nach Stoff für einen Liebesroman«, meinte Christine amüsiert. »Die große Liebe seines Lebens ist unter mysteriösen Umständen ums Leben gekommen, er verlässt das gemeinsame Haus, weil er die Einsamkeit nicht erträgt, während sie als Geist dort zurückbleibt und keine Ruhe findet, solange er nicht zu ihr zurückkehrt.«

»Ihr Autoren«, stöhnte Betty auf und grinste sie an.

»Jedenfalls habe ich überlegt, ob wir beide nicht vielleicht einen Spaziergang oder besser gesagt eine Spazierfahrt zum Hammersmith Manor unternehmen sollten. Was meinst du?«

Betty sah zum Fenster. »Sieht nicht nach Regen aus, und heute soll es etwas wärmer sein als gestern … Einverstanden. Ich war auch schon lange nicht mehr da.«

Sie frühstückten, dann verließen sie das Haus. Vom Meer her wehte eine leichte Brise, aber es war für diese Uhrzeit bereits angenehm warm. Am Himmel hing nicht eine einzige Wolke, und bis hin zum Horizont sah es nicht anders aus. Dennoch war das keine Garantie für dauerhaft gutes Wetter, denn so plötzlich, wie vor ein paar Tagen der Nebel aufgezogen war, konnte sich auch der Himmel zuziehen und ein Wolkenbruch auf Beechwood niedergehen.

»Gibt es den Fußweg noch, der nach drüben in die Mermaid Lane führt?«, fragte Christine, als sie auf der Straße standen.

»Oh ja, natürlich. Da hätten die Anwohner der Mermaid Lane aber sofort den Aufstand geprobt, wenn die Stadt den Durchgang schließen würde«, entgegnete Betty.

Die Mermaid Lane war wie die Road by the Sea und weitere Straßen entlang der Küste als Sackgasse angelegt; sie alle waren durch ein Netz aus Fußwegen miteinander verbunden. Auf diese Weise waren die Anwohner vor Durchgangsverkehr sicher, den ansonsten Touristen auf der Suche nach einem kostenlosen Parkplatz verursacht hätten. Zugleich wurden aber die Fußgänger nicht zu unzumutbaren Umwegen gezwungen, nur um von einer Straße in die nächste zu gelangen.

Der Fußweg war eine schmale Gasse, die auf einer Länge von rund hundert Metern zwischen den Grundstücken verlief. Beide Seiten wurden von Mauern und Hecken gesäumt, womit genau die Art von Durchgang entstand, um die sie in London immer einen Bogen machte. Auch wenn ihr noch nie etwas passiert war, flößten diese Wege ihr schreckliche Angst ein, weil es keine Fluchtmöglichkeit gab, wenn sich ihr von vorn und von hinten finstere Gestalten näherten. Das galt für London und für andere Großstädte, hier in Beechwood dagegen hatte sie kein Problem mit derartigen Gässchen – auch wenn hier eine viel konkretere Gefahr auf sie lauerte.

Sie erreichten unbehelligt die Mermaid Lane, die sich zu beiden Seiten des Durchgangs jeweils gut zweihundert Meter weit erstreckte. Aus Gründen, die in den Unterlagen der Stadtverwaltung nicht mehr nachvollzogen werden konnten, endete die Bebauung mit Einfamilienhäusern genau an der Einmündung des Fußwegs. Von dort bis zum Ende der Sackgasse war die Fahrbahn zu beiden Seiten von nichts als Bäumen und dichtem Buschwerk gesäumt, und erst ganz am Ende stand das Hammersmith Manor. Vermutlich war diese Abgeschiedenheit auch der Grund dafür, dass Mason Gould die Villa seinerzeit gekauft hatte. Von dort konnte er den Blick aufs Meer genießen, ohne dass er dabei lästige und neugierige Nachbarn in Kauf nehmen musste.

Christine schob den Rollstuhl ihrer Tante in Richtung der Wendebucht am Ende der Sackgasse, und nach einigen Metern kam die Villa in Sichtweite. Sie war im Bauhaus-Stil errichtet und wies jene zeitlose Eleganz auf, die durch die klaren Konturen und Formen geprägt wurde. Christine hatte sich auf den ersten Blick in das Haus verliebt und immer davon geträumt, irgendwann einmal dort zu wohnen. Sie wusste, es würde ein Traum bleiben, aber durch die Tatsache bedingt, dass Gould nun nicht mehr dort wohnte, erwachte dieser Traum zu neuem Leben. Natürlich änderte diese Tatsache im Grunde nichts, weil sie niemals so viele Bücher verkaufen konnte, um ein solches Anwesen in einer derartigen Lage zu finanzieren.

Beim Näherkommen sah sie, dass sich das Gebäude und das Grundstück in einem tadellosen Zustand befanden. Da Gould schon vor Jahren weggezogen war, hatte sie erwartet, dass das Gras mindestens kniehoch stünde und alles mit Unkraut überwuchert wäre. Dass die Fensterscheiben dick mit Schmutz überzogen wären, dass Jugendliche sie vielleicht sogar eingeschmissen hätten. Aber nichts davon traf zu. Stattdessen wirkte alles so, als würde immer noch jemand hier wohnen. Der Rasen war gemäht, die Büsche geschnitten, die Fenster wirkten, als hätte man sie erst letzte Woche noch geputzt. Sogar die

Gardinen, die Gould hatte hängen lassen, erweckten einen frisch gewaschenen Eindruck.

»Das ist unglaublich«, brachte Christine staunend heraus.

»Allerdings«, stimmte ihre Tante ihr zu. »Ich hatte mit einem halb verfallenen Haus gerechnet. Da versteh einer diesen Mann. Hals über Kopf bricht er seine Zelte in England ab und kehrt zurück in die Staaten, um wieder dort zu leben, und trotzdem sieht's hier aus, als wäre er nur mal eben losgefahren, um ein paar Brötchen für's Frühstück zu holen.«

»Das hätte ich nicht treffender sagen können«, stimmte Christine zu und schob den Rollstuhl weiter durch die Wendebucht. Dahinter führte ein gepflasterter Weg hinunter zur Promenade. Sie konnten dort entlang auch zu Bettys Haus zurückkehren, mussten dann aber einen weiten Umweg machen, da sie nur über die Slaughterhouse Road wieder in die Road by the Sea gelangen konnten.

Christine beabsichtigte nicht, diesen Weg zu nehmen, und für den Moment wollte sie sich ohnehin nur am Anblick des faszinierenden Hammersmith Manor ergötzen.

Ihr Blick wanderte über das Haus weiter zur frei stehenden Garage gleich daneben ... und blieb dort hängen.

Etwas stimmte nicht.

Nein, das war falsch ausgedrückt. Etwas passte nicht zum gepflegten Eindruck und zur Tatsache, dass diese Villa seit Jahren nicht mehr bewohnt wurde.

Die Reifenspuren.

»Augenblick mal«, sagte Christine und ging ein paar Schritte zurück.

»Was ist los?«, fragte Betty, die über die Schulter schaute, um zu sehen, was sich hinter ihr abspielte.

»Das ist eigenartig«, murmelte Christine, dann wendete sie den Rollstuhl und drückte die Feststellbremse nach unten, damit er nicht wegrollte und Betty nichts zustoßen konnte. »Sieh mal.« Sie zeigte auf den Asphalt.

»Sind das Bremsspuren?«

»Nein«, entgegnete Christine. »Ich würde sagen, das Gegenteil trifft zu.«

»Das Gegenteil? Wie meinst du das?«

»Wenn ich mich nicht täusche, hat hier jemand die Reifen durchdrehen lassen, um einen Kavaliersstart hinzulegen«, überlegte sie.

»Bestimmt irgendwelche Jugendliche, die sich hier mit Daddys Auto die Zeit vertrieben haben«, meinte ihre Tante. »Und Daddy wundert sich, warum kein Profil mehr auf den Reifen ist.«

Christine schüttelte in Gedanken versunken den Kopf und verfolgte im Geiste die Richtung, in die die Spuren wiesen. »Nein, das ist es nicht …« Sie drehte sich um und betrachtete die Wendebucht, dann wanderte ihr Blick zurück zur Garage. »Es sieht so aus, als wäre jemand mit Vollgas in die Garage gefahren. Guck dir das nur an. Die Spuren beginnen hier. Hier haben die Reifen durchgedreht, die Spuren setzen sich noch ein oder zwei Meter fort. Aber wenn jemand von diesem Punkt aus mit Vollgas losgefahren ist, wo sind dann die Bremsspuren? Und wenn er das Steuer herumgerissen hätte und nach links oder rechts gefahren wäre, müssten diese Reifenspuren ebenfalls zu sehen sein.«

»Du darfst nicht vergessen, dass hier seit Jahren niemand mehr wohnt. Im Lauf der Zeit wären durch den Regen diese Spuren längst vom Asphalt gewaschen worden. Wahrscheinlich sind sie deswegen nicht mehr zu sehen. Obwohl …« Betty verstummte, da ihr klar geworden war, was sie gerade eben gesagt hatte.

»Ganz genau, Betty. Dann wären diese Spuren hier nämlich auch längst nicht mehr zu sehen. Also …«

»Also sind sie neu«, führte ihre Tante den Satz zu Ende. »Aber was hat das zu bedeuten?«

»Das weiß ich selbst noch nicht. Ich weiß nur, dass hier irgendetwas vorgefallen ist, das keinen Sinn ergibt. Das Garagentor weist keinen Kratzer auf, dabei müsste es völlig demoliert sein, wenn der Fahrer ungebremst darauf zugefahren wäre.«

»Es sei denn, das Tor stand offen«, sagte Betty automatisch.

»Guter Gedanke«, meinte Christine. »Lass uns doch mal nachsehen.«

Sie ging die gut fünfzehn Meter bis zur Garage und bückte sich, um sich das Schloss genauer anzuschauen – was sich aber als überflüssig erwies, da aus der Nähe deutlich zu erkennen war, dass es mit roher Gewalt aufgebrochen worden war. Sie packte den Griff, drehte ihn und zog das Tor auf.

»Na, so was«, murmelte sie verdutzt, dann holte sie ihr Mobiltelefon aus der Tasche und wählte die Nummer der Polizei. Als sich eine Frauenstimme meldete, sagte Christine: »Guten Morgen, ich glaube, wir haben hier soeben den gestohlenen amerikanischen Straßenkreuzer aus dem Living Fifties gefunden.«

10

Unmittelbar nach dem Anruf war ein Streifenwagen zum Hammersmith Manor gekommen, die beiden Polizisten hatten einen Blick in die Garage geworfen und dann sofort einen Abschleppwagen angefordert. Im Schein ihrer Taschenlampen war deutlich zu erkennen, dass die Front des rotweißen 58er Plymouth Fury sich in die Rückwand der Garage gebohrt hatte und sowohl sie als auch der Wagen erhebliche Schäden davongetragen hatten. Es war den uniformierten Polizisten zu riskant, den Wagen von der Stelle zu bewegen, da niemand wusste, ob das Bauwerk dann nicht zusammenbrechen und das Fahrzeug unter sich begraben würde. Wenigstens hielt Inspector Hatfield den Fund für so unbedeutend, dass er nicht mit hergekommen war.

Es dauerte eine Weile, bis der Abschleppwagen eintraf, da er zuvor noch bei einem Unfall auf der Landstraße nach Chiddingly benötigt worden war. Dort hatte sich ein Porsche um einen Baum gewickelt, und nach der sehr bildhaften Schilderung des Fahrers des Abschleppwagens zweifelte niemand mehr daran, dass der Sportwagen mindestens mit dem Doppelten der zulässigen Höchstgeschwindigkeit von der Fahrbahn abgekommen sein musste, um sein Fahrzeug so zuzurichten.

»Und was haben wir hier, Jungs?«, fragte der Fahrer in seinem leuchtend gelben Overall in die Runde, während er Christine zuzwinkerte. Die tat so, als hätte sie es nicht bemerkt, doch das veranlasste ihn nur dazu, noch auffälliger zu zwinkern, woraufhin sie sich demonstrativ zur Seite wandte.

»Ein gestohlenes Fahrzeug aus dem Living Fifties. Der Wagen ist vorne erkennbar beschädigt, und die rückwärtige

Garagenmauer weist zumindest Risse auf. Ziehen Sie den Wagen raus, aber bleiben Sie selbst auf Abstand, weil sich nicht beurteilen lässt, ob die Garage womöglich einstürzt.«

»Klaro«, meinte der unrasierte Mann im gelben Overall und fuhr sich durch sein zotteliges dunkles Haar. Von der Ladefläche des Abschleppwagens zog er ein Stahlseil von einer Winde und packte den schweren Metallhaken. Dann ging er zur Garage, legte sich unter das Heck des Wagens, befestigte den Haken und kam wieder zum Vorschein. »Dann wollen wir mal.« Er betätigte einen Hebel neben der Seilwinde, und im nächsten Moment wurde das Stahlseil straff gezogen, was so plötzlich geschah, dass Christine unwillkürlich zusammenzuckte.

Eigentlich hätte sie mit Betty nach Hause zurückkehren können, nachdem die Polizei eingetroffen war, doch weder ihre Tante noch sie selbst wollte aufbrechen, solange der Wagen nicht aus der Garage gezogen worden war. Warum, dafür hatten sie beide keine Erklärung. Sie fühlten sich nicht als Gaffer, wenn auch jeder andere es so bezeichnet hätte, der sie in der Wendebucht stehen sah. Etwas Unbestimmbares hielt sie hier fest, was vor allem für Christine galt, die sich widersinnigerweise erhoffte, endlich einen Hinweis auf den dreifachen Mörder zu erhalten, obwohl das Geschehen hier vermutlich in gar keinem Zusammenhang dazu stand. Was sollte ein simpler Autounfall mit dem Rätsel zu tun haben, dem sie auf den Grund zu gehen versuchte? Sie vermutete, dass es die gedrängte Abfolge der Geschehnisse war, die sie skeptisch machte. So viele Gewalttaten – oder »Unfälle«, wenn es nach Chief Inspector Hatfield ging – hatten sich innerhalb weniger Tage ereignet, dass sie nicht mehr an einen Zufall glauben wollte.

Der Plymouth ächzte, als das Stahlseil den tonnenschweren Wagen Zentimeter für Zentimeter aus der Garage ins Freie zog, ein oder zwei Ziegelsteine lösten sich aus der demolierten Mauer und fielen polternd auf den Betonboden. Im Sonnenschein strahlte polierter roter Lack, die in Weiß abgesetzten Partien reflektierten das Licht so grell, dass es fast blendete, und überall glitzerten und funkelten die Chromstreifen. Der Wagen schien endlos lang zu sein, und Christine musste beim Anblick dieses Monstrums, in das ihr Mini wohl dreimal passte, unwillkürlich daran denken, wie irrsinnig viel Benzin dieser Motor schluckte.

Schließlich kam die Motorhaube zum Vorschein, und durch ihren Platz direkt am Garagentor bemerkte Christine als Erste, dass die erheblich verbeulte Frontpartie des Wagens blutverschmiert war. Einen Moment lang dachte sie, der Dieb könnte einen Unfall verursacht und anschließend den Wagen hier versteckt haben. Dann jedoch veranlasste eine innere Stimme sie, einen Blick in die Garage zu werfen. Ihr stockte der Atem.

»Ich glaube, der Wagen ist nicht das Einzige, was wir gefunden haben«, rief sie den Polizisten zu.

Die Beamten kamen zu ihr und leuchteten mit ihren Taschenlampen in die Garage. Im Schein der Lichtkegel war eine zusammengesunkene Gestalt zu erkennen, die in einer Blutlache lag. Der Kopf war nach vorn gesackt, lange blonde Haare verdeckten das Gesicht, doch man konnte auch so deutlich erkennen, dass es sich um eine Frau handelte. Dass sie tot war, daran bestand kein Zweifel. Und auch wie sie zu Tode gekommen war, das schien recht eindeutig zu sein. Aber zwei entscheidende Fragen waren noch offen: Wer war das? Und warum hatte die Frau sterben müssen?

»Wir sollten wohl besser den Alten verständigen«, sagte der größere Polizist und ging zum Wagen zurück, um die Zentrale anzufunken.

Es dauerte keine Viertelstunde, da traf Chief Hatfield ein, dicht gefolgt von einem Leichenwagen, in dem auch der Rechtsmediziner zum Tatort kam. Als Hatfield aus seinem ramponierten alten Rover ausstieg und Christine entdeckte, verzog er wie einem Reflex folgend das Gesicht und atmete tief durch.

Auch wenn sie es wegen der Entfernung nicht hören konnte, wusste Christine dennoch, dass er bei ihrem Anblick frustriert geschnaubt hatte. In gewisser Weise konnte sie seine Reaktion sogar nachempfinden. Vier Tote innerhalb von fünf Tagen, und jedes Mal war die gleiche, besserwisserische Frau am Tatort, die ihm weiszumachen versuchte, dass es sich um Morde handelte, während er sich nicht von seinen Unfalltheorien abbringen lassen wollte.

Eigentlich war es ein Wunder, dass er sie noch nicht festgenommen oder zumindest verhört hatte. Für die ersten beiden Todesfälle hatte sie ein Alibi, die konnte er ihr nicht anhängen, aber Jerrys Tod hätte er ihr mühelos in die Schuhe schieben können. Er konnte behaupten, sie habe das Gift in ihre Suppe getan und dann die Teller getauscht, und wenn er eine Weile recherchierte, würde er von Jerrys Frauengeschichten erfahren und ihr unterstellen, ihn aus verschmähter Liebe oder etwas Ähnlichem ermordet zu haben. Warum musste sie auch ständig auf irgendwelche Leichen stoßen? Konnte das nicht mal jemand anders für sie übernehmen? Wenigstens einmal?

Hatfield nickte ihr und Betty knapp zu, als er zur Garage gekommen war, dann fragte er den kleineren Polizisten: »Was ist passiert?«

»Diese Frau dort drin«, er zeigte in die Garage, »wurde offenbar von dem roten Plymouth erfasst und an der Mauer zu Tode gedrückt.«

»Fremdverschulden?«

Der Polizist zuckte mit den Schultern. »Das lässt sich noch nicht sagen. Möglicherweise ja, womöglich war es aber auch ein tragischer Unfall.«

Da war es wieder, dieses magische Wort ›Unfall‹, auf das der Inspector förmlich zu warten schien, wenn es einen neuen Fall gab. Christine kniff für einen Moment die Augen zu und atmete tief durch, um die Ruhe zu bewahren. Gleichzeitig fragte sie sich, ob es wohl eine interne Dienstanweisung gab, die jeden Polizisten dazu anhielt, bei jedem Todesfall erst einmal von einem Unfall auszugehen.

»Und Sie beide haben die Tote entdeckt?«, wandte sich Hatfield an Christine.

»Nein, wir haben eigentlich nur den gestohlenen Wagen entdeckt«, antwortete sie und erklärte, wie sie auf das Versteck aufmerksam geworden waren. »Die Tote habe ich erst gesehen, als der Wagen nach draußen gezogen wurde.« Mehr sagte sie nicht. Sie wusste inzwischen, dass es besser war, auf die Fragen des Inspectors kurz und knapp zu antworten und auf keinen Fall eine Theorie über den Hergang des Unglücks ins Spiel zu bringen.

»Hm«, machte er nur und nahm die Taschenlampe eines der Polizisten an sich, dann ging er in die Garage. Nachdem der Straßenkreuzer herausgeholt worden war, konnte man erkennen, dass er zwar ein Loch in die rückwärtige Wand gedrückt hatte, dieses jedoch die Stabilität des Bauwerks nicht beeinträchtigte.

Christine wartete mit Betty geduldig auf dem Asphalt vor dem Garagentor, obwohl sie sich die Tote liebend gern genauer angesehen hätte, bevor der Chief wieder einmal von einem Unfall reden konnte.

Hatfield kam aus der Garage und winkte die beiden Männer zu sich, die mit dem Leichenwagen eingetroffen waren. Dann sprach er mit dem dritten, älteren Mann, der einen Overall mit der Aufschrift ›Rechtsmediziner‹ trug. Der hörte dem Chief eine Weile zu, schließlich nickte er und stieg wieder in den Leichenwagen ein.

Die beiden anderen Männer, ein junger Typ mit rotem Lockenkopf, der für sie nach einem Medizinstudenten aussah, und sein grauhaariger Kollege, zogen eine Trage aus dem Wagen und rollten sie in die Garage. Christine sah ihnen zu, wie sie die Tote hochhoben und auf die Trage legten. Dann breiteten sie ein blassgrünes Laken über sie und verließen die Garage.

Christine sah hastig zu Hatfield, der sich in seinen Wagen gesetzt hatte und in ein Telefonat vertieft war, während er gleichzeitig ein Formular ausfüllte.

»Warten Sie bitte, ich möchte sehen, ob ich die Frau möglicherweise kenne«, sprach sie die beiden Männer an. »Da drinnen war es zu dunkel, um etwas zu erkennen.«

Der Grauhaarige nickte gelangweilt und schlug das Tuch zurück. Zum Vorschein kam eine Frau etwa Anfang zwanzig, sie hatte glattes, blondes Haar, ihr Gesicht war unscheinbar. Sie hätte der Frau ein Dutzend Mal begegnet sein können, und trotzdem würde sie sie jetzt nicht wiedererkennen können. Aber etwas fiel ihr doch auf ... eine Rötung der Haut rund um den Mund, die deutlich erkennbar die Konturen eines länglichen Rechtecks aufwies.

Das machte sie stutzig, und sie schlug des Laken noch ein Stück weiter um, damit sie einen Blick auf die Handgelenke werfen konnte. Nachdenklich nickte sie. Ja, das ergab einen Sinn.

»Fertig?«, fragte der Grauhaarige desinteressiert.

»Einen Augenblick.« Sie zog ihr Telefon aus der Tasche und fotografierte die Mundpartie und die Handgelenke, dann bejahte sie und dankte dem Mann für seine Geduld. Sie legte keinen Wert darauf, zu erfahren, was er in diesem Moment wirklich von ihr dachte. Gerade wollte er das Tuch wieder über die tote junge Frau legen, da näherte sich vom Strand kommend auf dem Fußweg zur Wendebucht am Ende der Mermaid Lane eine Gruppe junger Leute.

»Wow, was ist denn hier los?«, rief einer von ihnen.

»Ist das CSI: Beechwood?«, meinte ein anderer.

»Wer hat denn den Schlitten zu Schrott gefahren?«

»He, Leute, seht mal da«, übertönte eine Frau den Rest der Gruppe. »Das ist doch Tanya!«

Die jungen Leute begannen zu laufen, und als sie näher kamen, erkannte Christine die Schilder an ihren Jacken wieder. Sie alle gehörten zum Helferteam der Convention, und als sie genauer hinsah, kamen ihr auch zwei oder drei Gesichter bekannt vor.

»Oh, seht mal, da ist Miss Bell!«, rief ein junger Mann und zeigte auf Christine.

Ehe die beiden Polizisten eingreifen konnten, hatten die sechs jungen Leute die Trage umringt und starrten entsetzt auf die Tote. »Was ist passiert?« … »Ist sie tot?« … »Das kann doch nicht wahr sein!«, riefen sie durcheinander. Die Beamten versuchten vergeblich, die Gruppe zurückzudrängen, während der Fahrer und der Beifahrer des Leichenwagens auf Abstand gingen. Sie hatten offenbar nicht vor, sich zwischen die Fronten zu begeben.

Christine nutzte die Unruhe, um sich in der Garage umzusehen. Sie fand einen Lichtschalter, aber die Glühbirne blieb dunkel. Sicherlich hatte Gould beim Auszug den Strom abstellen lassen. Das Licht, das von der Straße in die Garage fiel, genügte jedoch, damit sie sehen konnte, wonach sie suchte. An der Wand, an der die Tote gelegen hatte, waren über Kopfhöhe vier stabile Haken ins Mauerwerk getrieben worden. Nach dem Abstand zu urteilen, hatten sie wohl dazu gedient, einen Satz Reifen dort aufzuhängen. Es bestätigte die Vermutung, die ihr beim Anblick der Toten in den Sinn gekommen war.

Als sie die Garage wieder verließ, versuchten die zwei Polizisten noch immer, die jungen Leute zurückzudrängen. Hatfield hatte soeben sein Telefonat beendet, sah den Trubel rund um die Tote und sprang wie von der Tarantel gestochen aus seinem Wagen.

»Los, alle weg hier!«, brüllte er. »Auf der Stelle! Los, los!« Er drängte sich zwischen die Leute und schob die Trage zurück zur Garage, dann stellte er sich breitbeinig und mit ausgebreiteten Armen davor. »Niemand kommt der Leiche zu nahe! Hat das jeder verstanden?«

»Was ist mit Tanya passiert?«, rief eine Frau aus der Gruppe, die gut einen Kopf kleiner war als alle ihre Begleiter und einen modischen Bob trug, der nicht so recht zu ihrem Erscheinungsbild passen wollte.

»Wer ist Tanya?«, fragte Hatfield und sah die beiden Polizisten fragend an, die nur ahnungslos mit den Schultern zucken konnten.

»Das ist Tanya«, sagte die Frau und zeigte auf die Trage hinter dem Inspector.

»Sie kennen die Tote?«, forschte er nach.

»Ja, das ist Tanya Cramer », antwortete ein anderer aus der Gruppe. »Sie war eine Helferin auf der Convention. Sie wissen schon, die Science-Fiction-Convention auf dem Pier …«

Christine sah zu Hatfield, der bei diesen Worten bleich wurde. Da sie nahe genug stand, konnte sie deutlich sein frustriertes Schnauben hören, gefolgt von einem geraunten: »Oh Gott, nicht schon wieder!«

Er schüttelte den Kopf und ging auf die Gruppe zu. »Ich habe da ein paar Fragen an Sie, aber tun Sie mir den Gefallen, nicht alle gleichzeitig zu reden. Sie …« Er deutete auf die Frau, die zuletzt geredet hatte. »Wie heißen Sie?«

»Louise Gordon.«

»Miss Gordon, wann haben Sie Miss Cramer das letzte Mal lebend gesehen?«

Sie überlegte kurz. »Gestern Nachmittag. Wir hatten mit ein paar anderen Helfern die Bühne dekoriert, da erhielt sie einen Anruf und sagte mir, dass sie dringend etwas erledigen müsse.«

»Wann war das? Und hat sie etwas darüber gesagt, wohin sie wollte?«

»Das war … kurz nach vier, glaube ich. Wohin sie wollte, weiß ich nicht. Sie kam jedenfalls nicht zurück, solange wir noch in der Halle waren, das war bis gegen acht Uhr.«

»Und danach?«

»Ein paar von uns sind zusammen essen gegangen, und dann hat sich jeder in sein Hotelzimmer zurückgezogen.«

Hatfield machte sich einige Notizen, dann fragte er: »Und als Miss Cramer heute Morgen nicht aufgetaucht ist …?«

»Oh, also ich wusste gar nichts davon, dass sie am Abend nicht zurückgekommen war«, erklärte Louise. »Wir hatten gestern alles erledigt, was noch zu tun war, heute Vormittag haben wir frei. Wir müssen erst um zwei Uhr wieder zum Dienst erscheinen, wenn die ersten Besucher eingelassen werden.«

Der Inspector brummte etwas Unverständliches und ließ die Namen und Adressen der sechs Leute aufnehmen, für den Fall, dass die Polizei noch weitere Fragen an sie hätte.

»Und was ist mit Tanya passiert?«, wollte ein junger Mann wissen. »Hat jemand … hat jemand sie umgebracht?«

»Sie wurde in dieser Garage von dem Wagen dort an der Wand zerquetscht«, rief Betty in die plötzliche Stille und zog sich damit einen wütenden Blick von Inspector Bell zu, den sie mit einem Schulterzucken kommentierte. »Machen Sie doch kein solches Geheimnis daraus. Sie werden doch sowieso wieder sagen, dass es ein Unfall war, oder nicht?«

»Mrs Emerson, ich muss doch bitten«, fauchte er sie an. »Es genügt, dass sich Ihre Nichte bei jeder Gelegenheit über die Arbeit der Polizei lustig macht, da müssen Sie nicht auch noch ins selbe Horn stoßen.«

»Entschuldigen Sie, wenn ich Sie korrigiere«, gab Betty spöttisch zurück. »Aber über die Arbeit der Polizei macht sich keiner von uns lustig. Allerdings darüber, wie alles getan wird, um dieser Arbeit aus dem Weg zu gehen.«

»Sie wurde von dem Wagen dort getötet?«, fragte Louise. »Von diesem Wagen da?«

»Christine! Christine!«, riefen die sechs wie im Chor und sahen sich entsetzt an.

»Ja? Was ist?«, fragte Christine, doch die Gruppe nahm von ihr keine Notiz.

»Was soll dieser Zirkus?«, fuhr Hatfield die jungen Leute an. »Sie haben doch gesagt, dass die Tote Tanya Cramer heißt.«

»Nein, es geht um den Wagen«, stellte ein schmächtiger blonder Bursche mit Brille und schmalem Oberlippenbart klar. »Haben Sie denn noch nie was von Stephen Kings Roman

Christine gehört? Oder von dem Film? Auch wenn der viele Aspekte des Buchs vernachlässigt hat.«

»Jetzt hör auf, wieder diese Diskussion anzuzetteln, Herb«, meldete sich ein anderer aus der Gruppe zu Wort. »Du weißt genau, was Stephen im ›Making of‹ darüber gesagt hat …«

»Nein, da irrst du dich. Er hat das zwar gesagt, aber er hat es nicht so gemeint. Das war eine ironische Retoure. Wenn du das Band bei Zeitcode 01:22:20:15 anhältst, kannst du sehen, wie er mit dem linken Mundwinkel zuckt, und das macht Stephen immer nur, wenn er …«

»Wenn, dann zuckt er mit dem rechten Mundwinkel!«

»Ach, Blödsinn, du hast ja keine Ahnung. Kümmer du dich doch um deine Zombie-Filme!«

Hatfield sah ungläubig zwischen den Diskutierenden hin und her, aber genau wie Christine wusste er längst nicht mehr, um was es da eigentlich ging. Nachdem er das Treiben ein paar Sekunden lang verfolgt hatte, schob er zwei Finger in den Mund und stieß einen durchdringenden Pfiff aus. Sofort verstummten die beiden Streithähne und sahen ihn an. »Wer ist diese Christine? Und was hat das mit diesem Vorfall hier zu tun?«, wollte er wissen.

Wieder ergriff Louise das Wort: »Christine ist ein Auto, ein rot-weißer Plymouth von 1958. Also genau das Modell, das hier auch steht. Christine ist von einem Geist besessen und mordet am laufenden Band.«

»Aha, danke«, entgegnete der Chief Inspector, machte aber nicht den Eindruck, dass ihn irgendetwas davon interessierte. »Sie können dann gehen. Wenn wir etwas von Ihnen benötigen sollten, werden wir uns melden.«

Christine konnte sich leider nur zu gut vorstellen, was ihm in diesen Sekunden durch den Kopf ging. Er hatte es einmal mehr mit den Fans zu tun, den »Spinnern«, wie er sie gerne bezeichnete, und damit war so gut wie nichts von dem, was sie ihm gesagt hatten, noch von Bedeutung. Natürlich hatte der Wagen kein Eigenleben entwickelt und die junge Frau ermordet. So was gab es nur in Horrorfilmen. Aber für Hatfield stand längst fest, dass die maßlose Begeisterung eines Fans für sein Hobby einem weiteren von ihnen den Tod gebracht hatte. Das erste Opfer war im Superman-Kostüm vom Hoteldach gesprungen, weil es glaubte, fliegen zu können. Das zweite Opfer war erstickt, weil es sich unbedingt in ein Roboterkostüm zwängen wollte. Und jetzt Tanya Cramer … Wie würde er wohl ihren Tod erklären?

Die Gruppe Helfer zog sich langsam zurück, ab und zu blieb einer von ihnen stehen und drehte sich um, während die Tote auf der Trage in den Leichenwagen geschoben wurde. Hatfield ging zu seinem Wagen und schien ohne ein weiteres Wort zu Christine und Betty losfahren zu wollen.

Christine schob ihre Tante im Rollstuhl quer durch die Wendebucht und blieb dann so stehen, dass Hatfield nicht in seinen Wagen einsteigen konnte.

»Was wollen Sie noch von mir?«, knurrte der Chief sie an.

»Aus reiner Neugier«, erwiderte sie, »würde ich gern von Ihnen hören, was sich Ihrer Meinung nach hier abgespielt hat.«

Er sah sie mit zusammengekniffenen Augen an. »Wenn Sie mir versprechen, mir nicht wieder eine von Ihren Mordtheorien aufzutischen, dann ja.«

»Versprochen«, sagte sie und wunderte sich abermals, wie selbstverständlich er die Möglichkeit abtat, dass hier ein Mörder seine Finger im Spiel haben könnte. Er erinnerte sie an Detective Inspector Remington, die bei den Morden in Wrightford-on-Stratton auch nicht hatte glauben wollen, dass auf dem Land solche Verbrechen begangen werden könnten, wo doch alles so friedlich war. Während es aber bei ihr lediglich daran gelegen hatte, dass sie sich nicht vorstellen konnte, dass ein Mörder in einem idyllischen Dorf sein Unwesen trieb, schien Hatfield Morde kategorisch auszuschließen, weil sie weit mehr Arbeit bereiteten als Unfälle. Er müsste Nachforschungen anstellen, Verdächtige befragen, Schlussfolgerungen ziehen und Beweise zusammentragen, um einen Mörder zu überführen. Bei einem Unfall genügte ein Kreuz in einem Kästchen auf irgendeinem Formular, und dann war die Sache gelaufen.

»Der Fall ist doch ziemlich offensichtlich«, begann er. »Diese … Tracey Cramer …«

»Tanya«, korrigierte ihn Betty.

»Diese Tanya Cramer«, fuhr er ungerührt fort, »gehört zu dem Trupp von Verrückten, die an diesem Wochenende in Scharen in Beechwood einfallen werden. Sie haben diesen einen Kerl eben doch gehört, wie er mir irgendwas über irgendein Interview erzählen wollte. Tut mir leid, wenn ich das so drastisch ausdrücke, aber die meisten von denen sind ein bisschen … gaga … oder sogar ziemlich gaga. Ich habe von dem Gerede nicht viel verstanden, aber ich weiß jetzt, dass der Plymouth da auch so ein Objekt ist, das für einige von denen den ganzen Lebensinhalt darstellt. Offenbar hat diese Miss Cramer den Wagen bei Living Fifties auf dem Hof stehen sehen und war so fasziniert, dass sie nicht anders konnte, als ihn zu stehlen. Vielleicht hatte sie Helfer, vielleicht hat sie es auch allein durchgezogen. Sie hat den Wagen irgendwo in einem Waldstück abgestellt und gestern Abend abgeholt, nachdem sie hier in Beechwood ein Versteck gefunden hatte, wo niemand das Diebesgut vermuten würde: in der Garage des Hammersmith Manor. Sie ist hergefahren und hat das Schloss geknackt, aber sie hat den Wagen mit laufendem Motor vor der Garage stehen lassen. Die Automatik ist plötzlich von Parken auf Fahren umgesprungen, was bei einem über fünfzig Jahre alten Fahrzeug durchaus vorkommen kann. Der Wagen rollte los, sie bemerkte es zu spät, und dann hatte er sie auch schon an der Wand zu Brei zerdrückt. Der Aufprall auf die Rückwand hat die Garage so erzittern lassen, dass das Tor zufiel. Klappe zu, Affe tot, wie man so schön sagt.«

»Ein netter Vergleich«, merkte Betty bissig an.

»Nach den Reifenspuren zu urteilen, ist der Wagen aber nicht einfach losgerollt, sondern mit Vollgas losgefahren.« Christine zeigte auf die Spuren, die sie entdeckt hatte.

»Vermutlich hat der Gaszug geklemmt«, tat er ihren Einwand ab.

»Kommt bei einem über fünfzig Jahre alten Fahrzeug schon mal vor«, wiederholte sie seinen Spruch.

»So«, redete er weiter. »Jetzt kennen Sie meine Meinung. Denken Sie bitte daran, was Sie vor ein paar Minuten versprochen haben.«

Sie nickte nur und schob den Rollstuhl ein Stück vom Wagen weg, damit Hatfield einsteigen konnte. Was ihre Feststellungen betraf, die sie an der Leiche gemacht hatte, hüllte sie sich ebenfalls in Schweigen. Der Inspector hatte wie zuvor seine Meinung kundgetan, und er würde auch diesmal nicht davon abrücken. Christine wusste, sie musste ihm den Mörder mitsamt Geständnis liefern, bevor er einsah, dass er im Irrtum war.

»Komm, Kind, machen wir uns auf den Heimweg«, sagte Betty beschwichtigend zu ihr. »Das war genug Aufregung für heute.«

»Das will ich meinen«, gab sie zurück. »Eine Leiche am Tag reicht mir nun wirklich.«

»Vier Tote in fünf Tagen«, redete ihre Tante vor sich hin. »Wie kann irgendein Polizist da noch an Unfälle glauben? Ein oder zwei lasse ich mir ja noch eingehen, obwohl bei uns normalerweise nicht mal im Monat zwei Unfälle passieren, jedenfalls keine tödlichen.«

»Nichts davon war ein Unfall, nicht mal unsere jüngste Tote«, erklärte Christine.

»Aber Hatfields Argument, dass der Wagen sich selbstständig gemacht haben könnte, klingt eigentlich ganz überzeugend«, wandte Betty ein. »Wieso hast du eigentlich Fotos von der Toten gemacht?«

»Weil die der Beweis dafür sind, dass es Mord war. Eigentlich sogar eine Art Hinrichtung, wenn man so will.«

»Wieso Hinrichtung?«

Christine gab ihr das Telefon. »Sieh dir mal die Fotos an.«

Während Betty im Fotoalbum blätterte, redete sie weiter: »Bei dieser Frau ist die Haut rings um den Mund gerötet, was danach aussieht, als ob ihr der Mund mit Klebeband zugeklebt worden war, das nach der Tat abgerissen wurde. Der Täter wollte verhindern, dass sie schreit oder um Hilfe ruft und womöglich von jemandem gehört wird. Die Häuser der Nachbarn sind zwar zu weit entfernt, aber Fußgänger, die auf der Promenade unterwegs sind, könnten stutzig werden. Und die Male an den Handgelenken dürften von Fesseln stammen, die der Täter über einen der Haken in der Garagenwand gelegt hat. Tanya stand gefesselt und geknebelt am Ende der Garage und musste hilflos mitansehen, wie ihr Mörder mit dem Plymouth auf sie zuraste und sie zwischen Wagen und Mauer zerquetschte. Ihre Arme hätten so zerschmettert gewesen sein müssen wie der restliche Körper, denn allein aus Reflex hätte sie die Arme ausgestreckt, als der Wagen auf sie zugeschossen kam. Anschließend ging der Mörder zu ihr, zog das Klebeband ab und befreite sie von den Fesseln, damit es nach dem Unfall aussieht, den unser lieber Chief Inspector hineingedeutet hat, und dann schloss er das Tor und ging weg. Da es keine Nachbarn nebenan oder gegenüber gibt, konnte er ungesehen entkommen. Es hätte noch Tage oder Wochen dauern können, bis jemand auf das aufgebrochene Schloss aufmerksam geworden wäre.«

»Was für ein grausames Ende«, murmelte ihre Tante und fügte hinzu: »Du hättest dem Inspector von deinen Beobachtungen berichten können.«

»Du hast gehört, wie er die Sache sieht. Wenn der Rechtsmediziner nicht mit geschlossenen Augen arbeitet, wird er den Chief auf diese Dinge hinweisen, und dann liegt es ganz an ihm, wie viel Arbeit er sich damit machen will.«

»Und in der Zwischenzeit mordet unser Unbekannter weiter und weiter«, beklagte sich Betty.

»Ja, aber nur, weil wir noch immer keine Ahnung haben, was das Mordmotiv angeht«, hielt Christine dagegen. »Fest steht nur, dass unser Mörder aus den Reihen der Fans kommt. Er ist mit der Materie vertraut. Er steckt sein erstes Opfer in ein Superman-Kostüm und stößt es vom Hausdach, das zweite Opfer erstickt in einer Roboterrüstung, und Nummer vier wird von einem Kult-Auto zerquetscht. Er kennt sich in dem Genre aus, und er weiß, wie er es angehen muss, damit es nach dem Schicksal eines übereifrigen Fans aussieht, der die Realität aus den Augen verloren hat.«

»Nur der Anschlag auf dich fällt aus dem Rahmen.«

»Ja, vermutlich sah er einfach eine günstige Gelegenheit, mich loszuwerden, und da war es ihm egal, wie er das anstellte. Vielleicht lag es auch daran, dass ich keiner von den Fans bin und er nicht wusste, was er mit mir machen sollte.«

»Oder er wollte nicht, dass dein Tod mit den anderen in Zusammenhang gebracht wird«, überlegte ihre Tante. »Immerhin bist du prominent, und vielleicht würde ja jemand auf die anderen ›Unfälle‹ aufmerksam werden und Fragen stellen, die der Inspector nicht so leicht übergehen könnte, wie er es bei dir und mir macht.«

»Ja, du hast recht«, musste Christine zustimmen. »Das ist sogar ein gutes Argument.«

Sie näherten sich dem Haus, als Christine etwas einfiel. Erschrocken sah sie auf ihre Armbanduhr. »Oh, das hatte ich ganz vergessen!«

»Was denn?«

»Howard North will zwischen eins und halb zwei vorbeikommen, um mit mir noch etwas zu besprechen, was meinen Auftritt auf der Convention angeht. Ich muss dafür noch etwas vorbereiten.«

»Etwas zu essen? Wir können einfach eine Kleinigkeit holen.«

Christine schüttelte den Kopf. »Nein, etwas anderes, aber das verrate ich dir erst später.«

11

Um kurz vor halb zwei traf Howard North ein, aber er war nicht allein. Erstaunt musterte sie die kleine Gruppe, die sich vor der Haustür eingefunden hatte. Dylan Weymoth kannte sie bereits, die Gesichter der beiden anderen – ein Mann und eine Frau – waren ihr fremd. Die Frau war ungefähr so groß wie Christine, jedoch stark übergewichtig, und ihre kastanienroten Haare wurden mit viel Gel in einer Form gehalten, die an einen Turban erinnerte. Der Mann, etwa Anfang dreißig, war eine unauffällige, durchschnittliche Erscheinung, etwas größer als Christine, von schmaler Statur, das dunkelblonde Haar trug er kurz geschnitten.

»Tut mir leid, wenn wir Sie so überfallen«, entschuldigte sich North und kam herein. »Aber ich wollte Dylan mitbringen, weil er seine Idee selbst vortragen soll. Und die beiden sind Russell Coughlan und Cybil Johansson, zwei große Fans von Ihnen, die Ihre Bücher geradezu verschlingen und unbedingt mitkommen wollten, um Sie einmal live zu erleben, allerdings in einem kleinen Rahmen, nicht in der großen Halle mit dreitausend anderen Besuchern.« Er schüttelte den Kopf. »Ich habe die zwei gewarnt, dass Sie möglicherweise keine Lust auf ein Treffen haben und sie gleich wieder wegschicken werden, aber sie wollten einfach nicht auf mich hören.«

»Warum sollte ich sie wegschicken?«, erwiderte Christine und lächelte freundlich. Es war ein ehrliches Lächeln, allerdings kannten ihre Besucher nicht den wahren Grund für diese Reaktion, die sie nur als höfliche Geste wahrnahmen. Sie wandte sich Russell und Cybil zu. »Ich hoffe, Mr North hat Ihnen keine Schauermärchen über mich erzählt. Ich würde niemals Gäste wegschicken, die zudem noch Fans meiner Bücher sind.« Sie grinste die beiden an. »Schließlich ist in unserer Kühltruhe immer noch Platz für Nachschub.«

Russell und Cybil sahen sich erschrocken an, auch Howard wusste nicht, was er von dieser Bemerkung halten sollte. Lediglich Dylan hatte begriffen, dass es nur ein Witz war, und begann ausgelassen zu lachen.

Christine zuckte mit den Schultern. »Tut mir leid, aber das konnte ich mir nicht verkneifen. Ich weiß, mein Humor ist nicht jedermanns Sache, darum vermeide ich in meinen Büchern jede Art von Scherz, so gut es geht.« Sie schloss die Haustür. »Kommen Sie doch mit ins Wohnzimmer, da ist es gemütlicher als hier im Flur.« Als North sich umdrehte, fügte sie hastig hinzu: »Oh, passen Sie bitte auf, da vorn steht meine Handtasche. Ich bin noch nicht dazu gekommen, sie auszuräumen, obwohl ich seit Tagen allen möglichen Krempel mit mir herumschleppe.«

Dann ging sie an der Gruppe vorbei ins Wohnzimmer.

»Betty, wir haben insgesamt vier Gäste, könnten wir ...«

»Nein, Kind, fang gar nicht erst an, die Stühle aus der Küche zu holen«, unterbrach die sie und nickte den Besuchern zu, die im Gänsemarsch ins Wohnzimmer kamen. »Ich werde mich in den Garten setzen, dann habt ihr eure Ruhe.«

»Aber ich wollte doch ...«, wandte Christine ein.

»Keine Widerrede«, fiel ihre Tante ihr ins Wort. »Ich setze mich in den Garten und genieße die Sonne.«

»Aber ...«

»Jetzt hör schon auf, sonst glauben deine Gäste noch, du hättest hier im Haus das Sagen«, stoppte Betty augenzwinkernd auch den nächsten Anlauf ihrer Nichte.

North und die anderen setzten sich an den Wohnzimmertisch, kaum dass Betty an ihren Krücken hinausgehumpelt war und die Terrassentür hinter sich zugezogen hatte. »Kann ich Ihnen etwas anbieten?«, fragte Christine sie.

Alle schüttelten prompt den Kopf, und North erklärte: »Wir wollen Ihnen keine Umstände machen.«

»Genau«, stimmte Cybil ihm zu. »Mir reicht es, einfach hier sitzen zu dürfen.«

»Ein Glas Wasser werden Sie dabei aber sicher trinken können, oder?«

Cybil zögerte kurz und nickte dann verlegen. »Okay, danke.«

Nachdem jeder von ihnen ein Glas vor sich stehen hatte, nahm auch Christine Platz.

»Sagen Sie«, begann Russell. »Stimmt es, dass Sie Tanya Cramer gefunden haben?«

»Leider ja«, antwortete sie und sah einen nach dem anderen an, während sie fragte: »Kann sich einer von Ihnen erklären, wie dieser Unfall passieren konnte?«

»Hat die Polizei nichts dazu gesagt?«, gab Dylan zurück.

»Doch, und vermutlich war es auch so, wie der Inspector meinte. Trotzdem ... ich weiß nicht. Ich kann nicht verstehen, warum sie diesen Wagen stiehlt und dann in einer Garage verstecken will.«

»Sie hat den Plymouth gestohlen?«, warf Cybil ein.

»Jedenfalls glaubt das die Polizei.«

»Ich schätze, ich spreche für uns alle«, meldete sich Howard zu Wort, »wenn ich sage, dass keiner von uns Tanya Cramer wirklich gut gekannt hat. Sie war in den letzten Jahren auch immer als Helferin dabei, aber ich für meinen Teil hatte in der Zeit zwischen zwei Conventions gar keinen Kontakt mit ihr. Wenn es auf den nächsten Termin zuging, schickte ich ihr eine Mail, um zu fragen, ob sie wieder mitmachen würde, und sie sagte zu. Ein- oder zweimal kam sie mir zuvor und meldete sich von sich aus als Helferin. Was sie in der Zwischenzeit machte, dazu kann ich überhaupt nichts sagen.« Er überlegte kurz. »Ich wüsste nicht mal, von welcher Serie oder welchem Film sie eigentlich Fan war.«

Christine musterte ihn einige Sekunden lang, doch er hielt ihrem Blick stand. Die anderen machten ebenfalls einen ehrlichen Eindruck, doch sie wusste, wie leicht ein solcher Eindruck täuschen konnte.

»Howard hat recht«, bestätigte Russell. »Sie hat während der Aufbauarbeiten und anschließend beim Aufräumen immer sehr engagiert mitgemacht, aber wenn man sie nach ihren Hobbys fragte, dann bekam man eigentlich nur eine ausweichende Antwort.«

Wieder folgte zustimmendes Nicken. Zu gern hätte sie auch die beiden anderen »Unfallopfer« angesprochen, um die Reaktionen zu sehen, doch sie fürchtete, es könnte zu offensichtlich werden, dass sie etwas von ihnen in Erfahrung bringen wollte. Vielleicht würde sich im Lauf der Unterhaltung noch eine Gelegenheit ergeben.

»Na ja, wenden wir uns lieber erfreulicheren Dingen zu«, wechselte sie das Thema. »Sie wollten etwas mit mir besprechen, Mr North.«

»Genau. Es geht um Ihren Auftritt am Samstag.« Nach einer kurzen Pause fuhr er fort. »Wir würden das lieber auf den Sonntag verschieben, weil sich eine Änderung ergeben hat. Helen Harling hat nach dem Tod ihres Managers ihr Erscheinen abgesagt, und damit klafft jetzt eine Lücke im Sonntagsprogramm. Verstehen Sie das bitte nicht falsch«, fügte er hastig an. »Sie sind nicht unsere zweite Wahl nach Mrs Harling. Aber nach der Absage, die wir von Ihrem Agenten erhalten hatten, war natürlich niemand mehr davon ausgegangen, dass Sie doch noch auftreten würden, und darum hatten wir uns um Mrs Harling bemüht. Im Grunde würden Sie jetzt den Programmplatz bekommen, den wir ursprünglich für Sie eingeplant hatten, als wir die Einladung an Ihren Agenten schickten.«

Sie ließ sich von ihm Einzelheiten über den geplanten Ablauf des Tages erklären; zwischendurch verließ zunächst Cybil, später Russell den Tisch, um zur Toilette zu gehen.

»Und dann wäre da noch eine Kleinigkeit, die sich unser lieber Dylan ausgedacht hat«, kam Howard schließlich auf den nächsten Punkt zu sprechen. »Er hat mir erzählt, dass Sie eine rote Katze haben.«

Christine stutzte. »So?« Woher konnte er das wissen?

»Ja«, meldete sich Dylan selbst zu Wort. »Ich hab sie auf einem Foto gesehen, das Cybil mir gezeigt hat. Sie schleppt ihre ganze Sammlung mit, wenn sie ihre Wohnung verlässt.«

»Das ist gar nicht wahr!«, widersprach Cybil, die bei seinen Worten vor Verlegenheit rote Wangen bekam. »Ich habe bloß einen Karton mit einem Stapel Artikel im Kofferraum, die ich noch nicht gesichtet habe!«

»Ist schon okay«, meinte Christine amüsiert. »Lassen Sie Mr Weymoth ruhig weiterreden. Ich möchte hören, was er sich ausgedacht hat.«

Dylan druckste ein wenig herum, dann überwand er sich. »Das mit der roten Katze stimmt doch, oder?« Als sie bestätigend nickte, fuhr er fort: »Haben Sie die mit nach Beechwood gebracht?«

»Ja, weil ich mich hier für ein paar Wochen einquartiert habe«, antwortete sie. »Da konnte ich sie unmöglich zu Hause lassen.«

»Oh, fantastisch!« Cybil klatschte in die Hände.

»Glauben Sie, dass Sie sie mit auf die Convention bringen könnten?«, fragte Russell zögerlich.

Christine war sich nicht sicher, worauf diese Unterhaltung hinauslaufen sollte. »Ich weiß nicht, das … das habe ich noch nie ausprobiert. Aber wieso wollen Sie das wissen?«

»Also es ist so … ich weiß nicht, ob Sie den Film *Alien* kennen.«

»Den habe ich einmal gesehen, ja.« Ihre eigenen Worte brachten sie ins Grübeln, da sie sich mit einem Mal nicht mehr sicher war, ob sie den Film tatsächlich kannte.

»Sigourney Weaver, die ja den Part der Ellen Ripley spielt, rettet sich am Ende zusammen mit einer roten Katze aus dem Raumschiff in das Shuttle. Genau genommen ist das ein roter Kater namens Jones«, redete Dylan weiter. »Wir haben überlegt, ob Sie wohl Lust hätten, als Ripley auf die Bühne zu kommen und Jones mitzubringen. Wir würden Ihnen einen

Overall geben, der so aussieht wie der in *Alien,* und Sie bekämen auch eine schwarze Lockenperücke, damit Sie aussehen wie Ripley … also wie Sigourney Weaver. Erst dann geben Sie sich erst zu erkennen – immerhin sind Sie unser Überraschungsgast.«

»Aha«, brachte Christine nur heraus, da sie nicht wusste, was sie darauf entgegnen sollte.

»Keine gute Idee?«, fragte Howard vorsichtig.

»Ich … keine Ahnung«, sagte sie. »Das kommt so völlig unverhofft, da fehlen mir die Worte.« Die fehlten ihr in erster Linie, weil es ein so absolut unverständliches Ansinnen war. Sie hatte mit *Alien* nichts zu tun, sie hatte mit Sigourney Weaver nichts zu tun, und ihre Katze hatte mit Kater Jones nichts zu tun, außer dass sie beide rot waren.

»Billie Piper ist letztes Jahr als Seven of Nine auf die Bühne gekommen, und da hat der Saal getobt«, fügte Russell hinzu, als könne er sie damit überreden.

»So?«, kam ihr über die Lippen. Russell deutete ihre Reaktion offenbar in die Richtung, dass sie die Bedeutung begriffen hatte, da er keine Erklärung folgen ließ.

»Sie können sich das noch in Ruhe überlegen«, meinte Howard in einem säuselnden Tonfall, da er offenbar gemerkt hatte, dass sie von einem solchen Auftritt nicht besonders angetan war. Es gab keinen Zusammenhang zu ihrer Arbeit, und wenn sie selbst den Sinn nicht begriff, wie sollte sie dann irgendjemandem klarmachen, warum sie das tat? Das war allerdings eine zweitrangige Sorge, denn was ihr am wenigsten gefiel, war die Idee, ihre Katze in diesen Auftritt hineinzuziehen.

»Tja, wissen Sie, ich habe meine Zweifel, was Isabelle angeht. Meine Katze«, ergänzte sie erklärend. »Ich weiß nicht, wie sie auf diese Umgebung reagieren wird, vor allem, wenn auch noch applaudiert wird. Dieser Saal ist sehr unübersichtlich, und als ich mich neulich in der Halle insgesamt ein wenig umgesehen habe, da konnte ich sehen, wie viele Gänge und

Räume es unter den Sälen gibt. Da würde Isabelle tausend Verstecke finden, wenn sie weglaufen sollte, und ich wüsste nicht, wo ich mit der Suche nach ihr anfangen sollte.«

»Vielleicht …«, begann Dylan, verstummte aber gleich wieder. Wie es schien, war ihm noch rechtzeitig aufgefallen, dass der Vorschlag gar nicht funktionieren konnte. Stattdessen stand er auf und ging zur Toilette.

»Wir werden uns das noch mal durch den Kopf gehen lassen«, beteuerte Howard. »Und wenn es sich nicht so umsetzen lässt, dass Ihrem Jones …«

»Isabelle«, warf sie ein.

»Entschuldigen Sie … dass also Ihrer Isabelle nichts passieren kann, dann lassen wir das weg. Es war auch nur als Gag für Ihren Auftritt gedacht. Kommen wir zu einem anderen Thema.« Howard zögerte kurz. »Es geht ums liebe Geld.« Die Art, wie er dabei den Mund verzog, verhieß nichts Gutes, und dieser Eindruck bestätigte sich, als er schließlich fortfuhr: »Wir haben da ein kleines Problem. Mrs Harling hatte den Scheck für ihren Auftritt im Voraus erhalten und längst eingelöst, und jetzt müssen wir zusehen, wie wir das Geld von ihr zurückbekommen.«

»Das heißt …?«, forderte Christine ihn sanft zum Weiterreden auf.

Er räusperte sich. »Nun ja, das heißt, wir könnten Ihnen vorab keine Gage zahlen, sondern wir müssten Ihnen einen Scheck geben, mit der Bitte, ihn erst dann einzulösen, wenn Mrs Harling ihr Geld zurückgezahlt hat.«

»Und wann wird das sein?«

»Ähm …«, druckste Howard herum. »Also …«

Christine schüttelte den Kopf. »Mr North, im Moment zeigen Sie sich als Geschäftsmann nicht von Ihrer überzeugendsten Seite«, meinte sie ironisch. »Wann rechnen Sie mit der Rückzahlung von Mrs Harlings Gage? Noch in diesem Jahrhundert?«

»Ich … ich will es hoffen.« Er lächelte sie bedrückt an.

»Ich mache Ihnen einen Gegenvorschlag. Sie teilen die Gage auf zwei Schecks auf, einen löse ich nächste Woche ein, den zweiten, wenn Mrs Harling gezahlt hat. Was halten Sie davon?« Sie hatte durchaus Verständnis für North' Situation, aber sie beide verband keine langjährige Freundschaft, die ein bedingungsloses Entgegenkommen gerechtfertigt hätte, und sie sah nicht ein, für einen warmen Händedruck aufzutreten, nur weil sich eine prominente Schauspielerin plötzlich zu fein war, um nach Beechwood zu kommen. Vermutlich hatte sie es sich sowieso längst anders überlegt, und nun war Jerrys plötzlicher Tod ein willkommener Anlass für eine Absage gewesen. Aber von Mrs Harlings Verhalten einmal abgesehen, wusste Christine, was für einen Wagen North fuhr, und wenn er dafür Geld hatte, dann konnte er auch etwas für ihre Gage erübrigen.

Außerdem konnte sie ihren Auftritt nicht absagen, weil sie den Zugang zur Halle benötigte, um weiter nach dem Mörder suchen zu können. Ihre Gedanken kehrten zurück zu dem grausamen Tod, den Tanya Cramer ereilt hatte. Was mochte sie getan haben, um auf diese Weise sterben zu müssen?

»Tut mir leid, wenn ich störe«, meldete sich auf einmal Christines Tante zu Wort, »aber es hat angefangen zu regnen, und da ist es nicht mehr besonders angenehm, im Garten zu sitzen.«

»Oh, das habe ich gar nicht bemerkt«, sagte Christine und drehte sich zu Betty um. »Hast du noch rechtzeitig die Flucht ergriffen?«

»Ja, ja, keine Sorge«, versicherte sie ihr. »Solange ihr hier noch beschäftigt seid, werde ich mich ein Weilchen hinlegen.«

»Nein, nein, Mrs Emerson, das ist nicht nötig«, rief Howard sofort. »Ich glaube, wir haben alles besprochen, was es zu besprechen gab.« Er sah Christine fragend an. »Oder?«

»Doch, das denke ich auch. Und falls nicht, dann können wir uns ja noch telefonisch verständigen.«

»Wo ist Isabelle?«, fragte Betty, als sie zur Flurtür ging.

»Die hat sich nach dem Essen in mein Zimmer zurückgezogen, um die neue Bettwäsche zu testen.«

»So? Na, dann dürfte sie ihr ja gefallen, wenn sie sich nicht mal rührt, um den Besuch zu begrüßen«, erklärte Betty und begab sich in die Küche. Die Tür war so schmal, dass sie mit ihren Krücken nur seitwärts eintreten konnte, weshalb Christine nach Möglichkeit in der Küche alles selbst erledigte.

»Dann werden wir mal aufbrechen.« Howard stand auf, seine drei Begleiter folgten seinem Beispiel. »Heute Abend um sechs ist die Eröffnungsfeier. Wenn Sie inkognito vorbeikommen möchten, sind Sie herzlich eingeladen. Ihre Tante im Übrigen auch, obwohl ich fürchte, dass sie sich mit ihrem Gipsbein nicht in die Menge stürzen möchte.«

»Das glaube ich auch nicht«, entgegnete Christine lächelnd. »Und ich werde mich vor Sonntag nicht mal in der Nähe vom Pier blicken lassen. Schließlich will ich nicht die Überraschung verderben, indem ich jemandem über den Weg laufe, der mich kennt.«

Howard kratzte sich am Kinn. »Vergessen Sie nicht, dass die Helfer Sie gesehen haben, als Sie im Händlersaal waren. Die Leute wissen alle schon, dass Sie zumindest in der Stadt sind, und ich fürchte, die werden nicht viel darauf geben, wenn ich ihnen sage, sie sollen schweigen. Ich hatte in den letzten Tagen keine Zeit, mich auf dem Laufenden zu halten, aber Sie können davon ausgehen, dass das auf Twitter längst die Runde gemacht hat.«

»Mal sehen«, sagte sie. »Ich bin ohnehin in erster Linie hier, um mich um meine Tante zu kümmern, da kommt so etwas eher an zweiter Stelle.«

Sie verließen wieder im Gänsemarsch das Wohnzimmer und betraten den Flur. Christines Blick fiel auf ihre Handtasche, und dieser eine Blick genügte, um ihr zu verraten, dass ihr Plan zumindest teilweise erfolgreich gewesen war.

»Wir können dann später …«, begann Howard, während sie sich der Haustür näherten.

»Hey, da ist ja Jones!«, rief Cybil und zeigte auf den Treppenabsatz.

Alle blieben stehen und sahen nach oben, wo eine noch verschlafen dreinblickende Katze aus Christines Zimmer gekommen war.

»Sie heißt Isabelle«, korrigierte Dylan sie und stieß sie gleichzeitig ermahnend mit dem Ellbogen an. Er hatte wohl verstanden, dass es Christine nicht gefiel, wenn man ihre Katze mit dem falschen Namen ansprach. »Aber sie sieht tatsächlich aus wie der gute alte Jones«, ergänzte er dann und lächelte Christine zu.

Isabelle betrachtete schlaftrunken die Gruppe Unbekannter, die sich in ihr Territorium vorgewagt hatten, und kam langsam nach unten. Als sie auf Augenhöhe mit den Fremden war, blieb sie stehen und kam näher ans Geländer heran. Die Streben standen weit genug auseinander, dass Isabelle den Kopf hindurchstecken konnte, was sie auch prompt tat, da sie zu Recht davon ausgegangen war, dass sie von den Besuchern gestreichelt werden würde.

Cybil machte den Anfang, gefolgt von Dylan, dann war Howard an der Reihe, und den Abschluss bildete Russell, der nur einmal kurz über ihren Kopf strich. Isabelle ließ das alles mehr oder weniger im Halbschlaf über sich ergehen, doch als Russell seine Hand zurückzog, riss sie auf einmal die Augen auf. Die Pupillen waren nur als schmale Schlitze wahrzunehmen, da sie sich nach dem ausgiebigen Schlaf noch nicht an die Helligkeit gewöhnt hatten. Von einer Sekunde auf die andere weiteten sich die Pupillen so sehr, dass von der gelbgrünen Iris fast nichts mehr zu sehen war.

Niemand konnte damit rechnen, deshalb war auch keiner von ihnen zu einer Reaktion in der Lage, als die Katze sich plötzlich zusammenkauerte und fast augenblicklich einen Satz durch die Luft machte, der sie genau auf Russells Kopf landen ließ.

Die ausgefahrenen Krallen bohrten sich in die dünne Kopfhaut und zerkratzten Russells Stirn, da die Katze Halt zu finden versuchte, während sie wie tollwütig fauchte und das Maul aufriss.

Es vergingen ein paar Sekunden, ehe sich alle von dem Schreck erholt hatten, und sogar Russell verstand erst mit viel Verspätung, was mit ihm geschah, da er zu schreien und zu zappeln begann, als Isabelle ihm von einer unerklärlichen Wut gepackt immer mehr tiefe Kratzer auf dem Kopf und im Gesicht zufügte.

Durch seine Gegenwehr machte Russell alles nur noch schlimmer, da er nach dem Tier schlug, das dadurch umso wütender wurde und ihm wiederholt ins Ohr biss. Die anderen standen nach wie vor daneben und verfolgten schockiert das Treiben, da keiner von ihnen wusste, wie sie eingreifen sollten, ohne alles nur noch schlimmer zu machen.

»Halten Sie Russell fest!«, forderte Christine die drei auf, als sie sich nach einer scheinbaren Ewigkeit aus ihrer Starre löste. »Halten Sie vor allem seine Arme fest, ich kümmere mich um Isabelle. Los! Machen Sie schon!«

Die drei reagierten prompt und drückten den zappelnden und schreienden Mann gegen die Wand, während Christine Isabelles Vorderpfoten zu fassen bekam und festhielt, ohne mit den ausgefahrenen, gespreizten Krallen in Berührung zu kommen, an denen blutige Hautfetzen hingen.

Isabelle sah sie an, und Christine hatte das Gefühl, ein fremdes Tier vor sich zu sehen. Noch nie hatte sie bei ihrer Katze einen solchen Ausdruck in den Augen beobachtet, der nicht nur unbändige Wut, sondern regelrecht Hass zu versprühen schien. Sie hob das Tier mit der einen Hand und griff nach den Hinterpfoten, bevor Isabelle sich mit ihnen wehren konnte. Schnell trug sie die energisch strampelnde Katze ins Wohnzimmer, setzte sie ab und schloss die Tür hinter ihr, bevor sie in den Flur zurückkehren und ihre Attacke fortsetzen konnte.

Als sie sich zu Russell und den anderen umdrehte, sah sie,

dass Betty aus der Küche gekommen war. »Oh Gott, was ist denn mit Ihnen passiert?«, rief sie erschrocken und ließ ihre Kaffeetasse fallen.

Christine schaute Russell an und konnte die Reaktion ihrer Tante nachvollziehen, denn der Mann hätte ebenso gut einem Horrorfilm entsprungen sein können. Sein Kopf war blutverschmiert, Stirn und Wangen waren mit Blut bedeckt, sodass sich gar nicht erkennen ließ, wo sich Kratzer befanden. Fast hätte man meinen können, dass er bei lebendigem Leib gehäutet und skalpiert worden war, so entsetzlich war sein Anblick. Blut lief an seinem Hals entlang und wurde vom Stoff seines Sweatshirts gierig aufgesogen.

Russell stand da und starrte seine Hände an, die ebenfalls einige Kratzer abbekommen hatten, doch nach seinem Blick zu urteilen, schien er zu glauben, dass diese Verletzungen schlimm waren – dabei hatte er sein Gesicht noch gar nicht gesehen.

»Diese verdammte Bestie!«, schimpfte er und stöhnte, da jede Mundbewegung die zerkratzten Wangen Schmerzen ließ. Er strich sich mit einem Finger über die Wange und zuckte zusammen.

»Ich weiß nicht, wie das passieren konnte«, erklärte Christine hilflos, dann fasste sie Russell am Arm und zog ihn mit sich ins Badezimmer. »Kommen Sie, wir müssen das Blut abtupfen, damit wir die Kratzer versorgen können.«

»Nein, ich will zu einem Arzt!«, fuhr er sie an. »Wer weiß, welche Krankheiten dieses Mistvieh hat! Ich will von einem Arzt behandelt werden!«

»Meine Katze ist kein Mistvieh, und sie hat auch keine Krankheiten«, gab sie energisch zurück.

»Vielleicht hat sie ja die Tollwut und muss eingeschläfert werden«, redete er weiter und schien die Aussicht auf das Einschläfern zu genießen.

Schnaubend verkniff sich Christine eine Erwiderung. Der Mann hatte einige heftige Kratzer abbekommen, das war klar, aber Kopfwunden bluteten prinzipiell stark, und erst wenn das

Blut abgetupft worden war, ließ sich sagen, wie schlimm es wirklich um ihn bestellt war.

»Dann fahre ich Sie zum Arzt«, entschied sie und sah Dylan und Howard an. »Würde bitte einer von Ihnen mitkommen?«

»Das ist nicht nötig«, knurrte der Verletzte. »Ich brauche kein Kindermädchen.«

»Von wegen«, konterte Christine. »Wenn Sie unterwegs ohnmächtig werden, will ich nicht allein mit Ihnen sein.«

»Ich komme mit«, erklärte sich Howard bereit. »Miss Bell hat völlig recht.«

»Wo ist der nächste praktische Arzt, Betty?«, fragte sie ihre Tante. »Dr. Gallagher kommt ja hoffentlich nicht dafür infrage.«

Betty sah zur Wanduhr neben dem Spiegel. »Drei Uhr?« Sie schüttelte den Kopf. »Dr. Bernstein hat längst Feierabend und ist in sein Wochenendhaus unterwegs. Da müsst ihr schon ins Krankenhaus in Crowborough fahren, das ist für alle Notfälle zuständig, wenn die Arztpraxen geschlossen sind. Das ist kurz vor …«

»Ich weiß, wo das ist«, unterbrach Christine sie und nahm den Wagenschlüssel aus der Handtasche. »Lass Isabelle vorläufig im Wohnzimmer, bis sie sich wieder beruhigt hat«, flüsterte sie ihr ins Ohr, als sie sich von ihr verabschiedete, um dann zur Tür zu eilen. »Kommen Sie«, sagte sie zu Russell und Howard und verließ das Haus.

»Wir gehen dann zurück zur Halle!«, riefen Cybil und Dylan den dreien nach, verabschiedeten sich von Betty und machten sich auf den Rückweg.

Die Fahrt zum Krankenhaus dauerte rund zwanzig Minuten, aber zum Glück war die Landstraße frei, sodass sie gut durchkamen. Während der Fahrt ächzte und stöhnte Russell immer wieder vor Schmerzen. In der Notaufnahme wurde er sofort auf einer Trage in ein Behandlungszimmer gebracht, da sein blutüberströmter Kopf schlimmste Verletzungen vermuten ließ.

Christine musste mit Howard im Warteraum gleich gegenüber bleiben, wo sie sich eine Weile über ihre Arbeit austauschten und Christine einiges über das Organisieren einer Convention erfuhr, während Howard in manche banalen Geheimnisse eingeweiht wurde, wie man als Buchautorin so den Tag verbrachte.

Schließlich kam der Arzt zu ihnen, gefolgt von Russell, dem man den Schädel rasiert hatte. Kopf und Gesicht waren mit Pflastern übersät, aber nachdem man ihn von allem Blut auf seiner Haut befreit hatte, sah er längst nicht mehr so furchteinflößend aus wie zuvor in Bettys Haus, kurz nachdem Isabelle ihn in die Mangel genommen hatte.

»Wie geht es Ihnen?«, fragte Christine besorgt und sprang von ihrem Platz auf.

Der Arzt hob abwehrend eine Hand. »Mr Coughlan hat zahlreiche Kratzwunden am Kopf davongetragen. Wir mussten ihm die Haare abrasieren, um die einzelnen Kratzer behandeln zu können. Es sind alles nur oberflächliche Verletzungen, aber das heißt natürlich nicht, dass sie deswegen weniger schmerzhaft wären, und deshalb haben wir ihm ein Schmerzmittel verabreicht. Er darf sich in den nächsten Stunden nicht ans Lenkrad setzen und auch keine Maschinen bedienen, falls das erforderlich sein sollte. Zusätzlich hat er noch eine Tetanusspritze erhalten.«

Christine nickte und sah Howard an. »Ich fahre ihn zurück, und Mr North wird darauf achten, dass er heute Abend nichts mehr macht, sondern sich ausruht.«

»Sehr gut«, erwiderte der Arzt. »Mr Coughlan ist krankenversichert, deshalb fallen für die Behandlung keine Kosten an. Wie ich allerdings hörte, wurde Mr Coughlan von Ihrer Katze angegriffen«, wandte sich der Arzt an Christine. »Es ist daher möglich, dass seine Krankenversicherung versuchen wird, die entstandenen Kosten von Ihnen zurückzufordern.«

»Ja, schon klar«, sagte sie. »Darum werde ich mich kümmern, wenn es so weit ist.«

Sie bedankten sich bei dem Arzt, dann verließen sie gemeinsam das Krankenhaus und kehrten zum Wagen zurück. Kaum war Christine losgefahren, machte sich Russell daran, ein Pflaster nach dem anderen abzuziehen.

»Was machst du da?«, fragte Howard, der auf dem Platz hinter Christine saß und Russell im Auge behielt.

»Wonach sieht es denn aus?«, knurrte der und warf ein weiteres Pflaster achtlos in den Fußraum, was Christine zwar bemerkte, aber unkommentiert ließ.

»Hältst du das für klug?«

»Es soll ruhig jeder sehen, was dieses Mistvieh mir angetan hat!« Wieder zog er ein Pflaster ab, was er wohl nur wegen des verabreichten Schmerzmittels so mühelos machen konnte.

Aus dem Augenwinkel musterte Christine ihn von der Seite. Über seinen Schädel zogen sich etliche Kratzer, die meisten davon den Katzenpfoten entsprechend in Vierergruppen. Ein großer Teil dieser Kratzer war tatsächlich relativ oberflächlich, an anderen Stellen waren Isabelles hintere Krallen dagegen tiefer ins Fleisch eingedrungen, weil sie auf seinem Kopf hängend nach Halt suchen musste. Insgesamt hatte ihre Katze ganze Arbeit geleistet, was Christine mit einer gewissen Genugtuung zur Kenntnis nahm.

Es war kurz vor fünf, als sie Howard und Russell am Zugang zur Pier absetzte; von dort fuhr sie zurück zu Bettys Haus. Es hatte inzwischen wieder aufgehört zu regnen, dafür war es stürmischer geworden, sodass die See stärker aufgewühlt wurde. Christine schloss die Haustür hinter sich, da kam ihr Isabelle aus der Küche entgegen.

»Ich habe ihr vorsichtshalber mehr Futter als sonst gegeben«, rief Betty ihr aus dem Wohnzimmer zu. »Ich war mir nicht sicher, ob sie mich sonst vielleicht ebenfalls zerfleischt hätte.«

»Nein, das hätte sie ganz bestimmt nicht gemacht, nicht wahr, meine Süße?« Christine entging nicht der erstaunte

Gesichtsausdruck Bettys, als sie mit der Katze im Arm zu ihr kam. »Die Extraportion hat sie sich allerdings verdient!«

Betty schüttelte den Kopf. »Entschuldige, wenn ich dir nicht folgen kann, aber einen Gast anzufallen und so zuzurichten ist doch nichts, wofür sie auch noch belohnt werden sollte.«

»Du kannst dir gar nicht vorstellen, wie groß die Belohnung eigentlich sein müsste, die ihr nach ihrer Heldentat zusteht.«

»Kind, du sprichst in Rätseln«, seufzte ihre Tante. »Komm, setz dich zu mir und erzähl mir, was los ist.«

Isabelle fest an sich gedrückt – was die zu genießen schien –, nahm Christine auf dem Sofa Platz. »Bevor ich dazu komme, sollst du erst mal wissen, dass ich versucht hatte, unserem Unbekannten eine Falle zu stellen. Ich dachte, Howard North könnte der Täter sein, deshalb hatte ich ihn hierher eingeladen. Meine Handtasche stand im Flur, demonstrativ so weit geöffnet, dass ein Stapel Papiere deutlich sichtbar war, aus dem der Plan herausragte. Wegen der Blutspritzer wusste ich, der Mörder würde den Plan sofort erkennen und an sich nehmen.«

»Du wolltest, dass er dir gestohlen wird? Wieso?«

»Um den Täter zu überführen. Wer sonst würde diesen Grundriss haben wollen?«

Betty nickte.

»Als North dann vor der Tür stand und drei Leute mitgebracht hatte, dachte ich im ersten Moment, ich könnte meine List vergessen. Immerhin kamen damit vier Personen in Betracht, wenn der Plan im Anschluss fehlen sollte. Aber als einer nach dem anderen zwischendurch zur Toilette ging, wurde mir klar, dass es so viel besser war. Wäre nur North hier gewesen und hätte den Plan nicht eingesteckt, dann …«

Betty schüttelte den Kopf. »Ich weiß nicht, ob ich dir noch folgen kann«, gestand sie ihrer Nichte.

»Okay, dann versuch ich es anders: Ich lege den Plan für den Mörder hin. Nimmt North ihn mit, ist er der Mörder oder zumindest ein Komplize. Rührt er meine Tasche nicht an, dann ist er nicht der Mörder, und ich kann ihn um Hilfe bitten, weiß aber immer noch nicht, nach wem ich eigentlich suchen muss. Bei vier Leuten ist die Wahrscheinlichkeit doch immerhin schon größer, dass einer von ihnen der Mörder ist. Selbst wenn ich nicht weiß, wer den Plan eingesteckt hat, kann ich zumindest sagen, dass es einer von diesen vieren ist.«

»Mir raucht der Kopf«, murmelte ihre Tante.

»Das glaube ich dir, aber da musst du jetzt durch, damit du weißt, was ich meine.« Christine atmete tief durch. »North hat als Einziger das Wohnzimmer nicht verlassen, doch als ich die Gruppe zur Tür brachte, sah ich aus dem Augenwinkel, dass sich jemand an meiner Tasche zu schaffen gemacht hatte, weil der Plan mit den Blutflecken fehlte. Damit kamen Dylan Weymoth, Russell Coughlan und Cybil Johansson infrage, nicht aber North.«

»Es sei denn, er hat einen von den anderen vorgeschickt.«

»Das wäre eine Möglichkeit gewesen«, räumte Christine ein. »Aber ich habe noch einmal darüber nachgedacht: Er hätte sicher nicht das zweite Opfer in einem Roboterkostüm auf seiner Veranstaltung versteckt, sondern den Mann auf eine andere Weise verschwinden lassen, um nicht das Interesse der Polizei auf sich zu lenken.«

Betty zuckte mit den Schultern und schien nicht von dem überzeugt zu sein, was sie zu hören bekam. »Und weiter?«

»Bevor meine drei Verdächtigen das Haus verlassen konnten, betrat Isabelle die Szene …«

»… und zerfleischte einen der Verdächtigen«, führte ihre Tante den Satz zu Ende.

»Nein, sie zerfleischte den Mörder«, gab Christine zurück.

»Dieser Coughlan ist der Mörder? Woher willst du das wissen?«

»Isabelle hat ihn wiedererkannt, und das sogar zum zweiten Mal.«

»Zum zweiten Mal?«, fragte sie ratlos.

»Ja. Coughlan war unser Einbrecher. Dass überhaupt ein

solcher Plan existiert und dass ich ihn haben könnte, konnte nur jemand wissen, der das erste Opfer getötet hatte oder zumindest dabei gewesen war. Und er musste sich in der Halle aufgehalten haben, als ich das Dokument versehentlich erwähnte. Er stieg hier ein, um nach dem Plan zu suchen, und dabei hat er Isabelle getreten, die vermutlich nur neugierig war, weil sie Geräusche im Haus gehört hatte. Der Tritt war die Ursache für die Prellung, die zum Glück gut zu verheilen scheint.« Sie strich über Isabelles Hinterpfote, und die Katze reagierte nicht mal mit einem leisen Knurren, sondern ließ sie gewähren. »Isabelle hat sich sein Gesicht beziehungsweise seinen Geruch gemerkt. Coughlan war an dem Tag hier, als sie wie eine Furie auf die Fensterbank gesprungen war. Sie hatte ihn gesehen, wie er neben dem Fenster stand, um uns zu belauschen, aber als ich nach draußen lief, war sein Vorsprung bereits zu groß. Als Coughlan dann hörte, dass North mich besuchen wollte, da beschwatzte er ihn, er müsse unbedingt mitkommen, weil er doch so ein großer Fan von mir sei. In Wahrheit hat er nur auf eine Gelegenheit gewartet, sich hier umzusehen und den Plan einzustecken, wenn er ihn irgendwo finden sollte. Isabelle schlief noch, als die vier kamen, aber als sie aufbrachen, da kam sie nach unten, um dem Stimmengewirr doch noch auf den Grund zu gehen. Sie erkannte in Coughlan den Einbrecher wieder, der sie getreten hatte, und rächte sich an ihm.«

»Und trotzdem bist du noch mit ihm ins Krankenhaus gefahren?«, wunderte Betty sich. »Den hättest du so blutüberströmt, wie er war, der Polizei übergeben sollen.«

Isabelle schmiegte sich mit dem Kopf an Christines Wange und genoss die Streicheleinheiten, als hätte sie jedes lobende Wort über ihre Heldentat verstanden.

»Das hätte zu nichts geführt, außer dazu, dass er gewarnt worden wäre und sich womöglich abgesetzt hätte. Meinst du, Chief Inspector Hatfield würde jemanden unter Mordverdacht festnehmen, weil der von einer Katze wiedererkannt worden war? Noch schlimmer: von *meiner* Katze?«

Betty nickte verstehend. »Nein, natürlich nicht.«

»Eben. Wir haben nur eine Chance, wenn wir hieb- und stichfeste Beweise liefern können. Solange das nicht der Fall ist, kommen wir bei Hatfield nicht weiter.«

»Aber jetzt ist der Plan weg, und damit sind alle Beweise verschwunden«, wandte ihre Tante ein.

Christine lächelte triumphierend. »Was denkst du denn von mir?«, fragte sie mit gespielter Entrüstung. »Du weißt doch, dass ich den Plan und diese Seite aus der Touristenbroschüre habe einscannen und ausdrucken lassen.« Betty nickte. »Bei der Gelegenheit habe ich den Plan auch noch in Originalgröße ausdrucken lassen, einschließlich der Blutflecken. Coughlan hat eine Kopie mitgehen lassen, was ihm vermutlich nicht auffallen wird. Dazu müsste er schon die Blutflecken analysieren lassen, um festzustellen, dass sie nicht aus Blut, sondern aus gewöhnlicher Druckertinte bestehen. Das Original befindet sich in einem sicheren Versteck, weil ich es später noch brauche, um belegen zu können, dass das Blut des ersten Opfers daran klebt.«

»Und wie geht es jetzt weiter?«, wollte Betty wissen. »Wir kennen jetzt den Mörder, aber wenn wir ihm nichts nachweisen können, kommt er trotzdem ungeschoren davon.«

Mit der freien Hand griff Christine nach dem Telefon. »Ich werde Howard North anrufen und ihm sagen, was wir in Erfahrung gebracht haben.«

»Warum ausgerechnet ihn? Er könnte trotz allem ein Komplize sein.«

Sie schüttelte den Kopf. »Nein, Betty, das glaube ich nicht. Du weißt doch, dass ich ihn gebeten habe, mit ins Krankenhaus zu fahren, falls Coughlan unterwegs ohnmächtig wird oder ihm sonst etwas passiert.«

»Ja, ich weiß.«

»Das war nicht der Grund, wieso ich ihn oder Dylan Weymoth mitnehmen wollte. Er war meine Lebensversicherung. So übel Isabelle ihn auch zugerichtet hatte, war Coughlan immer noch genügend bei Sinnen, um eine günstige Gelegenheit zu nutzen. Auf der Fahrt zum Krankenhaus hätte er mich überwältigen und einen tödlichen Unfall inszenieren können, um mich aus dem Weg zu räumen. Würden er und North unter einer Decke stecken, hätten sie von der Möglichkeit erst recht Gebrauch gemacht. So aber ist nichts passiert, und das genügt mir als Beweis, dass North nicht eingeweiht ist.«

»Und wenn doch?«

»Betty, ich muss ein gewisses Risiko eingehen«, beteuerte sie mit ernster Miene. »Angenommen, ich unternehme überhaupt nichts und lasse Coughlan ungeschoren davonkommen, dann habe ich trotzdem keine Garantie, dass er mich nicht doch noch irgendwann ermordet, nachdem er seine eigentliche Mission erfüllt hat. Er weiß, was ich weiß, und seit Isabelles Attacke ist ihm vielleicht klar, dass ich seine Identität kenne. Früher oder später wird er sicherstellen wollen, dass ich ihn nicht doch noch ans Messer liefere.«

»Das stimmt«, sagte ihre Tante betrübt. »Von der Seite habe ich es noch gar nicht betrachtet.«

»Und von einer anderen Seite auch noch nicht«, ergänzte Christine. »Du schwebst genauso in Gefahr wie ich, denn Coughlan wird davon ausgehen, dass ich dir alles erzähle.«

Betty wurde bleich, als sie das hörte. »Oh Gott, damit hast du vermutlich recht.«

»Deshalb müssen wir uns etwas überlegen, wo wir dich unterbringen, wenn ich unterwegs bin. Hier im Haus kannst du jedenfalls nicht allein bleiben. Aber darüber können wir uns den Kopf immer noch zerbrechen, wenn ich mit North gesprochen habe.«

Sie tippte seine Nummer ein und wartete, dass er sich meldete.

Ein ungehaltenes »Hallo« ertönte am anderen Ende der Leitung.

»Mr North? Hier ist Christine Bell, aber nennen Sie auf keinen Fall meinen Namen!«

»Was ist los? Gibt es ein Problem?«

»Ja, aber darüber kann ich nicht am Telefon mit Ihnen sprechen. Wir müssen uns unbedingt treffen.«

»Das ist jetzt sehr ungünstig. In einer halben Stunde wird die Convention offiziell eröffnet, und Sie können sich vorstellen, dass ich anwesend sein muss.«

Die Eröffnung der Convention, überlegte sie. Die ersten Besucher würden kommen und in dem Trubel wäre es ohnehin nicht möglich, Coughlan im Auge zu behalten, wenn der untertauchen wollte, um irgendeinen Auftrag auszuführen. »Wie geht es Russell?«, fragte sie.

»Den hat das Schmerzmittel umgehauen, er liegt hinter der Bühne in einem Kämmerchen und schläft wie tot.«

»Ah, das ist gut.« Nach einer kurzen Pause fuhr sie fort: »Wann könnten Sie frühestens herkommen?«

»Lassen Sie mich nachdenken. Die Eröffnung … die Rede … hm, sagen wir, ich könnte mich zwischen acht und neun für knapp eine Stunde davonstehlen, ohne dass mich jemand vermisst. Aber … ist es wirklich so wichtig?«

»Mr North«, sagte sie ernst. »Ich neige nicht dazu, Dinge zu übertreiben, aber das hier ist eine Frage von Leben und Tod.«

»Verstehe. Also gut, ich werde kurz nach acht bei Ihnen sein.«

»Und noch etwas: Achten Sie darauf, dass Ihnen niemand folgt.«

Die kurze Pause verriet, dass North stutzte. »Wer sollte mir folgen?«

»Achten Sie einfach darauf, dass es niemand macht.«

12

Betty, hast du dich entschieden, bei wem du dich für ein paar Tage einquartieren kannst?«, fragte Christine, nachdem sie die Wartezeit bis zu North' Besuch genutzt hatte, um die angesammelten E-Mails der letzten Tage durchzusehen und zu beantworten. »Ich weiß nicht, ob und wann ich mit North auf den Pier gehe, aber wenn das noch heute Abend sein sollte, dann will ich nicht, dass du allein bist. Keiner weiß, was dieser Coughlan vorhat.«

»Ja, ich würde sagen, ich versuche es bei den Bennetts«, überlegte ihre Tante, die soeben ins Wohnzimmer kam. »Die haben früher schräg gegenüber gewohnt, und ich habe monatelang jeden Tag auf ihre Kinder aufgepasst, wenn beide Eltern arbeiten mussten. Bei ihnen habe ich noch etwas gut.«

»Kannst du Isabelle mitnehmen?«

»Wo willst du hin?«

»Ich ... werde mir ein Hotelzimmer nehmen.«

Betty legte den Kopf schräg. »Ich weiß, was du vorhast«, sagte sie Christine auf den Kopf zu. »Du willst allein hier bleiben und den Köder spielen. Und wie willst du dich gegen ihn zur Wehr setzen? Hältst du ihm einen Zettel hin, auf dem ›Peng, du bist tot‹ geschrieben steht, damit er umfällt?«

»Mir wird schon etwas einfallen«, beteuerte sie mit einer Unbeschwertheit, die sie so gar nicht verspürte.

»Christine, wenn du nicht mit zu den Bennetts kommst, gehe ich auch nicht hier weg, damit das klar ist.«

»Ach, Betty, fang doch jetzt nicht mit so was an«, gab sie zurück. »Er rechnet ja nicht damit, dass ich ihn erwarten werde. Also bin ich im Vorteil.«

»Ja, falls du in der Lage bist, einer Pistolenkugel auszuweichen«, spottete sie. »Wer behauptet denn, dass er erst ins Haus einsteigt, wenn du allein bist? Vielleicht erwartet er dich längst, wenn du hereinkommst?« Sie setzte sich und verschränkte die Arme vor der Brust. »Ich bleibe hier, wenn du nicht mitkommst. Ansonsten musst du schon versuchen, mich aus dem Haus zu tragen, aber ich glaube nicht, dass dir das gelingen wird.«

Seufzend lenkte Christine schließlich ein. »Ja, ist gut. Dann ruf die Bennetts an und frag, ob wir nachher noch rüberkommen können.« Sie gab ihrer Tante das Telefon.

Die wählte die Nummer aus dem Kopf, nach dem zweiten Klingeln wurde abgenommen. »Cathy? Hier ist Betty … ja, eure frühere Nachbarin … genau … ja, ein paar Wochen muss ich den Gips auf jeden Fall noch tragen … m-hm … m-hm … ah, ja … ich muss euch um einen großen Gefallen bitten. Meine Nichte Christine ist hier … ja, die kleine Christine … nein, so klein ist sie jetzt wirklich nicht mehr … richtig, und sie wollte mir was Gutes tun und im Wohnzimmer die Decke streichen … ja, die hat's wirklich nötig … aber mit der Farbe stimmt etwas nicht, ist wohl eine Fehlproduktion … ja, die stinkt buchstäblich zum Himmel … nein, die schlägt mir auf die Lunge, und Kopfschmerzen bekomme ich davon auch … irgendwelche Giftstoffe … m-hm … und alle Hotels sind besetzt, und da dachte ich …«

In diesem Moment klingelte es an der Tür, Christine stand auf und ging in den Flur.

»Hallo, Miss Bell«, begrüßte Howard North sie. Die Dämmerung hatte inzwischen eingesetzt, und die Straße war in ein Halbdunkel getaucht, das es schwer machte zu erkennen, ob jemand sie beobachtete. »Was gibt es denn so Brandeiliges?«

»Kommen Sie rein«, sagte sie. »Es tut mir leid, dass ich Sie von Ihrer Veranstaltung wegholen muss, aber das kann nicht warten.«

Sie führte ihn ins Wohnzimmer, wo Betty soeben das Telefonat beendete. »Ja, Cathy, spätestens um zehn sind wir da.«

Sie sah zu North und nickte ihm zu. »Es ist alles geregelt, Christine. Cathy macht die beiden Gästezimmer für uns fertig. Sie hofft nur, dass sich ihre zwei Katzen mit Isabelle verstehen.«

»Isabelle ist lammfromm, das hast du ihr hoffentlich gesagt«, erwiderte sie, woraufhin sich North lautstark räusperte und ihr einen unmissverständlichen Blick zuwarf. »Nein, wirklich. Ich werde es Ihnen gleich erklären.«

Er setzte sich, und Christine begann so knapp und zugleich so detailliert wie möglich die Ereignisse seit dem ersten Toten zu schildern, er hörte aufmerksam zu, wobei sein Gesichtsausdruck immer wieder zwischen Empörung und Fassungslosigkeit wechselte, als er hörte, was alles geschehen war und wie die Polizei auf die Vorfälle reagiert hatte.

Und dann kam sie auf Russell Coughlan zu sprechen. »Wie gut kennen Sie Russell?«

North zuckte mit den Schultern. »Er ist einer von den Helfern, die so gut wie jedes Jahr mit dabei sind, ihn kenne ich nicht schlechter oder besser als die meisten anderen. Wieso fragen Sie?«

»Weil er unser Mörder ist«, erwiderte sie. »Deswegen hat meine Katze sich auf ihn gestürzt. Er war hier und hat nach diesem Plan gesucht, dabei hat er Isabelle getreten, und als er zusammen mit Ihnen herkam, um seine Suche fortzusetzen, hat sie ihn wiedererkannt. Katzen haben ein gutes Gedächtnis, besonders wenn es um Menschen geht, die ihnen Schmerzen zugefügt haben. Da können sie es fast mit Elefanten aufnehmen.«

Er nickte. »Ja, davon habe ich gehört. Sie haben mir jetzt so viel von diesem Plan erzählt, könnte ich ihn mal sehen?«

Auf dem Wohnzimmertisch breitete sie das Original aus und legte die kleineren Ausdrucke dazu. »Was meinen Sie dazu?«

»Das ist eindeutig die untere Hallenebene«, bestätigte er. »Aber dort, wo die Linie endet, gibt es nichts. Da ist nur eine kahle Wand.«

»Ich weiß, vor der habe ich schon gestanden.«

Er drehte das Papier nach links und nach rechts. »Ist das … diese Schrift … ist das …?«

»Ja, das dürfte Rivanisch sein, wenn es nach Dylan Weymoth geht. Können Sie das entziffern?«

»Nein, keine Ahnung. Das ist was für hartgesottene Fans, aber ich kann damit nichts anfangen. Ich habe Wichtigeres zu tun, als mir eine Sprache anzueignen, die es nicht mal gibt. Eher würde ich Chinesisch oder Japanisch lernen.«

»Der Plan muss eine Bedeutung haben, sonst hätte sich Coughlan nicht so viel Mühe gemacht. Vermutlich musste das Opfer wegen dieses Plans sterben.«

North betrachtete nachdenklich die Zeichnung, dann drehte er das Blatt um und hielt es gegen das Licht der Deckenlampe. »Nein, spiegelverkehrt ergibt es gar keinen Sinn. Und quer gelegt passt es auch nicht zum Grundriss der Halle.« Frustriert schnaubend legte er das Blatt hin. »Vielleicht würde uns die Beschriftung weiterhelfen, wenn wir sie aus dem Rivanischen zurückübersetzen könnten.«

»Ja, vielleicht, aber das würde bedeuten, dass wir noch jemanden einweihen müssten«, wandte sie ein. »Je weniger Menschen davon wissen, umso besser. Sonst erfährt Coughlan davon, dass wir ihm auf der Spur sind, und wenn wir Pech haben, taucht er unter, und die vier Morde bleiben ungesühnt.«

North kratzte sich am Kinn, und nach einer Weile sagte er: »Wir können Dylan fragen. Er kann das lesen und übersetzen, und er wird den Mund halten.«

Sie atmete tief durch. Es gefiel ihr nicht, außer North noch jemandem zu erzählen, was sie wusste. Sie konnten sich nicht mal darauf beschränken, ihm nur den Plan zu zeigen, weil er dann unweigerlich fragen würde, was der zu bedeuten hatte. Zudem bestand die Gefahr, dass er anschließend mit anderen darüber redete, und im nächsten Augenblick würden die wildesten Spekulationen blühen. Wenn Coughlan davon erfuhr, war er gewarnt und konnte ihnen entwischen.

»Warten Sie, ich habe eine Idee«, sagte North plötzlich. Er zog sein iPhone aus der Jackentasche, machte ein Foto von einer der Schriftzeilen auf dem Plan und verschickte es. Dann wählte er eine Nummer und stellte das Telefon auf Lautsprecher.

»Weymoth.«

»Howard hier, hallo Dylan.«

»Wo steckst du? Ich suche dich die ganze Zeit. Sag nicht, du bist schon wieder in diesem Puff!«

North senkte den Blick, da er zu wissen schien, dass Christine ihn neugierig anblickte. »Ich habe dir gerade ein Foto geschickt, sieh dir das mal an.«

Es folgte eine kurze Stille, dann: »Was soll ich denn damit?«

»Das ist Rivanisch, richtig?«

»Ja«, antwortete Dylan. Sein Tonfall war von Ratlosigkeit geprägt. »Und?«

»Was heißt das?«

»›An Sonn- und Feiertagen geschlossen‹«, kam die Antwort.

»Was?«, rief Christine verwundert.

»Wer war denn das?«, fragte Dylan. »Etwa eine dieser ...«

»Nein, und das ist jetzt auch nicht wichtig«, fiel North ihm ins Wort. »Bist du dir ganz sicher, dass das die richtige Übersetzung ist?«

»Wer hat denn das Rivanisch-Wörterbuch geschrieben?«

»Du, das weiß ich.« Auf Christines fragenden Blick hin nickte er bestätigend. »Hmm, das ergibt keinen Sinn.«

»Kommt drauf an, um was es eigentlich geht«, meinte Dylan. »Verrat mir, wo das geschrieben steht, und ich kann dir vielleicht sagen, ob es einen Sinn ergibt.«

»Das geht jetzt nicht. Pass auf, ich schicke dir gleich noch drei oder vier Fotos, und dann ruf mich an und sag mir, was die jeweiligen Zeilen bedeuten.«

Dylan schnaubte verärgert. »Ich würde wirklich gern wissen, was du damit bezweckst.«

»Ich werd's dir später sagen, okay? Im Moment habe ich dafür keine Zeit.«

»Na gut, dann schick die Fotos, und ich melde mich bei dir.«

Kaum drei Minuten später kannten sie die Bedeutung von drei weiteren Beschriftungen auf dem Plan. »Kann ich bitte eine Fahrkarte haben?«, »Wo ist das nächste Postamt?« und »Das kostet extra.«

Kopfschüttelnd saßen North, Christine und Betty da und starrten auf den Plan. »Das hat jemand aus einem Reiseführer abgeschrieben«, murmelte North und verzog frustriert den Mund. »Das hat einfach gar nichts zu bedeuten.«

»Vielleicht ist es ein Ablenkungsmanöver«, warf plötzlich Betty ein, die bislang nur schweigend dagesessen hatte.

»Was?«, gab Christine zurück.

»Na, diese Schrift«, sagte sie. »Vielleicht ist das ein Ablenkungsmanöver. Es kann doch sein, dass nur bestimmte Buchstaben wichtig sind und einen Sinn ergeben, wenn man sie in der richtigen Reihenfolge liest.«

»Dann müsste sich ein Dechiffrierspezialist tage- oder gar wochenlang mit diesen Zeilen beschäftigen, um vielleicht zu einem Ergebnis zu kommen«, entgegnete North.

»Das würde bedeuten«, folgerte Christine, »dass es sich um eine sehr wichtige Information handelt, die nur von bestimmten Leuten entschlüsselt werden soll.«

»Sagen Sie, Mr North«, meldete sich Betty abermals zu Wort. »Der Chief Inspector hat mehrmals erwähnt, dass in den nächsten Tagen ein wichtiger Gast nach Beechwood kommt. Hat der zufällig etwas mit Ihrer Veranstaltung zu tun?«

North machte eine skeptische Miene. »Wie kommen Sie darauf, dass das etwas mit uns zu tun haben könnte?«

»Ganz einfach«, erklärte sie lächelnd. »Beechwood ist wie ein Dorf, jeder kennt jeden, und alle sind auf dem Laufenden, was das aktuelle Geschehen angeht. Hohe Gäste kommen nur her, wenn auf dem Pier irgendeine Veranstaltung läuft, weil es keinen anderen Ort in ganz Beechwood gibt, wo man so wichtige Gäste empfangen könnte. Wenn Ihre Convention am Sonntagabend endet, steht die Halle für zwei Wochen leer, bevor da eine Oldie-Nacht stattfindet, bei der zwei Dutzend Bands aus den Siebzigern ihre größten Hits spielen. Da treten Bands wie Sailor, Showaddywaddy, Racey, die Rubettes und so weiter auf, aber kein so bedeutender Gast, dass die Polizei für seine Sicherheit sorgen müsste. Also kann dieser Gast eigentlich nur zu Ihnen kommen.«

Er nickte anerkennend, schwieg jedoch.

»Mr North?«, hakte Christine nach.

»Ich kann dazu nichts sagen«, lautete seine knappe Antwort.

»Mr North, wer ist dieser wichtige Gast?«, fragte sie eindringlich.

»Ich darf es Ihnen nicht sagen«, gab er zurück. »Es ist streng vertraulich.«

»Wenn diese Morde mit Ihrem rätselhaften Gast zu tun haben, dann ist sein Leben womöglich auch in Gefahr«, machte sie ihm klar.

North schüttelte den Kopf.

Christine atmete tief durch. »Mr North, ich weiß nicht, ob Ihnen der Ernst der Lage bewusst ist. Wenn durch Ihr Schweigen jemand zu Schaden kommt, werde ich nicht zögern, mich an die Polizei, Scotland Yard oder den MI6 zu wenden, und notfalls auch an die Presse. Nein, das war falsch ausgedrückt. Ich werde das umgehend tun, wenn Sie mir nicht antworten. Und ich werde Ihren Namen bei jeder dieser Stellen erwähnen. Ich kann mir nicht vorstellen, dass Sie in nächster Zeit noch mal irgendeine Convention veranstalten dürfen.«

»Soll das eine Drohung sein?«, konterte er sichtlich verärgert.

»Nein, keine Drohung, sondern ein Versprechen.« Sie sah ihm in die Augen. »Haben Sie mich verstanden?«

Schnaubend nickte er. »Ja, ich habe Sie verstanden.« Eine Zeit lang saß er schweigend da, schließlich erklärte er: »Der König von Jordanien wird am späten Sonntagnachmittag die Convention besuchen.«

»Der König von Jordanien?«, wiederholte Christine und

wollte gerade anfangen zu lachen, da sah sie North' Miene an, dass er das tatsächlich ernst meinte. »Wie… wieso?«

»Der König ist ein großer Fan von einer dieser Science-Fiction-Serien«, sagte er. »Ich weiß nicht genau, um welche es sich handelt, weil das nicht mein Metier ist. Auf jeden Fall ist er Fan, und er hat vor ein paar Jahren sogar in einer Episode mitgespielt, wie man mir gesagt hat. Er soll auch schon ein paar von den Schauspielern nach Jordanien eingeladen haben. Wenn er auf Auslandsreise ist, und in der Nähe findet eine Convention statt, kann es sein, dass die Besucher plötzlich neben einem echten König stehen, der sich an einem Stand mit DVDs oder Büchern eindeckt.«

»Stimmt, das habe ich mal in der *Hello* gelesen«, bestätigte Betty. »Da dachte ich noch, wer hat sich denn so einen Blödsinn ausgedacht, aber dann wurde das woanders auch erwähnt.«

»Im Augenblick ist er in England unterwegs und hält Vorträge an verschiedenen Universitäten«, fuhr North fort, »und am Sonntag kommt er ›ganz spontan‹ nach Beechwood und besucht unsere Convention. Das ist der einzige Punkt, in dem die Zeitschriften Unsinn schreiben und das glauben werden, was der königliche Pressesprecher erzählt, denn es ist alles andere als spontan. Das jordanische Königshaus hatte bereits vor einem halben Jahr bei mir angefragt.«

Christine saß da und musste unwillkürlich lächeln, weil der Gedanke sie tatsächlich amüsierte. Welcher König erlaubte sich schon, etwas so ganz und gar nicht Standesgemäßes zu tun? Sie versuchte sich vorzustellen, wie die Queen ihren Rolls Royce vor einem Plattenladen anhalten ließ, um auszusteigen und höchstpersönlich das neue Album von Kylie Minogue zu kaufen, weil das in der Presse so gelobt worden war. Nein, auf diese Idee würde sie niemals kommen. Vielleicht würde sie sich das Album über drei Ecken beschaffen lassen und heimlich hören, aber niemals würde sie offen dazu stehen, so wie es der jordanische König machte.

»Es ist möglicherweise eine gewagte Theorie, aber ich möchte behaupten, dass wir jetzt wissen, auf wen Russell Coughlan es abgesehen hat. Damit steht das Wann auch fest, nur das Wie ist noch ein Rätsel.« Sie sah zwischen North und ihrer Tante hin und her. »Was können wir machen, um mehr herauszufinden?«

»Sie haben mir doch eben damit gedroht, Himmel und Hölle in Bewegung zu setzen, wenn ich Ihnen nichts sage«, entgegnete North verwundert. »Warum wollen Sie das jetzt nicht mehr tun?«

»Weil die Sache einen Haken hat. Egal, an wen wir uns wenden, jede Stelle wird sich anschließend mit Detective Chief Inspector Hatfield in Verbindung setzen und ihn dazu befragen. Sobald Hatfield das Wort ›Convention‹ hört, wird er sagen, dass es sich dabei nur um einen Haufen von Spinnern handelt. Und wenn mein Name ins Spiel kommt, wird er mich so hinstellen, als wäre ich davon besessen, die Welt mit Verschwörungstheorien zu beglücken. Wir können nicht auf Hilfe von außen hoffen, wir sind auf uns allein gestellt.«

»Dann haben Sie mir eben nur etwas vorgemacht?«, entrüstete North sich.

»Ich glaube, die korrekte Bezeichnung dafür ist ›bluffen‹«, gab sie zurück und grinste ihn an. »Was ist, Mr North? Sie haben heute selbst auch gepokert, wissen Sie noch? Als Sie mir sagten, Sie könnten meine Gage erst auszahlen, wenn Mrs Harling ihre Gage zurückgezahlt hat. Sie haben riskiert, dass ich absage, nur weil Sie Ihren Gewinn nicht durch eine zusätzliche Gagenzahlung schmälern wollten.«

Zähneknirschend musste er zugeben: »Sie waren sehr überzeugend.«

»Na ja, ich muss schließlich üben. Ich habe meinen Agenten gefeuert und werde ab sofort meine Vertragsbedingungen in Eigenregie aushandeln.«

»Wenn ich das nette Geplänkel kurz unterbrechen darf«, ging auf einmal Betty dazwischen, »aber wir sollten uns wohl besser damit beschäftigen, wie die nächsten Schritte aussehen müssen. Bis Sonntagnachmittag bleibt nicht mehr viel Zeit.«

»Ja, Sie haben recht«, pflichtete North ihr bei. »Was können wir tun?«

»Als Erstes müssen wir herausfinden, was es mit dem Plan auf sich hat«, antwortete Christine. »Auch wenn diese Beschriftung ein Ablenkungsmanöver sein sollte, um uns in die Irre zu führen, muss der gekennzeichnete Weg irgendeinen Sinn ergeben. Mr North, wie lange dauert das Programm heute Abend?«

»Bis ein Uhr, danach wird noch das Gröbste aufgeräumt, aber um halb zwei sind alle draußen«, erwiderte er. »Gründlich sauber gemacht wird morgen früh um sieben, damit wir um neun Uhr öffnen können.«

»Gut, dann werde ich heute Nacht um halb zwei da sein, und zwar vor dem Tourist Trap auf der Promenade. Kommen Sie rüber, dann gehen wir zusammen durch die untere Ebene. Vielleicht entdecken wir ja gemeinsam irgendeinen Hinweis.«

North sah auf seine Armbanduhr. »Einverstanden. Halb zwei vor dem Tourist Trap.« Mit diesen Worten stand er auf und verabschiedete sich.

Isabelle sprang auf den Tisch und setzte sich vor Christine.

»Hältst du das für eine gute Idee«, fragte Betty, »mitten in der Nacht auf Erkundungstour zu gehen?«

Christine zuckte mit den Schultern. »Irgendwie müssen wir der Sache auf den Grund gehen, und solange wir keine Hilfe von der Polizei erwarten können, bleibt uns nichts anderes übrig, als selbst die Initiative zu ergreifen.«

»Ich hoffe nur, du weißt, was du da tust«, meinte ihre Tante besorgt.

»Um ehrlich zu sein, ich habe nicht die leiseste Ahnung, worauf es hinauslaufen wird«, gestand sie und stand auf, um die Transportbox zu holen, damit sie sich auf den Weg zu den Bennetts machen konnten.

***

Christine saß in ihrem Wagen, der in der Parkbucht vor dem Tourist Trap geparkt war, und beobachtete, wie die Besucher der Convention nach und nach in kleinen Gruppen die Halle verließen, auf dem Pier in Richtung Promenade gingen und sich dann zu ihren Hotels begaben. Im Sommer pulsierte hier am Strand das Nachtleben bis in den frühen Morgen, aber zu dieser Jahreszeit schlossen die Geschäfte spätestens um sechs Uhr, und die meisten Lokale waren um acht Uhr längst zu. Mit etwas Glück konnte man danach in den Restaurants der Hotels noch etwas zu essen bekommen, doch mangels Konkurrenz hielten die meisten Manager es nicht für nötig, den Hotelgästen bis Mitternacht den Service einer warmen Küche anzubieten.

Allerdings war das außerhalb der Saison normalerweise auch kein lohnendes Geschäft, da zu wenige Touristen länger als einen Tag in Beechwood blieben und die Kosten für den Koch und das Personal weit über den zu erwartenden Einnahmen lagen. Und wenn selbst der Chef der örtlichen McDonald's-Filiale um sieben Uhr das Licht ausmachte, war beim besten Willen nicht damit zu rechnen, dass es danach zu einem Ansturm auf die anderen Lokale kommen würde.

Der Regen hatte wieder eingesetzt, als Christine vor einer Viertelstunde bei den Bennetts losgefahren war. Sie hatte sich nur schwach an das Ehepaar erinnert, das in einem der Häuser gegenüber von dem ihrer Tante gewohnt hatte. Die beiden Kinder – ein zehn Jahre alter Sohn namens Patrick und eine zwölfjährige Tochter namens Melanie – konnte sie natürlich gar nicht kennen, weil die erst zur Welt gekommen waren, nachdem sie mit ihren Eltern das letzte Mal in Beechwood Urlaub gemacht hatte. Vom Meer her trieb ein starker Wind den Regen landeinwärts, die Tropfen prasselten gegen die Seitenscheiben ihres Minivans, und hin und wieder ließ eine Böe den Wagen leicht schaukeln. Eigentlich war es das richtige Wetter, um in einem gemütlichen Bett zu liegen, die Decke über den Kopf zu ziehen und alles Unangenehme von sich fernzuhalten.

Sie zog den Reißverschluss ihrer Lederjacke noch ein Stück weiter zu, da es sie bei dem Gedanken fröstelte, aus dem Wagen aussteigen und sich nach draußen in den Regen begeben zu müssen.

Die Grüppchen kamen immer spärlicher aus der Halle, und die meisten verließen den Pier gleich; nur wenige Besucher standen trotz des schlechten Wetters beisammen, unterhielten sich und lachten ausgelassen, umarmten sich und schlugen dann unterschiedliche Richtungen zu ihren Quartieren ein. In der Veranstaltungshalle gingen nach und nach die Lichter aus, nur ein paar Leute kamen noch nach draußen, dann schloss jemand die Eingangstür ab und rappelte an den übrigen Türen, um zu prüfen, ob sie auch alle verriegelt waren.

Nachdem die letzten drei Besucher gegangen waren, herrschte auf der Promenade Leere. Christine zuckte leicht zusammen, als auf einmal die Straßenbeleuchtung auf Sparflamme geschaltet wurde und jede zweite Laterne erlosch. Der Regen schien das wenige noch verbliebene Licht zu schlucken, sodass es draußen noch dunkler schien, als es tatsächlich war.

»Wo ist er?«, murmelte Christine, die erwartet hatte, North würde die Halle als Letzter verlassen und kommen, um sie abzuholen. Tatsächlich jedoch war von ihm weit und breit nichts zu sehen, und allmählich wurde sie nervös. Hatte sie sich womöglich getäuscht und sich dem Falschen anvertraut? Steckte der Veranstalter mit dem Killer unter einer Decke? Hatte er ihr auf der Fahrt zum Krankenhaus lediglich nichts angetan, weil das lästige Fragen der Polizei nach sich gezogen hätte? Wie leicht es doch war, in der Dunkelheit zu lauern und sie ins Visier zu nehmen! Hatfield würde insgeheim sicher einen Freudentanz aufführen, wenn er hörte, dass sie ihn endlich mit ihren Mordtheorien in Ruhe lassen würde – auch wenn er dafür den Mord an ihr aufklären musste. Aber so wie sie ihn kennengelernt hatte, fand er auch noch eine Erklärung dafür, wieso sie mit einer Kugel im Kopf tot in ihrem Wagen saß. Vielleicht, so überlegte sie mit einem Anflug galligen Humors, sollte sie ihm noch ein paar Möglichkeiten aufschreiben, um ihm die Arbeit zu erleichtern … ein Sportschütze, der sie mit einer Tontaube verwechselt hatte, ein Jäger, der sie für einen Fuchs gehalten hatte, ein Amok laufender Irak-Veteran …

Aus dem Nichts tauchte plötzlich neben ihr ein fahles Gesicht auf, der Mund war grotesk verzogen, die Augen waren weiß, weder Iris noch Pupille waren zu sehen. Oh Gott, was war denn das?! Ihr Herz blieb einen Moment lang stehen, sie setzte zu einem gellenden Schrei an, doch dann erkannte sie, dass das Monster in Wahrheit Howard North war, der sich einen üblen Streich erlaubt hatte, indem er sein Gesicht von unten mit einer Taschenlampe anstrahlte.

»Sind Sie verrückt?«, herrschte sie ihn an, als sie das Seitenfenster öffnete. »Wollen Sie, dass ich vor Schreck tot umfalle?« Das wäre ein gefundenes Fressen für Hatfield, fügte sie im Geiste an.

»Entschuldigen Sie, Miss Bell, aber dieser Versuchung konnte ich nicht widerstehen«, sagte er grinsend. »Im Kino hätten sich die Leute vor Angst in die Hose gemacht.«

»Wir sind hier bloß nicht im Kino«, knurrte sie und stieg aus. »Wo kommen Sie eigentlich her? Ich habe die ganze Zeit den Pier im Auge behalten, aber Sie sind nicht als Letzter gegangen.«

»Aus meinem Hotel«, erklärte er. »Ich kümmere mich nie darum, die Halle abzuschließen, weil ich zu viele andere Dinge regeln muss. Wäre ich heute bis zuletzt geblieben, um die Türen persönlich abzuschließen, hätte sich Russell möglicherweise darüber gewundert. So bin ich schon früher losgegangen, und Russell geht jetzt davon aus, dass ich in meinem Hotel bin.«

»Wie hat er sich verhalten?«, wollte sie wissen.

»So wie immer, außer dass er jedem, der es hören wollte, erzählt hat, wie er sich seine Kriegsverletzungen zugezogen hat.«

»Arme Isabelle«, murmelte Christine.

North schüttelte den Kopf. »Von wegen. Ihre Katze findet gar keine Erwähnung, vielmehr wurde er von irgendeiner außerirdischen Bestie angefallen. Vermutlich war es ihm peinlich, dass eine normalerweise lammfromme Hauskatze ihn so zugerichtet hat.«

»Hm, ich hätte gedacht, er lässt jeden wissen, dass es meine Schuld ist.«

Er winkte ab und zog sich die dunkle Baseballkappe tiefer ins Gesicht. »Machen Sie sich da mal keine Sorgen. Ich glaube kaum, dass er etwas gegen Sie unternehmen wird. Die Kratzer sind bald verheilt, und wenn es stimmt, dass er ein … Mörder und Attentäter ist, dann werden diese kleinen Blessuren bald sein geringstes Problem sein.«

Der Wind wehte ihnen ins Gesicht und trug neben den Regentropfen auch das laute Rauschen des Meeres mit sich, das jetzt in der Nacht noch eindringlicher wirkte, da keine anderen Geräusche zu hören waren. Zu sehen waren die Wellen nicht, da die Beleuchtung entlang der Promenade gerade mal ausreichten, um einen schmalen Streifen Strand in diffuses Licht zu tauchen. Alles, was dahinter gelegen war, versank in der Schwärze der Nacht.

Ein paar Lampen sorgten für ein wenig Helligkeit auf dem Pier, ihr Lichtschein spiegelte sich in den großen Pfützen, die sich auf den alten Holzplanken gebildet hatten. North ging zielstrebig auf die Eingangstüren zur Halle zu, Christine war dicht hinter ihm. Plötzlich bog er nach rechts ab, ging eine metallene Wendeltreppe hinunter und gelangte auf die untere Ebene, wo der Weg vor einer unscheinbaren Metalltür endete.

Er zog einen Schlüsselbund aus der Tasche und suchte im schwachen Licht einer Neonröhre, bis er den richtigen Schlüssel gefunden hatte. Er ließ Christine vorangehen, dann schloss er hinter sich ab, wobei er die Taschenlampe zu Hilfe nahm.

»Wollen Sie nicht das Licht anmachen?«, fragte sie und zeigte auf einen Schalter, der in der Schwärze in schwachem Orange glimmte.

»Nicht hier«, erwiderte er. »Das ist einer von den Schaltern, mit dem man das Licht auf der ganzen unteren Ebene einschaltet, und dann kann man vom Land her sehen, dass sich hier unten jemand aufhält. Das möchte ich aber nicht, weil dadurch der Wachdienst aufmerksam wird und herkommt, um nach dem Rechten zu sehen.« Er beleuchtete den Gang mit der Taschenlampe, bis deren Lichtkegel auf eine Tür fiel. »Wenn wir da durch sind, können wir im jeweiligen Korridor Licht machen, ohne dass von draußen jemand etwas davon sehen kann.«

Sie folgte ihm bis zu der Tür, dann in die dahinter gelegene Schwärze. Ein leises Klick war zu hören, Sekunden später erwachten Neonröhren surrend und flackernd zum Leben und strahlten ihre kalte Helligkeit aus, die einen leichten Stich ins Bläuliche hatte. Der Korridor vor ihnen lag zwar verlassen da, dennoch war Christine so nervös, als könnte jeden Moment etwas Schreckliches hinter der nächsten Ecke hervorspringen.

North ging zielstrebig zur nächsten Tür, drückte auf den Lichtschalter gleich dahinter und löschte das Licht in dem Abschnitt, der nun hinter ihnen lag. Auf diese Weise durchquerten sie die gesamte Ebene und gelangten schließlich an die Stelle, die auf dem Plan als Endpunkt des Wegs eingezeichnet war.

»Nichts«, murmelte er wie eine Bestätigung dessen, was er erwartet hatte.

»Eben«, stimmte Christine ihm zu. »Mir war hier nichts aufgefallen, was uns weiterbringen könnte. Nicht mal ein Luftschacht oder ein Sicherungskasten. An dieser Wand gibt es keine Möglichkeit, irgendetwas zu verstecken, was dann ein Attentäter an sich nehmen könnte.«

»Vielleicht ist genau das der Trick«, grübelte North. »Möglicherweise sehen wir es nicht, weil es so offensichtlich ist. Wenn jemand Diebesgut für jeden sichtbar in seine Wohnung stellt, stehen die Chancen gut, dass die Polizei bei einer Durchsuchung nicht darauf aufmerksam wird, weil sie sich auf die möglichen Verstecke konzentriert.«

»Schön und gut«, gab sie zurück. »Aber hier befindet sich schlicht überhaupt nichts. An einer kahlen Wand fällt alles auf, das funktioniert nicht. Nein, der Plan muss einen anderen Zweck erfüllen. Irgendwas ist da verschlüsselt dargestellt, davon bin ich überzeugt.«

»Wenn das stimmt, stehen wir vor dem Problem, es entschlüsseln zu müssen, bevor der König am Sonntag eintrifft«, sagte North. »Ich wüsste nicht, wie wir das hinkriegen sollten.«

Christine überlegte kurz, dann erklärte sie: »Es gefällt mir zwar nicht, noch jemanden einweihen zu müssen, allerdings glaube ich, wir brauchen Dylan Weymoth. Vielleicht ergeben diese Sätze auf dem Grundriss keinen Sinn, weil Sie ihm nur ein paar davon geschickt haben. Es könnte aber sein, dass er sehen muss, wie diese Schriftzeichen angeordnet sind.«

North sah sie nachdenklich an. »Ich muss ihm ja nichts von dem Attentäter und von unserem hohen Besuch sagen.«

»Genau. Allerdings muss er Ihnen garantieren, dass er mit niemandem über den Plan sprechen wird«, betonte sie. »Und sagen Sie ihm, dass er sich selbst in Lebensgefahr bringt, wenn er ein Wort über das Ganze verliert. Das ist ja nicht mal übertrieben.«

»Er wird Fragen stellen«, machte North ihr klar.

Sie atmete tief durch und grübelte, bis ihr die Lösung kam. »Sagen Sie, Sie wüssten auch nicht mehr als er. Ich habe Sie darum gebeten, weil ich einem Verbrechen auf der Spur bin, aber ich habe Sie nicht weiter eingeweiht.«

»Das könnte funktionieren«, stimmte er ihr zu und wandte sich zum Gehen, hielt dann allerdings noch einmal inne. »Verdammt! Mir fällt gerade ein, ich habe meinen Terminplaner oben im Büro liegen lassen. Hören Sie, ich bin in zwei Minuten zurück. Warten Sie hier und rühren Sie sich nicht von der Stelle.«

»Aber ich kann doch mit …«, erwiderte sie, weil sie nicht allein in diesem einsamen, verlassenen Gang zurückbleiben wollte.

»Ich brauche nicht mal zwei Minuten, ich versprech's

Ihnen«, unterbrach er sie und ging ein paar Schritte rückwärts, während er beschwichtigend die Arme ausstreckte.

»Mr North, ich habe keine Lust, hier …«, versuchte sie einen erneuten Anlauf, aber er war bereits um eine Ecke in einen dunklen Seitengang eingebogen.

Sie stand da und sah nach links und rechts, dann wieder in den Korridor, durch den sie hergekommen waren. Natürlich konnte sich niemand an sie heranschleichen, weil sich außer ihr und North kein Mensch auf dem Pier aufhielt, dennoch kam sie sich vor wie in einem Horrorfilm. Verstärkt wurde das Gefühl dadurch, dass ihre Augen ihr beharrlich Bewegungen am Rand ihres Gesichtsfelds suggerierten, wo sich mit Sicherheit gar nichts bewegte.

Die zwei Minuten waren längst verstrichen, aber North war noch nicht zurückgekehrt. Sie konnte nicht mal Schritte hören, und als sie einen Blick in den dunklen Seitengang warf, war dort auch nichts vom Lichtkegel seiner Taschenlampe zu entdecken.

Aus einem unerklärlichen Grund brachte sie es nicht fertig, nach ihm zu rufen. Es schien ihr fast so, als könnte sie damit etwas Schreckliches aus dem Schlaf reißen, das sich dann gegen sie wenden würde. Wo blieb North nur?

Sie stand da und lauschte angestrengt. Bildete sie sich das nur ein, oder war da ein dumpfes Klopfen zu hören? Es war schwer zu bestimmen, da der Wind um das Gebäude pfiff und die Wellen gegen die Pfähle schlugen, die den Pier trugen. War North etwas passiert? War … war etwa Coughlan aufgetaucht? War er ihnen gefolgt, um sie beide aus dem Weg zu räumen, weil er fürchtete, dass sowohl North als auch sie seinen Plan vereiteln könnten? Er hatte bereits vier Menschen auf dem Gewissen, da kam es auf ein oder zwei mehr nicht an.

Was sollte sie nur tun? North war durch den dunklen Korridor weggegangen, und sie wusste nicht, welchen Weg er eingeschlagen hatte, um nach oben ins Büro zu gelangen. Das eine Mal, als sie hier unterwegs gewesen war, hatte sie sich an ihrem ausgedruckten Plan orientieren können. Doch den hatte sie diesmal nicht mitgebracht, da North nach eigener Aussage mit dem Gebäude gut vertraut war. Allerdings war nicht die Rede davon gewesen, dass er sie einfach irgendwo stehen lassen würde.

»Verdammt«, fluchte sie und suchte nach dem Lichtschalter für den unbeleuchteten Gang. Sie fand ihn und drückte auf den Kippschalter, wobei ihr egal war, ob die Neonröhren nur in diesem Gang angehen oder ob der gesamte Pier im nächsten Moment in gleißendes Licht getaucht würde. North war inzwischen gut zehn Minuten überfällig, und das konnte nichts Gutes bedeuten. Vielleicht war er gestürzt, hatte sich den Kopf angestoßen und lag nun bewusstlos da. Oder jemand … jemand ganz Bestimmtes hatte ihm aufgelauert.

Falls Coughlan wirklich zurückgekehrt war, wusste er dann, dass sie ebenfalls hier war? Oder dachte er, er habe es nur mit North zu tun? Aber selbst wenn, änderte das nichts daran, dass sie nach wie vor auf seiner Liste stand. Auch wenn er nichts von ihrer Anwesenheit jetzt und hier wusste, früher oder später würde er einen weiteren Anschlag auf ihr Leben unternehmen.

Wenn er dort oben war, benötigte sie irgendeine Waffe, um sich gegen ihn zur Wehr zu setzen. Sicher, wenn er eine Pistole hätte, hätte sie wohl kaum eine Chance. Doch bislang hatte er in keinem der Fälle eine konventionelle Waffe benutzt. Der Sturz vom Dach, die durch eine Roboterrüstung zerdrückte Luftröhre, der Plymouth … eines musste man diesem Coughlan lassen: Er hatte ein Faible für originelle Methoden, um seine Gegner aus dem Weg zu räumen.

Das Gift, das für sie bestimmt gewesen war und das Jerry Denham den Tod gebracht hatte, stellte die einzige Ausnahme dar. Doch in dem Punkt teilte sie mittlerweile die Meinung ihrer Tante: Sie war wohl wirklich zu prominent, und Coughlan wollte vermeiden, dass jemand ihr Ableben mit den anderen Todesfällen in Verbindung brachte.

Langsam ging sie weiter, lauschte angestrengt auf jedes Geräusch und hielt dabei Ausschau nach etwas, das sie als Waffe benutzen konnte, um sich gegen einen Angreifer zur Wehr zu setzen. Der Feuerlöscher an der Wand gegenüber war zu schwer, den konnte sie allenfalls gebrauchen, um sich an einen Gegner heranzuschleichen und ihn von hinten niederzuschlagen.

Plötzlich fiel ihr Blick auf einen großen Schraubenschlüssel, der auf dem Boden unter einer Art Schleusentür lag. Ja, der hatte das richtige Format, um ihn gut in der Hand halten zu können, und er schien nicht zu schwer zu sein, sodass er sich gut schwingen lassen dürfte. Sie bückte sich, um den Schraubenschlüssel aufzuheben, als ihr die Frage durch den Kopf ging, was das Werkzeug dort zu suchen hatte. War es jemandem aus der Hand gefallen und zufällig hier gelandet? Nein, das hätte einen solchen Lärm verursacht, dass der Verlust sofort bemerkt worden wäre. Vielleicht war der Schraubenschlüssel zwischen Tür und Rahmen geklemmt worden, damit sie nicht zufiel … weil sie auf der Innenseite keinen Griff hatte …?

Christine richtete sich auf und sah auf das Schild neben der Tür. ›Kühlraum II – Tiefkühl‹ stand dort geschrieben. Ein ungutes Gefühl beschlich sie, und sie streckte bereits die Hand nach dem Griff aus. Gerade noch rechtzeitig dachte sie daran, dass hier ein Verbrechen geschehen sein könnte – es wäre schließlich nicht das erste Mal, seit sie nach Beechwood gekommen war – und sie womöglich wichtige Fingerabdrücke verwischte. Sie zog den Ärmel über ihre Hand und umfasste erst dann den Griff, um die Tür zu öffnen.

Es erforderte einige Kraft, den Griff nach unten zu drücken. Als sich die Tür einen Spaltbreit öffnete, drang durch die Ritzen bereits eisigkalte Luft nach draußen. Gebannt hielt Christine den Atem an, während sie die Tür weiter aufzog. Der Raum dahinter war in Dunkelheit getaucht, aber einen Lichtschalter konnte sie an der eisigen Wand links von der Tür nicht ertasten. Sie lehnte sich zurück und stellte fest, dass das Licht von außen angemacht werden musste. Mit einem mulmigen Gefühl betätigte sie den Schalter, dann sah sie zu, wie die Neonbeleuchtung nach mehreren vergeblichen Anläufen endlich anging.

Sie musste nicht lange suchen, denn das Opfer lag genau vor ihr rücklings auf dem Boden. Eine dunkelhaarige Frau mit Locken, die Augen geschlossen, der Kopf von einer großen Blutlache umgeben … und alles auf minus zwanzig Grad tiefgekühlt.

Einen Moment lang kniff Christine frustriert die Augen zu. Was hätte sie dafür gegeben, einmal nicht diejenige zu sein, die eine Leiche als Erste entdeckte! Warum hatte sie den Schraubenschlüssel nicht ignoriert und war einfach weitergegangen? Weil sie dazu nicht in der Lage gewesen wäre, und das wusste sie ganz genau. Seit dem ersten Toten, zu dem Isabelle sie geführt hatte, waren ihre Sinne so geschärft, dass es ihr fast so vorkam, als würde sie von jedem weiteren Mord wie durch ein Magnet angezogen.

Sie stand in der offenen Tür und betrachtete die Tote. Hatte sie etwas aus der Kühlkammer holen wollen? Vielleicht einen Beutel mit zerstoßenem Eis? Dann war der Schraubenschlüssel weggerutscht, sie saß in der Falle und war in ihrer Panik irgendwo dagegengestoßen? Oder hatte ihr jemand aufgelauert, ihr den Schädel eingeschlagen und sie dann hier zurückgelassen? Nein, ein Unfall konnte das nicht sein, dafür hatte es in den letzten Tagen schon zu viele tödliche Zwischenfälle gegeben.

Plötzlich spürte sie, wie sich eine Hand auf ihre Schulter legte! Der Mörder war zurückgekehrt und wollte sie jetzt auch in die Kühlkammer sperren, damit sie hier jämmerlich erfror! Es waren noch zu viele Stunden, bis die Halle am Morgen wieder geöffnet werden würde. So lange konnte sie es bei minus zwanzig Grad nicht aushalten, selbst wenn er sie nicht bewusstlos schlagen würde – obwohl davon auszugehen war. Dieser Killer machte keine halben Sachen. Wen er als sein Opfer auserkoren hatte, den erledigte er auch. Wo zum Teufel blieb nur North?

»Neiiiiin!«, schrie sie und stemmte sich mit einem Fuß gegen den Türrahmen, damit sie Halt fand, dann riss sie den Kopf nach hinten und traf denjenigen ins Gesicht, der hinter ihr stand.

Ein erschrockenes »Aua!« verriet ihr, dass sie getroffen hatte, zudem wankte der Angreifer nach hinten, was sie für einen rettenden Satz zur Seite nutzte. Die Tür zum Kühlraum fiel mit einem dumpfen Knall zu, aber Christine war nicht in die Falle geraten.

Als sie sich umdrehte und drohend den Schraubenschlüssel hob, um sich zur Wehr zu setzen, sah sie gerade noch, wie Howard North das Gleichgewicht verlor und der Länge nach hinfiel.

»Sie?«, rief sie ungläubig.

»Was ist denn in Sie gefahren?«, gab er zurück und hob schützend die Hände vor sein Gesicht, damit sie ihn mit dem Schraubenschlüssel nicht am Kopf treffen konnte.

»Ich … ich dachte … Sie wären …«, stammelte sie.

Langsam stand er auf, während sie die Hand sinken ließ. »Tut mir leid, dass es länger gedauert hat.« Er hob seinen Terminplaner auf, der ihm aus den Fingern geglitten war. »Aber die Schublade, in der mein Planer lag, hatte sich verkantet, und ich musste mit dem Hammer ran, um sie zu öffnen.«

Das erklärte das gleichmäßige Klopfen, das sie gehört hatte. »Und ich war schon in Panik, Ihnen könnte etwas zugestoßen sein.«

»Ach, deshalb der Schraubenschlüssel.« Er nickte verstehend. »Ich habe Sie da stehen sehen und ein paar Mal Ihren Namen gerufen, aber Sie waren so in Gedanken, dass Sie mich nicht gehört haben.«

Sie musterte ihn wachsam, hatte jedoch nicht das Gefühl, dass er ihr etwas vorspielte. Nein, er steckte nicht mit dem Mörder unter einer Decke. Mit absoluter Gewissheit konnte sie das natürlich nicht sagen, doch sie musste irgendwem vertrauen, wenn sie Coughlan überführen und von seinem geplanten Attentat abhalten wollte. Solange sie bei Inspector Hatfield kein Gehör fand, war es unumgänglich, ein paar Leute einzuweihen.

»Was gibt's da drinnen eigentlich so Interessantes zu sehen, dass Sie alles um sich herum vergessen haben?«, fragte er plötzlich.

Christine seufzte, ging an ihm vorbei zur Tür und packte den Griff wieder so, dass sie keine Fingerabdrücke verwischen würde. »Ich glaube nicht, dass Ihnen das gefallen wird.«

13

Können Sie sich erklären, was diese Kate Sullivan hier gesucht hat?«, fragte Detective Chief Inspector Hatfield mürrisch, nachdem er sich den Tatort genau angesehen hatte.

»Vielleicht wollte sie Eiswürfel für die Getränketheke holen«, antwortete North. »Oder sie wollte nur nachsehen, wie es um die Vorräte bestellt war. Oder sie hat etwas umsortieren wollen, damit die Caterer Platz für die Eisskulptur haben.«

Hatfield warf einen suchenden Blick in den Kühlraum. »Welche Eisskulptur?«

»Die soll am Samstagmorgen geliefert werden. Sie hat die Form des marsianischen Raumschiffs aus *Kampf der Welten,* falls Sie das auch noch wissen wollen.«

»Aha«, machte der Inspector. »Wann haben Sie Miss Sullivan zum letzten Mal lebend gesehen?«

North zuckte mit den Schultern. »Irgendwann im Lauf des Abends, würde ich sagen. Wir hatten uns kurz vor der offiziellen Eröffnung der Convention noch mal zusammengesetzt, weil ich wissen wollte, ob bei ihr alles glatt lief.«

»Und, lief alles glatt?«

»Es gab keine Probleme«, antwortete North. »Dann haben wir die Veranstaltung feierlich eröffnet, und ab da hatte jeder seinen Zuständigkeitsbereich.«

»Sind Sie sich sicher, dass Sie Miss Sullivan nach dieser Besprechung noch einmal gesehen haben?«, wollte der Inspector wissen.

»Nein, sicher bin ich mir nicht, ganz im Gegenteil. Wir sind seit einer Woche hier und bereiten alles vor. Wir arbeiten fast rund um die Uhr, jeder hilft jedem, weil es darum geht, rechtzeitig fertig zu werden. Ich werde übertrieben ausgedrückt alle zehn Sekunden von einem anderen Helfer oder Mitarbeiter angesprochen, weil er eine Frage hat, weil es ein Problem gibt oder weil er mir einfach nur eine Information zukommen lassen will. Wenn der Tag vorbei ist, kann ich mich nur noch an die wichtigsten Augenblicke erinnern, und das sind für gewöhnlich die besonders kritischen. Ich weiß mit Sicherheit, dass Kate Sullivan keine Katastrophenmeldung für mich hatte, aber ich kann beim besten Willen nicht sagen, ob ich sie nach der Besprechung noch mal gesehen habe.«

»Und Sie waren den ganzen Abend hier?«

North zögerte, dann erwiderte er: »Nicht den ganzen Abend, ich musste zwischendurch für etwa eine Stunde weg.«

»Wohin?«

»Das war etwas Privates.«

»Kann jemand bestätigen, wo Sie sich in der Zeit aufgehalten haben?«, hakte Hatfield nach.

»Wieso?«, stutzte North. »Stehe ich etwa unter Verdacht?«

»Unter Verdacht könnten Sie stehen, wenn niemand weiß, wo Sie diese Stunde verbracht haben.« Er zuckte beiläufig mit den Schultern. »Angenommen, jemand hat Miss Sullivan ermordet, dann werden wir uns natürlich fragen, wo Sie waren. Vor allem, wenn Sie Ihre eigene Veranstaltung kurz nach dem Startschuss verlassen, obwohl hier doch tausend Dinge schiefgehen könnten.«

»Ja, ich verstehe«, murmelte er. »Ich war bei Miss Bell.«

»Etwas Privates, sagten Sie?«, wiederholte der Inspector, wobei er süffisant lächelte.

Christine nahm die Andeutung ohne eine Regung hin. Sollte er doch glauben, North sei für ein Schäferstündchen bei ihr gewesen.

»Können Sie das bestätigen, Miss Bell?«, fragte er an sie gewandt.

»Dass er bei mir war, ja«, erwiderte sie.

Hatfield notierte etwas auf seinem Block. »Und wieso«,

richtete er seine nächste Frage wieder an North, »sind Sie nachts um zwei hier unterwegs?«

»Miss Bell soll am Sonntag als Überraschungsgast auftreten«, erklärte er in einem durchaus überzeugenden Tonfall. »Wir haben uns um ein Uhr hier getroffen, weil ich ihr die Halle zeigen und demonstrieren wollte, wie ich mir ihren Auftritt vorstelle.«

»Mitten in der Nacht?«

»Wissen Sie, selbst wenn das Publikum gegangen ist, halten sich immer noch zu viele Leute im Saal auf, die nicht wissen sollen, dass Miss Bell herkommt. Also mussten wir warten, bis alle gegangen waren.«

Wieder nickte Hatfield und machte sich weitere Notizen.

»Und was hat Sie, Miss Bell, dazu veranlasst, von schätzungsweise hundert Türen ausgerechnet diese eine zu öffnen, hinter der sich eine Leiche befindet?«

Sie erklärte widerstrebend, dass ihr der Schraubenschlüssel gleich vor der Tür aufgefallen und seltsam vorgekommen war, woraufhin Hatfield das Gesicht verzog.

»Ich hatte für einen Moment vergessen, dass Sie ja die Reinkarnation von Miss Marple sind«, stöhnte er.

Mit einem spöttischen Lächeln entgegnete sie: »Und Sie haben auch vergessen, welch unvorteilhafte Figur der Inspector bei Miss Marple macht.«

Schnaubend überflog er seine Notizen.

»Warum machen Sie sich eigentlich die Mühe, das alles aufzuschreiben?«, fragte Christine. »Es war doch sowieso ein Unfall, nicht wahr?«

Hatfield zog ein Taschentuch hervor und schnäuzte sich die Nase. »Sehr wahrscheinlich ja.«

»Würden Sie mir denn verraten, was Ihrer Meinung nach geschehen ist?« fuhr sie in ironischem Tonfall fort. »Sie wollen doch sicher die Mordtheorie entkräften, die ich mir bereits überlegt habe.«

»Wissen Sie, Miss Bell, so sehr Sie mir mit Ihren Mordtheorien auch auf die Nerven gehen – verzeihen Sie, wenn ich das so offen ausspreche, aber es ist nun mal so –, muss ich doch sagen, dass mir unsere Geplänkel allmählich Spaß machen. Durch Sie fange ich an zu verstehen, wie Schriftsteller offenbar denken. Für Sie gibt es nichts, was mit einer simplen Erklärung erledigt ist. Es gibt keine Unfälle oder Zufälle, nein, hinter allem muss ein Motiv verborgen sein, und jeder Mensch, mit dem Sie zu tun haben, führt irgendwas im Schilde. Das mag ja in einem Roman eine tolle Sache sein, aber die Realität sieht zum Glück nicht so aus.«

Sie deutete auf die Tote in der Kühlkammer. »Dann lassen Sie mal hören, wie denn die Realität aussieht.«

»Ein Kinderspiel«, begann er. »Miss Sullivan geht in den Kühlraum und blockiert die Tür mit einem Schraubenschlüssel, weil die aus einer Zeit stammt, als man sich den Griff auf der Innenseite gespart hat, weshalb sie sich von drinnen nicht öffnen lässt. Warum sie nicht etwas Größeres oder Schwereres nimmt, um die Tür zu blockieren oder jemanden bittet, im Gang auf sie zu warten, weiß nur sie allein, und sie kann es uns jetzt nicht mehr verraten. Es kommt, wie es bei so unvorsichtigen Verhalten kommen muss: Die Tür fällt zu. Miss Sullivan reagiert erschrocken darauf, weil sie weiß, dass sie in der Falle sitzt, und dreht sich hastig um … zu hastig, denn sie verliert das Gleichgewicht und kippt nach hinten. Dabei schlägt sie mit dem Kopf gegen diese Kante dort. »Er zeigte auf eine hervorstehende Ecke an dem Regal, die Blutspuren aufwies. »Sie wird bewusstlos und kommt zu Tode, weil sie verblutet und zugleich erfriert.« Er sah Christine an und fragte mit unverhohlener Ironie: »Irgendwelche Einwände, Frau Kollegin?«

»Sie sind der Boss«, gab sie mit einem beiläufigen Schulterzucken zurück. Was sollte sie schon erwidern, das ihn von seiner Ansicht abbringen konnte? Sollte sie etwa auf einen Plan hinweisen, der in Rivanisch beschriftet war und der dem Grundriss dieser Gänge und Räume erst entsprach, wenn man die ovale Form zu einem Kreis gestaucht hatte? Sie musste zugeben, dass sie diesbezüglich auch kein Wort geglaubt hätte, wäre sie an Hatfields Stelle gewesen.

»Okay, Hennessy, fordern Sie den Leichenwagen an«, rief er einem der Polizisten zu und ging an Christine vorbei nach draußen.

»Er scheint Sie nicht zu mögen«, stellte North fest, nachdem der Inspector gegangen war.

»Das beruht auf Gegenseitigkeit.« Sie folgte ihm durch den Gang nach oben in den Saal.

Auf der Bühne blieb sie stehen und sah die leeren Sitzreihen an. »Fünf Tote«, murmelte sie.

»Und auf sein eigentliches Opfer hat er noch keinen Schuss abgegeben«, fügte er hinzu, als er sich zu ihr stellte.

»Vorausgesetzt, dass er überhaupt einen Schuss abgeben wird«, wandte sie ein. »Wir haben keine Ahnung, wie er sein Attentat durchführen wird. Wenn dieser Inspector bloß nicht so verdammt dickköpfig wäre …«, ergänzte sie seufzend. »Dann hätte man in der Zwischenzeit heimlich das Hotelzimmer unseres Verdächtigen durchsuchen können, um herauszufinden, was er vorhat.« Sie schwieg einen Moment lang, dann fragte sie: »Diese Stelle da unten, dieses Stück kahle Wand … würde es etwas bringen, da eine Bombe hochgehen zu lassen?«

North schüttelte den Kopf. »Der Gedanke war mir auch schon gekommen, aber an dieser Ecke würde es wohl kaum zum gewünschten Resultat führen. Wenn eine Bombe die Betonwand zerreißt, fallen ein paar Trümmer ins Meer, weiter passiert da nichts. Der Punkt befindet sich jenseits der Pfähle, auf denen die Halle steht. Okay, ich bin kein Statiker und kann es insofern nicht wirklich beurteilen, aber wenn ich das jetzt vergleichen soll mit … ich weiß nicht … meinetwegen mit einem Auto, dann wäre das so, als würde man die linke Blinkleuchte wegsprengen. Der Wagen fährt weiter, es sieht nur keiner mehr, dass Sie nach links abbiegen wollen.«

»Also nichts Tragisches«, stellte sie fest.

»In keiner Weise. Da laufen nicht mal irgendwelche Leitungen entlang, um eine Kettenreaktion auszulösen, wie auch immer die aussehen sollte.«

Sie nickte nachdenklich. »Okay, ich glaube, das wäre für den Augenblick alles. Es ist schon spät. Ich fahre jetzt nach Hause, und wenn Sie morgen früh mit Dylan gesprochen haben, rufen Sie mich bitte umgehend an. Ich will wissen, was er zu dem Plan sagt.«

»Das werd ich machen. Bis morgen … bis später«, korrigierte er sich.

Sie verließ die Halle und ging zu ihrem Wagen.

Christine war zurück in der Veranstaltungshalle. Es war noch früh am Morgen, weder Besucher noch Helfer hatten sich eingefunden, und sie ging den gleichen Weg, den sie in der Nacht mit North genommen hatte, als sie durch den langen Gang nach oben in die Halle gelaufen waren. Sie kam an den Garderoben hinter der Bühne vorbei, da hörte sie auf einmal Schritte.

Das konnte eigentlich nicht sein, denn außer ihr sollte sich um diese Zeit niemand hier aufhalten. North hatte ihr den Schlüssel überlassen, damit sie sich noch einmal in Ruhe umsehen konnte, nachdem die Tote weggebracht worden war und die Polizei die Halle verlassen hatte. Niemand außer ihm wusste, dass sie herkommen wollte. Niemand konnte ihr hier auflauern.

Und doch waren da die Schritte. Sie sah sich um, aber hinter ihr war alles ruhig. Sie schaute wieder nach vorn und … blickte in Coughlans Gesicht. Wo war er nur so plötzlich hergekommen?

»Hallo, Miss Bell«, sagte er freundlich und zog eine Pistole aus der Jackentasche. »Wie geht es Ihnen?«

»Gut«, antwortete sie und versuchte, sich ihre Angst nicht anmerken zu lassen, während er seine Waffe auf sie richtete. Vielleicht konnte sie ihn in eine Unterhaltung verwickeln und Zeit schinden, um sich einen Fluchtplan zu überlegen. »Und Ihnen?«

»Sehr gut. Jetzt ist nämlich der Moment gekommen, um Sie aus dem Weg zu räumen«, verkündete er grinsend.

Sein ganzer Kopf war mit den Kratzern überzogen, die Isabelle ihm zugefügt hatte, und er sah wirklich schrecklich aus. Aber Mitleid war jetzt fehl am Platz, denn dieser Mann wollte sie töten. Mindestens zum zweiten Mal versuchte er das, und diesmal würde es ihm gelingen.

»Wenn Sie mich erschießen«, begann sie, »wird die Polizei wissen, dass es kein Unfall war.«

»Die wird sogar an einen Unfall glauben, wenn ich Sie mit einer Axt köpfe.«

Das Schlimmste an seinen Worten war, dass er damit auch noch recht hatte. »Warum wollen Sie mich umbringen?«

»Das wissen Sie selbst, das muss ich Ihnen nicht erst noch sagen«, konterte er.

»Ich weiß es nicht, erklären Sie es mir«, verlangte sie.

»Sie wollen Zeit schinden, ich weiß das«, sagte er ihr auf den Kopf zu. »Aber nicht mit mir. Damit Sie verstehen, dass ich nicht so dumm bin, wie Sie offenbar glauben, werde ich Ihnen ein Geheimnis anvertrauen. Hören Sie mir gut zu …« Plötzlich nahm er den Arm nach unten und schoss ihr ins Knie.

Vor Schmerzen schrie sie auf und sackte zusammen, da sie sich nicht länger auf den Beinen halten konnte. »Warum?«, brüllte sie.

Er erwiderte nichts, sondern kniete sich neben ihr hin. Christine hielt ihr Bein umklammert, Blut strömte aus der Schusswunde, und wie gelähmt musste sie zusehen, wie sich Coughlan über sie beugte.

»Was wollen Sie? Was haben Sie vor?« Wollte er sie erwürgen? Oder erst über sie herfallen und sie dann töten?

Sein Gesicht kam ihrem näher und näher, er grinste sie gehässig an, seine Augen loderten vor Hass. Als er nicht mehr dichter an sie herankommen konnte, ohne sie zu berühren, streckte er auf einmal die Zunge raus und ... leckte ihr über die Wange.

Christine wusste nicht, was schlimmer war ... seine nasse, warme Zunge auf ihrer Haut oder die Schmerzen im Knie. »Hören Sie auf!«, keuchte sie und kniff die Augen zu, um nicht seine widerwärtige Miene sehen zu müssen. »Hören Sie doch auf!«

Aber Coughlan hörte nicht auf, sondern strich immer und immer wieder über ihre Wange.

Sie riss die Augen auf und ... sah in Isabelles Gesicht.

»Wo ... wo bin ich?«, flüsterte sie erschrocken und tastete sofort nach ihrem Knie. »Alles in Ordnung ... nur ein Traum ... ein schrecklicher Traum.« Sie stützte sich auf einen Arm und streichelte Isabelle über den Kopf. »Du hast mich aus meinem Albtraum geholt, das war sehr lieb von dir.«

Isabelle schmiegte sich an sie, dann ließ sie sich auf das Kissen fallen und drehte sich auf den Rücken, damit Christine ihren Bauch kraulen konnte, was die auch gehorsam tat. Der Traum war so eindringlich und realistisch gewesen, dass sie schweißgebadet war und erst duschen musste, bevor sie nach unten in die Küche ging. Ihre Katze schaute ihr vorwurfsvoll nach, als sie das Bett verließ, doch dann erkannte sie, dass ihr damit das gesamte Bett gehörte, und dementsprechend machte sie sich breit, streckte und räkelte sich und kroch unter die Decke, als wollte sie mit sich selbst Verstecken spielen.

Gut eine Viertelstunde später war Christine geduscht und angezogen, ihre noch feuchten Haare hatte sie nach hinten gekämmt. Sie ging zur Tür und rief: »Isabelle, komm! Es gibt Frühstück.«

Es dauerte einen Augenblick, bis die Katze sich unter der Decke herausgewühlt hatte, dann schoss sie an ihrem Frauchen vorbei in den Flur. »Langsam, langsam«, murmelte Christine und folgte ihr nach draußen. Auf der Treppe schlug ihr der Geruch von frischem Kaffee, Rührei und gebratenem Speck entgegen. Das war nicht unbedingt die Art von Frühstück, die sie bevorzugte, aber sie konnte froh sein, dass die Bennetts sie bei sich aufgenommen hatten.

Es behagte ihr nicht, der Familie gegenüber die Wahrheit verschweigen zu müssen, doch sie wusste, je weniger Personen eingeweiht waren, umso besser. Und Betty würde hier nicht allein sein, da sich immer jemand im Haus aufhielt – jedenfalls bis Sonntagabend, denn spätestens dann würde der Spuk so oder so ein Ende haben. Peter Bennett arbeitete von zu Hause aus als Steuerberater, dafür waren im Souterrain Büroräume eingerichtet worden, und im Moment waren zahlreiche Jahresabschlüsse zu erledigen, die ihn über das Wochenende so sehr in Anspruch nahmen, dass er nicht wie sonst üblich mit der Familie am Sonntag wegfahren konnte. Nach außen hin hatten Betty und sie ihn zwar wegen der vielen Arbeit bedauert, doch in Wahrheit waren sie froh, weil sie wussten, er würde das Haus nicht verlassen, und das sollte genügen, um Coughlan davon abzuhalten, sie hier aufzusuchen.

Isabelle wartete am Fuß der Treppe auf Christine, dann gingen sie zusammen in die Küche. Cathy stand am Herd und verteilte soeben den gebratenen Speck auf die Teller mit Rührei. Als sie Christine hereinkommen sah, nickte sie ihr freundlich zu. »Haben Sie gut geschlafen, Christine?«

»Gut ja, aber nicht lange genug«, gab sie zurück und musste unwillkürlich gähnen. »Ich glaube, ich muss irgendwann mal ein paar Tage Schlaf nachholen.« Sie winkte den Kindern zu, grüßte Peter und setzte sich zu ihrer Tante.

»Und?«, fragte sie wie beiläufig. »Konnte Howard North noch etwas Neues berichten?«

»Nein, außer dass noch einer dazugekommen ist«, antwortete Christine unverfänglich. »Und North will heute Morgen diesem Dylan Weymoth den Plan zeigen; vielleicht wird der aus dem Durcheinander schlau.«

»Da bin ich aber gespannt«, meinte Betty und nahm den Teller Rührei entgegen, den Cathy Bennett ihr reichte. »Danke.«

Auch Christine bekam eine Portion, dann wurde der Rest der Familie versorgt. »Das mit der Deckenfarbe ist wirklich unangenehm«, sagte sie zu Peter. »Ich habe mit dem Verkäufer telefoniert, der sich nicht erklären konnte, wie diese Ausdünstungen zustande kommen. Er ist zwar der Meinung, das könne nicht gefährlich sein, aber er sitzt in London in seinem Laden und hat keine Atembeschwerden von dem Zeug.«

»Sie sollten eine Probe von der Farbe in einem Labor untersuchen lassen«, empfahl Peter ihr. »Wer weiß, was da in Wahrheit alles drin ist. Der Hersteller gehört angezeigt, dass er so etwas überhaupt in den Handel bringt.«

Isabelle war zielstrebig zum Fressnapf neben der Spüle gegangen, den sie schon am Abend zuvor als Allererstes erkundet hatte, als Christine mit Betty und ihr hergekommen war. Plötzlich kamen wie aus dem Nichts zwei schwarzweiß gemusterte Blitze in die Küche geschossen und stürzten sich auf Isabelle. Die beiden jungen Katzen, die noch kein halbes Jahr alt waren, unternahmen einiges, um das fremde Tier von ihrem Napf wegzulocken, bevor der leer war und sie das Nachsehen hatten. Aber Isabelle ignorierte die vorgeschobenen Versuche, sie zum Mitspielen zu bewegen, und widmete sich weiter dem Napf, dessen Inhalt mit jedem Bissen weiter schrumpfte. Auch die Bemühungen, sich anzupirschen und sie anzuspringen, ließ Isabelle unbeeindruckt über sich ergehen. Ob die zwei Jungen sie in die Flanke bissen oder an ihren Ohren knabberten, Isabelle blieb die Ruhe selbst. Nur wenn plötzlich eine kleine Pfote näher kam und nach einem Bröckchen Fleisch tastete, begann sie warnend zu knurrend und hatte das Futter umgehend wieder für sich allein.

»Isabelle, komm her«, rief Christine. »Du kannst den beiden nicht alles wegessen, du bist hier nur zu Gast.«

»Ach, das ist nicht schlimm«, beruhigte Cathy sie. »Die zwei sollen ruhig lernen, sich gegen andere Katzen zu behaupten. Wenn sie was haben wollen, müssen sie sich ihren Platz neben Isabelle erstreiten, und solange sie das nicht schaffen, bleibt ihnen nichts anderes übrig, als sich mit den Resten zufriedenzugeben.«

»Das wird nicht leicht für die beiden werden, Isabelle lässt in der Regel nichts übrig«, gab Christine zurück und musste lachen, als sie sah, wie die Jungtiere sich in Isabelles Fell krallten, als wollten sie versuchen, die wesentlich größere Katze wegzuschleppen.

»Wie heißen die zwei eigentlich?«, fragte Betty die Kinder.

»Napoleon und Illya«, antwortete Patrick. »Wir haben auch zwei Leinen für die Katzen, aber die sind noch zu groß. Die Leinen, meine ich. Nicht die Katzen.« Dann fügte er stolz an: »Die hat Onkel Leo uns geschenkt. Die Katzen, meine ich. Nicht die Leinen.«

»Weil er selbst keine Lust hat, sich um den Nachwuchs seiner Katze zu kümmern«, raunte Peter Christine zu, was ihm einen mahnenden Blick von seiner Frau einbrachte. »Was denn?«, fuhr er an sie gerichtet fort. »Wenn er seine Katze endlich mal sterilisieren lassen würde, müsste er nicht ständig den Kindern in seiner Nachbarschaft Kätzchen schenken.«

»Was ist stellisieren?«, fragte Patrick und sah seinen Vater an.

»Da schneidet man dir die …«, begann Melanie mit gehässigem Unterton, kam aber nicht weiter.

»Das ist kein Thema für den Frühstückstisch«, ging Cathy energisch dazwischen und schüttelte den Kopf.

»Können wir dann beim Mittagessen drüber reden?«, krähte Patrick.

»Nein, und auch nicht beim Abendessen, bevor du danach auch noch fragst«, antwortete seine Mutter.

»Okay«, meinte der Junge daraufhin und schlang das Rührei herunter.

»Patrick«, stöhnte sein Vater. »Iss bitte etwas langsamer, du bist nicht auf der Flucht.«

Wieder kam ein »Okay«, doch an der Essgeschwindigkeit änderte sich nichts.

Sie unterhielten sich noch eine Weile und beendeten das

Frühstück. Die Kinder stürmten aus der Küche, obwohl Peter sie zurückzuhalten versuchte, damit sie wenigstens ihren Teller zur Spüle brachten. Noch bevor er seinen Satz zu Ende gesprochen hatte, stürmten die beiden längst laut trampelnd die Treppe in den ersten Stock hinauf.

»Unter der Woche geht es ja noch«, seufzte er, »aber am Wochenende kennen die zwei kein bisschen Disziplin.«

»Seien Sie froh, dass das nur an zwei Tagen in der Woche der Fall ist«, versuchte Christine ihn zu trösten. »Bei ein paar Familien in meiner Nachbarschaft in London ist so was der Dauerzustand.«

»Das glaube ich Ihnen aufs Wort«, versicherte er ihr. »Es wäre nur schön, wenn die beiden auch vor Gästen demonstrieren könnten, wie wohlerzogen sie sind.«

Christine stellte das restliche Geschirr zusammen, woraufhin Cathy entsetzt rief: »Nicht doch! Mein Gott, Peter, wie kannst du das zulassen? Christine, Sie sind hier zu Gast!«

»Ich bin hier zu Gast, aber ich bin nicht mit Betty hergekommen, um mich auf die faule Haut zu legen«, entgegnete sie. »Wenn wir zu Hause wären, müsste ich viel mehr tun. Außerdem«, fügte sie hinzu und grinste Peter mit einem Augenzwinkern an, »dürfen die Gäste auch mal demonstrieren, wie wohlerzogen sie sind.«

Sie half ihrer Tante aus der Küche ins Wohnzimmer und zog einen Notizzettel aus der Tasche. »Setz dich am besten in den Sessel da, dann schiebe ich dir den Hocker ran. Ich gehe für ein paar Minuten vor die Tür, um ein Telefonat zu erledigen.«

»Warum machst du das nicht hier?«

»Weil ich eine alte Bekannte anrufen muss, die mir bei unserem ›Problem‹ weiterhelfen soll«, erklärte sie. »Und dafür muss ich einige Ereignisse erwähnen, von denen die Bennetts besser nichts wissen sollten.«

Betty nickte verstehend, setzte sich und legte das Bein hoch, sobald Christine den Hocker an ihren Sessel geschoben hatte. »Meinst du, sie kann dir helfen?«

»Ich weiß nicht, aber im Gegensatz zu meinem lieben Mr Hatfield wird sie mir wenigstens zuhören.« Mit diesen Worten verließ sie das Wohnzimmer und ging zu ihrem Wagen, der neben dem altersschwachen VW Kombi der Bennetts in der Auffahrt geparkt war. Es hatte aufgehört zu regnen, nur der Wind wehte noch so stark wie in der Nacht.

»Ja, bitte?«, meldete sich eine Frauenstimme nach dem dritten oder vierten Klingeln.

»Miss Remington? Hier ist Christine Bell. Ich nehme an, Sie erinnern sich noch an mich«, sagte sie.

»Natürlich, Miss Bell. Wie geht's Ihnen?«

Christine zögerte. »Sie … Sie sind doch noch bei der Polizei, richtig?«

»Ja, allerdings nicht mehr bei der Greater Dartmoor Police.«

»Oh, hat man Sie versetzt?«

»Ja«, antwortete Remington. »Aber erst nachdem man mich befördert hatte. Ich bin jetzt Detective Chief Inspector.« In ihrer Stimme klang unüberhörbar Stolz mit.

»Tatsächlich? Meinen Glückwunsch.«

»Danke. Nur gab's danach keine Stelle mehr für mich, weil mein Vorgesetzter noch einige Jahre bis zur Rente hat. Versetzt worden bin ich erst vor Kurzem, aber natürlich habe ich hier noch Probezeit.«

»Die werden Sie garantiert überstehen«, versicherte Christine ihr.

»Das wird sich noch zeigen«, gab sie ironisch zurück. »Sagen Sie, wollten Sie wirklich nur hören, wie es mir geht? Oder kann ich etwas für Sie tun?«

»Ich … ja …«, stotterte sie. »Ich bin momentan in Beechwood, und hier läuft einiges nicht so, wie es sollte. Bei Ihrem Kollegen stößt allerdings jedes Wort auf taube Ohren, obwohl fünf Tote in sechs Tagen nicht gerade für die tragische Unfallserie sprechen, als die er das Ganze darstellt.«

»Wer ist denn dieser Kollege?«

»DCI Hatfield.«

»Schon mal gehört«, antwortete Remington. »Ich kann aber nicht einem Kollegen in den Rücken fallen. Erst recht nicht, solange meine Probezeit läuft.«

»Das würde ich auch gar nicht von Ihnen verlangen, Miss Remington«, beteuerte sie. »Mein Problem ist aber, dass ich mich an keine vorgesetzte Stelle wenden kann, auch nicht an Scotland Yard oder dem MI6, weil jeder von denen mit Hatfield Kontakt aufnehmen wird, der dann natürlich seine Version der Dinge schildern und beteuern wird, er habe alles im Griff.«

Remington schwieg.

»Das Problem sind nicht nur die bisherigen fünf Morde«, redete Christine weiter. »Der Mörder plant vermutlich etwas ganz anderes, und die fünf Opfer waren ihm dabei lediglich im Weg.«

Sie hörte, wie Remington tief durchatmete. »Also gut, dann erzählen Sie mir, um was genau es geht und was ich für Sie tun soll.«

So knapp wie möglich schilderte Christine, was sich ereignet hatte, und gab ihr die Namen der Opfer und ihres mutmaßlichen Mörders. Den anstehenden Besuch des jordanischen Königs sprach sie nicht ausdrücklich an, ließ aber durchscheinen, dass es sich um eine wichtige Persönlichkeit handelte.

»Ich werde sehen, was ich herausfinden kann«, sagte Detective Chief Inspector Remington.

»Danke, Miss Remington. Ich weiß, ich habe nicht das Recht, Sie zur Eile anzutreiben, aber wenn unser Mann tatsächlich zuschlagen sollte, dann morgen Abend. Wenn wir ihn aufhalten wollen, benötige ich so schnell wie möglich Antworten.«

»Sie hören von mir.« Dann hatte Remington aufgelegt.

Christine steckte ihr Telefon ein und wollte zurück ins Haus gehen, da kam ihr Cathy entgegen. »Haben Sie einen Großeinkauf vor?«, fragte sie, als sie sah, dass die Frau mehrere zusammengelegte Einkaufstaschen in einer Hand trug.

»Ja, ich muss zu Jumbo und ein paar Dinge besorgen«, antwortete Cathy. »Ich hasse es zwar, so etwas samstags zu erledigen, weil an dem Tag wirklich jeder hinfährt, aber gestern Morgen hatte die Zeit nicht mehr gereicht, weil Patrick früher aus der Schule kam, und mit ihm in den Supermarkt zu gehen, ist jedes Mal eine Tortur. Alles, was ihm gefällt, legt er in den Wagen, wenn ich nicht hinschaue, und ich kann ständig in einen anderen Gang laufen, um die Dinge zurückzustellen. Wenn ich danach zum Wagen zurückkomme, liegt schon wieder neuer Kram drin, den keiner von uns braucht. Ich kann auf Patrick einreden, so lange und so oft ich will, es interessiert ihn nicht. Darum muss ich immer zusehen, dass ich allein fahre.«

»Und wenn Sie Melanie mitnehmen, damit sie auf Patrick aufpasst?«, überlegte sie.

Cathy setzte ein trauriges Lächeln auf. »Wenn das so einfach wäre. Melanie interessiert sich nur für Schmuck und Kosmetika und Mode. Sobald wir im Supermarkt sind, zieht es sie wie magisch in diese Abteilungen. Jeder Gedanke an ihren Bruder ist in dem Moment vergessen. Und wenn ich dann nicht höllisch aufpasse, legt mir nicht nur Patrick alles Mögliche in den Wagen, sondern ich halte an der Kasse auf einmal Wimperntusche in der Hand, die meine Tochter gern hätte. Selbst wenn ich immer zwischendurch einen prüfenden Blick in den Wagen werfe, kann ich dem Kassierer normalerweise mindestens fünf Teile überlassen, die ich nicht kaufen werde.«

»Ich glaube, ich kann verstehen, warum Sie das lieber allein erledigen. Viel Erfolg«, wünschte Christine ihr und ging zurück zur Haustür. Sie wollte sie soeben öffnen, da hörte sie, wie Cathy vergeblich versuchte, den Kombi zu starten. Immer wieder drehte der Anlasser durch, und der Motor weigerte sich standhaft anzuspringen. Cathy fluchte so laut, dass jedes Wort deutlich bis zu Christine getragen wurde.

Nach kurzem Zögern machte sie kehrt und ging zur Auffahrt. »Gibt es Probleme?«, fragte sie besorgt, als Cathy ausstieg und die Tür wutentbrannt zuschmiss.

»Ach, nur das Übliche«, schimpfte sie. »Seit Jahren bitte ich meinen Mann darum, endlich mal einen neuen Wagen zu kaufen, meinetwegen einen Gebrauchten, aber einen etwas jüngeren. Wissen Sie, wie alt dieser VW ist? Einundzwanzig Jahre, er hat über zweihunderttausend Meilen auf dem Buckel. Ständig geht irgendwas anderes kaputt, doch seit Peter nicht mehr ins Büro fahren muss, interessiert ihn das kaum noch. Seine Mandanten kommen zu ihm, er braucht im Grunde kein Auto mehr. Früher war das anders, da musste er sich auf seinen Wagen verlassen können, und da wurde alle drei Jahre ein neuer angeschafft.« Sie holte Luft, dann klagte sie weiter ihr Leid: »Als Melanie zur Welt kam, musste was Größeres her, aber weil er nicht mehr fahren musste, konnte es auf einmal auch ein Gebrauchter sein. Dann wurde Patrick geboren, und ehe ich michs versah, stand ein noch größerer und dabei noch älterer Wagen vor der Tür. Jetzt darf ich wieder Marvins Werkstatt anrufen und hoffen, dass in den nächsten zwei Stunden jemand vorbeikommt und sich den Wagen ansieht. Mit etwas Glück komme ich vielleicht kurz vor Ladenschluss in den Supermarkt – dann, wenn er noch überlaufener ist.«

»Ähm … nehmen Sie doch meinen Wagen«, bot Christine ihr an und hielt ihr den Schlüssel hin.

»Ist das Ihr Ernst?« Cathy musterte sie ungläubig.

»Wie lange brauchen Sie?«

»Eine Stunde, länger auf keinen Fall«, versprach Cathy ihr.

»Fahren Sie schon«, forderte Christine sie lächelnd auf. »So kann ich mich wenigstens für Ihre Gastfreundschaft revanchieren.«

Dankbar nahm Cathy den Schlüssel entgegen, stieg in den Minivan und fuhr los. Christine ging ins Haus zurück und erzählte ihrer Tante in groben Zügen von ihrem Telefonat mit DCI Remington.

»Und was geschieht nun?«

»Jetzt warten wir darauf, dass North Weymoth den Plan zeigt, und dann hoffen wir, dass er den Sinn des ganzen erkennen kann. Und mit etwas Glück wird mir Remington vielleicht einen Hinweis geben, der mir irgendwie weiterhilft.« Sie seufzte und ließ sich in den Sessel sinken. »Es macht mich verrückt, dass wir uns die ganze Zeit nur im Kreis drehen. Ich weiß, Coughlan ist unser Mann, zumindest was den Einbruch in dein Haus angeht, bei dem er Isabelle getreten hat. Und aller Wahrscheinlichkeit nach hat er auch fünf Menschen auf dem Gewissen, aber wir können nichts unternehmen, da wir keinen handfesten Beweis haben. Genauso wahrscheinlich ist es, dass er morgen Abend ein Attentat auf den jordanischen König verüben wird. Allerdings wissen wir nicht, was er geplant hat. Der Schlüssel dazu ist vermutlich dieser Plan, der keinen Sinn zu ergeben scheint.«

»Kind, es führt zu nichts, wenn du dir immer wieder vor Augen hältst, was du weißt und was du nicht weißt«, sagte Betty leise. »Wenn die Zeit nicht so knapp wäre, würde ich sagen, du solltest dir ein paar Tage Ruhe gönnen und dich ablenken. Aber das geht ja leider nicht.«

»Ich schaffe es ja nicht mal, fünf Minuten lang nicht über diese verfahrene Situation nachzudenken«, gestand Christine ihr. »Und das Schlimmste ist, dass wir auch noch einen großen Bogen um Coughlan machen müssen, damit der nicht merkt, wie dicht wir ihm auf den Fersen sind. Wenn er das spitzkriegt, taucht er unter. Dann hat er fünf Menschen auf dem Gewissen und wird nicht dafür belangt, und das Attentat holt er vielleicht zu einem späteren Zeitpunkt nach.«

»Versprichst du mir etwas?«

»Was, Betty?«

»Versprichst du mir, dir keine Vorwürfe zu machen, wenn Coughlan entkommt? Oder wenn es ihm trotz allem gelingen sollte, dieses Attentat zu verüben?«

»Wieso sollte ich mir dann keine Vorwürfe machen?«, fragte sie verwundert.

»Weil ich weiß, dass du alles unternommen hast, was in deiner Macht steht, um Coughlans Plan zu vereiteln.«

»Ich habe erst alles unternommen, wenn ich ihn aufhalten konnte«, beharrte sie.

»Nein«, widersprach Betty. »Du hast auch so alles unternommen.«

Christine atmete tief durch und sah ihre Tante lange an. »Danke. Ich weiß, wie du das meinst.« Sie schüttelte den Kopf und sah auf die Uhr. »Verdammt, warum ruft North nicht an? Er müsste doch längst mit Weymoth gesprochen und ihm den Plan gezeigt haben.« Sie griff nach ihrem Telefon und wählte North' Nummer, da klingelte es an der Haustür. Isabelle, die es sich auf Bettys Schoß bequem gemacht hatte, spitzte nur einmal die Ohren, schlief aber weiter.

»Ich mach schon auf«, rief Christine, als sie aus dem Wohnzimmer kam und zur Tür ging. Aus dem Haus kam keine Reaktion. Die Kinder waren vermutlich längst wieder in den Bann ihrer Wii-Konsole geraten, und Peter musste sich in sein Büro zurückgezogen haben.

Sie öffnete die Tür und stutzte. Draußen stand Dylan Weymoth und begrüßte sie.

»Was machen Sie denn hier?«, wunderte sie sich.

»Howard hat mir erzählt, dass ich Sie hier finden kann«, erklärte er. »Er kam heute Nacht zu mir und hat mir erzählt, was los ist.«

»Was genau hat er denn gesagt?«, fragte sie, da sie sich nicht sicher sein konnte, ob er womöglich hergekommen war, um sie auszuhorchen, weil er mit Coughlan unter einer Decke steckte.

Was er ihr daraufhin sagte, verriet ihr, dass sie ihm vertrauen konnte. Schließlich fanden sich ein paar Details unter seinen Ausführungen, die er nur von North kennen konnte, nicht aber Coughlan.

»Dann haben Sie den Plan gesehen? Was hat er zu bedeuten?«

»Ich habe ihn noch nicht zu Gesicht bekommen«, antwortete er. »Das ist ein Grund, weshalb ich hier bin. Howard hat den Ausdruck irgendwo in seinen Stapel Unterlagen gepackt und kann ihn nicht wiederfinden. Aber der zweite Grund ist dieser.« Er hielt einen Schlüssel hoch.

»Was ist das?«

»Der Zimmerschlüssel zu Russells Hotelzimmer.«

»Wo haben Sie den her?«, wollte sie wissen.

»Oh, ich habe in der Garderobe versehentlich in die falsche Jackentasche gegriffen«, gab er grinsend zurück.

»Und wenn Coughlan das merkt?«

»Keine Sorge«, beruhigte Dylan sie. »Howard hat ihn nach Bristol geschickt, damit er dort in einem Musikladen ein Mikrofon abholt, das auf seinen Namen zurückgelegt worden ist. Angeblich ist eines unserer Mikrofone auf der Bühne ausgefallen, und angeblich kann es nur durch ein ganz spezielles Modell aus Japan ersetzt werden, das ausschließlich von diesem Händler importiert wird. Damit sind wir ihn für mindestens eineinhalb Stunden los.«

»Okay, ich hole nur meine Jacke.«

»Und bringen Sie einen Ausdruck von diesem Plan mit«, rief er ihr nach. »Dann kann ich ihn mir ansehen, sobald wir im Hotel waren.«

In North' BMW-Geländewagen fuhren sie zur Oxford Street und hielten vor dem Hotel d'Angleterre, das dem Namen nach französischen Flair verströmen sollte. Davon war allerdings wenig zu merken, denn von ein paar Postern abgesehen, die den Eiffelturm und andere Pariser Sehenswürdigkeiten zeigten – außerdem kurioserweise das Atomium – , gab es hier nichts Französisches zu entdecken.

»Ist das nicht zu gefährlich?«, flüsterte sie Dylan zu, als sie die Lobby durchquerten. »Wenn jemand uns sieht und Coughlan davon erfährt, dann …«

»Keine Sorge, mein Zimmer ist auch hier im Haus«, versicherte er ihr. »Da kann nichts passieren.«

Sie begaben sich in den zweiten Stock, der menschenleer war. Die Zimmermädchen waren noch nicht bei der Arbeit, aber die Gäste hatten sich alle längst auf den Weg gemacht, weil die Convention ab neun Uhr weiterging und es ein umfangreiches Programm zu absolvieren gab.

»Hier, Zimmer 213«, sagte Dylan, blieb stehen und klopfte vorsichtshalber an. Als von drinnen keine Antwort kam, schloss er auf und trat vor Christine ein. »Alles klar, es ist keiner da.«

Sie folgte ihm nach drinnen und musste zweimal hinsehen, ehe deutlich wurde, dass dieses Zimmer tatsächlich vermietet war. Das Bett war bereits gemacht – das musste Coughlan selbst erledigt haben, da die Zimmermädchen bis jetzt noch gar nicht ausgerückt waren, um die Zimmer auf Vordermann zu bringen –, neben dem Schrank stand eine Reisetasche, und auf einem kleinen Sideboard lag ein Schal. Rasierzeug und Deo waren im Badezimmer die einzigen persönlichen Gegenstände.

»Wissen Sie, woran mich das erinnert?«, sagte sie, nachdem sie den Schrank und alle Schubladen geöffnet und leer vorgefunden hatten. »An Jean Reno als Berufskiller in *Léon – Der Profi.*«

»Wieso?«, fragte Dylan.

»Weil seine ganzen Habseligkeiten auch in einen einzelnen kleinen Koffer passten und in seinem Zimmer nichts Persönliches zu finden war, außer einer Grünpflanze.«

»War das nicht ein Gummibaum?«

»Ich bin mir nicht sicher«, antwortete sie. »Es ist schon zu lange her, dass ich den Film das letzte Mal gesehen habe.«

»Ja, wird Zeit, mal wieder die DVD einzulegen«, meinte er und nickte versonnen. »Ich weiß nie, wer mir in dem Film besser gefällt: Reno, Gary Oldman oder Natalie Portman.«

Christine hockte sich hin und zog den Reißverschluss der Reisetasche auf. Unterwäsche, eine zweite Jeans, Socken, ein Paar Schuhe in einer Plastiktüte – mehr nicht.

»Das frage ich mich auch immer«, erwiderte sie und stand auf. »Tja, wenn wir Léon als Vorbild nehmen, dann muss Russell Coughlan ein Killer sein. Wenn es sein muss, hat er in zwei Minuten seine Tasche gepackt und ist hier raus.«

»Oder es ist nur seine Art, lediglich das Wesentliche mitzunehmen, weil er nicht gern zwei Koffer und eine Umhängetasche schleppt«, wandte Dylan ein.

»So oder so gibt es hier nichts zu entdecken, was uns irgendwie weiterhelfen könnte«, sagte Christine, legte sich auf den Boden und sah unter dem Bett nach. »Auch nichts«, murmelte sie.

Dylan stieg auf den Stuhl und warf einen prüfenden Blick auf den Schrank. »Sehr umsichtig von ihm. Er hat keinen Wagen, jedenfalls ist er nicht mit dem Auto hergekommen, also muss er alle Informationen bei sich tragen.«

Sie stand auf und kniff die Augen zusammen. »Wenn das stimmt, wo ist dann die Waffe?« Sie schob Dylan zur Tür, weil es hier nichts zu finden gab und es besser war, das Zimmer so schnell wie möglich wieder zu verlassen. Immerhin konnte es sein, dass Coughlan plötzlich doch hier auftauchte, auch wenn er ganz woanders unterwegs sein sollte.

»Vielleicht gibt der Plan ja an, wo die Waffe aufbewahrt wird«, gab Dylan zu bedenken. »Auf diese Weise trägt er nichts bei sich, was ihn belasten könnte.« Er zog die Tür hinter sich zu und schloss ab, dann kehrten sie nach unten zurück. Auf der Treppe kam ihnen ein Zimmermädchen entgegen, das sie freundlich grüßten, worauf die Frau jedoch den Blick abwandte und mit gesenktem Kopf an ihnen vorbeihastete.

Christine sah der zierlichen Asiatin nach, die einen Stapel Bettwäsche im Arm trug. »Habe ich den bösen Blick, oder was war das gerade?«

Er schüttelte den Kopf. »Sie und die anderen Frauen sprechen alle nur Vietnamesisch. Vermutlich ist ihr nicht klar, dass das eben nur eine freundliche Begrüßung war, und sie denkt, wir wollten sie beschimpfen, weil sie irgendwas falsch gemacht hat. Wenn der Stress mit der Convention vorbei ist, will ich mich mit den Behörden in Verbindung setzen, damit die den Laden auf den Kopf stellen. Ich habe das Gefühl, dass der Manager diese Frauen für einen Hungerlohn arbeiten lässt oder vielleicht auch ganz ohne Bezahlung, und dafür dürfen sie dann im Keller schlafen und die Reste essen, die aus dem Restaurant zurück in die Küche kommen.«

»Ich schätze, die Sklaverei wird wohl nie ganz ausgerottet werden«, überlegte sie angewidert. »Man könnte meinen, für jeden Sklaventreiber, dem das Handwerk gelegt wird, rücken fünf neue nach.«

»Ja, das ist ein Fass ohne Boden«, stimmte Dylan ihr zu. »Aber zurück zum Thema«, sagte er, als sie das Hotel d'Angleterre verlassen hatten und auf North' Wagen zugingen. »Sie wollten mir einen Plan zeigen, hat Howard gesagt.«

»Richtig.« Sie öffnete ihre Handtasche und zog einen Ausdruck hervor. »Hier, das ist er. Ich hoffe, Sie können damit etwas anfangen.«

Er machte die Beifahrertür auf und faltete das Blatt auf dem Sitz auseinander. Während er es betrachtete, mal nach links und mal nach rechts drehte, ging Christine ein paar Schritte die Oxford Street entlang, damit er sich in Ruhe mit der Beschriftung befassen konnte.

Die Straßenkehrer waren unterwegs und fegten zusammen, was rücksichtslose Touristen in irgendeine Ecke geworfen hatten oder was vom Wind durch die Straßen geweht wurde. Der hatte inzwischen weiter nachgelassen, aber die Wolkendecke machte nach wie vor keine Anstalten, ein wenig Sonnenschein durchzulassen.

Gegenüber waren bereits zwei Spielhallen – das Bonanza und das Players – geöffnet, dazwischen zog der Betreiber einer Imbissbude mit dem treffenden Namen Game Over in diesem Moment den Rollladen hoch, woraufhin ihr der Geruch von kaltem Bratfett entgegenschlug. Es war noch nicht zehn Uhr, und schon jetzt rechnete dieser Mann damit, dass irgendjemand vorbeikam, um seinem Körper eine Portion vor Fett triefender Fish and Chips zuzumuten.

»Miss Bell?«

Sie drehte sich um und sah, das Dylan Weymoth sie zu sich winkte.

»Ja, Mr Weymoth?«, fragte sie hoffnungsvoll, doch er dämpfte ihre Erwartungen, indem er den Kopf schüttelte. »Nichts zu machen?«

»Diese Beschriftung ergibt keinen Sinn«, erklärte er betrübt. »Das sind wild zusammengewürfelte Sätze, die in keiner Verbindung zueinander stehen. Ich dachte, es könnte irgendein Code dahinterstecken, aber entweder gibt es den nicht, oder das Ganze ist so komplex verschlüsselt, dass man eine Entschlüsselungsmatrix benötigt, um zu wissen, welcher Buchstabe gemeint ist und welchen Platz er einnimmt. Wenn das der Fall sein sollte, müsste ein Spezialist ran, und der hätte Tage oder Wochen damit zu tun.«

»Aber uns bleiben nur noch …« Sie sah auf ihre Uhr. »… rund dreißig Stunden, um den Code zu knacken, wenn wir Coughlan aufhalten wollen.« Mit einer Hand deutete sie auf den Plan, der auf dem Beifahrersitz lag. »Und der Rest ergibt auch keinen Sinn?«

Dylan zuckte hilflos mit den Schultern. »Der eingezeichnete Weg führt definitiv an eine Stelle, an der sich nichts befindet, wie Sie und Howard bereits festgestellt haben. Da läuft man gegen eine nackte Betonwand, und das war es dann.«

»Meine Tante sprach von einem Ablenkungsmanöver«, sagte sie nachdenklich.

»Gut möglich, aber ich wüsste auch nicht, wovon eine kahle Wand ablenken soll.«

»Und wenn man den … wie soll ich sagen? … den gegenteiligen Weg verfolgt, also immer nach links geht, wo rechts eingezeichnet ist, und umgekehrt?«

Er schüttelte zweifelnd den Kopf. »Das könnte sein. Vielleicht kann man aber nicht überall nach dem gleichen Prinzip vorgehen«, wandte er ein. »Angenommen, beim ersten und zweiten Abzweig gilt das Gegenteil, beim dritten und vierten gilt die Angabe auf dem Plan und so weiter – die Möglichkeiten sind so vielfältig, dass wir am Ende die ganze Halle auf den Kopf stellen müssten, um alle Variablen zu überprüfen.«

»Ich verstehe, was Sie meinen«, gab sie bedächtig zurück. »Dummerweise hilft uns das alles nicht weiter.« Sie nahm den Plan an sich und betrachtete die Zeichnung, als könnte sich ihr die Lösung erschließen, wenn sie einfach nur lange genug hinsah. Plötzlich stutzte sie. »Augenblick mal«, murmelte sie und holte die Kopie der Grundrisszeichnung aus der Tasche, auf die sie im Prospekt der Touristeninformation gestoßen war.

Sie hielt beide Blätter nebeneinander, dann legte sie den Grundriss der Halle auf den Plan. »Eigenartig«, sagte sie mehr zu sich selbst.

»Was haben Sie?«

»Ich weiß nicht, aber … sehen Sie sich das mal an.« Sie zeigte ihm erst das eine, dann das andere Blatt, doch Dylan verstand nicht, worauf sie hinauswollte, was er ihr mit einem ratlosen Kopfschütteln deutlich machte.

»Was meinen Sie?«, fragte er schließlich.

»Sehen Sie sich mal die Ecke rechts unten an, und vergleichen Sie die beiden«, forderte sie ihn auf.

»Der Gang verläuft nicht quer, sondern längs, wenn Sie das meinen.«

»Genau das meine ich«, bestätigte sie. »Als Mr North mich heute Nacht in die Halle gebracht hat, da haben wir den Nebeneingang auf der unteren Ebene genommen. Daher kann ich mich daran erinnern, in welche Richtung der Gang verläuft. Was hier auf dem Plan eingezeichnet ist, entspricht nicht dem tatsächlichen Grundriss.«

»Okay«, meinte Dylan. »Aber die Ecke ist für den eingezeichneten Weg nicht von Bedeutung.«

»Eben«, stimmte sie zu. »Die Ecke ist für den Weg nicht von Bedeutung, und deshalb wird keiner dort hinsehen. Und weil niemand hinsieht, kann sich dort der entscheidende Hinweis befinden.«

»Das sind nur zwei Striche, die horizontal statt vertikal verlaufen«, hielt er dagegen. »Was sollen die …?«

»Haben Sie eine Lupe dabei?«, unterbrach sie ihn.

»Zufälligerweise ja«, antwortete er. »Bedanken Sie sich bei meinem Schweizer Offiziersmesser.«

»Oh, ein MacGyver Deluxe«, scherzte Christine und nahm das Taschenmesser entgegen, nachdem er die Lupe ausgeklappt hatte. Sie hielt sie über die verkehrt laufenden Linien und benötigte ein paar Sekunden, bis der Abstand richtig war, um das zu zeigen, wonach sie gesucht hatte, seit ihr der Plan in die Finger gefallen war. »Diese Linien sind keine Linien, sondern winzige Textzeilen!«, rief sie außer sich vor Freude über diese Entdeckung.

»Textzeilen? Und was besagen die?«

Ihre Freude erhielt sogleich einen Dämpfer. »Das hilft mir nicht weiter. ›Phasenverschiebung –3‹ steht da in beiden Zeilen ein paar Mal hintereinander.«

»›Phasenverschiebung –3‹?«, wiederholte Dylan, dessen Miene sich im gleichen Moment aufhellte.

»Ja.« Sie sah ihn verdutzt an. »Ergibt das etwa einen Sinn?«

»Allerdings. Wir müssen rüber zur Halle, dann kann ich das Rätsel lösen.«

Ihr stockte der Atem. »Ist das Ihr Ernst?«

»Ja, das können Sie mir ruhig glauben.«

»Gut.« Sie faltete den Plan zusammen. »Sollen wir die paar Schritte zu Fuß gehen, oder …?«

»Ich möchte den Wagen nicht hier stehen lassen, das würde Howard nicht gefallen«, erklärte Dylan.

»Okay, dann …« Christine wurde unterbrochen, da ihr Telefon klingelte. Auf dem Display sah sie, dass ihre Tante anrief. »Ja, Betty, was gibt's? … ein Unfall? … wo? … mit meinem Wagen? … eine Tote? Oh Gott, nein! Cathy!«

14

Was ist passiert?«, fragte Dylan besorgt, als er sah, dass Christine kreidebleich geworden war.

»Cathy … ich glaube, sie ist tot«, flüsterte sie und versuchte zu begreifen, was geschehen war. Cathy wollte doch nur zum Supermarkt fahren. Wie konnte sie da in einen Unfall verwickelt werden? Dazu noch einen so schweren, dass sie ums Leben gekommen war? Sie schüttelte den Kopf angesichts ihrer blödsinnigen Überlegungen. Man konnte schneller einen Unfall erleiden, als man glauben mochte. Es musste nur ein anderer die Vorfahrt missachten, und dann war unter Umständen alles zu spät.

»Wer ist Cathy?«

»Sie wissen doch, wo Sie mich heute Morgen abgeholt haben«, sagte sie.

»Bei den Bennetts.«

»Genau, und Cathy ist die Frau des Hauses … und zweifache Mutter«, fügte sie stockend an. »Heute Morgen habe ich ihr meinen Wagen geliehen, weil ihrer nicht ansprang und sie unbedingt zum Supermarkt musste.«

»Und dann hatte sie einen Unfall? Wie ist das denn passiert?«

»Ich weiß es nicht«, erwiderte sie aufgeregt. »Meine Tante hat das wohl auch nur in aller Kürze von Cathys Mann zu hören bekommen und mich sofort angerufen. Ich muss unbedingt hin und …« Abrupt hielt sie inne. »Verflixt, ich habe keinen Wagen. Wie komme ich jetzt dort hin?« Sie sah Dylan an. »Können Sie mich hinfahren? Ich muss rüber zum Fisherman's Drive!«

Er machte eine hilflose Geste. »Ich muss zurück zur Convention und mich mit dem Plan beschäftigen. Außerdem gibt es ständig irgendwas zu erledigen, und durch die beiden Todesfälle sind wir mit Helfern ohnehin unterbesetzt.« Er grübelte sekundenlang. »Warten Sie, ich versuche was.«

Mit diesen Worten zog er sein Telefon aus der Tasche, entfernte sich ein paar Schritte und sprach eine Weile mit jemandem. Dann kam er zurück und drückte ihr den Wagenschlüssel in die Hand. »Howard hält Sie für eine vernünftige Autofahrerin, Sie können seinen BMW nehmen.«

»Ehrlich?« Howard hatte sie nicht einen Meter weit fahren sehen, woher wollte er wissen, ob sie eine vernünftige Autofahrerin war? Außerdem war sie mit einem harmlosen Minivan nach Beechwood gekommen, nicht mit einem PS-starken Monstrum wie seinem SUV. Aber vermutlich wollte er nur nicht aussprechen, dass er ihr den Wagen überließ, damit sie einigermaßen sicher unterwegs war. Zu Fuß wäre sie für Coughlan ein zu leichtes Ziel gewesen.

»Fahren Sie lieber los, bevor Howard es sich anders überlegt«, scherzte er. »Wer weiß? Vielleicht hat er mich nur völlig falsch verstanden, und er reißt mir gleich den Kopf ab, wenn ich ohne seinen geliebten Wagen zurückkomme.«

»Danke«, sagte sie lächelnd. »Und richten Sie Mr North bitte auch meinen Dank aus. Ich hoffe, ich werde mich irgendwie revanchieren können. Ich komme zu Ihnen, sobald ich weiß, was passiert ist.«

Sie stieg ein und fuhr los. Als sie von der Crane Street in den Fisherman's Drive einbog, musste sie den BMW in einiger Entfernung vom Supermarkt abstellen, da die Straße weiträumig abgesperrt worden war. Schaulustige drängten sich vor den Absperrbändern, um einen Blick auf die Autowracks zu werfen, die es ein Stück weiter zu sehen gab. Einige machten mit ihren Mobiltelefonen Fotos von der Unfallstelle, andere hatten ihre Digitalkamera mitgebracht, um die Verwüstung in hochaufgelösten Bildern festzuhalten.

Christine erkannte die Überreste ihres Minivans wieder, der

größte Teil der Trümmer war unter einem Sattelschlepper begraben, der auf der Seite lag. Der hatte offenbar Spielzeug geladen, denn die Fahrbahn hinter der Unfallstelle war übersät mit gelben Plüschfiguren, die von zwei uniformierten Polizisten eingesammelt und in große schwarze Müllsäcke gesteckt wurden. Eine undefinierbare Geräuschkulisse ging allem Anschein nach von diesen Plüschfiguren aus.

Mitten auf der Straße lag jemand unter einem weißen Laken, Linien und Markierungen auf dem Asphalt deuteten an, dass derjenige viele Meter durch die Luft gewirbelt worden sein musste. Nicht weit entfernt stand DCI Hatfield und unterhielt sich mit einem Kollegen.

»Hallo, Officer!«, rief sie einem Polizisten zu, der auf dieser Seite darauf achtete, dass die Schaulustigen nicht die Absperrung überwanden. »Können Sie mich bitte durchlassen, ich muss …«

»Tut mir leid, Miss, aber Sie müssen hier warten«, unterbrach er sie.

»Das da vorne ist mein Wagen«, sagte sie, bevor er sich wegdrehen konnte.

Er sah sie argwöhnisch an. »Und wie soll Ihr Wagen dort hinkommen, wenn Sie hier stehen?«

Christine war nicht in der Stimmung, sich auf solche Haarspaltereien einzulassen, sondern entgegnete: »Würden Sie bitte Chief Hatfield davon in Kenntnis setzen, dass ich zu meinem Wagen möchte? Mein Name ist Christine Bell. Er kennt mich.«

Mürrisch machte der Mann kehrt und ging zu einem Kollegen, redete kurz mit ihm und zeigte dabei auf Christine. Der wiederum ging zu Hatfield, und das Spiel wiederholte sich. Sie konnte beobachten, wie der Inspector in die Richtung schaute, in die der Beamte zeigte. Kaum hatte er Christine inmitten der Schaulustigen entdeckt, verzog er frustriert den Mund. Nach sekundenlangem Zögern – vermutlich überlegte er, ob er sie diesmal einfach ignorieren sollte – nickte er, und der Polizist, der inzwischen zur Absperrung zurückgekehrt war, hob das Band hoch, um sie durchzulassen.

»Miss Bell«, begrüßte Hatfield sie mit einem finsteren Grinsen. »Können Sie sich vorstellen, dass es mich nicht überrascht, Sie hier zu sehen?«

»Inspector, es tut mir außerordentlich leid, aber ich bin nicht in der Stimmung für Ihre Ironie«, gab sie schroff zurück. »Was ist passiert? Was ist mit Mrs Bennett?«

»Mrs Bennett ist in guten Händen«, versicherte er ihr und setzte wieder seine übliche verdrießliche Miene auf.

»Was soll das heißen?«, fragte sie und zeigte auf die zugedeckte Leiche. »Das nennen Sie ›in guten Händen‹?«

»Wie bitte?« Hatfield sah sie ratlos an. »Was reden Sie da?«

»Ich rede davon, dass Mrs Bennett tot daliegt, und Sie kommen mit so einem Spruch an!«

»Mrs Bennett hat bei dem Unfall einen leichten Schock erlitten, deshalb haben wir sie ins Krankenhaus bringen lassen, ebenso den Fahrer des Lastwagens, der ein paar Schrammen abbekommen hat. Mrs Bennetts Ehemann ist mitgefahren. Ach ja, er lässt Ihnen ausrichten, dass sie mit dem Taxi nach Hause kommen werden. Sie müssen nicht hinfahren, um die beiden abzuholen.«

Sie betrachtete die Verwüstung und fragte sich, wie jemand einen solchen Unfall mit nichts weiter als einem leichten Schock überstehen konnte. »Und … wer ist das?« Sie deutete auf die Person, die unter dem weißen Laken lag.

»Das ist die Frau, die erst Ihr Auto gekapert und dann den Unfall verursacht hat.«

»Mein Auto gekapert?«, wiederholte sie. »Könnten Sie mir den Ablauf so zusammenfassen, dass ich auch verstehe, was hier passiert ist?«

»Wenn Sie schon so nett fragen«, brummte Hatfield etwas ungehalten und zog seinen Block aus der Innentasche seiner Jacke. »Also, dann wollen wir mal: Mrs Bennett fuhr über den Supermarktparkplatz, um eine Lücke zu suchen. Als sie sich in

Höhe des Eingangs befand, kam eine Frau aus dem Markt gestürmt, riss die Wagentür auf und zerrte Mrs Bennett nach draußen. Dann sprang sie in den Wagen und fuhr los. An der Ausfahrt angekommen, raste sie ohne zu bremsen auf die Straße und wurde von diesem Sattelschlepper erfasst. Das Ergebnis sehen Sie hier.«

»Und wer war die Frau?«, wollte Christine wissen.

»Anna Stanton, eine stadtbekannte Drogenabhängige. Ständig wird sie wegen kleinerer Überfälle und Diebstähle festgenommen. Ein typischer Fall von Beschaffungskriminalität. Sie hat keinen festen Wohnsitz, lebt von der Sozialhilfe, und wenn wir sie nach dem soundsovielten Überfall mal wieder für ein paar Tage einsperren, tun wir ihr damit sogar noch einen Gefallen.«

»Aber warum fährt sie vor einen Lastwagen, wenn sie doch eigentlich flüchten will?«, fragte sie den Inspector.

»Tja, da gibt es zwei Möglichkeiten. Entweder wusste sie nicht, wie man ein Auto bedient, oder aber sie konnte nicht bremsen. Sagen Sie, Miss Bell, wissen Sie irgendwas über technische Mängel an Ihrem Wagen?«

»Nein, den habe ich mir von einem Bekannten geliehen, weil ich meine Tante zum Arzt und zur Therapie fahren muss. Da ist ein Minivan einfach praktischer. Ich weiß allerdings auch, dass mein Bekannter den Wagen erst vor zwei Wochen zur Inspektion in der Werkstatt hatte.«

»Hm«, machte Hatfield. »Sehen Sie, Mrs Bennett sprach davon, dass der Wagen ihrer Meinung nach auf dem Weg hierher ziemlich schlecht gebremst hat. Und als Anna Stanton mit dem Wagen wegfuhr, da musste sie auf dem Weg über den Parkplatz mehrmals stark abbremsen, weil Fußgänger und andere Fahrzeuge im Weg waren. Als sie dann die Straße erreichte, bremste sie laut Aussage von Mrs Bennett gar nicht mehr, sondern fuhr genau vor den Lastwagen.«

»Sie meinen, die Bremsen könnten ausgefallen sein«, folgerte sie.

»Ganz genau«, bestätigte er. »Warum sollte sie sonst rangierenden Personenwagen ausweichen, wenn sie sich auf der anderen Seite einem Lastwagen in den Weg stellt, gegen den sie keine Chance hat?«

Weil jemand die Bremsleitungen manipuliert hatte. Jemand namens Russell Coughlan. Er musste irgendwann in der Nacht zum Haus der Bennetts gekommen sein, um sich an ihrem Wagen zu schaffen zu machen. Sie sagte natürlich kein Wort davon, weil sie wusste, was Hatfield dann wieder von ihr denken würde.

Der sah sich um und rief seinen Leuten zu: »Beeilen Sie sich mal mit dem Aufräumen, dieses Gequäke ist ja unerträglich!«

Christine sah an ihm vorbei und erkannte jetzt, dass die Straßen mit Hunderten von *Spongebob*-Figuren übersät war, die jedes Mal einen anderen Spruch aufsagten, wenn einer der Polizisten nach ein oder zwei Figuren griff, um sie in die Müllsäcke zu stopfen, damit sie später mit einem anderen Fahrzeug wegtransportiert werden konnten. »Ich bin bereit! Ich bin bereit!«, tönte eine Figur, während die nächste verkündete: »Mein Name ist Spongebob Schwammkopf. Und wie heißt du?« So ernst der Unfall mit einer Toten auch war, so hatte diese Szene doch etwas unfreiwillig Komisches an sich.

»Mrs Bennett sprach davon, dass sie zwei Kinder hat«, sagte Hatfield unvermittelt. »Nehmen Sie denen doch zwei Spongebobs mit, dann sind die eine Weile beschäftigt, bis ihre Mutter nach Hause kommt.«

Einem anderen Polizisten gab er ein Zeichen, der drückte ihr zwei Plüschfiguren in die Arme und ging weiter.

»Tja, was die Überreste Ihres Wagens angeht … die werden nach Crawley gebracht. Da gibt es ein technisches Labor, das die Unfallursache untersuchen wird. Allerdings wird das eine Weile dauern, weil die ziemlich überlastet sind. Auf jeden Fall sollten Sie die Versicherung schon mal anrufen … und Ihren Bekannten auch. Der wird sich nicht gerade freuen, wenn er hört, was hier passiert ist.«

»Nein, ganz sicher nicht.« Sie sah auf ihre Armbanduhr. Viertel vor elf. Sie musste zurück zur Convention und hören, was Weymoth herausgefunden hatte, aber zuerst wollte sie bei Betty vorbeifahren und ihr berichten, was genau geschehen war.

Sie kehrte zu Howard North' BMW zurück und fuhr zum Haus der Bennetts. In der Auffahrt warf sie einen Blick auf die Stelle, wo ihr Wagen über Nacht gestanden hatte, und tatsächlich waren dort ein paar frische braune Flecken zu sehen, wo die Bremsleitungen verlaufen mussten. Betty kam bereits ungeduldig zur Haustür gehumpelt, weil sie wissen wollte, was los war.

»Cathy geht es gut, sie war gar nicht in den Unfall verwickelt«, berichtete Christine, kaum dass sie ins Haus gekommen war. »Wo sind die Kinder?«

»Oh, die sind oben und spielen«, antwortete Betty. »Die wissen noch nichts davon.«

»Ihr Vater hat es ihnen nicht gesagt?«, wunderte sie sich.

»Du sagst doch selbst, dass es ihr gut geht«, machte ihre Tante ihr klar. »Peter wollte nicht, dass sie sich unnötig aufregen. Jetzt erzähl mir aber endlich, was eigentlich vorgefallen ist. Von Peter habe ich nur einen halben Satz hingeworfen bekommen, dann war er auch schon aus dem Haus gestürmt.«

Christine berichtete ihr, was sie von Inspector Hatfield erfahren hatte, dann fügte sie an: »Das war eindeutig Coughlans Werk. Draußen in der Auffahrt sind ein paar Tropfen Bremsflüssigkeit zu sehen, die ausgetreten sein müssen, als er heute Nacht die Leitungen angebohrt hat. Als Cathy mit dem Wagen losfuhr, verlor der bei jedem Bremsmanöver etwas mehr Flüssigkeit, und als diese Drogensüchtige ihr den Wagen abnahm, da waren nur noch ein paar Tropfen übrig, und die bewirkten nichts mehr, als sie vom Parkplatz fuhr. Wahrscheinlich sah sie den Sattelschlepper noch, aber sie konnte nicht mehr bremsen.«

»Wie schrecklich«, murmelte Betty und kraulte Isabelle, die ihr auf den Schoß gesprungen war.

Christine störte es nicht, dass ihre Katze Betty offenbar ins Herz geschlossen hatte. Außerdem hätte sie gar kein Recht gehabt, eifersüchtig zu sein, da sie durch die Mordfälle bedingt überhaupt keine Zeit hatte, sich in der gewohnten Weise um ihre Katze zu kümmern. Dass die sich so zu ihrer Tante hingezogen fühlte, konnte ihr nur recht sein, denn sonst hätte sich Isabelle zweifellos zurückgesetzt gefühlt.

»Versteh das nicht falsch«, entgegnete Christine. »Aber noch schrecklicher wäre es gewesen, wenn Cathy bei dem Unfall ums Leben gekommen wäre. Diese Anna Stanton hat sich selbst in diese Situation gebracht, weil sie unbedingt mein Auto stehlen musste. Cathy dagegen hatte sich nichts zuschulden kommen lassen.«

»Ich weiß, wie du das meinst, Kind. Es ist schlimm, dass überhaupt jemand sterben musste, aber so hat wenigstens nicht eine Familie ihre fürsorgliche Mutter und Ehefrau verloren.« Betty dachte einen Moment lang nach. »Aber wie konnte dieser Coughlan wissen, dass dir etwas Ähnliches passieren würde, wenn du heute Morgen mit dem Wagen gefahren wärst? Dass Cathy damit zum Supermarkt fuhr, war doch nur ein Zufall.«

»Du weißt, in Beechwood gibt es ein paar Straßen mit leichtem Gefälle«, erklärte Christine. »Entweder ich wäre irgendwo dort unterwegs gewesen und hätte nicht mehr bremsen können, oder ich hätte vor einer Kreuzung oder einem Fußgängerüberweg nicht mehr anhalten können. Es musste ja nicht gleich ein tödlicher Unfall sein, es hätte genügt, wenn ich für ein paar Tage ins Krankenhaus gekommen wäre. Oder wenn die Polizei mich übers Wochenende festgehalten hätte, weil ich ungebremst in eine Gruppe Fußgänger gerast wäre. Coughlan hätte das bereits genügt, weil es ihm nur darauf ankommt, dass ich bis morgen Abend außer Gefecht gesetzt werde, damit er seinen Attentatsplan in aller Ruhe ausführen kann.« Sie sah zur Wanduhr. Viertel nach elf. »Kann ich noch etwas für dich tun, Betty? Soll ich dir einen Kaffee kochen?

Oder ein Brot schmieren? Ich weiß nicht, wann die Bennetts zurückkommen werden, und ich will ja nicht, dass du hier verhungerst.«

»Ich werde weder verhungern noch verdursten«, versicherte ihre Tante ihr. »Und wenn doch, kann ich immer noch die Kinder rufen.«

»Meinst du, die werden dich hören? Ich glaube, die beiden haben ihre Ohrhörer eingestöpselt, um außer ihrer Wii nichts mehr um sich herum wahrzunehmen.«

»Weißt du noch«, gab Betty lächelnd zurück, »wie ich euch Kinder gerufen habe, wenn ihr am Strand zu weit weggelaufen wart?«

Unwillkürlich zuckte Christine zusammen, als sie sich an die Lautstärke erinnerte, zu der ihre Tante fähig war. »Du hast recht, du bist hier auch ohne mich gut aufgehoben. Aber ich werde wenigstens noch einen neuen Napf für Isabelle hinstellen.«

»Tu das lieber nicht, sonst glaubt sie wieder, sie müsste Napoleon und Illya alles wegessen.«

Als hätten sie nur auf ein Stichwort gewartet, kamen die beiden jungen Katzen zur Tür hereinspaziert und sahen Christine mit großen Augen an. »Hat euch jemand gerufen?«, fragte sie die beiden, die sich sofort gegen ihre Schienbeine stemmten, als wollten sie sie nicht gehen lassen – jedenfalls nicht, ohne zuvor noch eine Handvoll Trockenfutter zu erbeuten.

»Okay, ihr kleinen Bettler, ihr habt gewonnen.« Sie machte einen großen Schritt über die zwei Katzen hinweg und durchquerte den Flur in Richtung Küche. Dabei sah sie nur zwei schwarzweiße Schemen vorbeihuschen, und als sie die Küche betrat, saß das Pärchen schon auf der Spüle und schaute so unschuldig drein, als hätten sie seit Stunden nichts anderes getan, als auf sie zu warten. Sie legte ihnen eine Handvoll Trockenfutter auf den Boden und kehrte ins Wohnzimmer zurück, wo Isabelle nach wie vor auf Bettys Schoß lag. Sie hatte die Ohren gespitzt und beleckte sich bereits, als Christine hereinkam, machte aber keine Anstalten, sich von der Stelle zu rühren.

»Du meinst wohl auch, dir kommt das Futter einfach so zugeflogen, wie?«, scherzte Christine und hielt ihr die Hand mit dem Trockenfutter hin, das die Katze dann gemächlich verspeiste. »Wenn ich es nicht besser wüsste, würde ich noch glauben, du kaust jetzt besonders langsam und gründlich.«

Isabelle ließ sich keine erkennbaren Schuldgefühle einreden und fraß unbeirrt weiter. Als die hingehaltene Hand leer war, warf sie Christine den üblichen vorwurfsvollen Blick zu, die darauf wie üblich nicht reagierte.

»Ich fahre dann rüber zum Pier«, sagte sie zu Betty. »Wenn irgendetwas ist, ruf mich jederzeit an, okay? Ich hoffe, Dylan Weymoth hat etwas herausgefunden.«

Es war gegen Viertel vor zwölf, als sie North' BMW am Rand des Piers abstellte, wo er selbst ihn bislang auch immer geparkt hatte. Sie ging zum Haupteingang und sagte zu der jungen Frau, die dort die Eintrittskarten kontrollierte: »Können Sie bitte Mr North wissen lassen, dass Miss Bell da ist?«

»Sie können durchgehen, Miss Bell«, erwiderte sie mit einem strahlenden Lächeln. »Mr North hatte Ihr Kommen angekündigt.«

Sie durchquerte den Vorraum und betrat den Händlersaal, der hoffnungslos mit Fans der unterschiedlichsten Science-Fiction- und Fantasy-Filme und -Serien überlaufen war, die fast alle Uniformen und Kostüme ihrer fiktiven Vorbilder trugen. Christine sah sich um und beschloss, sich am Rand der Halle zu halten, da dort am wenigsten los war und sie wesentlich schneller den Zugang zum Hauptsaal erreichen würde, als wenn sie den deutlich kürzeren Weg durch die Mitte wählte.

Im Hauptsaal angelangt, der ebenfalls bereits gut besucht war, begab sie sich zunächst zur Bühne und sah sich dort um, ob sie irgendwo Coughlan entdecken konnte. Das war nicht der Fall, und dann bemerkte sie, dass North sie zu sich auf die Bühne winkte.

»Wo ist Coughlan?«, fragte sie als Erstes, während sie ihm mit einem dankbaren Nicken den Wagenschlüssel zurückgab.

»Der ist im Moment vorne im Händlersaal beschäftigt«, antwortete North. »Er muss mit ein paar Anwälten von einem Stand zum nächsten ziehen, die bei den Händlern nach illegalen Waren und Fälschungen suchen.«

»Illegale Waren?«, wiederholte sie amüsiert. »Das klingt ein bisschen nach Drogen.«

Er musste lachen. »Nein, es geht um Raubkopien, um gefälschte Requisiten und um echte Requisiten, die aus dem einen oder anderen Filmstudio gestohlen wurden. So etwas zu überprüfen, dauert seine Zeit.« Er führte sie hinter die Bühne in den Raum, der als Büro gekennzeichnet war. Dort saß Dylan Weymoth an einem Laptop und rief soeben eine Seite mit mathematischen Formeln auf.

»Dylan, Miss Bell ist hier«, sagte er zu ihm. »Ich gehe nach vorn und passe auf, was Coughlan macht. Wenn er sich euch nähert, rufe ich dich an, damit ihr euch zurückziehen könnt.«

»Alles klar«, gab Weymoth zurück. »Hallo, Miss Bell. Und? Was war das für ein Unfall?«

»Coughlan hat wohl erneut zugeschlagen und die Bremsleitungen meines Wagens angebohrt«, antwortete sie. »Auf sein Konto geht eine weitere Tote, zum Glück nicht Mrs Bennett.«

Weymoth schüttelte den Kopf. »Und dabei macht dieser Kerl so einen freundlichen Eindruck. Man soll nicht glauben, dass er kaltblütig sechs Menschen umbringt.«

»Was haben Sie gefunden?«, fragte sie, um auf das wichtigere Thema zu sprechen zu kommen.

»Genau das, was ich erwartet habe«, berichtete er freudestrahlend. »Der Begriff ›Phasenverschiebung –3‹ stammt aus dem dritten Teil der *Galaxico*-Filmtrilogie. Es geht dabei um eine Strategie, mit der letztlich die feindlichen Rivaner in die

Knie gezwungen werden. Die terranischen Streitkräfte arbeiten einen Angriffsplan aus, der dieser Phasenverschiebung unterzogen wird. Die Rivaner bringen den Plan in Erfahrung, erkennen aber nicht den Sinn der Phasenverschiebung und müssen sich daher am Ende geschlagen geben.«

Christine hörte geduldig zu, schließlich fragte sie: »Und was bedeutet das für unseren Fall?«

»Konkret bedeutet es, dass alle Bewegungen – im Film die der Flotte, hier durch die Gänge der Halle – um einen Faktor verschoben werden. Das Plus- oder Minuszeichen gibt die Richtung an, die Zahl selbst ist der Faktor.«

»Also verschiebt sich die eingezeichnete Route um … um was? Um drei Meter nach links?«

»Nicht die Route, sondern der Ausgangspunkt, und mit jeder weiteren Verzweigung potenziert sich die Verschiebung, sodass …«

»Warten Sie, Mr Weymoth«, unterbrach sie ihn. »Diese Formel, mit der das alles berechnet wird, ist doch eigentlich völlig fiktiv, nicht wahr? Das ist doch nur für diese Filme so geschrieben, damit das in der Handlung klappt. Das kann nicht auf reale Verhältnisse übertragen werden, oder?«

Dylan grinste. »Ich weiß, was Sie denken. Sie meinen, es verhält sich damit genauso wie mit der Sprache der Rivaner. In den Filmen ergibt sie einen Sinn, aber in der Realität nicht.«

»Ja, genau.«

»Ich kann Sie beruhigen, Miss Bell«, entgegnete er. »Die Produzenten haben mit einem Mathematiker zusammengearbeitet, damit diese Berechnungen authentisch sind und nicht bloß ein Trick, um sich mit pseudowissenschaftlichem Kauderwelsch aus der Affäre zu ziehen.«

»Das hätte ich nicht gedacht«, musste sie eingestehen.

»Das halten die Wenigsten für möglich«, ließ er sie wissen, wohl auch um sie zu beruhigen.

»Das heißt, Sie können mit der Formel berechnen, wohin der Plan uns eigentlich führen soll?«

Er schüttelte den Kopf. »Das heißt, ich habe das bereits gemacht.« Er stand von seinem Platz auf, klappte den Laptop zu und nahm ihn mit. »Kommen Sie, ich zeige es Ihnen.«

Sie folgte ihm in den Bereich, der noch weiter hinter der Bühne gelegen war, bis sie eine schmale Wendeltreppe erreichten, dann stiegen sie hinab in die untere Ebene. »Meine größte Sorge«, erzählte er, während sie einem langen Gang am Rand des Bauwerks folgten, »war die Tatsache, dass Coughlans Plan sich nur auf die zweidimensionale Ebene erstreckt, im Film aber alle drei Dimensionen eine Rolle spielten. Ich dachte zuerst, diese Formel wäre nun nicht mehr anwendbar, doch dann habe ich verschiedene andere Modelle durchgespielt und festgestellt, dass es überhaupt keinen Unterschied ausmacht. Der Weg führt immer zum gleichen Ziel.«

»Dann wissen wir also mit hundertprozentiger Sicherheit, dass es der richtige Punkt ist?«, hakte sie nach. Sie hatte längst den Faden verloren, daher stellte sie bewusst eine Frage, auf die er nur mit einem klaren Ja oder Nein antworten konnte.

»Es ist der richtige Punkt, allerdings wird Sie eine Enttäuschung erwarten. Aber das werden Sie gleich selbst sehen.«

»Sagen Sie mal, Mr Weymoth, was machen Sie eigentlich, wenn Sie nicht bei einer Convention mitmachen?«

»Meinen Sie, was ich beruflich mache oder in meiner Freizeit?«

»Eigentlich Ersteres, aber der andere Punkt würde mich auch interessieren, wenn ich ganz ehrlich sein soll«, sagte sie.

»Von Beruf bin ich Physiker, ich arbeite in einer Forschungsanlage für alternative Energien in der Nähe von Sheffield.« Er machte eine kurze Pause. »Meine Freizeit verbringe ich in erster Linie mit meiner Frau, unseren beiden Kindern und drei Hunden. Ich höre gern klassische Musik, vor allem russische Komponisten … und daneben begeistere ich mich für Science Fiction, und das schon seit meinem fünften oder sechsten Lebensjahr. Angefangen hat es mit *Doctor Who,* auch wenn ich den damals immer etwas gruselig fand, und danach habe ich mir alle Serien und Filme angesehen, die im Fernsehen und im Kino liefen.«

Sie nickte nachdenklich.

»Ich bin also nicht der weltfremde Freak, für den man von Außenstehenden so oft gehalten wird«, fuhr er fort. »Ich weiß, wie SF- und Fantasy-Fans in Krimiserien oder in Sitcoms gern dargestellt werden, weil das Lacher bringt, aber es gibt wirklich nur ganz wenige, die ihr ganzes Leben in einer anderen Welt verbringen.«

»Ich weiß«, stimmte sie ihm zu. »Das Problem ist nur, dass die Fans zu dem schlechten Image beitragen, weil sie genauso kamerageil sind wie die meisten anderen Menschen und alles machen, was die Reporter von ihnen verlangen, nur damit sie anschließend ins Fernsehen kommen.«

»Oh ja«, seufzte Dylan. »Das ist mir ganz zu Anfang auch passiert, weil ich dachte, die Journalisten meinen es ehrlich. Eine halbe Stunde Interview haben diese Mistkerle auf ganze zwei Minuten zusammengeschnitten, dabei nur die Schnipsel genommen, in denen ich Rivanisch rede, weil sie mich zuvor um einige rivanische Worte gebeten hatten. Das Ganze haben sie dann noch mit schwachsinnigen Untertiteln und einem beleidigenden Off-Kommentar unterlegt. Aber aus Schaden wird man klug, und ich habe seitdem kein Interview mehr gegeben, selbst wenn die Anfragen noch so seriös wirkten.« Abrupt beendete er seine Ausführungen und sagte: »So, da wären wir.«

Sie standen am Ende des äußeren Gangs vor einer unscheinbaren Metalltür. »Und wo sind wir?«

Er zog einen Schlüssel aus der Tasche und schloss die Tür auf. Dahinter befand sich ein Lagerraum mit Kühleinheit.

»Noch ein Kühlraum?«, fragte sie.

»Ja, allerdings nur zum Kühlen, nicht zum Tiefkühlen.«

Christine trat ein und sah sich um. »Haben Sie den Raum schon nach einer Waffe durchsucht?«

»Ja, aber wie Sie selbst sehen, gibt es hier außer leeren Metallregalen und der Kühleinheit nichts. Ich habe auch die Abdeckung der Einheit abgenommen und hineingeschaut. Hier wurde nichts versteckt. Wie ich schon sagte, wir haben den Raum gefunden, zu dem der Plan führt, aber es ist nichts von Belang darin.«

»Wird der Raum von irgendeinem Ihrer Leute genutzt?«

»Nein. Ich weiß nur, dass der Cateringservice heute Nachmittag das kalte Büfett für morgen Abend anliefert und hier kalt stellt. Und bevor Sie fragen: Coughlan ist nicht derjenige, der sich um die Leute vom Cateringservice oder um das kalte Büfett kümmert.«

Sie betrachtete beide Pläne, den Grundriss der Halle und das, was der Attentäter ihr aus der Handtasche gestohlen hatte. Dann auf einmal leuchteten ihre Augen auf.

»Natürlich«, sagte sie. »Das ist die Lösung!«

»Was?«, fragte Dylan. »Habe ich was verpasst?«

»Wir haben doch in Coughlans Hotelzimmer keine Waffe gefunden«, fuhr sie fort. »Und er trägt auch keine Waffe bei sich, richtig?«

»Das ist richtig, weil es am Eingang den Metalldetektor gibt, den jeder passieren muss, der in den Vorraum will. Der Detektor wäre längst losgegangen, wenn Coughlan versucht hätte, eine Pistole oder ein Messer hereinzuschmuggeln.«

»Genau. Das ist von Coughlan und seinen Hintermännern sehr geschickt gelöst. Er selbst hat keine Waffe bei sich, also kann er sich auch nicht verdächtig machen. Die Waffe wird vom Cateringservice auf den Pier geschmuggelt, und zwar auf diesem Weg.« Sie zeigte auf den Eingang, der sofort auf die untere Ebene führte. North war mit ihr in der Nacht auf diesem Weg in die Veranstaltungshalle gelangt. »Da unten gibt es keinen Metalldetektor, weil das nur der Lieferanteneingang ist. Jemand vom Cateringservice bringt nachher die Waffe mit und deponiert sie in diesem Raum. Irgendwann später holt Coughlan sie hier ab, geht nach oben, verübt den Anschlag auf den König und entkommt im allgemeinen Trubel über die

Treppe gleich hier nebenan. Der Lieferanteneingang liegt gleich um die Ecke, und während oben im Saal Panik herrscht, entwischt er über den Zugang, bevor jemand mitkriegt, wer überhaupt geschossen hat.«

»Klingt logisch«, stimmte Weymoth ihr zu.

»Meine Vermutung ist, dass er erst kurz vor dem Moment des Attentats herkommen wird, sonst müsste er stundenlang mit einer geladenen Waffe in der Menge umherlaufen«, fuhr sie fort. »Aber … wir haben ein Problem.«

Er schaute sie fragend an.

»Wir können ihn nicht unauffällig beschatten. Dieser Gang da draußen ist in beide Richtungen etliche Meter weit einsehbar, und wenn einer von uns ihm folgt, dann wird er das sofort bemerken.«

»Stimmt.« Dylan legte den Kopf in den Nacken und sah sich die Decke an. »Aber ich glaube, ich weiß, wie wir das hinkriegen.«

»Eine was?«, fragte Betty, gleich nachdem Christine zu erzählen begonnen hatte.

»Eine Webcam«, wiederholte Christine. »Das ist eine kleine Kamera, mit der man Bilder ins Internet sendet, wo man sie sich dann auf einer Website ansehen kann. Das ist so wie diese Kamera, die ich dir gezeigt habe, die auf den Strand von Beechwood gerichtet ist, und wenn du die Beechwood-Website aufrufst, kannst du sehen, wie gerade das Wetter ist.«

»Ah, jetzt weiß ich, was du meinst«, sagte ihre Tante, wandte jedoch sogleich ein: »Aber die sendet doch nur Standbilder.«

»Die einmal in der Minute aktualisiert werden. Du kannst diese Kameras auch so programmieren, dass sie wie in einem Kaufhaus funktionieren, also ständig senden. Die Kamera in dem Raum dort ist an einen Bewegungsmelder gekoppelt und nimmt nur auf, sobald jemand den Kühlraum betritt. Das ist nötig, weil die Kamera die Bilder per Funk überträgt, aber nur mit einer Batterie betrieben wird. Wir können sie da unten nicht an die Stromversorgung anschließen, weil sie dann möglicherweise auffällt. Da die Batterie aber nicht lange hält, sendet die Kamera eben nur, wenn eine Bewegung registriert wird.«

»Und das, was sie aufnimmt, kannst du dir im Internet ansehen, habe ich das richtig verstanden?«

Christine nickte bestätigend. »Auf die Weise finden wir heraus, wer vom Cateringservice Coughlans Komplize ist und wo er die Waffe versteckt.«

»Und wer von euch war das technische Genie, das so schnell gearbeitet hat? Ich meine, wir haben nicht mal drei Uhr, und das Ganze ist bereits fix und fertig«, wollte die sichtlich beeindruckte Betty wissen.

»Das haben wir Gina vom Hard Drive zu verdanken, dem kleinen Computerladen in der Crane Street«, antwortete sie. »Sie hat das innerhalb einer Stunde installiert und eingerichtet, ohne dass außer North, Weymoth und mir jemand etwas davon mitbekommen hat.«

»Diese jungen Leute«, meinte Betty kopfschüttelnd. »Wie die diese moderne Technik beherrschen, das ist wirklich beeindruckend.«

»Da kann ich dir nur zustimmen. So was übersteigt auch meinen Verstand.« Sie zuckte mit den Schultern. »Vom Prinzip her begreife ich das Ganze schon, aber wenn ich das selbst machen müsste, würde ich es in zehn Jahren noch nicht hinkriegen.«

»Untertreib nicht so«, widersprach Betty und trank einen Schluck Kaffee. »Das würdest du auch hinkriegen.«

»Betty, ich habe es seinerzeit sogar aufgegeben, meine Website selbst zu gestalten.«

»Und ich möchte wetten, du hast es aufgegeben, weil es dir zu lange gedauert hat, richtig?«

Christine zögerte, dann jedoch bestätigte sie mit einem Nicken die Vermutung ihrer Tante.

»Das war mir doch klar«, fuhr Betty fort. »Wenn ihr in den

Sommerferien hier wart und es hat geregnet, hat dein Onkel eines seiner Puzzles aus dem Schrank geholt, damit ihr Kinder euch etwas beschäftigen konntet. Deine Schwester war immer mit Eifer bei der Sache, aber du hast zehn Teile zusammengelegt, und dann warst du schon wieder gelangweilt.«

»Wen wundert das bei einem Puzzle mit dreitausend Teilen, auf dem der Himalaja zu sehen ist?«

»Das Problem ist, dass du keine Geduld hast«, betonte Betty. »Wenn etwas nicht schnell erledigt werden kann, interessiert es dich prompt nicht mehr.«

Sie hob eine Hand, um ihren Widerspruch anzukündigen. »Und wie erklärst du dir, dass ich mich hinsetzen und einen vierhundert Seiten langen Roman schreiben kann?«

»Ganz einfach«, gab ihre Tante zurück. »Da schaffst du etwas Eigenes, da gibt es keine Vorgaben, an die du dich halten musst. Aber bei einem Puzzle kannst du nicht kreativ werden, da musst du dich an dem orientieren, was vorgegeben ist. Und ich nehme an, bei deiner Website war das auch nicht viel anders.«

Christine verzog den Mund und musste ihrer Tante zustimmen, ob sie nun wollte oder nicht. In dem Moment, als sie zum Sprechen ansetzte, bemerkte sie, wie Isabelle, die auf dem anderen Sessel lag und schlief, abrupt den Kopf hob, die Ohren spitzte und in Richtung Haustür schaute.

Illya und Napoleon hatten es sich bei ihr gemütlich gemacht und lagen halb auf ihr. Sie schliefen so fest, dass sie nichts davon merkten, wie Isabelle sich bewegte.

Auch Christine sah zur Tür und bemerkte auf einmal, wie sich ein Schatten über die Mattglasscheibe schob. Unwillkürlich zuckte sie zusammen. War Coughlan zurückgekehrt, um einen weiteren Anschlag auf ihr Leben zu unternehmen? Sie schaute sich um und stellte zu ihrer Bestürzung fest, dass sie nichts zur Hand hatte, um sich gegen einen Angreifer zur Wehr zu setzen.

»Wenn du gestattest«, sagte sie kurz entschlossen zu Betty

und nahm eine der beiden Krücken, die sie neben dem Sofa gegen die Wand gelehnt hatte. Dann eilte sie in den Flur, doch in diesem Moment ging die Haustür auf – und Christine konnte noch schnell genug kehrtmachen, um wieder ins Wohnzimmer zu eilen, die Krücke wegzustellen und sich so in den Sessel fallen zu lassen, dass es aussah, als habe sie das bequeme Sitzmöbel seit mindestens einer Stunde nicht mehr verlassen.

Ihre Tante sah sie fragend an, woraufhin sie »Fehlalarm« flüsterte und auf Isabelle zeigte, die sich mittlerweile längst zusammengerollt hatte, sehr zur Freude der beiden Jungtiere, die ihr Gesicht tief in das rotgetigerte Fell vergruben und genießerisch seufzten.

»Juhuu, wir sind wieder da-haa!«, ertönte eine Frauenstimme aus dem Flur, und Betty nickte verstehend.

»Wir sind im Wohnzimmer«, rief sie. Schritte näherten sich, und dann steckte Cathy den Kopf zur Tür herein.

»Wie geht's Ihnen?«, fragte Christine besorgt.

»Bestens«, erwiderte Cathy ausgelassen, während Peter sich hinter sie stellte und Christine pantomimisch zu verstehen gab, dass man seiner Frau im Krankenhaus ein Mittel gegeben hatte, was ihre fast schon heitere Verfassung erklärte.

»Das mit Ihrem Auto tut mir leid«, fuhr sie fort und schaute betrübt drein. »Davon ist ja so gut wie nichts mehr übrig, nicht wahr? Weiß die Polizei, wie es passiert ist?«

»Nein, der Wagen … die Überreste werden in einem Labor untersucht, allerdings kann es Wochen dauern, ehe es ein Resultat gibt.«

»Oh Gott, Sie Ärmste!« Cathy kam näher, bückte sich und drückte sie tröstend an sich. »Können wir irgendetwas für Sie tun?«

»Nein, das ist nicht nötig«, beteuerte sie. »Ich weiß nicht, ob Sie den Wagen in der Auffahrt gesehen haben …«

Peter schüttelte den Kopf. »Nein, das Taxi, mit dem wir eben zurückgekommen sind, hat uns auf der anderen Straßenseite abgesetzt.«

»Die Versicherung, bei der mein Bekannter den Minivan versichert hatte, bezahlt zumindest für eine Woche einen Mietwagen, damit ich wenigstens wieder mobil bin«, erzählte Christine. »Leider gibt's in der Tarifstufe nur einen Ford Ka, und der nützt nichts, wenn ich meine Tante zum Arzt fahren muss. Aber das werde ich am Montag mit dem Verleiher noch mal in Ruhe besprechen. Ich kann ja froh sein, dass ich heute Nachmittag überhaupt noch einen Wagen bekommen konnte.«

»Und wenn die Woche um ist?«, wollte Peter wissen. »Was passiert dann? Nimmt man Ihnen den Wagen wieder ab?«

Wenn alles nach Plan läuft, dann hat Coughlan bis dahin längst gestanden, dass er die Bremsleitung manipuliert hat, und dann kann ich den Wagen weiter behalten, hätte sie am liebsten geantwortet, allein um sich selbst ein bisschen Mut zu machen, dass alles gut ausgehen würde. »Ach, darüber werde ich mir Gedanken machen, wenn es so weit ist.«

»Ich weiß nicht, ob Sie mit der Polizei gesprochen haben«, meldete sich erneut Cathy zu Wort. »Ich habe diesem freundlichen Inspector … Hatfield, glaube ich, hieß er … das schon erzählt, dass Ihr Wagen so seltsam gebremst hatte. Es kam mir so vor, als müsste ich jedes Mal fester aufs Pedal treten, wenn ich bremsen musste. War das vorher bei Ihnen auch so?«

»Nein, das wäre mir aufgefallen«, erwiderte Christine, ohne auf ihren Verdacht zu sprechen zu kommen, dass jemand sich an den Bremsen zu schaffen gemacht haben musste. Es fiel ihr allerdings schwer, das zu verschweigen, denn immerhin hatte sie Cathy angeboten, den Minivan zu nehmen, und sie fühlte sich in gewisser Weise mitschuldig. Sie hatte nicht damit gerechnet, dass Coughlan zu solchen Methoden greifen würde, doch rückblickend hätte sie das einkalkulieren müssen, denn immerhin hatte er auch Jerry Denham auf dem Gewissen.

»Setzen Sie sich doch zu uns«, forderte Betty das Paar auf. »Christine hat Kaffee gekocht und Erdbeertörtchen von Denny's mitgebracht. Die sind so köstlich wie immer.«

»Ich weiß nicht«, gab Cathy zurück. »Ich …«

»Ja, gern«, entschied ihr Mann für sie und lächelte Christine an. »Du kannst eine Stärkung gut gebrauchen, und erst recht eine gute Tasse Kaffee. Man soll ja nicht glauben, was der Kaffeeautomat im Krankenhaus ausspuckt. Manchmal denke ich, die machen das extra, weil sie noch Patienten brauchen. Da kommen ihnen ein paar Leute mit Lebensmittelvergiftung sicher gerade recht.«

»Hör auf, Peter«, ermahnte sie ihren Mann. »Mit so was scherzt man nicht.«

»Nun gut. Vielleicht hat das Krankenhaus einfach einen zu guten Ruf und könnte aus steuerlichen Gründen mal eine ordentliche Schadenersatzklage gebrauchen. Vorsätzliche Körperverletzung wäre bei dieser Brühe nicht übertrieben.«

Sie setzten sich beide zu Betty auf die Couch, um die Katzen nicht zu stören. Isabelle beobachtete aus halb geschlossenen Augen das Treiben, während Napoleon und Illya weiter fest schliefen.

Christine ging in die Küche, holte zwei weitere Tassen und schenkte den Bennetts den frischen Kaffee ein. »Das war ja wirklich ein Glücksfall, dass diese Frau Ihnen den Wagen geraubt hatte«, sagte sie leise. »Wer weiß, was sonst passiert wäre.«

»Also, ich muss sagen, dass ich das alles noch immer nicht so richtig glauben kann«, entgegnete Cathy. »Ich fuhr ganz langsam durch die vorderste Parkreihe, und ehe ich michs versah, wurde die Tür auf der Fahrerseite aufgerissen. Vermutlich war es auch mein Glück, dass ich den Gurt bereits abgenommen hatte, weil ich ja einparken wollte. Wer weiß, was diese Verrückte sonst noch mit mir gemacht hätte!« Cathy schüttelte sich vor Grausen. »Trotzdem … das mit Ihrem Wagen tut mir schrecklich leid.«

»Wissen Sie, ich …«, begann Christine, wurde aber von ihrem Telefon unterbrochen, das in dem Moment klingelte. Sie sah auf das Display, dann erklärte sie: »Ich telefoniere kurz draußen, das ist beruflich.«

Bettys fragenden Blick beantwortete sie mit einem Nicken.

»Auch samstags?«, staunte Cathy. »Das ist ja wie bei Peter. Der hat am Wochenende auch keine Ruhe, wenn seine Mandanten was von ihm wollen.«

»Na ja, das hat mit dieser Convention auf dem Pier zu tun. Ansonsten kommt das eher selten vor, schließlich herrscht in den meisten Verlagen am Wochenende Ruhe«, erwiderte sie, während sie zur Haustür lief.

»Hallo, Miss Remington«, meldete sie sich, nachdem sie im Garten angekommen war und zu ihrem Mietwagen schlenderte.

»Hallo, Miss Bell, haben Sie ein paar Minuten Zeit?«, fragte Remington.

»Natürlich. Haben Sie etwas herausfinden können?« Sie lehnte sich gegen den Wagen und stellte fest, dass sie ihre Jacke hätte mitnehmen sollen, da der Wind wieder aufgefrischt war. Das Haus der Bennetts lag auf einer leichten Anhöhe, sodass sie von hier oben das Meer sehen konnte. Bei diesem Anblick wurde ihr klar, wieso Coughlan auf den Gedanken gekommen war, die Bremsleitungen zu manipulieren. Der Weg zum Strand und damit zum Pier wies ein flaches, aber in die Länge gezogenes Gefälle auf, und wenn die Bremsen früh genug versagt hätten, wäre der Wagen so schnell geworden, dass ein Zusammenstoß mit einem beliebigen Hindernis für sie fast sicher schwere Verletzungen nach sich gezogen hätte.

»Der Reihe nach«, begann Remington. »Da wäre erst mal Ihr Tatverdächtiger, dieser Russell Coughlan. Er war bis vor ein paar Monaten Börsenmakler und hat nicht nur seine Bank durch leichtsinnige Spekulationen etliche Millionen gekostet, sondern sich selbst auch um ein kleines Vermögen gebracht. Seitdem hat er sich mit Gelegenheitsjobs durchgeschlagen, vorwiegend in Seebädern, wo oft mal jemand für ein paar Tage in der Küche gebraucht wird.«

Das war die Erklärung dafür, woher Coughlan gewusst hatte, in welche Pilzsuppe er das Gift rühren musste. Dass er der Attentäter sein musste, davon war sie von Anfang an überzeugt gewesen, sie hatte nur keine Ahnung gehabt, wieso er die Sache mit den Tellern wusste. Er musste vorübergehend im Plate With A View gearbeitet haben, und als er an dem Tag, als sie mit Jerry Denham dort zu Mittag aß, wie zufällig vorbeischaute, um seinen ehemaligen Kollegen Hallo zu sagen, da war das niemandem merkwürdig vorgekommen.

»Vor Kurzem wurde eine größere Summe auf seinem Konto gutgeschrieben«, fuhr Remington fort.

»Wie groß?«

»Hunderttausend Pfund.«

»Und von wem?«

»Von einer Bank in irgendeinem Inselstaat, von dem ich heute zum ersten Mal gehört habe. Von einem Kollegen weiß ich, dass vor allem Gelder aus dem Nahen Osten durch diese Bank geschleust werden, aber ich kann natürlich nicht sagen, ob seine Summe auch aus der Ecke kommt.«

Christine nickte bedächtig. Die Puzzlestücke fügten sich zusammen. »Davon können Sie ausgehen«, meinte sie. »Das muss jetzt unter uns bleiben …«

»So wie alles andere auch«, betonte Remington.

»… ja, natürlich. So hatte ich das auch nicht gemeint. Ich wollte damit sagen, dass hier nur ein paar Leute eingeweiht sind … jedenfalls wird am Sonntag der König von Jordanien Beechwood einen Blitzbesuch abstatten.«

»Was will er denn da?«

»Ist eine lange Geschichte, die kann ich Ihnen erzählen, wenn wir das hier hinter uns haben.«

»Okay, aber die Verbindung zum Nahen Osten passt dann ja. Schließlich gibt es genügend Leute, die den König liebend gern tot sehen würden.«

»Genau«, stimmte Christine ihr zu. »Was können Sie mir über Coughlan sonst noch sagen?«

»Nicht allzu viel. Vor dieser Aktienpleite ist er polizeilich nicht in Erscheinung getreten. Ich habe allerdings noch etwas herausgefunden, das Ihnen einen Hinweis liefern dürfte, wie er dieses Attentat ausführen wird, vorausgesetzt, es ist tatsächlich alles so, wie Sie vermuten.«

»Und zwar?«

»Er ist ein exzellenter Sportschütze, mit Pistole und Gewehr gleichermaßen«, antwortete sie. »Er hat etliche erste Preise bei verschiedenen Wettbewerben abgeräumt.«

Christine schwieg einen Moment lang. »Dann wird er ihn also erschießen wollen.«

»Davon würde ich ausgehen«, stimmte Remington ihr zu. »Was die anderen Namen angeht, die Sie mir genannt haben … bei denen konnte ich nichts Auffälliges finden. Wenn ich raten soll, würde ich sagen, dass es sich bei ihnen um Mitwisser handelt, die er nach und nach aus dem Weg räumt, damit sie ihn nicht anschließend verraten können, falls sie es sich anders überlegen. Oder sie dachten, dass es ihm mit dem Attentat gar nicht ernst war, und er schaltet sie aus, damit sie ihm keinen Strich durch die Rechnung machen. Aber wie gesagt, das ist pure Spekulation. Ich müsste mich eingehender mit deren Vorleben beschäftigen.«

»Ist schon okay«, gab Christine zurück. »Coughlan ist der, um den es in erster Linie geht. Sie haben mir sehr geholfen, Miss Remington. Ich hoffe, ich kann mich irgendwann mal revanchieren.«

»Ja, lassen Sie einfach meinen Namen aus dem Spiel, wenn Sie jemand darauf anspricht, woher Sie die Informationen haben. Dieses Telefonat hat nie stattgefunden.«

»Dann will ich mal hoffen, dass sich mein Telefon nicht selbst zerstört, sobald ich aufgelegt habe«, entgegnete Christine. Sie hörte DCI Remington noch lachen, dann wurde die Verbindung unterbrochen.

Sie kehrte ins Haus zurück und ging ins Wohnzimmer, wo sich Betty angeregt mit den Bennetts unterhielt. »Und?«, fragte ihre Tante. »Alles geklärt?«

Christine nickte. »Ja, das war ein aufschlussreiches Telefonat«, sagte sie und nahm wieder Platz. Plötzlich hörte sie, wie eines der Kinder die Treppe herunterkam. »Ach, sagen Sie, Peter, hatten Sie eigentlich den Kindern gegenüber etwas von dem Unfall erwähnt, bevor Sie mit Cathy ins Krankenhaus gefahren sind?«

»Nein«, erwiderte er. »Patrick hat vor einem halben Jahr mitansehen müssen, wie ein Mitschüler vom Schulbus erfasst wurde. Das war für ihn sehr traumatisch, deshalb hatte ich nichts davon gesagt. Er hätte sich nur wieder aufgeregt, obwohl ich ja bereits gehört hatte, dass Cathy selbst nicht in den Unfall verwickelt war.«

»Gut, ich wollte das nur wissen, damit ich nicht irgendeine unüberlegte Bemerkung mache.«

In diesem Moment ging die Tür auf, und Patrick kam herein. »Hi«, grüßte er die Runde. »Mom, kannst du mir ein Brot machen?«

»Kannst du das nicht selber machen?«, fragte Betty, bevor Cathy reagieren konnte. »Du bist schon ein großer Junge, du weißt bestimmt, wie das geht, oder?«

»Ja, aber …«, wandte er ein, kam jedoch nicht weiter, da er sich mit dem einleitenden ›Ja‹ automatisch aller Argumente beraubt hatte.

Die Erwachsenen mussten unwillkürlich grinsen, was den Jungen nur noch mürrischer reagieren ließ. Christine sah Peter an, wie gern er ihm gesagt hätte, was tatsächlich geschehen war, damit sein Sohn erkannte, dass jetzt nicht der geeignete Zeitpunkt war, um seinen Kopf durchzusetzen. »Deine Mom hat einen anstrengenden Tag hinter sich«, ließ er ihn stattdessen wissen.

»Du warst doch nur einkaufen, das ist doch nicht anstrengend«, beharrte Patrick sichtlich unzufrieden.

»Patrick, sei so gut und schmier dir selbst ein Brot«, seufzte Cathy. »Überleg mal, du kannst es belegen, womit du willst, wenn du dir das Brot machst, ohne dass einer von uns dabei ist.«

»Hmm«, machte er, klang aber nicht überzeugt. Unschlüssig stand er neben der Couch und schien abzuwägen, ob er seine Mutter in Ruhe lassen sollte oder lieber nicht.

Cathy entdeckte die beiden *Spongebob*-Figuren, die einer der Polizisten Christine in die Hand gedrückt hatte. »Sieh mal, ich habe dir und Melanie auch was aus dem Supermarkt mitgebracht.«

»Voll super«, sagte er mit der gleichen Begeisterung, mit der er wohl auch auf eine Einladung zu einem Kammerkonzert reagiert hätte. Er nahm die Plüschfigur und las auffallend interessiert das Etikett durch.

»Stimmt was nicht?«, fragte sein Vater.

»Ach«, meinte er beiläufig und ging zur Tür. »Ich wollte nur nachsehen, ob ich überhaupt schon alt genug bin, um damit zu spielen.«

Während der Junge durch den Flur in Richtung Küche ging, sahen sich die Erwachsenen verdutzt an.

»Diesen Sarkasmus hat er von dir«, kommentierte Cathy schließlich lachend und stand auf. »Ich werde mich eine Weile hinlegen, wenn niemand etwas dagegen hat.«

»Tu das, Cathy«, unterstützte Betty ihren Entschluss.

»Dann werde ich mich weiter mit dem Jahresabschluss befassen, der auf meinem Schreibtisch wartet«, entschuldigte sich einen Moment später auch Peter. Lediglich die Katzen blieben liegen und ließen sich durch die vorübergehende Unruhe der anwesenden Menschen nicht stören.

Nachdem Christine wieder mit Betty allein war, fragte sie: »Und was hat diese DCI Remington dir sagen können?«

Christine fasste zusammen, was sie über Coughlan erfahren hatte, und fügte hinzu: »Jetzt wissen wir wenigstens, wie er das Attentat aller Wahrscheinlichkeit nach ausführen wird. Ich bin heilfroh, dass er kein Chemiker ist, dann kann er wenigstens keine Bombe basteln und aus sicherer Entfernung zünden. Wenn er den König erschießen will, muss er sich immerhin in Sichtweite zu ihm aufhalten. Das heißt, wir können ihn beobachten und verfolgen und hoffentlich im richtigen Moment eingreifen ... hoffentlich«, betonte sie. Tausend Dinge konnten immer noch schiefgehen, zumal sie überhaupt keine Ahnung hatten, von wo aus er sein Ziel unter Beschuss nehmen würde. »Wir werden wohl bis zur letzten Sekunde warten müssen, um ihn zu überführen.«

»Ein riskantes Spiel«, stellte Betty ernst fest.

»Lebensgefährlich trifft es wohl besser«, meinte Christine dazu. »Wenn Hatfield doch bloß nicht so verbohrt wäre! Aber je mehr ich ihn auf die Gefahr hinweise, umso mehr geht er auf Konfrontationskurs. Es ist zum Verrücktwerden mit diesem Kerl.«

»Ich kann verstehen, dass dich das deprimiert, Kind«, erklärte ihre Tante mitfühlend. »Egal, was du tust, immer steht dir dieser Inspector im Weg und verhindert, dass die Wahrheit ans Licht kommt.«

Christine schüttelte den Kopf. »Soll ich dir was sagen? Ich habe kein gutes Gefühl bei der Sache. Wir sind vollkommen zum Abwarten verurteilt und können uns gar keine Taktik zurechtlegen.«

»Du kriegst das schon hin«, versuchte Betty ihr Mut zu machen. »Weißt du noch damals, wie dieser Junge aus der Nachbarschaft dich immer geärgert hat, indem er dir dein Eishörnchen aus der Hand schlug?«

»Oh ja, und das immer mit dem unverschämten Argument, er würde nur darauf achten, dass ich nicht fett werde. Den könnte ich heute noch dafür umbringen«, erwiderte sie und hielt sofort verlegen eine Hand vor den Mund. »Sorry, das war nicht wörtlich gemeint. Das ist mir so rausgerutscht.«

»Aber du hast dich ja gerächt«, fuhr ihre Tante fort. »Und danach hat er dich in Ruhe gelassen.«

»Ja, das war ihm eine Lehre«, sagte Christine gedankenverloren. Eines Tages hatte sie sich eine rote Perücke geliehen und eine Sonnenbrille aufgesetzt, er erkannte sie nicht wieder und lud sie nichtsahnend zu einem Eis ein. Sie bestellte ein großes

Milchshake, und als sie gerade angefangen hatten, sich ganz angenehm zu unterhalten, kippte sie ihm das ganze Glas über den Schoß, nahm die Brille ab und zog ihre Perücke vom Kopf. Er sah sie ungläubig an und begann etwas zu stammeln, aber sie erklärte: »Ich habe dir ja geschworen, ich werde mich für jedes Eishörnchen rächen, das du mir aus der Hand geschlagen hast. Jetzt sind wir fast quitt.«

»Fast quitt? Was soll denn das heißen?«, fuhr er sie an, während er vergeblich etwas gegen die kalte Milch zu unternehmen versuchte, die an seinen Hosenbeinen entlang nach unten lief, in seine Schuhe tropfte und unter seinem Platz eine Lache bildete.

Er hätte besser nicht gefragt, sondern auf ihre Hände geachtet. So aber konnte sie ihm seinen Schokoladenbecher mit Sahne und viel Soße ins Gesicht drücken, lange bevor er begriff, wie ihm geschah.

Danach hatte er sie nie wieder behelligt – wohl weil er nicht wusste, wie ihre Rache beim nächsten Mal ausfallen würde.

Ja, ihre Tante hatte recht. Sie würde das schon hinkriegen.

Ihr Telefon riss sie aus ihren Gedanken, sie griff nach dem Gerät und sah auf das Display. Howard North rief an.

»Ja?«, meldete sie sich, lauschte kurz und legte ihr Telefon wieder auf den Tisch. Sie griff nach ihrem Laptop und fuhr ihn hoch. »Es geht los. Die Leute vom Cateringservice sind da.«

15

Gemeinsam mit ihrer Tante saß Christine auf dem Sofa und verfolgte das Geschehen auf dem Monitor, das von der Webcam im Kühlraum der Veranstaltungshalle übertragen wurde. Der Bewegungsmelder hatte auf das Öffnen der Metalltür reagiert, und sofort begann die Kamera Bilder zu senden. Zwei Männer und eine Frau betraten nacheinander den Raum, trugen Tabletts und Frischhalteboxen in den unterschiedlichsten Größen herein und verteilten sie auf den Regalen. Gut eine Viertelstunde lang ging die Tür auf, jemand stellte etwas ab, die Tür ging zu, und ein oder zwei Minuten später kam der nächste aus der Dreiergruppe, um Nachschub zu liefern.

Dann wurde das Licht ausgemacht und die Tür geschlossen, und drei Minuten später schaltete sich die Kamera ihrer Programmierung entsprechend ab. Auf der eingerichteten Website erschien ein Hinweistext, dass die Kamera nicht sendete.

»War es das schon?«, fragte Betty, die sich offenbar mehr von der Vorführung versprochen hatte. »Und wo ist die Waffe?«

»Ich will nicht hoffen, dass das alles war«, erwiderte Christine beunruhigt. »Die haben nur das Essen für das kalte Büfett in den Raum gestellt, sonst nichts. Was ist mit der Waffe?«

Sie saß da und starrte auf den Monitor, aber nichts tat sich. Nach wie vor stand dort zu lesen, dass die Kamera kein Signal sendete.

»Das kann doch nicht sein«, flüsterte sie. »Dieser Weymoth hat gesagt, dass der Plan zu diesem Raum führt. Das ist doch nicht möglich.«

Betty atmete tief durch, räusperte sich und setzte zögerlich zu einer Erwiderung an. »Kind, ich … ich will nicht den Teufel an die Wand malen, aber ... vielleicht steckt der ja mit Coughlan unter einer Decke und hat euch absichtlich zu diesem Kühlraum geführt, damit ihr euch alle darauf konzentriert, während die Waffe ganz woanders abgelegt wird.«

»Du machst mir damit nicht gerade Mut, weißt du das?«, gab Christine zurück.

»Ich weiß, allerdings ändert es nichts daran, dass diese Möglichkeit besteht.«

»Aber irgendwen musste ich einweihen«, verteidigte sich Christine. »Sonst wäre ich immer noch keinen Schritt weiter gekommen.«

Betty legte ihr einen Arm um die Schultern. »Ich mache dir ja keinen Vorwurf, Kind. Dir blieb nichts anderes übrig, als North zu vertrauen und ihm zu glauben, dass auch Weymoth vertrauenswürdig ist. Trotzdem kann es sein, dass sie sogar beide mit Coughlan unter einer Decke stecken und dich in dem Glauben lassen, du würdest mit ihnen zusammen gegen ihn vorgehen, während sie dich in Wahrheit in die Irre führen.«

»Nein.« Sie schüttelte energisch den Kopf. »Das will ich einfach nicht glauben! Ich werde North anrufen und ihn fragen, was los ist.« Gleichzeitig griff sie nach ihrem Telefon und wählte seine Nummer.

»Keine Ahnung, was da los ist«, meldete er sich ohne irgendeine Vorrede. »Wir sehen hier auch nichts.«

»Die haben nur Essen gebracht«, sagte sie.

»Ich weiß«, erwiderte er. »Allerdings steht der Wagen vom Cateringservice noch auf dem Pier. Die Frau und einer der Männer lungern daneben herum, der andere Mann ist nicht zu sehen.«

»Und was machen wir, wenn ...«, begann sie, wollte die Frage aber lieber nicht zu Ende führen. Irgendwie hatte sie das Gefühl, dass ihre Befürchtungen sich in dem Moment bewahrheiten würden, in dem sie sie laut ausspräche.

»Wenn alle Stricke reißen, gibt es immer noch einen letzten

Ausweg, aber den ... den möchte ich für mich behalten, solange es geht«, antwortete er.

Christine sagte nichts, jedoch hatte sie eine Ahnung, was er damit meinte. Wenn sie an das Gleiche dachten, würde das aber bedeuten, dass Coughlan ungeschoren davonkam, und das war das Letzte, was sie zulassen wollte.

»Wie lange sollen wir wart...«, begann sie, doch in der Sekunde begann die Kamera wieder zu senden.

Die Tür ging auf, der zweite Mann schaltete das Licht ein und kam mit einer großen Leinentasche herein, aus der zahlreiche Baguettes herausragten. Er stellte die Tasche ab und zog nach und nach die Brote heraus, um sie in eines der Regale zu legen. Plötzlich drehte er sich um, warf einen Blick in den Gang und zog dann die Tür zu.

In aller Ruhe holte er einen länglichen Pappkarton aus der Tasche, der recht schwer zu sein schien.

»Das ist es«, flüsterte Christine, als fürchte sie, jemand könnte sie hören.

Der Mann sah sich um, dann schob er den Karton unter das unterste Regalbrett, sodass er nicht entdeckt werden konnte, wenn man nicht wusste, wo er versteckt war.

»Ja, das ist es«, bestätigte North und atmete erleichtert auf. Offenbar hatte er so wie Christine befürchtet, Weymoth könnte sich geirrt haben. »Wir haben gleich ... fünf Uhr«, fuhr er fort. »Können Sie um acht Uhr an dem Eingang sein, durch den wir reingekommen sind, als wir uns hier unten umgesehen haben?«

»Im Prinzip ja, aber wozu?«

»Ich würde dann dafür sorgen, dass Russell beschäftigt ist, damit wir uns gemeinsam ansehen können, was die Herrschaften vom Cateringservice uns da Feines untergeschoben haben.«

»Ich nehme an, Sie haben die Bilder auch auf Festplatte festgehalten, oder?«, fragte Christine.

»Oh ja, und sie warten nur darauf, an die Polizei übermittelt zu werden, damit dieser Kerl festgenommen wird, der das reingeschmuggelt hat«, versicherte North ihr.

»Hervorragend«, gab sie zurück. Sie hatte selbst schon mit dem Gedanken gespielt, und für den Fall, dass North es vergessen sollte oder er sich vielleicht doch nicht weiter um die Sache kümmern wollte, würde sie die Aufnahmen ebenfalls speichern. »Also gut, ich werde um acht da sein. Ähm … dauert das lange, oder werfen wir nur einen Blick in den Karton und gehen dann wieder?«

»Nur ein Blick. Ich will, dass Sie auch wissen, wie die Waffe aussieht, damit klar ist, wonach wir Ausschau halten müssen.«

Ja, das war eine ganz gute Idee. Sie wussten ja nicht, wann und von wo aus Coughlan zuschlagen würde, da war es sinnvoll, die Waffe wenigstens einmal gesehen zu haben. »Okay, ich werde um acht Uhr da sein.« Sie verabschiedete sich und legte auf, dann sah sie ihre Tante an. »Betty, was hältst du davon, wenn wir heute Abend essen gehen? Zum Beispiel im Tapestry. Ich lade dich ein, und um acht Uhr verschwinde ich zwischendurch für ein paar Minuten, um mir diese Waffe anzusehen.«

»Und wie soll ich hinkommen? Dein Mietwagen hat keinen Dachgepäckträger, soweit ich mich entsinnen kann«, hielt Betty dagegen.

»Meinst du, daran hätte ich nicht gedacht? Wir bestellen ein Taxi, und ich werde mich darum kümmern, dass sie uns ein Großraumtaxi schicken, okay?« Sie sah ihre Tante fragend an. »Und für den Rückweg machen wir es genauso.«

»Na, solange du mich nicht im Rollstuhl hinten an das Taxi hängst«, witzelte Betty, »kann ich mich wohl nicht beklagen.«

»Dann bestelle ich einen Tisch für halb sieben, und das Taxi sollte um … um zehn nach sechs hier sein«, überlegte Christine und griff nach dem Telefonbuch, das auf dem Beistelltisch gleich neben dem Hausanschluss der Bennetts lag.

»Also, ich werde mich noch für eine Stunde hinlegen, damit ich nachher ausgeruht bin«, beschloss ihre Tante und ließ sich von Christine vom Sofa helfen. An ihren Krücken verließ sie das Wohnzimmer und begab sich an der Treppe in das Gästezimmer, das die Bennetts für sie bereitgestellt hatten. Kaum war sie gegangen, wachten die Katzen auf, streckten sich und gähnten genüsslich, dann ging Isabelle voran, und wie an einer Schnur aufgezogen folgten Napoleon und Illya ihr in den Flur.

Neugierig stand Christine auf und sah zu, wie die Bande wie eine Mutter mit ihren zwei Jungen durch den Flur spazierte, zielstrebig ins Gästezimmer einbog und, nach Bettys Bemerkungen zu urteilen, es sich bei ihr auf dem Bett bequem machte.

Sie kehrte ins Wohnzimmer zurück und erledigte die Telefonate, schließlich saß sie da und überlegte, mit was sie die kommenden eineinhalb Stunden verbringen sollte. Coughlan hatte auf der Convention zu tun, also war sie vor ihm vorerst sicher, aber dafür, jetzt noch zum Strand zu fahren, reichte die Zeit nicht. Seit sie sich nach Beechwood aufgemacht hatte, war ihr der Wunsch nicht mehr aus dem Kopf gegangen, wenigstens einmal ein paar Stunden lang allein am Strand spazieren zu gehen. Bislang war ihr dieser Wunsch versagt geblieben, aber nach dem morgigen Abend würde sie das auf jeden Fall nachholen.

Noch knapp eineinhalb Tage, und diese traumatische, beängstigende Zeit lag hinter ihr. Aber was würde dann kommen? Befände sich Russell Coughlan am kommenden Montag in Polizeigewahrsam? Und würde man ihn dann für sechs Morde belangen? Oder auch für den Tod des Königs von Jordanien? Oder wäre er am Montag längst untergetaucht, weil die Polizei nicht schnell genug gewesen war? Und wenn ja, würden dann sechs oder sieben Morde ungesühnt bleiben?

Christine schüttelte den Kopf. Sie musste sich ablenken, sonst wurde sie noch verrückt. Sie nahm ihre Jacke von der Garderobe und verließ das Haus, stieg in den Wagen und fuhr zielstrebig zur Oxford Street. Vor dem Beautiful Noise fand sie prompt einen Parkplatz, warf ein paar Münzen in die Parkuhr und ging in die Spielhalle.

So wenig sie sich für Spielautomaten begeistern konnte, jetzt war der Trubel hier genau das Richtige für sie, um sich abzulenken. Links standen die Geldgeräte, in die man eine Münze werfen musste, die dann von einem Schieber in einen ganzen Pulk von Geldstücken geschoben wurde. Die wiederum lagen so verlockend übereinandergetürmt, dass es aussah, als würde man jeden Augenblick mindestens mit dem Fünfzigfachen des eingesetzten Betrags belohnt – was natürlich nie passierte. Bestenfalls fielen drei oder vier Münzen laut klimpernd in den Schacht, also eine nicht einmal als bescheiden zu bezeichnende Ausbeute, wenn man berücksichtigte, dass bis dahin meistens schon zehn Münzen vor dem Schieber gelandet waren.

Mindestens zwanzig solcher Automaten säumten zwei Wände der Spielhalle und weckten mit dem regelmäßigen Klimpern von ein paar Münzen bei den Besuchern die Illusion, dass der große Gewinn zum Greifen nah war. Als kleines Mädchen war Christine ebenfalls davon überzeugt gewesen, und zusammen mit ihrer Schwester hatte sie abwechselnd auf ihren Vater und ihre Mutter eingeredet, doch wenigstens ein paar 5-Pence-Stücke zu opfern.

An der dritten Wand stand eine kleine Armee aus Flippern. An den meisten davon demonstrierten mehr oder weniger gute Spieler ihr Geschick, die silberne Kugel so lange wie möglich im Spiel zu halten, um genügend Punkte zu sammeln, damit ein Freispiel oder wenigstens eine zusätzliche Kugel heraussprang. Einem der Spieler sah sie aus gebührendem Abstand zu, weil sie wusste, es machte diese Leute nervös, wenn sie sich beobachtet fühlten.

»Wollen Sie's nicht auch mal versuchen?«, wurde sie plötzlich von einem Mann angesprochen, der sich hinter sie gestellt hatte.

Beim Klang seiner Stimme zuckte sie zusammen, da sie fürchtete, Coughlan könnte sie entdeckt haben und mit dem Gedanken spielen, den Lärm der Spielhalle zu nutzen, um sie zu ermorden. Aber als sie sich umdrehte, stand da ein ganz anderer Mann, bestimmt zehn Jahre älter als sie, mit schütterem hellblonden Haar, das einen leichten Graustich aufwies und einem Bauchansatz, über den sich ein zu enges graues Hemd spannte.

»Nein, danke, das ist nichts für mich«, wehrte sie ab.

»Warum kommen Sie dann her?«, fragte er.

»Ich … ich wollte mich einfach nur etwas ablenken.«

»Und das können Sie nirgendwo besser als hier«, bestätigte er. »Wenn ich könnte, würde ich jede Woche herkommen, aber das geht leider nicht.«

»Wieso nicht?«, erwiderte sie. »Woher kommen Sie?«

»Liverpool, auch wenn mein Akzent das nicht verrät«, antwortete er mit stolzer Miene. »Meistens reicht es nur für zwei bis drei Wochenenden im Jahr.«

»Sie mögen die See?«

»Die See?« Er sah sie verdutzt an. »Oh, das meinen Sie. Nein, ich … ich komme eigentlich nicht her, weil ich Seeluft schnuppern oder Meeresrauschen hören will. Ich komme her, weil hier alles so wie damals ist, als ich noch jung war.« Er machte eine ausholende Geste. »Als das hier der neueste Stand der Technik war, da war ich vierzehn oder fünfzehn. Wissen Sie, das war die beste Zeit meines Lebens, und hier kann ich wieder fünfzehn sein.«

»Ach, kommen Sie«, wandte sie ein. »Es wird doch danach nicht alles nur noch schlecht gewesen sein.«

Er zuckte mit den Schultern. »Es war vielleicht nicht alles schlecht, aber die guten Dinge waren so rar gesät, dass ich lieber an die Zeit zurückdenke, als alles gut war.«

Sie musterte ihn schweigend. Was diesem Mann im Leben widerfahren sein mochte, dass er zu dieser Einstellung gelangt war, konnte sie nicht einmal erahnen. Doch sie wollte ihn auch nicht fragen, weil ihre innere Stimme ihr sagte, dass sie dann für die nächsten Stunden einen Gesprächspartner haben würde, der sie nicht zu Wort kommen ließe.

Es schien, als hätte der Mann ihre Gedanken gelesen, denn plötzlich setzte er ein Lächeln auf und erklärte: »Aber ich bin nicht hier, um über das Schlechte in meinem Leben zu reden, sondern um mich an diesem Ort zu erfreuen. Diesem Ort, an dem die Zeit stehen geblieben ist.« Er zeigte auf die Flipper und fragte: »Wussten Sie eigentlich, dass die wahre Inflation an den Flippern stattgefunden hat?«

»Die wahre Inflation?«, wiederholte sie ratlos.

»Nun, ich weiß nicht, ob Sie diese alten Geräte aus den sechziger Jahren kennen, aber die zählten in Zehnerschritten und man konnte maximal ein fünfstelliges Ergebnis erzielen. Die Modelle, vor denen Sie jetzt stehen, zählten in den Achtzigern schon in Schritten von je fünfhundert Punkten, und die Anzeige erlaubte sieben Stellen. Wenn Sie sich dagegen einen der aktuellen Flipper ansehen, dann werden Sie feststellen, dass man da für nur drei oder vier Treffer bereits mit dreißig Millionen Punkten belohnt wird und mindestens neunhundert Millionen Punkte für ein Freispiel erforderlich sind. Da kann man doch wohl von Inflation reden, nicht wahr?«

Unwillkürlich musste sie lachen, da er diese Dinge in einem Tonfall vortrug, als gäbe es keine ernsteren Themen auf der Welt als das Punktesystem bei einem Flipper. Sie nickte und sagte: »Trotzdem kann ich den Geräten nichts abgewinnen. Diese verdammten Kugeln machen nie das, was ich will.«

»Ach, mit ein bisschen Übung und Fingerspitzengefühl kriegen Sie das hin«, versicherte er ihr.

Christine schüttelte nachdrücklich den Kopf. »Nein, wirklich nicht. Da sind mir Videospiele schon lieber.« Versonnen dreinblickend drehte sie sich zu den Geräten um, die in einem weiten Halbkreis in der Mitte der Spielhalle angeordnet waren.

»Die dürften alle deutlich vor Ihrer Zeit aktuell gewesen sein«, warnte er sie. »Bestimmt werden die schlichten Grafiken Sie erschrecken. Aber die musste man damals so einfach wie möglich halten, weil die Rechnerkapazität nicht mehr erlaubte.«

»Falsch … und falsch«, konterte sie. »Erstens liegen Sie ziemlich falsch, was mein Alter angeht …«

»Ich konnte noch nie gut einschätzen, wie alt jemand ist«, gestand er kleinlaut.

»Zweitens hat in den Spielhallen von Beechwood nie etwas Neueres gestanden als *Asteroids, Space Invaders* oder *Pac Man*«, machte sie ihm klar. »Die ersten Videospiele waren die letzte große Investition für die Penny Arcade, das Beautiful Noise und alle anderen.«

»Tatsächlich?«, wunderte sich der Mann. »Wie ist das möglich? Jede Spielhalle versucht doch, immer die neuesten Spiele zu haben, damit die Leute fleißig ihr Geld ausgeben.«

»Ich weiß, aber auf Beechwood trifft das nicht zu. Wissen Sie, meine Eltern sind jahrelang mit mir und meiner Schwester hierher in Urlaub gefahren. Vor gut zwanzig Jahren waren wir das letzte Mal hier, und in den zehn Jahren davor hatte sich in Beechwood nichts verändert, außer dass alles immer mehr verfiel und verkam. Und ich weiß, dass ich in meinem letzten Jahr hier an diesen Geräten da gespielt habe, aber an nichts Neuerem.«

»Und? Waren Sie gut?«, wollte er fasziniert wissen.

»Nur bei *Pac Man*«, erwiderte sie, »alles andere war mir zu hektisch.«

»Darf ich Sie zu einer Runde *Pac Man* einladen«, fragte er.

Sie sah den Mann nachdenklich an, konnte sich jedoch nicht zu einer Antwort durchringen. Sie kannte ihn nicht, warum sollte sie sich also von ihm einladen lassen. Irgendwie war er ein komischer Kauz, der es vorzog, in der Vergangenheit zu leben, anstatt sich der Gegenwart zu stellen. Andererseits kam es sicher nicht oft vor, dass er hier auf jemanden stieß, der wusste, wovon er redete.

»Einverstanden, aber die zweite Runde geht auf mich«, willigte sie schließlich ein.

Die nächsten Minuten verbrachte sie damit, sich wieder mit dem Spiel vertraut zu machen, um den gefräßigen gelben Kreis sicher durch das Labyrinth zu lenken und Punkte zu sammeln. Fünf Runden später fühlte sie sich einigermaßen sicher, hatte jedoch gegen ihren Mitspieler keine Chance. Als sie auf ihre Armbanduhr sah, stellte sie mit Schrecken fest, dass sie nur noch knapp eine Viertelstunde Zeit hatte, ehe das Taxi eintraf, um sie und Betty abzuholen.

»Tut mir leid, aber ich sehe gerade, ich muss jetzt gehen«, sagte sie. »Ich habe meiner Tante ein Abendessen versprochen, und wenn ich noch länger bleibe, komme ich zu spät, und die Reservierung verfällt.«

»Kein Problem«, meinte er und schien es ehrlich zu meinen. »Es hat mir auf jeden Fall Spaß gemacht. Vielleicht sieht man sich ja mal wieder.«

Es war sonderbar, aber als sie die Spielhalle verließ und zu ihrem Wagen ging, um zurück zu den Bennetts zu fahren, da wurde ihr bewusst, dass dieser Mann es tatsächlich geschafft hatte, sie für eine halbe Stunde die Welt um sie herum vergessen zu lassen. Dabei war sie sich sicher, dass sie es keine Stunde mit ihm ausgehalten hätte, so liebenswürdig er auch wirkte. Seine Art, all sein Wissen über eine Sache auf seinem Gesprächspartner abzuladen, erinnerte sie an jemanden, doch sie kam nicht darauf, an wen. Diese Art war wohl auch der Grund, warum sie weder nach seinem Namen gefragt, noch mit ihm Telefonnummern ausgetauscht hatte. Andererseits hatte er auch nicht nach ihrem Namen gefragt, was aber wohl weniger mit Desinteresse zu tun hatte als vielmehr damit, dass er einfach zu schüchtern war. Und doch hatte er sie von sich aus angesprochen. Da sie nicht das Gefühl hatte, aus dem Mann schlau werden zu können, stieg sie kopfschüttelnd in den Mietwagen ein und fuhr los.

Als sie in die Auffahrt zum Haus der Bennetts einbog, fuhr soeben ein Großraumtaxi vor. Sie gab dem Fahrer ein Zeichen, er solle warten, dann lief sie ins Haus, um Betty zu holen. Die kam ihr im Flur entgegengehumpelt und lächelte sie fröhlich an.

»Tut mir leid, dass ich so spät dran bin«, sagte Christine zu ihr und stürmte die Treppe nach oben, um sich schnell umzuziehen. Ein paar Minuten später kam sie wieder nach unten.

»Das macht doch nichts, Kind«, versicherte Betty ihr. »Entweder gab es noch etwas Brandeiliges, das du unbedingt erledigen musstest, oder du bist eine Weile durch die Gegend gefahren, um mal einen klaren Kopf zu kriegen.«

»Genau das habe ich versucht«, erwiderte sie und hielt ihrer Tante die Tür auf.

»Nur versucht, oder …?«, fragte sie.

»Nein, nein, es hat auch geklappt. Zwar nur für eine halbe Stunde, aber das war besser als nichts.« Sie seufzte schwer. »Ich bin wirklich froh, wenn das alles vorbei ist. Am meisten macht mir diese Ungewissheit zu schaffen, ob dieser Coughlan noch irgendein As im Ärmel hat, mit dem keiner von uns rechnet.«

»Was meinst du damit? Hast du eine bestimmte Vorstellung, was das sein könnte?«

»Ach.« Christine winkte ab. »Mir gehen tausend Gedanken durch den Kopf. Vielleicht ist die Waffe nur ein Ablenkungsmanöver, um uns zu beschäftigen, während er irgendwo eine Bombe platziert. Oder Coughlan selbst ist das Ablenkungsmanöver, und ein anderer verübt das Attentat, mit dem keiner von uns gerechnet hat.«

Sie hatten das wartende Taxi erreicht und Betty klopfte mit einer Krücke gegen die Scheibe der Schiebetür, damit der Fahrer sie öffnete. »Lass doch, Betty, ich kann die Tür auch aufmachen.«

»Das weiß ich, Kind, aber Taxifahrer sollen sich um ihre Fahrgäste kümmern und nicht stur am Lenkrad sitzen und abwarten«, erwiderte sie. »Erst recht nicht, wenn jemand mit Krücken unterwegs ist, so wie ich. Schließlich hat er uns kommen sehen, also kann er sich auch herbewegen.«

Der Fahrer kam mit ausdrucksloser Miene um den Wagen herum und öffnete wortlos die Tür. Christine half ihrer Tante beim Einsteigen und legte ihr den Gurt an, dann nahm sie in der Reihe hinter ihr Platz. Der Fahrer schloss die Schiebetür und stieg wieder ein.

»Zum Tapestry in der Oxford Street, bitte«, rief Christine ihm zu, als er nach dem Ziel fragte.

»Und fahren Sie bitte keine Umwege, ja?«, fügte ihre Tante hinzu. »Meine Nichte ist nur in Beechwood zu Besuch, aber ich wohne hier und kenne mich aus.«

»M-hm«, machte der Fahrer nur und fuhr los. Knapp zehn Minuten später hielt er vor dem Restaurant, und nachdem sich Betty lautstark geräuspert hatte, stieg er aus und öffnete die Schiebetür, um sie aussteigen zu lassen.

Christine griff nach ihrer Geldbörse, aber ihre Tante hielt sie davon ab. »Du hast mich zum Essen eingeladen, ich übernehme das Taxi.«

Christine musste wegsehen, um nicht zu lachen, als Betty den geforderten Fahrpreis auf den Penny genau zahlte. Ohne ein weiteres Wort stieg der Mann wieder ein und fuhr ab.

»Magst du Taxifahrer prinzipiell nicht?«, fragte Christine, während sie die wenigen Schritte bis zum Lokal zurücklegten.

»Ich habe mich einmal in London mit einem Taxi vom Hotel zum Britischen Museum fahren lassen, weil ich den Weg nicht kannte. Als wir dort ankamen, durfte ich dem Fahrer fast dreißig Pfund in die Hand drücken, weil er mich quer durch die Stadt hatte fahren müssen.«

»Und?«

»Und als ich später mit einem anderen Taxi zurückfahren wollte, sprach mich ein Passant an, der gehört hatte, wie ich den Fahrer fragte, wie teuer die Fahrt zum Hotel sei, und verriet mir, dass ich nur zweimal links um die Ecke biegen musste, weil das Hotel bloß einen Block entfernt lag.«

»Oha«, machte Christine. »Das ist kein sehr erfreuliches Erlebnis.«

»Das fand ich auch. Und seitdem bin ich misstrauisch.«

***

Christine sah auf die Armbanduhr. »Fünf vor acht«, stellte sie fest. »Ich muss dann mal schnell rüber zur Halle. Es wird nicht lange dauern.«

»Kein Problem«, antwortete Betty. »Ich werde dem Ober sagen, er soll mit dem Dessert noch warten, bis du zurück bist.«

Als sie das Lokal verließ, war die Abenddämmerung bereits weit fortgeschritten, aber die Straßenlampen waren noch nicht eingeschaltet, sodass sie im Halbdunkel zum Pier hinübergehen konnte. Ihr war das nur recht, weil so die Chancen besser standen, von Coughlan nicht bemerkt zu werden, selbst wenn er sich irgendwo aufhalten sollte, von wo aus er sie hätte sehen können.

Sie eilte die Rampe nach unten und klopfte an der Tür an, durch die man in die untere Ebene gelangte. Schier endlos verstrich die Zeit, dann öffnete sich die Tür einen Spalt. Weiter geschah nichts, und einen Moment lang überlegte sie, ob das nicht vielleicht eine Falle war. »Kommen Sie rein«, hörte sie plötzlich North' Stimme. Erleichtert atmete sie auf und trat ein.

Im Gang dahinter brannten alle Neonleuchten und sorgten für kaltes Licht, das die ohnehin schon trostlose untere Ebene der Halle noch trister wirken ließ. North stand da und grüßte sie mit einem knappen Nicken, er zog die Tür hinter ihr zu und bedeutete ihr mit einer kurzen Handbewegung, sie solle ihm folgen.

Ohne ein Wort zu wechseln legten sie die kurze Strecke bis zum Kühlraum zurück. Er schloss auf, und sie traten ein. Während Christine die Tür hinter sich zuzog, kniete North sich auf den Boden und tastete unter dem Regal, bis er den länglichen Karton gefunden hatte.

»Dann wollen wir doch mal sehen«, murmelte er. Der Karton war nicht zugeklebt, sondern ließ sich so aufklappen, dass anschließend niemand erkennen konnte, ob er schon zuvor geöffnet worden war.

Zum Vorschein kam eine Art Gewehr, besetzt mit Metallplättchen, irgendwelchen Röhrchen und anderen, undefinierbaren Objekten, die keine erkennbare Funktion erfüllten. North nahm es aus dem Karton und hielt es Christine hin.

»Ist das überhaupt echt?«, fragte sie beim Anblick der merkwürdigen Verzierungen.

North nickte. »Ja, das würde ich schon sagen. Heben Sie mal.«

Er gab ihr die Waffe, die ihr fast aus der Hand gefallen wäre, weil sie ein solches Gewicht nicht erwartet hatte. »Das fühlt sich echt an«, urteilte sie. »Das sieht nur so eigenartig aus.«

»Ich würde sagen, das soll an eine Strahlenwaffe aus einem Film oder einer Serie erinnern, damit Coughlan nicht auffällt, wenn er damit durch den Saal spaziert. Die anderen tragen auch solche Waffen, wie Sie sicher gesehen haben.«

»Ja, ich weiß«, bestätigte sie.

»Aber warum ein Gewehr? Warum nicht eine kleinere, unauffällige Waffe? Wie will er mit dem Ding unbemerkt an den König herankommen?«, wunderte sich North.

»Das muss er gar nicht«, erwiderte Christine. »Ich habe heute Nachmittag ein interessantes Telefonat geführt und dabei erfahren, dass Russell Coughlan ein hervorragender Sportschütze ist. Wahrscheinlich könnte er sich auf die Bühne stellen und durch beide Säle hindurch dem König eine Kugel in den Kopf jagen, wenn der gerade erst die Eingangshalle betritt.«

North verzog den Mund angesichts dieser Neuigkeit. »Wissen Sie, wo wir jetzt noch Platzpatronen kriegen können?«, fragte er schließlich.

»Wofür Platzpatronen?«

»Na, wir können ihn doch nicht mit scharfer Munition auf die Leute loslassen!«

Christine schüttelte den Kopf. »Das können wir nicht nur, das müssen wir sogar.«

»Was?!? Entschuldigung, aber wissen Sie eigentlich, was Sie

da sagen? Da oben tummeln sich über dreitausend Leute!«, ereiferte sich North. »Er wird ein Blutbad anrichten.«

»Mir ist das Risiko durchaus bewusst, Mr North«, entgegnete sie. »Aber wir haben zwei Probleme. Erstens: Coughlan wird das Gewehr zweifellos überprüfen, wenn er es holen kommt. Er kennt sich mit Waffen aus und wird sofort bemerken, dass die Munition ausgetauscht wurde. Und genauso wird ihm jeder andere Versuch auffallen, das Gewehr zu manipulieren. Wir müssen davon ausgehen, dass er damit bereits Schießübungen gemacht hat, damit er mit der Waffe vertraut ist, wenn er den Anschlag verübt. Zweitens: Wenn er unmittelbar vor dem Attentatsversuch überwältigt wird, und die Polizei findet nur Platzpatronen, dann wird uns weiterhin niemand glauben, dass Coughlan ein sechsfacher Mörder ist und dass er den König ermorden wollte.«

»Sie wollen wirklich bis zur letzten Sekunde warten?«, fragte er zweifelnd.

»Wir haben einfach keine andere Wahl.« Christine machte keinen Hehl daraus, dass ihr diese Lösung genauso wenig gefiel wie ihm. »Wenn wir jetzt die Polizei informieren und unseren Fund präsentieren, haben wir nichts in der Hand, um Coughlan zu belasten. Bei dreitausend Convention-Besuchern und einigen Dutzend Helfern kann jeder infrage kommen. Coughlan kann alles abstreiten, und wenn der Inspector mich sieht, geht er ohnehin davon aus, dass ich mir das alles nur zusammenspinne.«

»Aber ich sehe das doch auch so wie Sie«, wandte North ein. »Zählt das denn gar nicht?«

»Nicht bei Inspector Hatfield. Er wird sagen, ich hätte Sie mit meinen Verschwörungstheorien angesteckt.«

North betrachtete nachdenklich die Waffe. »Dann soll ich sie also wieder wegpacken?«

»Unbedingt. Und schieben Sie den Karton genau an die Stelle, an der er gestanden hat. Coughlan darf nichts bemerken.«

Nachdem der ursprüngliche Zustand wiederhergestellt worden war, verließen sie den Kühlraum, North schloss die Tür ab und begleitete Christine zurück zum Lieferanteneingang. »Und wie verbleiben wir jetzt?«

»Wir müssen aufpassen, wann er die Waffe holt, und ab dann müssen wir ihm die ganze Zeit über dicht auf den Fersen bleiben«, erklärte sie. »Wir dürfen ihn nicht aus den Augen verlieren.«

»Wann er die Waffe holt, werden wir auf jeden Fall mitbekommen«, versicherte er ihr. »Diese Gina vom Computerladen hat alles so programmiert, dass Sie, Dylan und ich jeder eine SMS erhalten, sobald der Bewegungsmelder reagiert. Außerdem wird die Übertragung mit Uhrzeit mitgeschnitten, damit wir wissen, wann genau jemand den Kühlraum betreten hat.«

»Ich werde dann morgen Nachmittag gegen drei Uhr hier sein, damit mir noch etwas Zeit bis zu meinem Auftritt bleibt.«

»Wir telefonieren mittags ohnehin noch, um alles abzustimmen«, bemerkte er, hielt ihr die Tür auf und entließ sie in die Dunkelheit.

Sie kehrte zurück ins Restaurant, wo sich ihre Tante angeregt mit einem älteren Ehepaar am Nachbartisch unterhielt. Als sie sich setzte, schaute Betty nur kurz in ihre Richtung und sagte: »Du bist schon wieder da?« Dann widmete sie sich erneut dem Ehepaar und berichtete den beiden von dem Bowls-Turnier, das sie zuletzt gesehen hatte. Nach den Mienen der beiden älteren Leute zu urteilen, tat sie ihnen damit einen großen Gefallen.

Christine winkte den Kellner herbei und bat ihn, jetzt den Nachtisch zu bringen.

Schließlich drehte sich Betty zu ihr um. »Und?«, fragte sie. »Hast du alles erledigt?«

»Ja, ich hab mir alles angeschaut.«

»Und?«

»Sieht nicht gut aus«, gab sie zurück und deutete mit einer

Kopfbewegung auf das Ehepaar am Nebentisch. Betty nickte daraufhin bestätigend und machte ihr klar, dass sie sehr wohl wusste, warum Christine nicht konkreter werden konnte.

»Dann lass uns später darüber sprechen«, schlug sie vor. »Wir sind schließlich hier, um unser Abendessen zu genießen, da sollen die unangenehmen Dinge doch ruhig warten, bis wir wieder daheim sind.«

Sie verzehrten den Nachtisch, Zimteis mit Puderzucker und Sahne, und dann ließ Christine die Rechnung kommen, wobei sie den Ober bat, ein Taxi für sie zu bestellen. Als sie eine Viertelstunde später das Lokal verließen, wartete draußen das gleiche Großraumtaxi auf sie, mit dem sie schon hergefahren waren. Diesmal stand der Fahrer bereits neben der geöffneten Schiebetür und half Betty beim Einsteigen. Er fuhr auf kürzestem Weg zur Wilde Lane und hielt vor dem Haus der Bennetts, wo er sich sputete, um den Wagen herumzulaufen, um die Tür zu öffnen.

Diesmal gab Betty ihm ein Trinkgeld, als sie für die Fahrt bezahlte, und der Fahrer wünschte ihnen noch einen schönen Abend. »Siehst du, man kann sogar erwachsene Männer noch erziehen, wenn man es richtig anstellt«, meinte sie triumphierend zu Christine, während sie zur Haustür gingen. Plötzlich blieb sie stehen: »Warte, Kind. Was war in der halben Stunde, als du weg warst? Ich weiß nicht, ob die Bennetts wollen, dass wir uns mit ihnen die neue Episode von *Casualty* ansehen. Falls ja, haben wir nachher keine Zeit mehr zum Reden.«

»Na ja, viel ist nicht passiert«, antwortete sie. »Wir haben uns die Waffe angesehen, ein Gewehr, das ein bisschen verziert worden ist, damit es wie eine Science-Fiction-Waffe aussieht. Auf diese Weise will er nicht auffallen, wenn er sich unters Publikum mischt, um den König zu töten.«

»Sehr geschickt. Er hat sich das gut überlegt«, meinte Betty kopfschüttelnd.

»Oder irgendjemand anders hat es sich überlegt und es ihm befohlen.«

»So oder so stellt sich die Frage, ob er oder seine Hintermänner auch einen Reserveplan für den Fall haben, dass etwas schiefgeht«, gab Betty zu bedenken.

Christine verdrehte die Augen. »Hör bloß mit so was auf. Ich versuche erst gar nicht, an eine solche Möglichkeit zu denken. Mir wird schon übel, wenn ich nur daran denke, dass wir Coughlan mit scharfer Munition durch den Saal laufen lassen müssen.«

»Könnt ihr das Gewehr nicht irgendwie unbrauchbar machen?«

»Nein, keine Chance«, erklärte sie. »Coughlan ist ein erfahrener Sportschütze, und er würde merken, wenn mit der Waffe etwas nicht stimmt. Momentan wissen wir wenigstens, wie er das Attentat ausführen wird, aber wenn er das Gewehr nicht benutzen kann, weil wir es manipuliert haben, dann kann keiner sagen, was er stattdessen machen wird. So ist es trotz allem sicherer.«

»Hmm, ja«, stimmte Betty ihr zu. »Aber gibt es eigentlich keinen Zweifel daran, dass der jordanische König morgen hierherkommt? Mich wundert nämlich, dass nirgendwo verstärkt Polizei unterwegs ist und keine Straßensperren errichtet worden sind.«

Christine zuckte mit den Schultern. »Es soll ja offiziell ein Überraschungsbesuch sein, vermutlich tut sich deshalb nichts. Wenn die Polizei hier plötzlich alles auf den Kopf stellen würde, dann wäre klar, dass irgendwas im Busch ist. Ich schätze, die wollen auf diese Weise die Presseleute fernhalten, weil die sonst alles belagern würden.« Nach einer kurzen Pause fügte sie an: »Natürlich kann der König den Besuch auch immer noch absagen, vielleicht hat er das sogar längst getan, und es ist deswegen nicht mehr Polizei unterwegs. Ich kann mich nur überraschen lassen und hoffen, dass wir diesen verdammten Coughlan daran hindern können, seinen Plan in die Tat umzusetzen.«

»Ach, da sind Sie ja!«, rief in dem Moment Peter, der aus

dem Haus gekommen war, um die Mülltonnen an den Straßenrand zu rollen. »Wenn Sie sich beeilen und wenn Sie Lust haben, können Sie sich mit uns die neue *Casualty*-Folge ansehen. Eben kam schon eine Vorschau. Sah wieder sehr aufregend aus.«

»Ja, wir kommen gleich«, antwortete Betty. »Wir genießen nur noch ein wenig die frische Luft.«

»Wenigstens hat der Wind inzwischen nachgelassen«, sagte er, als er zurückkam. »Aber ob das von langer Dauer sein wird, bleibt abzuwarten. Kommen Sie, ich helfe Ihnen nach drinnen«, bot er sich an und hielt Betty seinen Arm hin.

Wenig später saßen Christine und Betty mit den Bennetts im Wohnzimmer, wo der Fernseher bereits lief. Ihre Tante und ihre beiden Gastgeber mit ihren Kindern sahen wie gebannt zu, wie soeben ein Unfallopfer in die Notaufnahme gebracht wurde, wo ein gestresstes Ärzteteam erst vor ein paar Minuten einen Motorradfahrer zusammengeflickt hatte und nun wie am Fließband den nächsten Patienten zugeschoben bekam.

Christine war ohnehin kein großer Freund von Arzt- und Krankenhausserien, und sie mochte schon gar keine Fernsehärzte, die ihre Patienten bemutterten, als seien die alle grenzdebil. Aber warum jemand diese bis ins Detail realistisch wirkende Serie verfolgte, war ihr ein Rätsel. Vor allem konnte sie nicht begreifen, dass Cathy nach dem heutigen Tag überhaupt noch der Sinn danach stand, sich anzusehen, wie Menschen nach einem schweren Unfall operiert wurden. Sie konnte doch froh sein, dass sie so glimpflich davongekommen war.

Eigentlich hätte Christine sich lieber in ihr Zimmer zurückgezogen, um ein paar Stunden zu schlafen, doch sie wagte es nicht, ihren Platz auf dem Sofa zu verlassen, da sie zwischen ihrer Tante und Cathy saß und weder die eine noch die andere stören wollte. Plötzlich piepte jedoch ihr Telefon, das sie vor sich auf den Tisch gelegt hatte. Eine SMS war eingegangen. Die anderen reagierten mit leisem Murren und Schnauben auf diese Störung.

Sie öffnete die SMS und riss erschrocken die Augen auf.

Kamera sendet, stand da geschrieben.

»Oh, verdammt!«, murmelte sie und sprang auf, stieg über Cathys Beine und lief in ihr Zimmer. Zum Glück hatte sie gleich nach der Rückkehr aus dem Restaurant schnell die Mailbox aufgerufen und nachgesehen, ob eventuell eine wichtige E-Mail eingegangen war, und ihr Laptop war noch eingeschaltet.

Isabelle lag völlig entspannt und friedlich auf dem Bett, Napoleon und Illya hatten sich wieder dicht an sie geschmiegt und schliefen so fest, dass sie sich nicht rührten, als Christine ins Zimmer kam und sich zu ihnen setzte. Bislang hatte sie wohl immer das Pech – oder vielleicht auch das Glück – gehabt, die beiden jungen Katzen schlafend zu erleben. Sie hätte die zwei gerne einmal richtig in Aktion gesehen, wenn sie durch das Haus jagten, und noch mehr hätte es sie interessiert, wie sich Isabelle dann verhielt. Morgen früh, wenn sie alle ausgeschlafen hatten, würde sich bestimmt eine Gelegenheit dafür ergeben.

Sie ging auf die Website und sah, dass die Tür zur Kühlkammer einen Spalt geöffnet war. Das Licht aus dem Gang fiel durch diesen Spalt, genügte aber nicht, um die Dunkelheit zu durchdringen.

Was war da los? Holte Coughlan sein Gewehr ab? Vielleicht um es anderswo zu deponieren? Wenn er das tat, waren dann North oder Weymoth zur Stelle, um ihn unauffällig zu verfolgen, damit sie wussten, wo die Waffe war?

Christine fiel ein kleines Anzeigefeld unter dem Bild auf, das von der Webcam gesendet wurde. »Es sind 0003 User online«, stand da geschrieben. Sie atmete beruhigt durch. Die beiden hatten ebenfalls eine SMS erhalten und waren auf die Webseite gegangen.

Plötzlich ging die Tür etwas weiter auf, und jemand zwängte sich durch den Spalt. Man konnte die Person jedoch nicht erkennen, da das von hinten einfallende Licht das Gesicht des

Unbekannten in Schatten tauchte. Die Tür wurde zugezogen, und damit war das Bild wieder komplett dunkel.

»Was soll denn das?«, murmelte sie. Die Kamera lief immer noch, also bewegte sich der Unbekannte weiter, allerdings in völliger Dunkelheit.

Sie griff zu ihrem Telefon und wählte Howard North' Nummer.

»Sehen Sie das auch?«, fragte sie ohne Vorrede, als er sich meldete.

»Ja, und ich habe keine Ahnung, was da los ist«, antwortete er.

»Haben Sie erkennen können, wer den Raum betreten hat?«

»Nein, aber es war nicht … Sie wissen schon wer.«

»Er hält sich in Ihrer Nähe auf?«, folgerte sie aus seinen Worten.

»Ganz genau«, bestätigte North. »Ich möchte wissen, was der Typ da macht.«

Sekundenlang starrte Christine auf die Dunkelheit und überlegte, was sie tun sollten. Wenn nicht bald etwas geschah, würde North oder Weymoth hingehen und nachsehen müssen, schließlich … in diesem Moment wurde das Licht im Kühlraum angeknipst.

Christine sah eine dunkelhaarige Frau, die ihr bekannt vorkam. Wo hatte sie sie schon mal gesehen?

»Das ist Patricia Holloway«, beantwortete North ihre unausgesprochene Frage. »Sie soll morgen den Aufbau des kalten Büfetts überwachen.«

»Dann will sie wohl nachsehen, ob auch alles da ist«, vermutete Christine.

»Wahrscheinlich«, stimmte er ihr zu. »Zum Glück war das falscher Alarm.«

Sie wollte sich eben verabschieden, da ließ das Bild der Webcam sie stutzen. »Augenblick mal, was macht sie da?«

Die Frau öffnete einen Eimer, in dem sich Kartoffelsalat befand, und plötzlich holte sie einen Esslöffel aus ihrer Jackentasche und dann … begann sie genüsslich vom Salat zu essen.

»Das kann doch wohl nicht wahr sein«, murmelte North.

Im ersten Moment hatte Christine noch gedacht, diese Patricia wolle nur mal einen Happen probieren, ob der Kartoffelsalat in Ordnung war, aber während sie, North und Weymoth ihr zusahen, schaufelte sie sich einen Löffel nach dem anderen in den Mund.

»Vielleicht ist sie die wahre Attentäterin«, konnte sich Christine nicht verkneifen. »Sie stopft jetzt das ganze kalte Büfett in sich hinein, und wenn morgen der hohe Besuch kommt, stellt sie sich ihm in den Weg und platzt einfach.«

Lachend erwiderte North: »Oder sie hofft, wenn sie heute alles wegisst, muss unser Gast morgen verhungern.« Nach einer kurzen Pause fuhr er fort: »Okay, genug gescherzt. Das Thema ist ja leider ernst genug.«

»Ja, leider«, meinte sie seufzend. »Wir sehen uns morgen. Gute Nacht, Mr North.«

»Danke, Ihnen auch, Miss Bell«, sagte er und legte auf.

Einige Minuten lang bediente sich die Frau ungeniert weiter an dem Kartoffelsalat, der für das Büfett bestimmt war, dann drückte sie den Deckel auf den Eimer und öffnete stattdessen eine andere Frischhaltebox, nahm zwei gekochte Eier heraus und verließ die Kühlkammer. Die Tür wurde zugedrückt, und nach vielleicht zehn oder fünfzehn Sekunden erschien wieder die Schrifttafel, dass die Kamera kein Signal mehr sendete.

Christine stellte den Laptop zurück auf den Nachttisch und ließ sich nach hinten aufs Bett sinken. Isabelle öffnete die Augen einen Spaltbreit und sah sie an. Ob es ihr gefiel, von ihren beiden schwarzweißen Artgenossen derart belagert zu werden, ließ sie sich nicht anmerken. Doch allein die Tatsache, dass sie die zwei nicht verscheuchte oder ihnen aus dem Weg ging, sprach dafür, dass sie damit einverstanden war.

»Die beiden könnte ich wohl einstecken und mitnehmen,

damit du zu Hause auch Gesellschaft hast, wie?«, sagte sie leise zu Isabelle und kraulte sie am Hals.

Zwar merkte Christine noch, wie ihr die Augen zufielen, aber es gelang ihr nicht mehr, sich umzudrehen und die Nachttischlampe auszumachen. Mit einem Mal fühlten sich ihre Arme und Beine schwer wie Blei an, und eine überwältigende Müdigkeit ergriff von ihr Besitz.

Ein fernes Summen, das in kurzen Abständen wiederkehrte, holte Christine aus dem Schlaf, doch es erschien ihr so unwirklich, dass sie sich eine ganze Weile nicht sicher war, ob das alles vielleicht immer noch zu ihrem Traum gehörte. Das Summen hielt hartnäckig an, bis sie letztlich darüber aufwachte. Als sie die Augen aufschlug, wunderte sie sich, dass das Licht brannte, aber dann erinnerte sie sich daran, wie sie irgendwann vor Müdigkeit einfach eingeschlafen war.

Die Katzen waren in der Zwischenzeit weitergewandert und hatten es sich gemeinschaftlich auf ihrem Kopfkissen bequem gemacht, da sie selbst es ja heute Nacht offenbar nicht benutzen wollte.

Christine hob den Kopf und verzog das Gesicht, als sie ein schmerzhaftes Stechen im Genick verspürte. So schief, wie sie im Bett lag, war das allerdings auch kein Wunder. Je weiter sie sich aufrichtete, umso mehr Körperpartien beklagten sich darüber, dass sie sich nicht richtig hingelegt hatte.

Sie drehte sich um und sah nach links auf den Nachttisch, und für ein paar Sekunden rätselte sie, wo ihr Radiowecker geblieben war, bis ihr bewusst wurde, wo sie war. Im Gästezimmer der Bennetts, nicht zu Hause. Sie setzte sich auf die Bettkante und warf einen Blick auf die Armbanduhr. Viertel nach zwei in der Nacht.

Was hatte da bloß gesummt und sie aus dem Schlaf geholt, wie es sonst ihr Radiowecker machte? Mit verkniffenen Augen sah sie sich um, entdeckte den Laptop auf dem Bett … und konnte im gleichen Moment das Geräusch zuordnen. Ihr

Telefon! Das war der Vibrationsalarm, den sie am Abend eingestellt hatte, damit der gemeinsame Abend mit den Bennetts vor dem Fernseher nicht durch plötzliches Klingeln gestört wurde! Jemand hatte sie angerufen! Um Viertel nach zwei in der Nacht? Wer sollte …? Oh, natürlich! Howard North! Irgendetwas musste geschehen sein, wenn er um diese Zeit ihre Nummer wählte. Sie nahm das Telefon an sich, das halb unter dem Laptop begraben lag, und wollte eben zurückrufen, da sah sie, dass keine Anrufe, sondern mehrere SMS eingegangen waren. Bei allen wurde eine ihr unbekannte Nummer als Absender angegeben. Sie öffnete die erste und las:

Schlechte Neuigkeiten. Melden Sie sich per SMS, aber rufen Sie unter k. Umständen an. Muss and. Handy benutzen. Howard

Die zweite SMS enthielt den gleichen Text, und das galt auch für die sieben weiteren. Sie ließ sich die Uhrzeit anzeigen und stellte fest, dass die Nachrichten im Abstand von zwei Minuten gesendet worden waren. Anscheinend hatte North auf diese Weise versucht, sie zu wecken. Schlechte Neuigkeiten? Was war passiert? Hatte sich Coughlan abgesetzt?

Sie tippte ›Was ist los?‹ ein und drückte auf ›Senden‹.

Eine Minute später kam die Antwort. North musste regelrecht auf heißen Kohlen gesessen haben, während er auf ihre Rückmeldung wartete. C plant etwas Neues. Müssen uns treffen. Sofort.

Mitten in der Nacht? Dann musste etwas Schlimmes vorgefallen sein, wenn es nicht bis zum Morgen warten konnte.

OK. In 20 Min. vor dem Pier?, schrieb sie zurück.

Nein. C lauert dort. Warte am alten Leuchtturm auf Sie.

Am alten Leuchtturm? Das war am anderen Ende von Beechwood, noch ein Stück hinter Hammersmith Manor.

Komme sofort.

Zum Glück war sie noch angezogen, sodass sie nur ihre Jacke überstreifen und das Telefon einstecken musste, bevor sie ihr Zimmer verließ. Sie schlich die Treppe nach unten und ging durch die Hintertür aus dem Haus, damit niemand hörte, wie sie die Tür hinter sich zuzog. Den Wagen ließ sie aus der Auffahrt und noch ein paar Meter weit die Straße entlang rollen, erst dann startete sie den Motor und gab Gas.

Das nächtliche Beechwood war wie eine Geisterstadt. Kein Mensch hielt sich um diese Zeit auf den Straßen auf, trotzdem blinkten die gelben Warnleuchten vor den Zebrastreifen, und alle Ampeln waren in Betrieb. Auf dem Weg zum alten Leuchtturm gab es zwar nicht viele Ampeln, doch jede von ihnen schlug auf Rot um, als Christine sich mit ihrem Ford Ka näherte.

Sie riss sich zusammen, so verlockend es im Schutz der Dunkelheit auch war, einfach weiterzufahren und sich auch nicht um die Geschwindigkeitsbeschränkungen zu kümmern. Sie konnte es sich nicht erlauben, jetzt einer Polizeistreife in die Quere zu kommen, die erst einmal ihre Personalien aufnehmen würde. Sie musste sich mit North treffen und deshalb jede unnötige Verzögerung vermeiden.

Sie überquerte die Slaughterhouse Road, folgte der Harrisburg Road und bog in den Kreisverkehr am Eaton Place ein, den sie gleich bei der nächsten Ausfahrt wieder verließ. Nun befand sie sich auf der Lighthouse Alley, einer kurvenreichen, unbeleuchteten Straße, die dicht an der Klippe entlang hinaus auf die Landzunge führte, an deren Spitze der alte Leuchtturm stand.

Christine kannte die Gegend noch von früher, allerdings waren sie damals nie mit dem Wagen hergekommen, da der Leuchtturm noch in Betrieb gewesen war und sich an der Einfahrt zur Lighthouse Alley eine Schranke befunden hatte. Seinerzeit hatte es nur einen Trampelpfad gegeben, der dort begann, wo die Landzunge dem Sandstrand ein jähes Ende setzte.

Die zahlreichen Kurven und die völlige Dunkelheit zwangen sie dazu, deutlich langsamer zu fahren, doch als sie endlich den Leuchtturm erreicht hatte, stellte sie zu ihrer Erleichterung fest, dass sie die Strecke vom Haus der Bennetts bis hier in einer akzeptablen Zeit zurückgelegt hatte. North musste zu Fuß hergekommen sein, da auf den drei asphaltierten Parkplätzen gleich neben dem leer stehenden Wärterhaus kein Wagen stand. Sie rangierte rückwärts auf den ersten Platz, stellte den Motor ab und stieg aus.

Auf der Kreideklippe, die gut achtzig Meter in die Höhe ragte, wehte ein kräftiger Wind, der sie ein wenig frösteln ließ, und als Christine nach North rief, wurden ihre Worte von einer Böe weggetragen. Sie holte ihr Telefon aus der Tasche und schrieb ihm eine SMS.

Bin am Leuchtturm. Wo sind Sie?

Es dauerte eine Weile, dann kam die Antwort.

Bin in 5 Min. bei Ihnen.

Sie drehte sich einmal um die eigene Achse, doch in der Finsternis war beim besten Willen nichts zu erkennen. Die einzigen Lichter stammten von den Schiffen, die weit draußen auf dem Ärmelkanal unterwegs waren, und diese Lichter waren nur winzige Punkte, kaum größer als die Sterne, mit denen der Himmel übersät war. So viele Sterne waren nur an einem Ort wie diesem zu beobachten, weit weg vom Lichtermeer Londons, das selbst den schwärzesten Nachthimmel bestenfalls mittelgrau erscheinen ließ.

Vermutlich war North zu Fuß hierher unterwegs, schließlich hätte sie die Scheinwerfer seines SUV schon in weiter Ferne bemerken müssen. Sie betätigte die Fernbedienung ihres Wagens, damit sich dessen Scheinwerfer einschalteten, dann näherte sie sich in deren Lichtkegel dem Rand der Klippe. Von hier aus konnte man tagsüber den Trampelpfad zumindest in Abschnitten überblicken, und wenn North von dort kam, würde sie frühzeitig den Schein seiner Taschenlampe entdecken.

Unter ihr erstreckte sich das Seebad Beechwood, und jetzt sah sie anhand der Straßenlaternen deutlicher als am Tag, wie hügelig das Städtchen tatsächlich war. Von hier oben kam es ihr vor, als würde sie auf eine Modelleisenbahnlandschaft hinunterschauen. Dort verlief die Promenade, die um diese Zeit nur noch schwach beleuchtet war; die Veranstaltungshalle war völlig in Dunkelheit getaucht, nur auf dem vorderen Teil des Piers sorgten zwei oder drei Neonröhren für ein wenig Licht. Das Geflecht der Straßen, die sich durch Beechwood zogen, war klar erkennbar, und es fiel Christine nicht schwer, verschiedene markante Punkte auszumachen.

Einer der markantesten war das Nobelrestaurant Nico's auf jener Klippe, die den Strand zur anderen Seite hin begrenzte. Bei den Touristen hatte es sich trotz der überteuerten Gerichte schnell zum beliebtesten neuen Lokal entwickelt, auch wenn es gar nicht zu dem Konzept passte, nach dem dieser russische Milliardär das Beechwood einer vergangenen Zeit hatte wiederauferstehen lassen. Das Problem war jedoch, dass diese gegenüberliegende Klippe zur Nachbargemeinde gehörte, und die war mehr an laufenden Einnahmen aus einem florierenden Restaurant interessiert als an einer einmaligen Millionensumme, die Arejev hatte hinblättern wollen, um auch noch dieses Stück Land zu erwerben, damit es nicht bebaut wurde.

Das Nico's war um diese Zeit ebenfalls längst geschlossen und stand dunkel und verlassen auf der Klippe. Aber als Christine die Augen zusammenkniff, kam es ihr so vor, als würde sie im rückwärtigen Teil des Gebäudes einen schwachen rötlichen Schein erkennen. Sie war sich aber nicht sicher, ob es sich womöglich um einen Lichtreflex handelte.

Kopfschüttelnd griff sie nach dem Telefon und tippte ein: Wo bleiben Sie?

»Bin schon da«, ertönte Augenblicke später eine Stimme hinter ihr, doch bevor Christine sich umdrehen konnte, erhielt sie einen Schlag auf den Kopf. Der Schmerz ließ sie ohnmächtig werden, und sie bekam nichts mehr davon mit, wie sie zu Boden sank.

16

Das Erste, was Christine spürte, als sie das Bewusstsein wiedererlangte, waren rasende Kopfschmerzen, die von ihrem Hinterkopf ausstrahlten. Vorsichtig öffnete sie die Augen einen Spaltbreit, aber um sie herum war alles dunkel. Sie machte die Augen weiter auf, und als sie sich allmählich an die Finsternis gewöhnt hatte, stellte sie fest, dass sie sich in einem Gebäude befand. Vor ihr befand sich ein großes Fenster, vermutlich eine Art Terrassentür, durch die ein schwacher Lichtschein in den Raum drang, der jedoch nicht für genug Helligkeit sorgte, um irgendwelche Details erkennen zu können.

Sie versuchte sich zu bewegen, doch erst jetzt wurde ihr bewusst, dass das nicht möglich war. Zwar stand sie aufrecht im Raum, aber ein Seil oder ein Klebeband war um ihre Knöchel gewickelt, und das so fest, dass es ihr so vorkam, als würden ihre Füße abgeschnürt. Und ihre Hände … was war mit ihren Händen? Die Arme waren über ihrem Kopf ebenfalls zusammengeschnürt worden, allerdings wurden sie zusätzlich von irgendetwas in dieser Position gehalten.

Was war passiert? Hatte North sie in eine Falle gelockt? War er Coughlans Komplize? Hatte sie sich in ihm so getäuscht? Aber warum dann dieser Aufwand? Warum lockte er sie zum Leuchtturm, wenn er sie niederschlagen wollte? Das hätte er überall tun können, wo er unbeobachtet war, weil sie ihm völlig arglos den Rücken zugedreht hätte. Er musste nur … Moment mal … nein, das war gar nicht North gewesen. Coughlan hatte sich als Howard North ausgegeben. Ja, so war es gelaufen. Er musste sie mit North zusammen gesehen haben, und er hatte sich gedacht, sie in die Falle locken zu können, wenn er sich für ihn ausgab – was ihm ja auch gelungen war.

Und was hatte er nun mit ihr vor? Wo war sie überhaupt? Hatte er sie in den Leuchtturm geschleppt? Wenn ja, dann brauchte sie sich keinerlei Hoffnungen zu machen, das hier zu überleben. Er musste nur ihren Wagen wegfahren, und schon würde niemand mehr auf die Idee kommen, hier nach ihr zu suchen. Kaum jemand machte sich außerhalb der Saison die Mühe, die Klippe zu besteigen; für Gewöhnlich waren es die Touristen, die die Aussicht genießen wollten. Außerdem hatte sie ihrer Tante keinen Zettel hinterlassen, wohin sie unterwegs war, wie ihr jetzt zu ihrem Schrecken bewusst wurde. Die Bennetts und Betty würden sich morgen früh wundern, warum sie nicht zum Frühstück kam. Dann würde man feststellen, dass auch der Mietwagen verschwunden war, und für eine Weile würden sich alle fragen, wohin sie wohl gefahren war. Dass etwas nicht stimmte, konnte erst auffallen, wenn Howard North am Nachmittag nachfragte, wo sie blieb, da in Kürze ihr Auftritt anstand. Und bis dahin war alles längst zu spät.

Es war draußen noch dunkel, also würde es noch Stunden dauern, bis überhaupt irgendjemand in Beechwood wach wurde. Immerhin war Sonntag, und alle konnten ausschlafen. Christine dagegen benötigte jetzt Hilfe, nicht erst in ein paar Stunden.

»Oh verdammt«, murmelte sie, und erst in dieser Sekunde wurde ihr klar, dass sie gar nicht geknebelt war. Warum ihr das nicht sofort aufgefallen war, wusste sie nicht. Sie konnte es sich allenfalls damit erklären, dass sie einfach davon ausgegangen war, er habe sie gefesselt und geknebelt. Aber das war gar nicht der Fall!

Christine holte tief Luft und schrie aus Leibeskräften: »Hiiiilfeeeee!! Hiiilfeeee!! Hört mich jemand? Ich bin hier gefangen, holt mich hier raus.«

Dann wartete sie ein paar Minuten. Nichts geschah.

Dass keine Reaktion erfolgte, konnte sie nicht enttäuschen, da sie auch gar nicht ernsthaft mit Hilfe gerechnet hatte. Coughlan war nicht so dumm, sie irgendwo hinzubringen, wo jemand ihre Hilferufe hören konnte. Entweder befand sie sich tatsächlich im Leuchtturm, oder er war mit ihr zu einem der leer stehenden Gehöfte rings um Beechwood gefahren, damit ihre Schreie ungehört verhallten.

Angst verspürte sie in diesem Moment nicht, nur Wut – vor allem Wut auf sich selbst, dass sie auf einen so simplen Trick hereingefallen war. Aber sie musste zugeben, Coughlan hatte es raffiniert angestellt. Er wusste, sie würde North nicht anrufen, wenn der sie davor warnte. Und er wusste, sie würde zu jedem Treffpunkt kommen, den er vorschlug – und sie würde allein kommen, weil die Polizei sich nicht für ihre Mutmaßungen interessierte.

Wenn sie es sich recht überlegte, musste sie gar nicht wütend auf sich sein, weil sie gar nicht anders hätte handeln können. Sie hatte auf die SMS reagieren müssen, weil sie Coughlan überführen wollte.

Frustriert atmete sie aus. Wenn sie nur irgendetwas hätte unternehmen können! Doch ihre Versuche, die Fesseln zu lösen, waren vergebens. Sie konnte sich nicht befreien. Stattdessen schnitten sie sich nur noch tiefer ins Fleisch.

Wieder schrie sie um Hilfe, und diesmal erfolgte eine Reaktion … aber nicht die, die sie sich gewünscht hätte.

Schritte waren zu hören, schwere, langsame Schritte. Irgendwo hinter ihr. Jemand näherte sich ihr von hinten, aber er kam nur langsam auf sie zu. Er schien klobige Stiefel zu tragen, und er ließ sich unendlich viel Zeit.

»Coughlan?«, rief sie.

Keine Antwort. Nur ein weiterer Schritt. Dann machte sie einen Schemen links von sich aus, der sich an ihr vorbeibewegte. War das Coughlan?

Der Schemen baute sich vor ihr auf und nahm ihr die Sicht auf die Terrassentür und den schwachen Lichtschein. Plötzlich ging ein grelles Licht an, das ihr genau in die Augen schien. Christine stieß einen leisen Schrei aus und versuchte, den Kopf nach hinten zu drücken. Aber ihre Arme waren zu fest miteinander verschnürt, sodass sie nicht zurückweichen konnte.

»Was soll das?«, fuhr sie ihn an, doch es kam keine Antwort.

Coughlan – es konnte nur Coughlan sein – hielt eine Taschenlampe in der Hand, wie sie erkannte, als die Nachbilder des Lichtscheins langsam verblassten. Nachdem er ihr vielleicht ein oder zwei Minuten ins Gesicht geleuchtet hatte, nahm er die Lampe herunter und stellte sie so auf den Boden, dass die weiße Decke das Licht reflektieren konnte und es im Zimmer einigermaßen hell wurde.

Ihr erster Blick ging zur Decke, und nun sah sie, dass ihre Fesseln über einen von mehreren dunklen Holzbalken gelegt waren, was ihre Position erklärte. Dann erst widmete sie sich ihrem Gegenüber. Coughlan hatte eine Gasmaske aufgesetzt, seine Augen waren durch die runden Gläser nicht zu erkennen, was ihm etwas von einem lebenden Toten verlieh – was wohl auch ganz in seiner Absicht lag. Er wollte ihr Angst machen. Nun, den Gefallen, sich etwas anmerken zu lassen, würde sie ihm nicht tun.

»Was sind Sie?«, fragte sie ihn spöttisch. »Ein Fan von *Doctor Who?* Meinen Sie, Sie könnten mich mit Ihrer Maske erschrecken, nur weil das in dieser einen Episode so gruselig gewirkt hat? Tut mir leid, aber das funktioniert nicht.«

Coughlan stand nur da und zeigte keine Regung.

»Wollen Sie jetzt so stehen bleiben?«, meinte sie lachend. »Wollen Sie nicht Ihren genialen Plan in die Tat umsetzen, um mich endlich aus dem Weg zu räumen? Und sind Sie tatsächlich so ein schlechter Schütze, dass Sie mich erst fesseln müssen, damit Sie mich auch ganz sicher treffen?«

Ihr war klar, dass ihr verächtlicher Tonfall vermutlich sein Blut zum Kochen brachte, doch das machte jetzt auch keinen Unterschied mehr. Er würde sie so oder so umbringen, daran gab es nichts mehr zu rütteln. Aber wenn schon, dann sollte er doch wenigstens wissen, wie armselig er eigentlich war. Er mochte sich für den großen Helden halten, doch das war er nicht, und da niemand sonst es ihm sagen würde, tat sie es eben.

Er trat von einem Fuß auf den anderen, fast, als würde sein Selbstbewusstsein ihn in diesem Moment im Stich lassen. Dennoch würde er es sich nicht mehr anders überlegen, weil er das gar nicht konnte. Er musste sie töten, denn solange sie lebte, stellte sie eine Gefahr für seine Pläne dar.

Plötzlich griff er in seine Manteltasche – zumindest sah es so aus, als trage er einen Mantel – und holte etwas Längliches, Durchsichtiges heraus. Er hob das Objekt an ihr Gesicht, und sie konnte erkennen, dass es sich um eine Schutzbrille handelte, die er ihr aufsetzte. Was um alles in der Welt hatte er nur vor?

Er drückte die Brille gegen ihr Gesicht und schob das Gummiband über ihren Kopf, dann nickte er zufrieden.

»Was gibt das? Wollen Sie irgendwas schweißen, weil ich diese Brille tragen muss?«

Nach wie vor schweigend zog er ihr Telefon aus der Tasche und tippte einen Text ein.

Sie werden sterben.

Sie sah auf das Display und verzog gelangweilt die Mundwinkel. »Ich dachte, Sie würden mir etwas Neues erzählen.«

Coughlan tippte wieder etwas ein.

Eigentlich eine Schande. Sie sehen so hübsch aus.

»Fesseln Sie jede Frau, bevor Sie versuchen, sie anzumachen?«, fragte sie gleichgültig. »Ich möchte wetten, auf die Tour kommen Sie zu jeder Menge Verabredungen.«

Sie hätte ihm am liebsten in den Schritt getreten, weil sie sich nur zu gut vorstellen konnte, dass er hinter der Gasmaske überheblich grinste. Gleichzeitig sah sie ihn aber weiter ausdruckslos an, was ihn – wenn sie Coughlan richtig einschätzte – rasend vor Wut machen musste.

Langsam beugte er sich vor und griff hinter sie, dann hörte sie ein kratzendes Geräusch. Um ihm zu demonstrieren, dass sie nichts von dem kümmerte, was er tat, sah sie weiter geradeaus, obwohl sie insgeheim zu gern gesehen hätte, womit er beschäftigt war.

Aber lange musste sie nicht warten, denn im nächsten Moment platzierte er eine große Gasflasche vor ihr. An das Ventil war ein dünner Plastikschlauch angeschlossen, der wiederum in einer Sauerstoffmaske endete. Er packte die Maske und hielt sie ihr an Mund und Nase.

Was sollte das? Wollte er ihr zusehen, wie sie irgendein giftiges Gas einatmete und jämmerlich daran zugrunde ging? Es würde zu ihm passen, überlegte sie. Wer so kaltblütig mordete, musste Spaß am Töten haben, und was gab es für einen solchen Menschen Schöneres, als den langsamen Tod eines anderen mitzuerleben?

Mit einer Hand griff er hinter sie, um an den Bändern zu ziehen, bis die Maske an ihrem Kopf festgezurrt war und Christine nur noch das einatmen konnte, was ihr durch den Schlauch aus der Flasche zugeführt wurde.

Sie hielt die Luft an. Nein, sie würde sein Spiel nicht mitspielen, dachte sie, während er das Ventil aufdrehte. Sie würde so lange die Luft anhalten, bis sie ohnmächtig wurde, dann würde sie nichts von dem mitbekommen, was er sich für ihr Ende ausgedacht hatte.

Immer noch hielt sie die Luft an, obwohl ihre Lungen nach Sauerstoff schrien. Bis zur Ohnmacht zu warten, war leichter gesagt als getan. Coughlan stand nur wieder da und wartete geduldig ab. Er wusste, irgendwann würde sie atmen müssen. Selbst wenn sie eine Extremtaucherin gewesen wäre, hätte sie so höchstens vier oder fünf Minuten lang durchhalten können, doch davon war sie weit entfernt. Mit viel Glück mochte sie es auf eineinhalb Minuten gebracht haben, als sie es nicht länger aushielt und einen tiefen Atemzug machte.

Sie war davon überzeugt, dass jeden Moment schreckliche Krämpfe einsetzen mussten, doch … nichts geschah. Sie konnte so atmen wie zuvor. Aber … welche Absicht verfolgte er damit?

Die Frage musste ihr so deutlich ins Gesicht geschrieben stehen, dass er wieder etwas in ihr Telefon tippte.

Sie werden sich noch wundern.

Dann ging er um sie herum, und sie konnte nichts von dem sehen, was er hinter ihrem Rücken trieb. Die Geräusche ließen keinen Rückschluss zu, das konnte alles Mögliche sein.

Auf einmal vernahm sie ein eigenartiges Knistern, und das Zimmer wurde in einen rötlichen Schein getaucht. Für einen Moment überlegte sie, ob er etwa auf die Idee gekommen war, den Kamin anzuzünden, doch dann begriff sie und atmete vor Schreck tief ein, sodass sich das Ventil öffnete und etwas von der komprimierten Luft aus der Gasflasche in ihre Lungen geleitet wurde.

Er hatte ein Feuer gelegt, und er wollte, dass sie litt. Von all seinen Opfern sollte sie am längsten leiden. Murray Heathen war bereits tot gewesen, als er im Superman-Kostüm vom Dach gestoßen wurde. Carl Lennison hatte noch ein paar Minuten lang nach Luft geschnappt, dann war sein Ende gekommen. Jerry Denham musste von einer Sekunde auf die andere vom Tod überrascht worden sein, sonst wäre er zumindest von seinem Stuhl gefallen, weil er sich an den Magen oder den Hals gegriffen hatte, als er merkte, wie das Gift seine Wirkung entfaltete. Tanya Cramer hatte für einige Sekunden Todesängste ausgestanden, als ihr klar wurde, dass er sie mit dem alten Plymouth an der Garagenwand zerquetschen würde. Kate Sullivan war beim Sturz im Kühlraum ohnmächtig geworden, und vermutlich konnte sie gar nicht mehr spüren, wie mit dem Blut das Leben aus ihrem Körper wich, dem zugleich die eisigen Temperaturen zusetzten. Anna Stanton sah wohl noch den Sattelschlepper heranrasen und begriff vielleicht, dass der ihr den Tod bringen würde, aber möglicherweise war ihr Gehirn von den Drogen bereits so sehr zersetzt gewesen, dass sie gar nichts mehr begreifen konnte.

Doch Christine sollte so langsam wie möglich sterben. Hätte er sie lediglich gefesselt hier zurückgelassen, wäre sie an einer Rauchvergiftung gestorben, lange bevor die Hitze oder die Flammen selbst ihr zu nahe kommen konnten. So aber atmete sie weiter saubere Luft, und der Rauch brachte nicht mal ihre Augen zum Tränen. Sie würde zusehen müssen, wie die Flammen sie einschlossen, wie die Hitze immer unerträglicher wurde, bis ihre Haut … nein! Plötzlich ging ihr ein Hoffnungsschimmer durch den Kopf. Bevor die Hitze sie bei lebendigem Leib rösten konnte, würde es für die Sauerstoffflasche vielleicht zu heiß werden, sodass ihr womöglich doch ein schnelles Ende bevorstand, wenn die Flasche in einem halben Meter Entfernung explodierte.

Dieser Dreckskerl, dieser Sadist. Wie lange hatte er wohl an diesem Plan gebastelt? Und wie krank musste er sein, dass er überhaupt auf eine solche Idee kam?

Sie sah einen Schatten vor der Terrassentür vorbeihuschen und wusste, dass Coughlan gegangen war. Er kehrte in sein Hotel zurück, damit er am Morgen mit den anderen zur Convention gehen konnte, wo er dann darauf warten würde, dass es Nachmittag wurde und der hohe Besuch auftauchte, damit er, Coughlan, ihn erschießen konnte. Natürlich würden North und Weymoth alles unternehmen, um ihn zu stoppen, sobald ihnen klar war, dass sie nicht mehr kommen würde, um ihnen dabei zu helfen.

Und vielleicht … vielleicht würde es ihnen ja gelingen. Zu schade nur, dass sie das nicht mehr mitansehen und Coughlan schadenfroh ins Gesicht lachen konnte, weil er letztlich doch gescheitert war.

Christine versuchte, ihr Leben Revue passieren zu lassen, jetzt, da es fast zu Ende war, doch das wollte ihr nicht gelingen. Es musste an der Hitze der Flammen liegen, die sich hinter ihr auszubreiten begannen.

Im flackernden Feuerschein konnte sie erkennen, dass an den beiden Wänden links und rechts zusammengeknülltes Papier verteilt lag. Dieser Bastard hatte wirklich an alles gedacht. Das Feuer würde zuerst auf diese Blätter übergreifen und dann auf die Tapete überspringen, schließlich auch auf die schweren Holzbalken.

Und sie würde dastehen, nach wie vor saubere Luft atmen und nichts vom Rauch und von den Dämpfen mitbekommen, die sie vermutlich schon jetzt umgebracht hätten. Sie riss den Mund weit auf und bewegte den Unterkiefer hin und her, doch die Maske war elastisch genug, um diese Bewegungen mitzumachen, anstatt zu verrutschen.

Sie drückte den Kopf ein Stück weit nach hinten, um wieder zur Decke zu sehen. Nein, den Gedanken konnte sie gleich vergessen. Bis die Flammen auf das Seil übergriffen, mit dem ihre Arme zusammengebunden worden waren, würde sie längst geröstet sein.

Es half nichts. Es gab kein Entkommen. Hätte sie an Wunder geglaubt, dann hätte sie jetzt vermutlich gebetet, damit ein solches Wunder geschähe … aber daran glaubte sie nicht.

Wie lange noch?, überlegte sie, doch in diesem Moment machte sie eine Bewegung an der Terrassentür aus. Der Schemen war wieder da. Offenbar war Coughlan zurückgekehrt, um zu sehen, wie weit sein Plan bereits gediehen war. Womöglich wollte er sichergehen, dass sie in den Flammen umkam und ihm nicht noch in letzter Sekunde entwischte.

Trotz der mörderischen Hitze und der völligen Aussichtslosigkeit gelang es ihr, abermals eine ausdruckslose Miene aufzusetzen. Auch wenn es ihn wohl nicht beeindruckte, tat sie es für sich, weil sie ihn nicht mit ihren Blicken anflehen wollte, wo sie doch wusste, dass er ihr Leben auf keinen Fall schonen würde. Er musste sie aus dem Weg räumen, das war ihr völlig klar, und deshalb konnte sie von ihm keine Gnade erwarten.

Coughlan klopfte gegen die Scheibe, und als sie nicht reagierte, begann er zu hämmern.

Was hatte er vor? Christine kniff die Augen zusammen und versuchte zu erkennen, was in diesen elenden Dreckskerl gefahren war, dass er jetzt da draußen so ein Theater veranstaltete.

Aber … das war gar nicht Coughlan, sondern … wie? Spielten ihre Augen ihr jetzt einen Streich? Oder ließ die Hitze der Flammen sie bereits fantasieren? Dieses Gesicht, der buschige weiße Schnauzbart … das … das war Daffyd Mattison!

Schweißtropfen liefen ihr von den Augenbrauen, und sie musste die Augen zukneifen, und als sie sie wieder aufschlug, war Daffyd Mattison verschwunden. Nein, es war nur eine Halluzination gewesen. Warum ausgerechnet er? Warum musste sie fantasieren, dass Mattison gekommen war, um sie zu retten? Warum nicht wenigstens George Clooney? Von ihm gerettet zu werden … und dann die Mund-zu-Mund-Beatmung …

Ihr Gedankengang wurde jäh unterbrochen, als die Terrassentür im nächsten Moment mit einem höllischen Lärm regelrecht aus dem Rahmen gesprengt wurde. Zum Glück zersplitterte das Glas nicht, auch wenn sie nicht begriff, wie das möglich sein konnte.

Dann sah sie, wie sich eine lange, dunkelgrüne Motorhaube in das große Zimmer bohrte und die beiden Flügel der Terrassentür vor sich her schob. Der Lärm verstummte, und die Front des Autos verschwand wieder aus ihrem Blickfeld.

Kalte Luft strömte in den Raum und fachte die Flammen an, während sich Christine fragte, ob das alles tatsächlich so geschah oder ob die Hitze sie hatte ohnmächtig werden lassen und sie nur träumte.

Doch dann kam Daffyd Mattison durch das Loch in der Wand herein und ging zielstrebig auf sie zu. In einer Hand hielt er ein aufgeklapptes Taschenmesser, mit dem er ihre Fesseln durchtrennte. Sie ließ die Arme sinken und brachte nicht mal die Kraft auf, um die Maske vom Gesicht zu nehmen. Das erledigte Mattison für sie, dann kniete er sich hin und schnitt das Seil durch, mit dem ihre Füße gefesselt waren.

Angesichts der Tatsache, dass ihre Arme ihr nicht gehorchen wollten, musste sie sich darüber wundern, wieso sie sich auf den Beinen halten konnte.

Mattison legte einen Arm um sie, führte sie durch die zerstörte Terrassentür nach draußen, half ihr über die Überreste einer Hecke, die er wohl zuvor hatte niederwalzen müssen, und stützte sie, damit sie sich in seinen Triumph setzte.

»Wie … wie …«, stammelte sie mit krächzender Stimme, brachte aber nicht mehr zustande. Stattdessen ließ sie sich ein Stück tiefer in den Beifahrersitz sinken, während sie im Licht der einzelnen Straßenlaterne zusah, wie Mattison sein iPhone aus der Jackentasche holte und eine Taste drückte.

Wie aus weiter Ferne hörte sie ihn mit der Feuerwehr reden, der er den Brand meldete, dann auf einmal schaltete sich ihr Verstand wieder ein und sie begann heftig zu gestikulieren. Mattison unterbrach seine Schilderungen, schaltete das Telefon auf stumm und fragte: »Was ist?«

»Sagen Sie kein Wort über mich!«, flüsterte sie ihm zu.

»Warum nicht?«

»Das erkläre ich Ihnen gleich«, antwortete sie. »Es darf vorläufig keiner wissen, dass Sie mich da rausgeholt haben.«

Er schien nicht erfreut darüber, der Feuerwehr etwas zu verschweigen, doch er kam ihrer Bitte nach und meldete nur den Brand. Als er das Telefon dann wegsteckte, berichtete er: »Die Feuerwehr wird ohnehin nicht so schnell herkommen. Das Nico's steht in Flammen!«

»Das Nico's?« Aber ja. Sie hatte den rötlichen Schein gesehen, als sie oben am Leuchtturm gestanden hatte. War das ein Zufall oder … oder hatte Coughlan erst das Nico's angezündet, bevor er sich mit ihr beschäftigte? Es ergab durchaus einen Sinn, denn ein Großbrand in dem ausladenden Restaurant würde die Feuerwehrleute aus Beechwood und den umliegenden Ortschaften so sehr in Anspruch nehmen, dass sie kein Löschfahrzeug erübrigen können würden, um sich um einen zweiten Brand zu kümmern.

Als Mattison sah, wie sie verstehend nickte, stieg er ein und schaute sie fragend an. »Würden Sie mir verraten, was hier los ist? Sie wirken ausgesprochen gefasst für jemanden, der eben noch in einem brennenden Haus gestanden hat.«

»Mr Mattison, bringen Sie mich bitte sofort zu sich nach Hause«, drängte sie. »Es darf mich niemand sehen!«

»Aber wieso …«, begann der Mann.

»Bitte! Fahren Sie los! Ich erkläre Ihnen alles, wenn wir bei Ihnen sind.«

Mattison zuckte mit den Schultern, legte den ersten Gang ein und gab Gas.

Beim Blick über die Schulter wurde ihr klar, dass Coughlan sie ins Hammersmith Manor verschleppt hatte, denn das Haus – ihr Traumhaus – stand in Flammen. Dort hatte sie sterben sollen. Welche Ironie, wo doch Coughlan gar nichts davon wissen konnte, wie sehr sie dieses Haus geliebt hatte.

Durch die Kurve, die die Mermaid Lane beschrieb, geriet das Gebäude schnell außer Sichtweite, doch der Schein der Flammen war in der Dunkelheit gut zu sehen. Augenblicke später hörte Christine einen dumpfen Knall. Die Sauerstoffflasche war explodiert, und spätestens jetzt wäre sie tot gewesen.

Irgendwo war vielleicht auch noch Coughlan unterwegs und hatte die Explosion ebenfalls gehört. Der Gedanke daran, dass er jetzt zweifellos zufrieden lächelte, brachte ihr Blut vor Zorn in Wallung. Während Mattison viel zu schnell durch die Nacht raste, schloss Christine die Augen und genoss den Fahrtwind auf ihrer Haut, die von den Flammen immer noch zu brennen schien.

Mattison fuhr die Road by the Sea entlang und bog in die Einfahrt zu seinem Grundstück ein. Kaum hatte er angehalten, kletterte Christine aus dem niedrigen Sportwagen und eilte zur Haustür. Das Gefühl war in ihre Arme zurückgekehrt, und die Wut darüber, dass es Coughlan beinahe gelungen wäre, sie aus dem Weg zu räumen, verlieh ihr eine Energie, die sie normalerweise unter diesen Umständen gar nicht hätte aufbringen können.

Nachdem Mattison die Haustür aufgeschlossen hatte, führte er Christine ins Wohnzimmer und zog auf ihre Bitte hin die Vorhänge zu, damit niemand sie sehen konnte. Während er in die Küche ging, um für sie ein Glas Wasser zu holen, sah sie sich im Zimmer um. Die schwere dunkle Ledergarnitur passte zu dem wuchtigen Schrank und der Anrichte im gleichen Stil, aber der riesige Flachbildfernseher, der auf dieser Anrichte stand, wirkte unweigerlich fehl am Platz. In jeder Ecke stand eine Glasvitrine, die alle bis auf die letzte Ecke mit Modellautos in den verschiedensten Maßstäben vollgestellt waren.

»Hier, trinken Sie einen Schluck«, sagte er und stellte ihr ein Glas Wasser auf den Tisch. »Soll ich Sie danach ins Krankenhaus fahren?«

Christine schüttelte den Kopf. »Nein, nein, mir geht es gut. Außerdem darf vorläufig niemand wissen, dass ich das Feuer überlebt habe.«

Freundlich lächelnd meinte Mattison: »Ich weiß, Sie wollen mir alles erklären, aber ich finde, Sie sollten sich erst mal ein paar Stunden ausruhen, wenn ich Sie schon nicht ins Krankenhaus bringen soll.«

»Im Moment kann ich mich gar nicht ausruhen, dafür bin ich noch viel zu aufgebracht«, wehrte sie ab. »Wenn Sie wollen, kann ich sofort anfangen. Es sei denn, Sie möchten sich erst noch schlafen legen.«

Mattison musste von Herzen lachen. »Sie glauben doch nicht ernsthaft, dass ich schlafen gehe, wenn Sie mir erzählen wollen, was Sie mitten in der Nacht in einem brennenden Haus zu suchen hatten.«

»Ja, ich kann mir vorstellen, dass Sie das interessieren dürfte«, entgegnete sie. »Aber … darf ich Sie vorweg etwas fragen?«

»Nur zu«, forderte er sie gut gelaunt auf.

»Was haben Sie morgens um fünf Uhr vor dem Hammersmith Manor gesucht?«

»Dort speziell habe ich gar nichts gesucht«, sagte Mattison und strich über seinen buschigen Schnurrbart, was auf Christine den Eindruck einer verlegenen Geste machte. »Ich weiß nur aus zuverlässiger Quelle, dass in der Nacht von Samstag auf Sonntag die beiden Polizeiwagen von Beechwood nicht hier sind, sondern die Landstraße zwischen Crawley und Brighton überwachen, um betrunkene Autofahrer aus dem Verkehr zu ziehen. Die Zeit nutze ich, um mit meinem grünen Teufel die Stadt unsicher zu machen.« Er grinste sie an. »Das hört sich jetzt vielleicht eigenartig an, aber ich gebe nun mal gern ein bisschen Gas. Schließlich ist um diese Zeit kein Fußgänger, kein Radler und kein Autofahrer unterwegs. Da kann nichts passieren.«

Christine lächelte ihn flüchtig an. Wenn das alles war, was er darunter verstand, die Stadt unsicher zu machen, dann war das wirklich ein harmloses Vergnügen.

»Aber verraten Sie Hatfield nichts davon«, bat er sie.

»Ich kann Ihnen versichern, dass er es mir ohnehin nicht glauben würde«, erwiderte sie lachend, und dann begann sie Daffyd Mattison alles Wesentliche zu erzählen – von den Morden, von Coughlans Attentatsplan, von ihrem eigenen Plan, mit dem sie versuchen wollten, ihn aufzuhalten. »Und jetzt wäre es ihm fast gelungen, mich auch noch umzubringen.«

»Und Sie wollen ihn in dem Glauben lassen, dass er es auch geschafft hat, richtig?«, folgerte Mattison.

»Richtig. Wenn er denkt, ich sei aus dem Weg geräumt, kann ich ihn im Auge behalten, ohne dass er selbst etwas davon mitbekommt«, bestätigte Christine, dann geriet sie ins Grübeln. »Jetzt gibt es nur ein Problem. Wenn die Feuerwehr sich Hammersmith Manor ansieht, wird sie da keine Leiche finden. Und wenn Coughlan davon erfährt, wird er wissen, dass ich ihm entwischt bin.«

»Hm, dann müssen wir etwas dagegen unternehmen und ihn in dem Glauben lassen, Sie seien für ihn nicht länger eine

Gefahr«, murmelte er. »Ich glaube, ich habe da auch schon eine Idee. Miss Bell, ich schlage vor, Sie schlafen jetzt erst mal zwei oder drei Stunden, damit Sie ein wenig zur Ruhe kommen. Und wenn Sie wieder wach sind, werden wir gemeinsam überlegen, was getan werden muss. Einverstanden?«

»Wenn Sie nichts dagegen haben, mache ich es mir auf dem Sofa bequem.«

»Sicher. Ich bringe Ihnen eine Decke«, sagte Mattison und ging aus dem Zimmer.

Christine saß da und starrte vor sich hin. Der Zwischenfall in dem brennenden Haus kam ihr rückblickend nur wie ein schlechter Traum vor, da sie es noch immer nicht fassen konnte, wie es überhaupt dazu kommen konnte.

Dreimal hatte Coughlan jetzt schon versucht, sie zu ermorden, und jedes Mal war sie mit dem Leben davongekommen, aber so knapp wie heute Nacht war es bislang nicht gewesen. Sie konnte nur hoffen, dass er es bis zum Nachmittag nicht noch einmal versuchen würde. Irgendwann musste diese Glückssträhne wohl ein Ende nehmen, davon war sie überzeugt.

Als Mattison mit einem Kissen und einer Decke hereinkam, sah sie auf. »Ich muss meine Tante anrufen, sie wird sich Sorgen um mich machen.«

Er schüttelte bedächtig den Kopf. »Wir haben halb sechs, und es ist Sonntag. Ihre Tante ist noch gar nicht wach, und Sie werden sie nur unnötig aufregen, wenn Sie sie jetzt aus dem Schlaf reißen, um ihr zu sagen, dass mit Ihnen alles in Ordnung ist.«

»Ja«, erwiderte sie leise. »Sie haben recht. Ich … ich werde versuchen, für eine Weile die Augen zuzumachen.«

»Tun Sie das. Alles andere können Sie auch noch später erledigen.«

Ein Geräusch riss sie aus dem Schlaf, in dem sie schreckliche Albträume geplagt hatten. Coughlan verfolgte sie durch ein

Labyrinth, das hinter jeder Ecke mit einer neuen tödlichen Falle aufwartete. Wie sie all diesen Fallen entkommen war, vermochte sie nicht zu sagen, aber auch wenn sie im Traum nicht ermordet worden war, verspürte sie große Erleichterung, nun wieder wach zu sein.

Was sie geweckt hatte, waren Geräusche aus der Küche; jemand schien dort den Frühstückstisch zu decken. Sie setzte sich auf und wollte sich strecken, doch ihre Arme waren so verspannt, dass sie vor Schmerz nur zusammenzucken und sie wieder sinken lassen konnte. Das musste mit der Art zu tun haben, wie Coughlan sie gefesselt hatte.

Als sie die Küche betrat, empfing Daffyd Mattison sie mit einem freundlichen Lächeln. »Haben Sie gut geschlafen?«, fragte er, während er zwei Gläser Marmelade auf den Tisch stellte. Dann drehte er sich zum Backofen um und holte ein Blech mit aufgebackenen Croissants heraus.

»Ich kann mich nicht beklagen«, gab sie zurück. »Aber nach diesem Abenteuer hätte ich notfalls auch auf nacktem Beton geschlafen. Am meisten muss ich mich allerdings über Sie wundern.«

»Ich hoffe, das meinen Sie positiv.« Er verteilte die Croissants auf die Teller.

»Positiv ist noch untertrieben. Sie kommen da wie der Terminator mit Ihrem Wagen ins Haus gerast, und dann spielen Sie auch noch Indiana Jones und retten mich aus den Flammen. Und das in …« Sie biss sich auf die Zunge, weil ihr fast eine verletzende Bemerkung rausgerutscht wäre.

»Sie wollten sagen: Und das in meinem Alter. Richtig?«

Sie wich seinem Blick aus und murmelte ein verlegenes »Entschuldigung«, was er mit einem amüsierten Lachen kommentierte.

»Das muss Ihnen nicht peinlich sein«, beruhigte er sie und schenkte ihr einen Kaffee ein. »Ich sehe das auch nicht als eine Selbstverständlichkeit, mit siebenundachtzig Jahren noch so fit zu sein. Ich kenne nur wenige Gleichaltrige, die es mit mir aufnehmen können, und wenn ich ehrlich sein darf, ich bin stolz darauf, dass ich immer noch alles selbst erledigen kann.«

»Und was ist Ihr Geheimnis? Das berüchtigte Glas Rotwein am Tag? Oder zwei Dosen Bier? Oder jeden Morgen eine Stunde Jogging?«

»Mein Motto war immer: Von allem etwas, aber nie zu viel und schon gar nicht täglich«, antwortete er. »Keine Gewohnheiten, keine Routine. Sehen Sie, ich lege zum Beispiel den Wagenschlüssel nie zweimal hintereinander an die gleiche Stelle, und erst recht hänge ich ihn nicht an ein Schlüsselbrett. Auf die Weise zwinge ich mein Gehirn, die Erinnerung zu bemühen, wo der Schlüssel liegen müsste. Und bislang habe ich den Schlüssel immer noch wiedergefunden, wenn ich ihn brauchte. Routine ist tödlich für den wachen Geist.«

»Hmm«, machte sie, während sie über seine Worte nachdachte. »Da ist was Wahres dran.«

»Und lassen Sie sich ja nicht einreden, Kreuzworträtsel würden Ihren Verstand auf Trab halten«, fügte er noch an. »Nach zwanzig oder dreißig Rätseln können Sie das nächste bereits zur Hälfte lösen, ohne auch nur einmal richtig hinsehen zu müssen. Und wissen Sie auch wieso? Weil es auswendig gelernt ist. Aber nicht weil Sie es wirklich wissen.« Er zuckte mit den Schultern. »Oh, ich schweife ab, Miss Bell. Es gibt heute Wichtigeres zu besprechen als meine körperliche und geistige Verfassung.«

Christine verzog den Mund. »Ja, ich weiß. Ich muss auf jeden Fall Kontakt mit Betty aufnehmen, damit sie weiß, dass es mir gut geht. Irgendwie muss ich an meinen Laptop kommen, aber ich kann nicht zu ihr hinfahren. Also werde ich am besten ein Taxi hinschicken.« Sie kratzte sich am Kopf. »Und ich muss Howard North informieren. Er muss wissen, was passiert ist, allerdings darf er es niemandem sagen. Außer Dylan Weymoth. Coughlan muss weiter in dem Glauben bleiben, ich sei im Hammersmith Manor verbrannt beziehungsweise bei der Explosion der Gasflasche in Stücke gerissen worden.«

Mattison nickte zustimmend. »Das sehe ich auch alles so. Glücklicherweise«, fügte er an und setzte ein schiefes Grinsen auf. »Denn ich habe mir erlaubt, heute Morgen schon ein paar Dinge zu erledigen.«

»Ein paar Dinge?«, wiederholte sie. »Und was sind das für ›Dinge‹?«

»Nun«, er räusperte sich. »Zunächst einmal habe ich mir erlaubt, Betty ... Ihre Tante anzurufen. Ich habe nur das Notwendigste erzählt, und anschließend bin ich bei ihr vorbeigefahren, um Ihren Laptop zu holen. Er liegt in meinem Büro auf dem Schreibtisch. Übrigens steht dieser kleine Ford bei den Bennetts vor dem Haus.«

Sie stutzte. »Dann ist Coughlan zu Fuß zum Leuchtturm gekommen und hat mich von dort in meinem Mietwagen zum Hammersmith Manor gefahren. Und anschließend hat er den Wagen in der Dunkelheit zu den Bennetts gebracht, damit es so aussah, als hätte ich zu Fuß das Haus verlassen. Dann ... dann muss er das Feuer im Nico's mit irgendeiner Art von Zeitzünder ausgelöst haben, damit er am Leuchtturm sein konnte, lange bevor das Restaurant in Flammen stand.«

»Und er wollte, dass die Feuerwehr alle Hände voll mit dem Brand in dem Lokal zu tun hatte«, ergänzte Mattison. »Niemals würde ein Feuerwehrmann von dort abgezogen werden, um ein leer stehendes Wohnhaus in Alleinlage zu löschen, selbst wenn der Brand früh genug entdeckt worden wäre.«

»Wirklich sehr raffiniert von Coughlan«, überlegte sie. »Ich begreife nur nicht, warum er mich nicht einfach von der Klippe gestoßen hat. Er hätte mich auch niederschlagen und in meinen Wagen setzen können, um den über den Klippenrand zu rollen und ins Meer stürzen zu lassen.«

Mattison strich Marmelade auf sein Croissant. »Ich glaube, es ist wirklich so, wie Sie heute Morgen gesagt haben: Er wollte, dass Sie leiden, weil Sie ihm so viel Ärger bereitet haben.«

Sie nickte nachdenklich und trank einen Schluck Kaffee. »Ja, vermutlich trifft das zu. Und offenbar war er sich seiner

Sache so sicher, dass er nicht gewartet hat, bis die Flammen mich verbrannt hatten. Aber ich kann ja froh sein, dass er gegangen war, sonst hätten Sie sich auch noch mit ihm anlegen müssen.«

»Ach, das wäre nicht so schlimm gewesen«, versicherte er ihr. »Beim Geheimdienst lernt man diverse Tricks, um einen Gegner schnell und nachhaltig außer Gefecht zu setzen.«

»Sie waren beim Geheimdienst?« Christine sah ihn erstaunt an.

»Das habe ich nie behauptet«, gab er verschmitzt lächelnd zurück. »Ach ja, ehe ich es vergesse: Howard North wartet auf Ihren Anruf.«

»Howard North?«

»Ja, so heißt doch der Veranstalter dieser Außerirdischen-Versammlung auf dem Pier, oder?«

»Ja, ja, aber … wann haben Sie mit ihm gesprochen?«

»Ach, das habe ich erledigt, als ich von den Bennetts zurückkam«, erklärte er beiläufig. »Ich fuhr die Promenade entlang und sah, dass bereits ein paar Leute auf dem Pier zugange waren, und da habe ich kurz entschlossen angehalten und nach dem Veranstalter gefragt, weil ich mich über den Lärm beschweren wollte, den seine Gäste machen, wenn sie abends zu ihren Hotels zurückkehren.«

»Was?«, fragte sie ratlos.

»Na, ich brauchte doch einen glaubwürdigen Vorwand, um mit ihm zu reden«, machte Mattison klar. »Ich habe zwar fast alle wichtigen SF-Serien und -Filme auf DVD und BluRay, und ich könnte den Jungs und Mädchen da so einiges erzählen. Zum Beispiel, dass ich damals am 12. Dezember 1954 die BBC-Live-Produktion von 1984 gesehen habe, oder die ersten *Doctor-Who*-Episoden, die heute zum Teil verschollen sind, weil man die alten Bänder einfach überspielt hat, aber wenn da so ein alter Sack wie ich rumläuft, dann werden die meisten denken, dass da was nicht stimmen kann.«

»Und, was hat North gesagt?«

»Na ja, dass Sie ihn schnellstens anrufen sollen.« Er biss von seinem zweiten Croissant ab. »Und dass er es für das Beste hält, wenn Sie offiziell für tot erklärt werden.«

Sie nickte. »Das wäre bestimmt das Beste, aber Sie wissen so gut wie ich, dass die Feuerwehr im Hammersmith Manor keine Leiche gefunden hat.«

»Ich weiß, aber dafür gibt es ja das Internet. Nirgendwo sonst kann man die Allgemeinheit so gut manipulieren.« Dabei zwinkerte er ihr zu.

»Was haben Sie gemacht?«, fragte sie in einem verschwörerischen Tonfall. Sie fand immer mehr Gefallen an der Denkweise dieses Mannes.

»Eigentlich nur eine Frage getwittert.«

Christine sah ihn abwartend an.

»Ich habe eine SMS an den Twitter-Account der Convention geschickt und gefragt, ob jemand weiß, was es mit dem ausgebrannten Haus da hinten am Strand auf sich hat.

Und dann habe ich noch angemerkt, dass jemand beobachtet hat, wie die Feuerwehr eine verkohlte Leiche aus dem Haus holte, aber die Behörden würden genau das leugnen.«

»Und?« Sie konnte nur anerkennend den Kopf schütteln und wartete gespannt auf seine Antwort.

»Keine zehn Minuten später haben bereits fünf Leute getwittert, dass sie genau das Gleiche beobachtet haben. Natürlich stimmt das nicht, weil keiner von denen etwas gesehen haben kann, was sich nie ereignet hat. Aber die Feuerwehr kann jetzt noch so oft erzählen, dass das Haus leer war, als sie dort eintraf, es wird ihr einfach keiner mehr glauben.«

Er biss von seinem Croissant ab und kaute gemächlich. »In ein paar Stunden müssen wir nur noch twittern, dass Sie vermisst werden, und dann wird sich dieser aufgeblasene DCI Hatfield vor Anfragen nicht mehr retten können.«

»Unglaublich, wie selbstverständlich für Sie der Umgang mit all diesen Medien ist«, wunderte sie sich.

»Ach, so unglaublich ist das gar nicht«, wehrte er ab. »Sie

müssen bedenken, dass man beim Geheimdienst schon mit Computern gearbeitet hat, da haben die meisten Menschen noch gar nicht gewusst, dass solche Geräte überhaupt existieren.«

»Also *waren* Sie beim Geheimdienst«, beharrte sie.

Wieder lächelte er vielsagend. »Ich habe nie von mir gesprochen.« Er schenkte ihnen beiden noch einmal Kaffee ein, dann frühstückten sie in Ruhe weiter.

17

Nach dem Frühstück rief sie Howard North an, der gerade anderweitig beschäftigt war, aber sich keine fünf Minuten später zurückmeldete. »Wie geht es Ihnen?«, fragte er, ohne ihren Namen zu nennen. Wahrscheinlich hielt sich jemand in der Nähe auf, und North wollte verhindern, dass er belauscht wurde.

»Den Umständen entsprechend, wenn man innerhalb von sechs Tagen dreimal knapp am Tod vorbeischrammt.« Während sie antwortete, hörte sie Schritte, dann wurde eine Tür geschlossen.

»So, jetzt kann ich in Ruhe reden«, erklärte er. »Mr Mattison hat bereits in groben Zügen geschildert, was vorgefallen ist.«

»Ist Coughlan da?«

»Ja, der ist heute Morgen pünktlich zum Dienst erschienen. Freundlich wie immer.« Dann ergänzte er: »Es könnte sein, dass er von uns niemanden im Verdacht hat. Oder er kann sich so perfekt verstellen, dass es weder Dylan noch mir auffällt.«

»Gut«, sagte sie. »Wir müssen Coughlan in dem Glauben lassen, dass ich tot bin. In gewisser Weise macht es uns das noch leichter, weil er nicht nach mir Ausschau halten wird und ich ihn ungestört beobachten kann.«

»Aber Sie sind tot. Wenn Sie auf der Convention auftauchen, wird er Sie sehen, und dann ist der Überraschungseffekt dahin.«

»Mr North«, erwiderte Sie mit gespielt oberlehrerhaftem Ton. »Glauben Sie ernsthaft, ich hätte nicht daran gedacht?«

»Ähm … entschuldigen Sie … es klang nur so, als wollten Sie sich unter die Besucher mischen und darauf hoffen, dass Coughlan Sie nicht sieht.«

»Ich habe mir da schon was überlegt«, redete Sie weiter. »Sagen Sie, kennen Sie die Serie *UFO?*«

»Ja, die habe ich mir immer gern angesehen.«

»Erinnern Sie sich an diese Frauen mit lila Perücke und viel Schminke im Gesicht, die immer diese silbernen Overalls trugen?«

»Oh ja«, kam die gedehnte Bestätigung in einem Tonfall, der einiges darüber aussagte, wovon der kleine Howard North damals geträumt hatte.

»Können Sie mir so ein Kostüm beschaffen?«

»Ganz bestimmt. Einer unserer Händler ist auf so was spezialisiert.«

Sie nannte ihm ihre Konfektionsgröße, und North sicherte ihr zu, das Kostüm mit einem Taxi zu Mattisons Haus bringen zu lassen.

Nachdem sie aufgelegt hatte, schickte sie ihrer Tante eine SMS, um sie wissen zu lassen, dass alles in Ordnung war. Die schrieb zurück, ihr und Isabelle gehe es ebenfalls gut. Beruhigt legte Christine ihr Telefon auf den Tisch und rief auf ihrem Laptop wieder die Webcam-Seite auf, aber die zeigte weiterhin nur den Hinweis, dass die Kamera kein Signal sendete.

Mattison kam ins Wohnzimmer, als er hörte, dass sie nicht mehr telefonierte. Er nickte ihr zu und setzte sich zu ihr an den Tisch. »Wie fühlen Sie sich?«

»Besser als letzte Nacht«, sagte sie. »Ich würde sagen, Coughlan hat sich jetzt, da er mich für tot hält, erst recht sein eigenes Grab geschaufelt. Ich könnte mir vorstellen, dass er etwas unvorsichtiger wird. North kam es nicht so vor, als würde er ihm und diesem Dylan zutrauen, dass sie ihn durchschaut haben.«

»Wenn ich Sie so ansehe, Miss Bell«, meinte Daffyd Mattison nach einer Weile, »dann habe ich das Gefühl, dass Sie wieder Herr beziehungsweise Frau über die Lage sind.«

»Vielleicht klingt das eine Spur zu theatralisch, aber Coughlan hat mich herausgefordert«, entgegnete sie. »Er hat mich herausgefordert, und dafür wird er von mir die Quittung bekommen.«

Er nickte bedächtig und zwinkerte ihr zu. »Aber passen Sie bitte auf sich auf, und werden Sie mir nicht übermütig.«

»Versprochen«, gab sie mit einem Lächeln auf den Lippen zurück.

Zwei Stunden später ging Christine in Mattisons Wohnzimmer auf und ab, blieb mal stehen, um sich das eine oder andere Modellauto in einer der Vitrinen genauer anzusehen, und tigerte dann wieder zurück ans andere Ende des Raums. Vor über einer Stunde war das Kostüm mit einem Taxi hergebracht worden, und als sie es anzog, war sie ein wenig erschrocken. Zuerst dachte sie, North hätte die falsche Größe weitergegeben, und es sei einfach zu klein geschnitten, doch nachdem sie sich eine Weile im Spiegel betrachtet hatte, erinnerte sie sich daran, dass das Kostüm in der Serie genauso hauteng gewesen war, um den Körper der Trägerin zu betonen.

Innerlich stöhnte sie auf, weil sie die Aufmachung etwas dezenter in Erinnerung hatte und ihr davor graute, so auf die Convention zu gehen. Es war zu befürchten, dass sie sich vor Gaffern nicht würde retten können. Aber vielleicht war das gar nicht so schlecht, denn je mehr Aufmerksamkeit sie auf sich zog, umso unwahrscheinlicher war es, dass Coughlan sie erkannte.

»Warten zu müssen kann manchmal unerträglich sein. Wann wollen Sie zum Pier fahren?«, fragte Mattison, der sich einen Stapel Videokassetten zurechtgelegt hatte, die er nach und nach auf BluRay-Discs überspielen wollte.

»So kurz vor ein Uhr. Um zwei sollte ich eigentlich auf die Bühne, um Fragen aus dem Publikum zu beantworten, und gegen vier wird mit der Ankunft des Königs gerechnet.«

»Hm, dann wird es allmählich Zeit, die nächsten Gerüchte zu verbreiten«, meinte er und nahm sein iPhone vom Tisch, um einen Text zu tippen. »›Hab gehört, heute soll Christine Bell auftreten. Weiß einer was darüber?‹«, las er vor, dann schickte er den Text ab, und nur Sekunden später war er auf Christines Laptop als Meldung von ›triumphator1924‹ auf Twitter zu sehen.

Ein paar Minuten lang kam darauf keine Reaktion, stattdessen twitterten zig Besucher der Convention, welche Rarität sie gerade eben bei einem der Händler erstanden hatten. Christine glaubte schon, ihr Name sei übersehen worden, da gingen auf einmal Dutzende von Mitteilungen ein, die die ganze Bandbreite abdeckten – von Leuten, die sich als Insider bezeichneten und »ganz sicher« wussten, dass das eine Falschmeldung war, bis hin zu jenen, die die Anfrage bestätigten und dazu auch noch behaupteten, sich gerade eben hinter der Bühne mit ihr unterhalten zu haben.

»Faszinierend, nicht wahr?«, fragte Mattison, als sie über seine Schulter gebeugt auf dem Monitor mitlas, was auf Twitter einging. »Und jetzt verraten Sie mir mal, wem von diesen Leuten man eigentlich glauben soll. Sehen Sie den da, der gerade reinkommt: ›C. Bell ist da, hab mir grad en Autograhm geholt. Kuhle Frau.‹ Wenn es nur die Rechtschreibung wäre, die dabei auf der Strecke bleibt, könnte man es ja noch hinnehmen, aber leider wird die Wahrheit genauso brutal vergewaltigt, nur um sich von den anderen abzuheben.«

Er ging aus dem Wohnzimmer, kam aber zwei Minuten später wieder und hielt ein altes Mobiltelefon in der Hand.

»Haben Sie was Bestimmtes vor?«, fragte sie neugierig.

»Achten Sie weiter auf Ihren Laptop«, entgegnete er und begann zu schreiben.

Es dauerte nicht lange, da tauchte eine Meldung von einem Beiträger namens ›gutunterrichteterkreis‹ auf. »›Hab gehört, Chr. Bell ist heute Nacht in dem Feuer umgekommen. Polizei leugnet. Weiß einer mehr?‹«, las Christine vor und fügte im Scherz an. »Sie sind richtig gemein, wissen Sie das?«

»Stellen Sie in einem Forum oder auf Twitter eine beliebige Suggestivfrage, und Sie werden sich wundern, was dabei herauskommt.«

»Ich bin mir gar nicht so sicher, ob ich das wirklich wissen will«, gab sie zurück, sah aber schon die ersten Reaktionen über den Monitor laufen.

»Hab ich auch gehört.«

»Polizei lügt. So wie immer.«

»Gerücht stimmt leider. Polizei geht von Unfall aus.«

Als sie das las, musste Christine laut lachen. »Die Meldung könnte glatt von Hatfield kommen. Ich glaube inzwischen, seine Beförderung war auch ein Unfall.«

»Da kann ich Ihnen nur zustimmen«, meinte Mattison und fiel in ihr schallendes Gelächter ein.

Minutenlang verfolgten sie mit, wie sich die Meldungen zu Christines vermeintlichem Tod häuften und ein Eigenleben entwickelten, als hätte irgendjemand nicht bloß eine Frage, sondern eine offizielle Meldung ins Internet gestellt, auf die nun jeder reagierte.

»Das wird es North leicht machen, meinen Auftritt nachher abzusagen«, urteilte sie zufrieden. »Das haben Sie wirklich gut gemacht, Mr Mattison.«

»Danke, es war mir ein Vergnügen«, antwortete er und zeigte sich genauso zufrieden wie sie. Er sah auf die Uhr und fragte: »Was halten Sie davon, wenn wir uns was vom Chinesen liefern lassen?«

»Wenn ich bezahlen darf«, entgegnete sie.

»Wenn Sie darauf bestehen.«

Um kurz vor eins verließ Christine in ihrem silbernen Kostüm das Haus, hatte aber die Jeans und ihre Jacke darüber angezogen, da sie befürchtete, dass es ihr unterwegs sonst zu kalt werden würde. Die lila Perücke hatte sie aufgesetzt und rund um die Augen reichlich glitzerndes Make-up in verschiedenen Lilatönen aufgetragen, sodass niemand sie erkennen konnte, wenn er nicht mit Sicherheit wusste, wer sie war.

Der Taxifahrer musste gar nicht erst fragen, wohin sie wollte, sondern fuhr los, kaum dass sie eingestiegen war und den Gurt angelegt hatte.

Am Pier wehte ein frischer Wind über die Promenade, Besucher der Convention strömten in alle Richtungen. Einige legten eine Pause vom dicht gedrängten Programm ein, um kurz Luft zu schnappen oder irgendwo etwas essen zu gehen, während andere auf die Halle zustrebten. Links vor dem Pier war ein kleiner Stand einer religiösen Gruppe aufgebaut worden, deren Helfer Flugblätter und Broschüren zu verteilen versuchten, jedoch mit wenig Erfolg. Unter ihren Windjacken trugen sie Sweatshirts mit Aufschriften wie »Lass dich assimilieren … von Gott« oder »Auch Yoda glaubt an Jesus«.

Mit der Tageskarte, die North ihr mitgeschickt hatte, gelangte sie in die Veranstaltungshalle, an der Garderobe gab sie Jeans und Jacke ab, dann machte sie sich auf den Weg in den ersten Saal, in dem die Händler ihre Stände hatten. Ihre Befürchtung, beim Hereinkommen von ein paar Tausend Leuten angestarrt zu werden, entpuppte sich im gleichen Moment als unbegründet, da mindestens zehn andere Besucherinnen sich für das gleiche Kostüm entschieden hatten – von denen einige es noch deutlich besser ausfüllten, wie sie zähneknirschend feststellen musste.

Scheinbar planlos schlenderte sie durch die Gänge, während sie sich in Wahrheit zielstrebig den nächsten Türen näherte, die in den Hauptsaal führten. Dort entdeckte sie weitere Doppelgängerinnen, wodurch es ihr noch leichter werden sollte, Coughlan im Auge zu behalten. Gleichzeitig war es ein ernüchternder Anblick, hatte sie doch zuvor noch geglaubt, sie habe sich für ein besonders originelles Kostüm entschieden.

Sie zog das iPhone aus ihrer Handtasche, das Daffyd Mattison ihr ausgeliehen hatte, damit sie die Website mit der Kamera weiter im Auge behalten konnte, ohne ihren Laptop mitnehmen zu müssen. Die Kamera sendete unverändert kein Bild.

Schließlich entdeckte sie Howard North, der ganz links vor der Bühne stand und sich mit Dylan Weymoth unterhielt. Sie ging bis nach vorn zur ersten Sitzreihe, schaute sich suchend um und beschloss, zu den beiden Männern zu gehen und sie anzusprechen.

»Entschuldigen Sie, ich sehe, dass Sie diese Ausweise da tragen, und da dachte ich mir, Sie haben hier vielleicht was zu sagen«, unterbrach sie das Gespräch der beiden.

»Ja, was denn?«, gab North gereizt zurück und warf ihr einen verärgerten Blick zu.

»Kann man sich mit einer Tageskarte den Platz frei aussuchen, oder gibt es da irgendein System?«

»Es gibt ein System, das auf der Rückseite der Tageskarte auch erklärt wird.«

»Ach, und wo kann ich mich setzen?«

»Fragen Sie bitte die Helfer vorn am Eingang zur Halle«, wimmelte er sie ab. »Die kennen sich damit besser aus.«

»Aha, gut, dann werde ich das machen, Mr … ich habe Ihren Namen nicht verstanden.«

»Howard North«, antwortete der noch eine Spur gereizter. Offenbar hatte er etwas Wichtiges zu besprechen.

»Ach, Sie sind Mr North? So ein Zufall. Ihnen soll ich nämlich einen schönen Gruß ausrichten … von Christine Bell.«

Er setzte zu einem verärgerten Schnauben an, da sie keine Ruhe geben wollte, doch dann stutzte er, kniff die Augen zusammen und musterte sie eindringlich. »Sie … Sie sind's wirklich.«

Christine nickte.

»Ich hätte Sie nicht erkannt«, sagte er, und Dylan nickte zustimmend.

»Hervorragend«, freute sie sich. »Das ist schließlich auch der Sinn der Sache.« Sie sah sich um. »Wo ist Coughlan?«

»Da drüben.« North zeigte zur anderen Seite der Halle. »Er trägt das rote T-Shirt. Nicht zu übersehen.«

»Okay, dann werde ich ihn mal unauffällig im Auge behalten«, erklärte sie und ließ die beiden allein, damit Coughlan nicht auf sie aufmerksam wurde. Der verließ den Saal und begab sich in die andere Halle, in der die Händler den großen

Reibach machten. Dort drängte sich zum Glück deutlich mehr Publikum, sodass Christine immer in Sichtweite bleiben konnte, ohne von Coughlan bemerkt zu werden. Dank ihrer vielen Doppelgängerinnen war das kein Problem.

Zwar blieb sie ihm auf den Fersen, aber Coughlan machte noch keine Anstalten, die Waffe zu holen. Allerdings war das auch noch nicht nötig, da es bis zur Ankunft des jordanischen Königs noch eine Weile dauern würde. Vermutlich würde er das Gewehr erst ein paar Minuten vor dem Anschlag aus dem Versteck holen, um das Risiko einer vorzeitigen Entdeckung so gering wie möglich zu halten.

Bis kurz vor zwei ereignete sich nichts Ungewöhnliches, außer dass Christine die Füße schmerzten, weil Coughlan unablässig von einem Stand zum nächsten ging, um mit den Händlern zu reden. Jeder schien etwas von ihm zu wollen, und wenn man so sah, wie er sich verhielt, hätte man niemals glauben können, dass er ein eiskalter Mörder war.

Ein- oder zweimal ertappte sie sich sogar selbst dabei, wie sie daran zweifelte, ob der Mörder nicht vielleicht doch ein anderer war. Aber dann musste sie nur einen Blick auf die Kratzer werfen, die seinen Kopf zu allen Seiten überzogen, und spätestens da wurde ihr wieder bewusst, dass er der Täter sein musste. Isabelle hatte sich nicht geirrt, sondern den Mann erkannt, von dem sie getreten worden war.

Allmählich füllte sich der große Saal, da alle wissen wollten, wer oder was sich hinter dem Programmpunkt verbarg, der nur als Fragezeichen vermerkt war. Auch Christine kehrte in die Halle zurück, da sich der Händlersaal zunehmend leerte und sie nicht dadurch auffallen wollte, dass sie sich einen wichtigen Programmpunkt entgehen ließ.

Die Lichter wurden gedimmt, und das Stimmengewirr verstummte. Die Bühne war weiterhin beleuchtet, dann kam Howard North nach vorn und sah mit betretener Miene in die Menge. »Liebe Fans, liebe Freunde, in diesem Augenblick würde ich lieber nicht vor euch stehen, weil ich eine traurige Nachricht überbringen muss, die vielen von euch sicher schon bekannt ist, da sie seit ein paar Stunden im Internet kursiert. Der Überraschungsgast der diesjährigen Convention sollte Christine Bell sein, die bekannte und erfolgreiche Autorin. Sie hatte mir erst vor wenigen Tagen hier in Beechwood die Zusage geben können, und ich war sehr glücklich darüber, sie euch allen präsentieren zu dürfen. In der vergangenen Nacht ist hier im Ort ein Wohnhaus ausgebrannt, und obwohl Polizei und Feuerwehr es von sich weisen und alle entsprechenden Gerüchte dementieren, scheint es doch so zu sein, dass Miss Bell in den Flammen umgekommen ist. Es gibt Zeugen, die gesehen haben, wie ein Leichnam aus dem Haus gebracht wurde, und gut unterrichtete Kreise bestätigen, was die Polizei bislang abstreitet. Allem Anschein nach ist Christine Bell von uns gegangen. Möge ihre Seele in den Weiten der Unendlichkeit Frieden finden.«

Er trug die Worte so bewegend vor, dass sogar Christine selbst einen Kloß im Hals hatte. Betretenes Schweigen machte sich im Saal breit, dann begann irgendwo jemand zu applaudieren, und ehe sie sich versah, waren alle rund dreitausend Besucher aufgestanden, um Beifall zu spenden. Es rührte sie, weil diese Reaktion mehr über ihre Leserschaft aussagte als alle Verkaufszahlen. Sie schloss die Augen, da es ihr über alle Maßen peinlich war, all diesen Menschen so etwas weiszumachen, nur um einem einzigen von ihnen das Gefühl zu geben, er könne seinen ruchlosen Plan ungehindert in die Tat umsetzen.

»Da Miss Bell erst so kurzfristig zugesagt hatte, konnten wir nichts mehr vorbereiten, weshalb sie sich damit einverstanden erklärte, eine Fragestunde zu veranstalten, um all die Dinge zu beantworten, die ihr schon immer von ihr wissen wolltet. Nachdem sie offenbar in der letzten Nacht einem tragischen Unfall zum Opfer fiel, klafft jetzt ein Loch in unserem Programm. Weil wir Miss Bells Leistungen angemessen würdigen möchten, werden wir nach einer Schweigeminute ihre Kurzgeschichte *Der Altar von Ydda* vorspielen, die sie selbst als Hörbuch aufgenommen hat. Vielleicht wird ihre Stimme ihren Geist zu uns holen, damit sie ein wenig Zeit mit uns verbringen kann.«

Christine verzog den Mund, als sie hörte, wie North ins maßlos Kitschige abglitt. Sie war froh, dass die Schweigeminute begann und er nicht noch mehr von der Art zum Besten geben konnte.

Als nach der Minute die Kurzgeschichte begann, suchte sie schnell das Weite. Sie mochte ihre Stimme sowieso nicht, wenn sie sie von der CD hörte, außerdem hatte sie in dem abgedunkelten Saal keine Chance, Coughlan im Auge zu behalten.

Im Händlersaal entdeckte sie eine Getränketheke, ging hin und setzte sich auf einen der vielen freien Hocker. Sie bestellte eine Cola, dann drehte sie sich mit dem Glas in der Hand um und ließ ihren Blick durch den Saal schweifen. Mit Verwunderung musste sie feststellen, dass nur vielleicht zwei Dutzend Besucher den Saal nebenan verließen, der Rest saß noch da und lauschte offenbar andächtig einer ihrer Geschichten – und dann war sie selbst auch noch mit schlechtem Beispiel vorangegangen und war nach draußen geflohen!

Fast eine Stunde verbrachte sie an der Bar und beobachtete, was sich im Händlersaal abspielte. Irgendwann war Coughlan nach draußen gekommen und hatte an einem Stand etwas gekauft, das nach einer Rüstung aus weißem Kunststoff aussah. Auch ein Helm gehörte dazu, aber da er nur auf diese Dinge zeigte und sie dann mitnahm, vermutete Christine, dass er diese Rüstung jemandem brachte, der hinter der Bühne auf seinen Auftritt wartete.

Als plötzlich ihr iPhone zu vibrieren begann, zuckte sie so heftig zusammen, dass sie fast ihre mittlerweile zweite Cola verschüttet hätte. Hastig zog sie es aus der Tasche und aktivierte es mit einem Druck auf die Oberfläche, dann sah sie die Website mit dem von der Kamera übertragenen Bild. Jemand hatte die Tür geöffnet, aber nicht Coughlan kam herein, sondern ein älterer Mann um die fünfzig, der seiner Kleidung nach zu urteilen ein Hausmeister sein musste. Er machte das Licht an und zog eine Leiter in den Kühlraum, stieg auf die zweite oder dritte Sprosse und tastete nach einem Rohr über einem der Regale. Er sah seine Finger an, so als wolle er überprüfen, ob sie nass waren. Der Mann war offensichtlich auf der Suche nach einem defekten Rohr, aber hier war er nicht fündig geworden. Kopfschüttelnd stieg er von der Leiter und hob sie hoch, als … als auf einmal ein Blitz über das Bild zuckte und es schwarz wurde.

»Oh, verdammt«, fluchte sie leise und lud die Seite noch einmal. Doch es änderte sich nichts. Das Bild blieb schwarz, und schließlich tauchte der vertraute Text auf, dass kein Signal empfangen werden konnte.

Es gab nur eine Erklärung: Der Hausmeister hatte mit der Leiter die Kamera zertrümmert.

Sie wählte North' Nummer. »Haben Sie das gesehen?«, fragte sie ohne Vorrede.

»Ja, ich könnte den Kerl würgen«, erwiderte er im Flüsterton.

»Wo ist Coughlan?«, wollte sie wissen.

»Den habe ich nicht gesehen.«

»Aber er ist zu Ihnen in den Saal gegangen.«

»Hinter die Bühne ist er bislang nicht gekommen«, beteuerte North.

»Wir müssen sofort nach unten gehen«, drängte sie. »Sehen Sie mal auf die Uhr.«

»Ja, ist mir klar«, erwiderte er. »Wir treffen uns vor dem Kühlraum, und dann überlegen wir, wo wir uns verstecken können, um ihn unbemerkt zu beobachten.«

»Wir sehen uns in drei Minuten«, sagte sie, beendete die Verbindung und verließ den Händlersaal, um im Vorraum zu der Treppe zu gehen, die sie bereits zuvor benutzt hatte. Augenblicke später stand sie auf der unteren Ebene vor dem Kühlraum, und dann kam auch schon North durch den Gang gelaufen. »Das waren aber noch keine drei Minuten«, stellte sie amüsiert fest, als er nach Luft schnappend vor ihr stehen blieb.

»Na ja, ich dachte, ich könnte vor Ihnen hier sein«, meinte er grinsend. »Doch da muss ich wohl noch ein bisschen üben.«

Christine sah sich um. »Wo können wir uns verstecken, ohne dass wir ihn aus den Augen verlieren?«

North folgte ihrem Blick, dann entdeckte er etwas. »Da vorn! Der Heizungsraum. Durch die Lamellen können wir den Gang beobachten, aber er sieht uns nicht, weil es da drinnen dunkel ist.«

»Einverstanden. Kommen Sie.«

Sie gingen ein paar Meter in die Richtung, aus der North gekommen war, dann schloss er mit seinem Generalschlüssel die Tür auf. Die Heizung lief zwar, aber die Wärme war erträglich … erst recht nach der mörderischen Hitze, der sie in der letzten Nacht ausgesetzt gewesen war.

Eine Viertelstunde verging – Christine behielt die Zeit im Auge, da sie sich allmählich bedenklich der Ankunft des jordanischen Königs näherten. Wenn Coughlan nicht kam, um das Gewehr aus dem Kühlraum zu holen, dann standen sie vor dem Problem, dass es sich dabei nur um ein Ablenkungsmanöver gehandelt hatte und die tatsächliche Tatwaffe woanders versteckt war.

Um zwanzig nach drei hörten sie auf einmal hastige Schritte. Eine Gestalt huschte an ihrer Tür vorbei zum Kühlraum, und als dort das Licht eingeschaltet wurde, konnten sie erkennen, dass es sich tatsächlich um Coughlan handelte. Er hockte sich hin und zog den Karton unter dem Regal hervor, nahm die Waffe heraus und kam wieder nach draußen.

Jetzt erst fiel Christine auf, dass er diese seltsame weiße Rüstung trug, die er von einem der Händler bekommen hatte.

Er schulterte das Gewehr, und dann setzte er den weißen Helm auf, der zu dieser Rüstung gehörte und sein Gesicht vollständig verbarg.

Christine warf North einen fragenden Blick zu, doch der hob nur die Hand und schüttelte den Kopf.

Coughlan kam auf die Tür zu, hinter der sie sich versteckt hielten, dann bog er abrupt nach links in einen Gang ab, der zu einer Treppe hinauf in den Händlersaal führte.

Sie warteten, bis seine Schritte verklungen waren, und verließen den Heizungsraum.

»Wir haben ein Problem«, ließ North sie wissen, als er an ihr vorbei in den gleichen Gang einbog.

»Sie meinen, weil wir sein Gesicht nicht sehen?«, erwiderte sie. »Was ist das für eine Rüstung? Sie kommt mir bekannt vor, aber ich kann sie nicht zuordnen.«

»Das ist ein Stormtrooper aus den *Star-Wars*-Filmen, er gehört zu den Truppen von Darth Vader, Sie wissen, der Kerl in Schwarz mit Asthma.«

»Ja, natürlich. Jetzt fällt's mir wieder ein«, sagte sie, während sie gemeinsam die Treppe hinaufhechteten. »Und wo ist das Problem? Wir können zwar sein Gesicht nicht sehen, aber wir wissen doch, was er trägt.«

»Ich werd's Ihnen gleich zeigen«, antwortete er und öffnete die Tür zum Saal.

Dann sah sie, was er meinte. Vor dem Durchgang zum Vorraum tummelten sich gut zwanzig Stormtrooper, alle in der gleichen weißen Rüstung, alle mit einem Helm auf dem Kopf, der ihr Gesicht verdeckte.

»Oh, verflucht«, murmelte sie. »Wie kann das sein?«

»Unser hoher Gast wurde mir vor langer Zeit angekündigt«, erklärte North. »Um die Leute neugierig zu machen, habe ich mir überlegt, dass sich diese Gruppe in einer Reihe aufstellen soll, um den Besucher zu empfangen. Das Ganze sollte eine halbe Stunde vor der Ankunft beginnen, die Truppe sollte reglos dastehen, während sich alle fragen, was das wohl bedeuten könnte.«

»Und Coughlan gehört auch dazu?«

»Nein, tut er nicht. Das sind zwanzig treue Fans, die jedes Jahr herkommen. Coughlan muss einen von ihnen überredet haben, ihm seinen Platz zu überlassen.«

»Oder es gibt noch einen weiteren Toten, von dem wir bislang nichts wissen«, hielt Christine dagegen.

»Das kann allerdings auch sein.« Er musterte die Leute in den weißen Rüstungen, aber alle ihre Gewehre waren Marke Eigenbau, und es war unmöglich, die echte Waffe von den anderen zu unterscheiden. »Dann bleibt nur noch mein Ausweichplan.«

»Sie meinen die Bombendrohung?«, fragte sie.

Er sah sie verdutzt an. »Woher wissen Sie davon?«

»Weil ich den gleichen Gedanken hatte wie Sie. Da Inspector Hatfield nicht für vernünftige Argumente zugänglich ist, kann der Auftritt Ihres Überraschungsgastes nur durch eine Bombendrohung verhindert werden.«

North verzog den Mund. »Dann werde ich das ja wohl machen müssen, wenn ich ein Blutbad verhindern will.«

Sie schaute auf die Uhr. Halb vier. Noch eine halbe Stunde. Ihr Blick kehrte zu den Männern in den weißen Rüstungen zurück, die alle identisch aussahen. Plötzlich hatte sie eine Idee. »Nein, warten Sie noch. Mir ist gerade etwas eingefallen, das funktionieren wird.« Sie winkte Weymoth zu sich, der gerade in ihrer Nähe stand. »Mr North, geben Sie Dylan den Wagenschlüssel, und beschaffen Sie mir einen blauen Overall und eine schwarze Lockenperücke. Warten Sie am Eingang damit auf mich, sobald Sie beides haben.«

»Aber was …?«

»Tun Sie es einfach!«

North drückte Weymoth den Schlüssel in die Hand, und prompt zog sie ihn mit sich die Treppe hinunter, damit sie von Coughlan unbemerkt verschwinden konnten.

Sie rannten den Pier entlang, stiegen in North' BMW ein, und dann fuhr Weymoth auch schon mit quietschenden Reifen los. »Fahren Sie zu den Bennetts. Sie wissen schon, dahin, wo Sie mich neulich abgeholt hatten.« Gleichzeitig zog sie das iPhone aus der Tasche und rief Betty an. »Betty? Ich bin's, Christine. Ist Cathy da? Oder Peter? … Dann ruf sie zu dir! … Es geht um Leben und Tod! … Ja, ich warte … Cathy? Ja, genau. Holen Sie bitte sofort Isabelle, legen Sie ihr ein Geschirr von Ihren Katzen an … nein, sie ist lammfromm … ja, ganz bestimmt … dann setzen Sie sie in ihre Box und legen eine Leine dazu … ja, jetzt sofort … ich bin in zehn Minuten da und hole sie ab … ja, ich werde Ihnen das alles später erklären.«

Um zwölf Minuten vor vier stand die Box mit einer mürrisch dreinblickenden Isabelle an Bord auf dem Rücksitz, und wieder fuhr Weymoth mit quietschenden Reifen los. Während er so schnell durch die Stadt raste, wie er es eben noch vertreten konnte, nahm Christine die Perücke ab und wischte sich mit einer Handvoll Erfrischungstücher die lila Schminke aus dem Gesicht.

Neun Minuten später wollten sie in die Promenade einbiegen, aber dort errichtete die Polizei soeben eine Straßensperre. Der König war auf dem Weg zum Pier! »Fahren Sie da drüben runter zum Strand!«, forderte sie Weymoth auf.

»Zum Strand?«

»Dieses Monstrum soll schließlich ein Geländewagen sein, dann zeigen Sie mal, was es kann.«

Nach kurzem Zögern gab Dylan wieder Gas und fuhr die gepflasterte Rampe hinunter, die zum Strand führte. Zur Promenade hin war der Sand locker, und der BMW kam so langsam voran, dass sie fürchtete, sie würden jeden Moment stecken bleiben.

»Fahren Sie näher ans Wasser ran, da ist der Sand feucht und fest!«

Der Wagen pflügte sich weiter durch den Sand, dann fanden

die Reifen besser halt, und schließlich konnte Weymoth in immer höhere Gänge schalten, bis er mit über neunzig Meilen am Strand entlangraste.

Christine rief North an. »Kommt er pünktlich?«

»Ich weiß nicht. Dafür, dass er seit einer halben Minute hier sein sollte, ist noch nicht viel von ihm zu sehen. Es könnte sein ... oh, verdammt, da kommt eine Wagenkolonne gefahren.«

»Warten Sie noch mit dem Anruf. In zwei Minuten sind wir da.«

»Wie wollen Sie das ...?«, begann er, aber dann musste er vom Pier in die andere Richtung geschaut haben. »Ah, ich sehe Sie. Viel Glück.«

Wenige Augenblicke später kam der Geländewagen unter dem Pier an der Treppe zu stehen, über die man auf die Promenade gelangte. »Nehmen Sie die Box mit Isabelle, ich muss rauf und mich umziehen.«

Um fünf nach vier hatte sie die Tür zur unteren Ebene erreicht, North hielt sie ihr auf und drückte ihr den Overall und die Perücke in die Hand. Sie stieg in den Overall und zog den Reißverschluss zu, und als Weymoth mit der Transportbox hereingestürmt kam, setzte sie soeben die Perücke auf.

Sie öffnete die Box, holte Isabelle heraus, die sich am veränderten Erscheinungsbild ihres Frauchens nicht störte und auch nichts dagegen einzuwenden hatte, dass sie ein Geschirr tragen musste und nun angeleint wurde. Dann nahm Christine sie auf den Arm, hielt die Leine fest in der Hand und präsentierte sich North und Weymoth. »Na, wie sehe ich aus?«

»Na ja, jetzt sehen Sie aus wie Sigourney Weaver in *Alien,* und im Arm halten Sie Kater Jones«, sagte North. »Aber ich begreife nicht, was das bringen soll. Der Wagen mit dem König ist vorgefahren, und mir bleibt jetzt nichts anderes mehr übrig, als den Sicherheitsleuten entgegenzulaufen und zu rufen: ›Da drinnen ist eine Bombe!‹«

»Die Zeit könnte noch reichen«, widersprach sie. »Warten Sie ein paar Minuten länger.«

»Worauf soll ich warten?«, rief er ihr nach, als sie an ihm vorbei zur Wendeltreppe lief, die hinauf in den Vorraum führte.

Um acht Minuten nach vier durchquerte sie den Vorraum, in dem sich zahlreiche Convention-Besucher aufhielten, die sehen wollten, was es mit dem Aufgebot an schwarzen Limousinen auf der Promenade vor dem Pier auf sich hatte. Sie konnte erkennen, dass noch niemand ausgestiegen war und sich lediglich die Sicherheitsleute dem Pier näherten, um dort alles für den hohen Besuch vorzubereiten.

Zwei Minuten darauf passierte sie die Tür zum Händlerraum, im Gang selbst tummelten sich etliche Fans, die meisten davon kostümiert. Ein paar von ihnen zeigten auf sie. »Hey, Ripley, mach die Aliens fertig!«, rief einer in der Menge, sie lächelte flüchtig in seine Richtung. Zu ihrer Linken standen wie auf einer Perlenschnur aufgezogen zwanzig identisch aussehende Stormtrooper, die mit beiden Händen ihre Gewehre festhielten. Einer von ihnen war Russell Coughlan. Ein mindestens sechsfacher Mörder. Der Mann, der dreimal versucht hatte, sie zu ermorden. Der Mann, der den König von Jordanien erschießen wollte.

Sie warf einen Blick über die Schulter, während sie Isabelle an sich drückte. North und Weymoth waren dicht hinter ihr, doch sie machten nicht den Eindruck, als würden sie nach einem Mörder suchen. Vielmehr strahlten sie vor Freude über den gelungenen Coup, eine königliche Hoheit auf ihrer Veranstaltung begrüßen zu dürfen. Christine wusste aber, in diesem Moment war die Freude nur gespielt, denn in Wahrheit fürchtete vor allem North, dass dies seine letzte Veranstaltung sein würde, falls dem König etwas zustieß.

Christine zwinkerte ihm aufmunternd zu, machte damit aber auch sich selbst Mut. Alles hing jetzt von Isabelle ab.

Sie ging am ersten Stormtrooper vorbei, dann am zweiten. Aus dem Augenwinkel sah sie, dass die Sicherheitsleute schnell näher kamen. Wenn sie nicht die Reihe abgegangen war, bevor die Männer in den schwarzen Anzügen sie eingeholt hatten, dann war alles zu spät. Sie stutzte und sah noch einmal zur Seite. Tatsächlich! Inspector Hatfield begleitete die Sicherheitsleute!

Der dritte Stormtrooper zog an ihr vorbei, der vierte, der fünfte. Isabelle musterte mit mäßigem Interesse die Gestalten in ihren weißen Rüstungen.

Der sechste Stormtrooper, der … plötzlich setzte Isabelle zu einem tiefen, kehligen Knurren an und drehte den Kopf herum. Christine sah, wie die Pupillen der Katze sich weiteten. In diesem Moment war für sie alles klar. Und damit überstürzten sich die Ereignisse.

Der unter der Rüstung verborgene Mann reagierte zum Glück viel zu spät, denn als er begann, abwehrend das Gewehr hochzuheben, um sich zu schützen, hatte sich Isabelle bereits von Christine abgestoßen und sprang mit ausgestreckten Vorderpfoten und ausgefahrenen Krallen auf ihr Opfer zu. Der Helm, der aus dünnem und dementsprechend leichtem Kunststoff bestand, wurde von dem Aufprall hochgerissen und nach hinten geschleudert. Darunter kam das Gesicht von Russell Coughlan zum Vorschein, der überhaupt nichts begriff – außer dass ihn diese Katze schon einmal angefallen hatte.

Wie zuvor in Bettys Haus krallte sich Isabelle mit allen vier Pfoten in seinen Kopf. Diesmal jedoch verlor er wertvolle Sekunden, da Christine mit einer Hand die Leine festhielt und mit der anderen sich die schwarze Lockenperücke vom Kopf zog. Coughlan erkannte, wer sich unter der Perücke versteckt hatte, und bekam den Mund nicht mehr zu, da er nicht begreifen konnte, wieso sie vor ihm stand.

»Sie sind doch tot«, stammelte er. »Ich habe Sie in den Flammen …« Weiter kam er nicht, da er plötzlich die Schmerzen wahrnahm, die Isabelle ihm zufügte, indem sie ihm nicht nur den Schorf, sondern noch mehr Haut vom Kopf riss und sich in seinem linken Ohr verbiss.

Vor Schreck darüber feuerte er einen Schuss ab, der zwar nur die Decke traf, aber dafür sorgte, dass sich die anderen Stormtrooper und auch etliche Gäste auf den Boden warfen. Das Gewehr rutschte ihm aus den Händen und fiel zu Boden, während er versuchte, sich von Isabelle zu befreien, die weiter fauchte und knurrte. Sein Problem war allerdings, dass er in der Rüstung zwar genügend Bewegungsspielraum hatte, um das Gewehr auf den König zu richten, er die Arme jedoch nicht weit genug heben konnte, um an seinen Kopf zu kommen. North und Weymoth stürmten an Christine vorbei und packten Coughlans Arme.

»Hilfe!«, schrie der und warf sich auf den Boden, wobei er die beiden Männer mit sich zog, aber Isabelle ließ auch dann nicht locker. »Tun Sie doch was! Befreien Sie mich von dem Biest!«

»Das würde ich ja gerne«, gab Christine zurück. »Aber da Sie mich letzte Nacht gefesselt in diesem Haus zurückgelassen haben, sind mir buchstäblich die Hände gebunden.«

Isabelle schien ihre Rache zu genießen, da inzwischen auch die Nase und die Wangen zerkratzt waren.

»Was ist hier los?«, brüllte Hatfield, dem der Aufruhr nicht entgangen war. »Wer ist das? Und was stellt dieses Tier mit ihm an?«

»Hallo, Detective Chief Inspector Hatfield«, begrüßte Christine ihn und atmete tief durch. »Darf ich vorstellen? Das da ist der Verursacher von sechs tödlichen Unfällen … oder sollte ich besser sagen, das da ist ein sechsfacher Mörder?«

»Sie schon wieder?«, raunte er ihr zu.

»Schaffen Sie endlich die Katze weg! Diese Bestie kratzt mir die Augen aus!«, schrie der Attentäter dazwischen.

»Sagen Sie es ihm, Coughlan«, forderte sie ihn auf. »Gestehen Sie, und ich pfeife meine Katze zurück.«

»Ich werde nichts gestehen!«, presste er unter Schmerzen heraus.

»Soll ich Isabelle befehlen, Ihnen ein Stück Ihrer Nase abzubeißen?«

»Katzen kann man nichts befehlen!«, konterte er weinerlich. »Sie bluffen doch nur!«

»Wollen Sie's drauf ankommen lassen?«, fragte sie scheinbar desinteressiert.

Stöhnend und ächzend brachte Coughlan es tatsächlich noch fertig, ein paar Sekunden lang darüber nachzudenken, während Isabelle ihre Hinterkrallen in seinen rasierten Schädel drückte. »Ja, ja, ich gestehe alles!«, rief er schließlich.

»Was alles?«, beharrte Christine.

»Jeden Mord ... alle sieben ... und den Mordversuch ... und das Attentat auf den König ...«

»Und die beiden Brandstiftungen?«, hakte sie nach.

»Ja, ja, die auch!«

Christine kniete sich hin und griff nach Isabelles Vorderpfoten, damit sie sich nicht länger in die Wangen des Mannes verkrallen konnte. Mit einer geschickten Bewegung drehte sie die Katze von ihm weg und drückte sie an sich.

»Er gehört Ihnen, Inspector. Oder müssen Sie noch mehr hören?« Dabei hielt sie Isabelle wieder näher an Coughlan heran, der in Panik zur Seite auszuweichen versuchte, aber weiterhin von North und Weymoth festgehalten und auf den Boden gedrückt wurde.

»Nein, nein, nein!«, schrie er, woraufhin der Inspector ihr ein Zeichen gab, dass er genug gehört hatte. Er pfiff zwei uniformierte Polizisten zu sich, da die Sicherheitsleute bei dem Schuss sofort den Rückzug angetreten und den jordanischen König zurück zu den schwarzen Limousinen gescheucht hatten, damit sie gleich wieder abfahren konnten.

»Ziehen Sie Handschuhe an«, forderte er seine Leute auf. »Dann legen Sie ihm Handschellen an und bringen Sie ihn raus. Irgendwo da draußen steht auch ein Rettungswagen. Bringen Sie ihn dahin, damit die Sanitäter ihm ein paar Pflaster auf den Kopf kleben.«

Die Polizisten zogen ihn hoch und legten ihm die Handschellen an. Coughlans Kopf war zu allen Seiten mit tiefen

Kratzern übersät, und er war so blutverschmiert, dass man meinen konnte, jemand habe ihm die Kopfhaut abgezogen. Die vormals weiße Rüstung war mit blutroten Spritzern überzogen, was den Eindruck nur noch unterstrich, er könnte skalpiert worden sein.

Er warf Isabelle einen letzten hasserfüllten Blick zu, was sie dazu veranlasste, ihn noch einmal anzufauchen und mit ausgefahrenen Krallen nach ihm zu schlagen. Es war nur Christines schneller Reaktion zu verdanken, dass er nicht noch einen Kratzer am Kinn abbekam, da sie noch gerade rechtzeitig zurückwich.

Während die Polizisten ihn wegbrachten, standen die Besucher der Convention da und starrten abwechselnd auf Coughlan und Christine, die ihre Katze im Arm hielt, die ihrerseits genüsslich den Kopf am Kinn ihres Frauchens scheuerte. Sie hatte noch einmal ausgiebig Gelegenheit bekommen, sich zu rächen. Jetzt war ihre Welt wieder in Ordnung.

»Miss Bell?« Hatfield tippte an seine Hutkrempe. »Wenn Sie bitte mitkommen würden … ich muss Ihre Aussage aufnehmen.«

»Ich schätze, das hat noch ein bisschen Zeit. Erst einmal muss Mr Coughlan verarztet werden, und wie es aussieht, wird das noch eine Weile dauern. Ich melde mich bei Ihnen, sobald ich hier wegkomme. Einverstanden?« Ihr Widerstand schien ihm nicht zu gefallen, woraufhin sie sich vorbeugte und ihm zuflüsterte: »Wenn es Ihnen lieber ist, kann ich den Reportern da vorn ja erzählen, dass Sie jeden dieser Morde als Unfall abgetan haben. Ich persönlich möchte Sie ja nicht in aller Öffentlichkeit bloßstellen, aber …« Sie zuckte gleichgültig mit den Schultern. »… die Entscheidung liegt natürlich ganz allein bei Ihnen.«

Epilog

Und dann?«, fragte Betty.

»Dann hat er sich wütend umgedreht, irgendwas vor sich hin gemurmelt und ist gegangen«, erzählte Christine, als sie am nächsten Morgen mit ihrer Tante in deren Haus am Frühstückstisch saß. »Ich bin natürlich später noch zur Polizei gefahren und habe meine Aussage gemacht. Mir gefiel nur nicht Hatfields Ton, kurz nachdem wir Coughlan überwältigt hatten. Schließlich wäre der König von Jordanien jetzt sehr wahrscheinlich tot, wenn ich nicht zusammen mit North und Weymoth alles getan hätte, um Coughlan zu stoppen. Und …«

»Vergiss Isabelle nicht«, warf ihre Tante ein.

Die Katze lag im Sessel, abermals in Begleitung von Napoleon und Illya, die sich wieder an sie schmiegten und fest schliefen. Als Isabelle ihren Namen hörte, spitzte sie die Ohren und öffnete ein Auge zu einem schmalen Schlitz.

»Wenn du mich ausreden lassen würdest«, gab Christine lächelnd zurück, »dann wüsstest du jetzt, dass ich genau das als Nächstes sagen wollte. Ohne Isabelle hätten wir Coughlan vielleicht von seinem Attentat abhalten können, aber dann hätten wir unsere Absichten früher zu erkennen geben müssen, und ein siebenfacher Mörder wäre ungeschoren davongekommen.«

»Siebenfach? Ich dachte, er hätte sechs Menschen auf dem Gewissen«, wandte Betty ein.

»Er hat noch einen Mann ermordet, um dessen Platz in dem *Star-Wars*-Empfangskomitee einzunehmen«, erklärte sie. »Nachdem die Polizei Coughlan abgeführt hatte, haben wir alles genau unter die Lupe genommen und das siebte Opfer in einem Lüftungsschacht entdeckt.«

Nachdem sie einen Moment bedrückt geschwiegen hatten, fasste sich Betty, trank einen Schluck Kaffee und lächelte Christine an. »Und du durftest tatsächlich König Abdullah die Hand reichen?«

Christine schüttelte die finsteren Gedanken ebenfalls ab. »Ich kann es noch immer nicht glauben. Nach dem ganzen Theater rund um Coughlans Verhaftung hatte ich gedacht, der König sei auf Nimmerwiedersehen verschwunden. Nach ungefähr einer halben Stunde kamen zwei Leibwächter zur Convention und brachten North, Weymoth und mich ins Millennium Hotel. Wir dachten, dass der jordanische Geheimdienst uns befragen wollte, was wir über Coughlan und dessen Hintermänner wissen, aber dann kam auf einmal der König zu uns, weil er sich bei uns persönlich dafür bedanken wollte, dass wir ihm das Leben gerettet haben. Natürlich«, fügte sie hastig an, um dem Einwand ihrer Tante zuvorzukommen, »hatte ich Isabelle auch mitgenommen. Ich hätte sie sowieso nicht auf der Convention zurückgelassen, auch wenn ich sie gleich wieder in ihre Box gesetzt hatte.« Während Betty zufrieden nickte, fuhr sie fort: »Er ist ein unglaublich netter Mann, wir haben uns sehr angenehm unterhalten, und schließlich hat er uns alle auch noch nach Jordanien eingeladen.«

Betty zog beeindruckt die Augenbrauen hoch. »Und hat Isabelle wenigstens eine Tapferkeitsmedaille bekommen?«

»Das nicht, aber er hat sie auf den Arm genommen und sich auch bei ihr bedankt.« Sie machte eine kurze Pause. »Ich weiß gar nicht, wo all die Fotografen und Kamerateams, die ein Bild von uns allen haben wollten, so schnell hergekommen waren.«

»Ich will nur hoffen, dass der Ruhm Isabelle nicht zu Kopfe steigt«, meinte Betty.

»Wieso hast du eigentlich die beiden Katzen der Bennetts mitgebracht?«, wollte Christine wissen. »Fahren sie in Urlaub, und du sollst sie hüten?«

»Du darfst gern noch mal raten«, erwiderte ihre Tante.

Sie schüttelte den Kopf. »Keine Ahnung. Ist einer von den Bennetts über Nacht allergisch gegen Katzenhaare geworden?«

»Das kommt der Sache schon näher«, sagte Betty. »Patrick und Melanie sind zu der Ansicht gelangt, dass eine Wii viel interessanter ist als eine Katze. Und damit hat die Spielkonsole über die Natur gesiegt.« Sie verzog betrübt den Mund. »Ach, ich weiß nicht. Seit die Bennetts weggezogen sind, legen die beiden Kinder seltsame Verhaltensweisen an den Tag. Ich finde, sie haben sich verändert. Es kommt mir so vor, als würden sich die Eltern kaum um sie kümmern.«

»Wahrscheinlich hast du jahrelang einen guten Einfluss auf sie ausgeübt, Betty, und da sie dich jetzt nicht mehr jeden Tag um sich haben, machen sie, was sie wollen.«

»Das kann natürlich sein«, stimmte ihre Tante ihr zu, die aus ihren trübseligen Gedanken geholt wurde, als es an der Haustür klingelte.

Christine stand auf und ging nach vorn.

»Guten Morgen, Miss Bell«, wurde sie prompt von einem fröhlich dreinschauenden Detective Chief Inspector Hatfield begrüßt. »Wie geht es Ihnen?«

»Mir ging's schon schlechter«, gab sie ein wenig abweisend zurück, da seine ausgelassene Stimmung bei ihr vor allem Skepsis weckte. »Was kann ich für Sie tun?«

»Darf ich reinkommen?« Als sie nickte, trat er ein und ließ sich von ihr ins Wohnzimmer führen. Er begrüßte Betty und setzte sich in den freien Sessel. »Ach, da ist ja unsere Heldin«, sagte er und streichelte Isabelle. Sie ließ ihn gewähren, während sich Christine über den Mut des Mannes wunderte, hatte er doch selbst gesehen, wie die Katze Coughlan zugerichtet hatte.

»Einen Kaffee, Inspector?«, fragte sie der Form halber, auch wenn sie eigentlich nicht in der Laune war, ihn auch noch zu bedienen.

»Kaffee? Nein, danke. Jetzt nicht. Ich muss gleich wieder los«, antwortete er. »Ich wollte nur schnell ein paar Dinge erledigen.«

Christine nahm neben ihrer Tante auf dem Sofa Platz. »Was denn für Dinge?«

»Nun, als Erstes«, begann er mit strahlender Miene, »kann ich berichten, dass Mr Coughlan im Verhör noch einmal alle Morde gestanden hat.«

»Hat er auch erklärt, warum er all diese Leute getötet hat?«, wollte Betty wissen.

»Ja, er war sehr gesprächig«, bestätigte der Inspector und fügte grinsend an: »Besonders als ich erwähnte, ich könnte auch Miss Bell mit ihrer Katze zum Verhör hinzuziehen, wenn ihm das lieber sei. Wie sich herausgestellt hat, wurde Coughlan schon vor längerer Zeit von einer terroristischen Vereinigung aus dem Nahen Osten angeworben, nachdem er finanziellen Schiffbruch erlitten hatte. Um den Verdacht nicht allein auf sich zu lenken, weihte er ein paar Freunde ein, behauptete jedoch, das Ganze sei nur ein Strategiespiel ohne ernsten Hintergrund. Murray Heathen, einer dieser Freunde, kam ihm aber auf die Schliche und weigerte sich, ihm den Plan auszuhändigen, auf dem das Versteck der Waffe eingezeichnet war. Coughlan erschlug ihn und stieß ihn vom Dach, allerdings verlor er dabei auch den Plan, den Sie dann gefunden haben. Carl Lennison, ein weiterer Freund, hatte von Heathens Tod erfahren und sofort durchschaut, dass das nur ein Mord gewesen sein konnte. Als er sich an die Polizei wenden wollte, schlug Coughlan ihn bewusstlos und steckte ihn in diese Roboterrüstung, in der er erstickte.« Er warf einen Blick auf seine Notizen. »Tanya Cramer musste sterben, weil sie die Freundin von Carl Lennison war und weil sie womöglich etwas von Coughlans Vorhaben wusste. Kate Sullivan hatte das Pech, die beste Freundin von Tanya Cramer zu sein. Coughlan musste davon ausgehen, dass Tanya ihr etwas anvertraut hatte, und das war ihr Todesurteil. Das letzte Opfer, ein junger Mann namens Marc Eddison, stand mit den anderen in keiner Verbindung, er wurde von Coughlan nur getötet, damit der dessen Platz im Empfangskomitee einnehmen konnte.«

»Und Jerry Denham und diese Drogenabhängige?«, fragte Christine, die die ganze Zeit über bestätigend nickte, weil sie in jedem Fall richtig gelegen hatte. Zwar war ihr nicht bekannt gewesen, in welchem Verhältnis die Opfer zu Coughlan standen, aber von der Überzeugung, dass sie ermordet worden waren und dass er der Täter war, davon hätte sie niemand abbringen können.

»Beide waren zum falschen Zeitpunkt am falschen Ort«, erwiderte Hatfield. »Coughlan wollte Sie ermorden, aber er verfehlte sein Ziel. Er hat auch gestanden, dass er Sie im Hammersmith Manor gefesselt zurückgelassen hatte, damit Sie in dem von ihm gelegten Feuer umkämen.«

»Na, wenigstens sitzt er jetzt hinter Schloss und Riegel«, sagte sie beruhigt. Als sie bemerkte, dass der Inspector auf seine Akten starrte und dabei einen verlegenen Eindruck machte, fragte sie: »Gibt es sonst noch etwas?«

»Nun … na ja … also …«, stammelte er und schaute zu den Katzen auf dem Sessel neben ihm. Dann endlich hob er den Kopf und sah Christine in die Augen. »Ich bin auch hergekommen, um mich bei Ihnen zu entschuldigen. Vielleicht hätte es gar nicht zu Ihrem mutigen Einsatz kommen müssen, wenn ich gleich beim ersten Toten einen Mord als Todesursache in Erwägung gezogen hätte. Ich weiß, das ist nur eine unzureichende Erklärung für mein Verhalten, aber ich hatte mich so sehr auf die Vorbereitungen für den Besuch des Königs konzentriert, dass ich das Offensichtliche schlichtweg übersehen habe.« Er betrachtete sie sekundenlang schweigend. »Ich hoffe, Sie nehmen meine Entschuldigung an.«

»Es ist ja noch alles gut ausgegangen«, erwiderte sie mit einem Schulterzucken. »Das ist das Wichtigste.«

»Na ja, ›gut ausgegangen‹ ist ein dehnbarer Begriff«, wandte er ein. »Immerhin gab es sieben Tote, von denen wir sechs vielleicht verhindern hätten können. Wenn wir nach Heathens Tod sofort ermittelt und Coughlan festgenommen hätten …«

»Chief Hatfield«, unterbrach sie ihn. »Niemand kann sagen,

was gewesen wäre, wenn. Vielleicht hätte Coughlan daraufhin stattdessen eine Bombe versteckt, wie viele Tote dann zu beklagen wären, weiß auch niemand.«

Der Inspector nickte. »Sie haben recht«, stimmte er ihr zu. »Trotzdem stellt man sich unwillkürlich solche Fragen.« Wieder schwieg er einen Moment lang. »Miss Bell, ich möchte Ihnen auch dafür danken, dass Sie kein Wort über meine … mein Versäumnis haben verlauten lassen. Das war sehr freundlich von Ihnen.«

Sie lächelte nur und verkniff sich eine Bemerkung. Wenn ihm dieser Vorfall eine Lehre war, würde er sich so etwas nicht noch einmal erlauben. Und wenn nicht, waren seine Tage als Detective Chief Inspector ohnehin gezählt, ob sie ihn nun bei seinen Vorgesetzten anschwärzte oder nicht. Dabei fiel ihr ein, dass sie unbedingt noch DCI Remington anrufen musste, um ihr zu berichten, wie alles ausgegangen war.

»Ach ja, ich habe Ihnen auch noch die Zeitungen von heute Morgen mitgebracht«, sagte er plötzlich. »Ich habe sie selbst noch nicht durchgesehen, aber es wird bestimmt etwas über den Vorfall drinstehen.« Mit diesen Worten erhob sich Hatfield und verabschiedete sich, Christine stand ebenfalls auf und begleitete ihn zur Tür. Dort unterhielten sie sich noch kurz, und als sie ins Wohnzimmer zurückkehrte, fragte Betty: »Gab es noch mehr zu bereden?«

Sie grinste ihre Tante an. »Ach, Hatfield hat sich in deiner Gegenwart nicht getraut, mich zu fragen: Er wollte mich zum Dank auch noch in das beste Restaurant von Brighton einladen.«

»Und, hast du die Einladung angenommen?«

»Betty, was ist denn das für eine Frage? Wenn ich die Wahl habe, im feinsten Restaurant von ganz Brighton ein erlesenes Abendessen zu genießen oder aber hier auf der Couch herumzuhängen und mir mit dir zusammen zwei Wiederholungen von *Monk* anzusehen … was glaubst du wohl, was verlockender ist?«

Seufzend lehnte sich Betty zurück und sagte betrübt: »Tja, wenn du es so ausdrückst, dann ist die Antwort natürlich klar.«

»Das finde ich auch.« Christine nickte ernst. »Ich muss allerdings nachher noch mal zum Supermarkt fahren, wir haben keine Kartoffelchips mehr.«

Betty stutzte und sah ihre Nichte fragend an. »Soll das heißen …?«

Christine grinste breit, als sie sah, wie Bettys Augen vor Freude zu leuchten begannen. »Ja, genau das soll das heißen«, erwiderte sie und setzte sich in den freien Sessel. »Ich habe allerdings überlegt, ob wir nicht Mr Mattison auch einladen sollten.«

»Oh, ich glaube nicht, dass Daffyd sich vor meinen alten Fernseher setzen will.«

»Darum sollten wir ihn auf jeden Fall einladen.«

Betty stutzte. »Wie meinst du das?«

»Na, er wird nicht rüberkommen wollen, aber bestimmt wird er uns zu sich einladen. Dann sehen wir *Monk* in toller Bildqualität in HD, und er wird sich auch noch um die Chips kümmern.«

Ihre Tante begann zu lachen, und sie selbst konnte auch nicht ernst bleiben.

Plötzlich stand Isabelle auf, Napoleon und Illya schliefen ungerührt weiter. Sie setzte sich auf den Tisch und sah auf den Stapel Zeitungen, den Hatfield mitgebracht hatte.

Christine nahm die oberste Zeitung, sah die Titelseite und bekam große Augen. Sie griff nach der nächsten Zeitung, dann nach der dritten. Kopfschüttelnd sah sie Betty an.

»Was hast du denn, Kind?«, fragte sie erschrocken.

»Sieh dir das an.« Christine hielt eine der Zeitungen hoch. Die halbe Titelseite wurde von einem Foto beansprucht, das König Abdullah mit einer roten Katze im Arm zeigte.

Kater Jones rettet König!, lautete die Schlagzeile.

»›Kater Jones‹?«, wunderte sich Betty.

»Na ja, ich hatte dir ja erzählt, dass ich mich als Ellen Ripley aus *Alien* getarnt hatte, und die hat nun mal einen Kater namens Jones. Und die Reporter fanden wohl den Namen des Filmkaters interessanter als ›Isabelle‹ … tja, und so wurde aus einer Katze namens Isabelle ein Kater namens Jones. Typisch Reporter.«

Isabelle legte sich der Länge nach auf die Zeitungen, schloss die Augen und seufzte herzerweichend.

»Tröste dich«, sagte Christine lachend zu ihr. »Dich haben sie wenigstens noch erwähnt, ich bin nicht mal mit auf dem Foto.«